Doro Celestine

Wo die bunten Sterne warten

Doro Celestine

Wo die bunten Sterne warten

Bibliografische Information der Deutschen Nationalbibliothek: Die Deutsche Nationalbibliothek verzeichnet diese Publikation in der Deutschen Nationalbibliografie; detaillierte bibliografische Daten sind im Internet über http://dnb.dnb.de abrufbar.

Korrektorat: Daniela Siemen
Covergestaltung: Eva Schlosser
Buchsatz und Illustrationen: Dorothea Koder / Canva

Verlag: BoD · Books on Demand GmbH, In de Tarpen 42, 22848 Norderstedt, bod@bod.de

Druck: Libri Plureos GmbH, Friedensallee 273, 22763 Hamburg

ISBN: 978-3-7693-1104-4

Für alle Mutlosen und alle, die schon mutig sind.

Für alle, die lieben oder lieben wollen und Angst haben –

es spielt keine Rolle, weil euer Herz den Weg kennt.

Vorwort

Was dir niemand nehmen kann, ist die Magie, die du in dir trägst.

Es kann noch so viel Dunkelheit herrschen, doch dein Zauber ist das schönste Geschenk für diese Welt.

Und manchmal ist es auch das größte Geschenk für einen ganz bestimmten Menschen.

***

Am Ende dieses Buches findest du eine Liste mit Themen die dich in dieser Geschichte triggern könnten. Bitte pass beim Lesen gut auf dich auf

Doro Celestine

Playlist

Rome -Dermot Kennedy

Two Hearts – Dermot Kennedy

Drops of Jupiter – Train

Waves -Dean Lewis

Better days – Dermot Kennedy

Gewinner - Clueso

Ich flieg los – Leslie Clio

Lila Wolken – Marteria feat.Miss Platnum

Magic – Coldplay

Ready now – Amistat

Stargazing – Myles Smith

Immer wenn wir uns sehn - Lea

Kapitel 1
Mira

Mira stieß mit dem Fuß gegen etwas Hartes und fluchte leise. Auch das noch. Etwas Nasses begann sich über ihren Fußrücken zu verteilen. Der Wassernapf stand direkt im Flur und war nun umgekippt, daneben hatte sich eine kleine Wasserlache gebildet. So ein Mist, dass sie immer so ungeschickt sein musste. Dabei war sie heute sowieso schon spät dran. Schnell rannte Mira in ihr Schlafzimmer, holte ein frisches Paar Socken aus der Kommode, zog sie im Gehen an und schnappte sich ihre Tasche und die Wohnungsschlüssel. Eigentlich sollte sie schon längst auf dem Weg sein, denn es war bereits viertel vor sieben.

Als Mira bereits im Auto saß, hielt sie kurz inne. Erst jetzt fiel ihr auf, wie erschöpft sie war. Sie warf einen flüchtigen Blick in den Auto-spiegel ihres weißen Citroën. Ihr Gesicht war blass, die hellbraunen schulterlangen Haare waren verstrubelt und achtlos zu einem Zopf gebunden. Obwohl es Ende Juli war, fror sie bei den morgendlichen Temperaturen. Wieso reagierte ihr Körper immer so empfindlich auf alles, was rund um sie geschah?
Das Dröhnen eines Kleinlastwagens riss sie aus ihren Gedanken. Lärm und Geräusche waren für sie ein täglicher Kampf. Müde ließ sie sich auf den Autositz zurückfallen und fuhr langsam aus der Parklücke. Ihre Gedanken wanderten zu dem bevorstehenden Tag und zu ihr.
Gabriella. Augenblicklich stimmte sie der Gedanke etwas positiver. Da war es wieder. Das Lachen und die fröhlich unbeschwerte Art des kleinen Mädchens schoben sich in ihren Kopf. Sie konnte nicht anders, als zu lächeln. Gaby war der Sonnenschein, in der Klasse in der Mira als Schulbegleiterin arbeitete. Ein elfjähriges Mädchen mit dunkelbraunem schulterlangem, lockigem Haar und einer Zahnlücke. Gabriella war nonverbal, sie sprach also nicht, sondern äußerte ihr Befinden durch Laute, Mimik oder ihr kehliges süßes Lachen.

Sie war mit einer geistigen und körperlichen Behinderung auf die Welt gekommen. Mira kannte ihre Diagnose und hatte schwer zu kämpfen gehabt, als sie die ganze Geschichte über sie erfahren hatte. Gabriella würde nicht alt werden, ihr blieb nicht viel Zeit. Es war ein Leben mit tickender Zeitbombe.

Mira schluckte, verdrängte rasch die unangenehmen Gefühle, die kurz aufflammten, und bog auf den Parkplatz des Schulgeländes ein. Sie stieg aus dem Wagen, überquerte den Parkplatz und trat in das Gebäude der Sonderschule. Der Gang war geschmückt mit aller Art Zeichnungen und Bastelarbeiten der Schüler*innen aus den einzelnen Klassen. Auch wenn Mira erst seit einem Dreivierteljahr dort arbeitete, fühlte es sich jedes Mal vertraut an, wenn sie den Weg zu ihrer Klasse antrat.

Seit September letzten Jahres war sie nun zuständig für die Betreuung von Gabriella, sie war Teil der kleinen Klasse, bestehend aus elf Kindern, welche unterschiedlichen Unterstützungsbedarf hatten. Sie waren wirklich ein ganz bunter Haufen und Mira liebte diese Vielfalt. Sie liebte diese ganz besondere Gemeinschaft, in der jeder willkommen war. Ganz egal wie groß oft das Missverständnis vonseiten der Gesellschaft war.

»Guten Morgen«, murmelte Mira zu einem ihrer Kollegen, der ihr auf dem Gang entgegentrat. Er winkte ihr fröhlich zu.

»Hey Mira, schön, dich zu sehen!« Mira nickte und schenkte ihm ein müdes Lächeln.

Das laute Geräusch der Schulglocke ließ sie zusammenzucken, als sie erneut durch die Schiebetür am Eingang trat.

In der Garderobe hatte sie rasch ihre Straßenschuhe gegen Hausschuhe getauscht und stand jetzt wieder auf dem Parkplatz vor dem Schulgebäude. Ein kleiner Transporter fuhr vor und Mira spähte durch die Glasscheibe des Autos.

Zwei Minuten später schob sie Gabriella in ihrem Rollstuhl in Richtung der Klassenräume. Sie hatte wieder ihr strahlendes Lachen aufgesetzt, als sie die anderen an der Eingangstür erblickte.

»Schau mal, wer schon da ist.«

Eine Kollegin von Mira war gerade mit einem kleinen Jungen an der Hand in den Flur getreten. Acht weitere Augenpaare starrten ebenfalls neugierig zu ihnen herüber.

»Gabriella, da.«

Der blondhaarige Junge tippte mit dem Zeigefinger auf Gabriellas Schulter. Daraufhin quietschte sie erfreut auf und Mira schob ihren Rollstuhl zu den anderen.

Der Vormittag verging an diesem Tag recht zügig. Es war ein ruhiger Schultag und auch für Gabriella war es einer ihrer guten Tage. Sie hatte ausnahmsweise Spaß bei der Physiotherapie und war aktiv mit dabei. Als sie später im Hof die Pausenzeit mit den Kindern gemeinsam verbrachten, strahlte die Sonne bereits von oben herab. Mittlerweile war es auch sehr warm geworden.

Für die Kinder, die sich gut bewegen konnten, gab es ein viereckiges Trampolin, ein Klettergerüst sowie eine Korbschaukel. Ein kleiner Pavillon bot Sitzgelegenheiten für das Lehrpersonal und die SchülerInnen.

Mira genoss die warmen Sonnenstrahlen auf ihrer Haut. Sie versicherte sich, dass Gabriella ihre Kappe auf dem Kopf behielt, und schob sie dann zu einer der großen Schaukeln.

***

Gegen Mittag packte Mira ihre Tasche zusammen, um sich auf den Heimweg zu machen. Sie war froh, dass sie den Arbeitstag halbwegs überstanden hatte, denn die letzten Wochen hatten es in sich gehabt.

Sie hatte seit einigen Tagen wieder mit Schlafproblemen zu kämpfen. Es wurde höchste Zeit, ihre Therapeutin aufzusuchen und einen Folgetermin zu vereinbaren.

Während sie das Treppenhaus betrat, kramte sie ihren Schlüssel aus ihrer Jackentasche. Die kühle Luft tat gut, dennoch stand Mira der Schweiß bereits auf der Stirn, als sie ganz oben bei der Nummer dreizehn angelangt war.

Plötzlich öffnete sich vor ihr die Eingangstür und eine junge Frau mit dichtem dunkelbraunem Haar und großer runder Brille strahlte ihr entgegen.

»Hallo. Willkommen zurück in der Unterwasserwelt!«, begrüßte Hermine sie. Ihre Mitbewohnerin begann leise zu kichern.

Mira blickte verdutzt.

»Ähm, was?« Sie zog die Augenbrauen hoch. Ein kurzes Bellen ertönte hinter der Tür und Komet, Hermines Hund, drückte sich an ihr vorbei, so als ob er ebenfalls ein Mitspracherecht in dieser Angelegenheit wollte.

»Ich glaube, du hast da vergessen, etwas zu entfernen, der Boden im Flur schwimmt, aber keine Sorge, ich habe das Chaos schon beseitigt«, antwortete Hermine vergnügt und ließ sie eintreten.

Jetzt fiel es Mira wieder ein, der Wassernapf von heute Morgen. Eine Sekunde lang dachte sie, Hermine wäre ihr böse. Sie verwarf rasch den Gedanken.

»Tut mir ehrlich leid und danke, ich hoffe, du bist nicht hineingetreten«, antwortete Mira und machte dabei eine mitleidvolle Miene. Sie betrat den Flur und kickte ihre Sneaker einfach zur Seite.

»Ach, ist doch halb so schlimm. Komet hat mir geholfen. «

Hermine zuckte mit den Schultern und schenkte ihr ein ehrliches Lächeln.

Seit zwei Jahren lebte Mira nun mit ihrer besten Freundin in der kleinen Wohnung im Hamburger Stadtteil Hammerbrook. Zuvor hatte

Hermine sich die Wohnung mit einer anderen Mitbewohnerin geteilt, die aber ins Ausland gezogen war. Das Zusammenleben funktionierte ohne größere Probleme. Der Grund war Hermines unkomplizierte Art. Außerdem hatten sie beide ähnliche Interessen. Hermine bevorzugte es, die Nase in Bücher zu stecken und führte gern Gespräche über interessante Themen. Sie hatte ein ansteckendes Lachen, war immer hilfsbereit und manchmal auch überdreht auf ihre lustige Art und Weise. An den Wochenenden teilte sie oft die Couch mit Mira für einen Lesenachmittag, einen gemeinsamen Film oder einen Austausch über Miras Fortschritte beim Schreiben.

Hermine war Studentin und jobbte in einem kleinen Secondhandladen in der Hamburger Innenstadt, er war nur wenige Kilometer von der Wohnung entfernt. Dort hatte sie erst vor zwei Wochen begonnen zu arbeiten.

»Wie war es heute in der Schule, du siehst etwas blass aus?« Hermine kam einen Schritt näher und legte ihr eine Hand auf die Schulter. Sie schob Mira sanft Richtung Wohnzimmer. Sie hatte immer das Gefühl, dass Hermine jede Stimmung sofort wahrnahm und wusste, wenn es ihr nicht gut ging.

»Komm, wir setzen uns erst einmal. Außerdem habe ich einen Bärenhunger, wir könnten uns später etwas kochen. Was hältst du davon?« Mira gab nach und ließ sich auf das Sofa nieder. Sie erzählte knapp von Gabriella und ihrem Tag und Hermine machte keine Anstalten, sie zu unterbrechen.

»Heute war es aushaltbar, weißt du, aber die meiste Zeit schaffe ich den Vormittag nur mit großer Anstrengung. Ich weiß nicht, wie ich weitermachen soll«, beendete sie den Satz. Dann zog sie ihre Knie zur Brust und legte ihren Kopf darauf ab.

»Hör zu, Mira, du steckst deine ganze Energie und Liebe in diese Arbeit, aber du darfst dich dabei nicht vergessen, immerhin arbeitest du gerade etwas auf und machst nicht umsonst eine Therapie.«

Mira wusste, dass sie recht hatte, aber was half es schon, sie konnte jetzt nicht einfach kündigen. Sie konnte das Team nicht im Stich lassen, sie fühlte sich verpflichtet, Gabriella zu betreuen. Außerdem liebte sie ihre Arbeit, keine Frage, doch die Umstände waren nicht gerade die besten.

Dies war ein weiterer Punkt und Grund ihrer ständigen Überforderung.

Auch in ihren früheren Arbeitsstellen war es ihr ähnlich ergangen. Damals schon fand Mira kaum Anschluss zu den anderen. Es gab viele Reize, wie Lärm, Licht und die Geräusche, die täglich auf sie einprasselten. Zusätzlich musste sie sich nun auch noch mit den Schatten der Vergangenheit auseinandersetzen.

Hermine strich ihr liebevoll über den Rücken und Mira blickte sie dankbar an.

»Ich finde, du solltest dir mehr Zeit für dich nehmen. Die brauchst du dringend. Vielleicht wohin fahren oder was Tolles unternehmen? Oder eine Auszeit am Meer ...«, zählte Hermine ihr auf.

Mira dachte über ihre Worte nach, doch gerade in diesem Moment war sie zu müde, um sich damit auseinander zu setzen. Sie wollte einfach nur durchhalten. Nur noch diese zwei Wochen, bis die Sommerferien beginnen würden. Denn dann hätte sie sowieso eine kleine Auszeit vom Alltag. Zumindest vorerst.

»Ich schlage vor, du ruhst dich erst einmal aus, okay? Ich habe den Nachmittag sowieso frei, ich koche uns später etwas und wir können gemeinsam essen. Du solltest auch etwas essen Mira.«

Hermine boxte ihr sanft gegen den Oberarm und lächelte sie liebevoll an.

Bei den Worten rührte sich ihr Magen und sie vernahm ein leises Grummeln. Ein Lächeln huschte über Miras müdes Gesicht.

»Okay. Ich bin mal drüben in meinem Zimmer, bis später und danke.«

Mira drückte Hermine kurz an sich, dann erhob sie sich vom Sofa und ging geradewegs in ihr eigenes Zimmer, welches direkt an das Wohnzimmer angrenzte. Sie ließ sich auf das gemütliche Bett fallen und starrte zur weißen Decke, während sie gleichzeitig ein paarmal tief ein- und ausatmete. Ihr Blick wanderte zu dem kleinen hellblauen Schrank, der neben ihrem Bett stand.

Dort lag ihr Notizbuch halb aufgeschlagen und daneben ein Kugelschreiber. Es war hellbraun, aus Leder und etwas abgegriffen vom Herumtragen. Sie mochte es. Dieses Buch war für sie wie ein Abtauchen in eine andere Welt.
Diesen Rückzugsort konnte sie sich erschaffen, wann immer sie wollte. Hier hatte sie Notizen gesammelt für Schreibprojekte und gerade versuchte sie sich an einem Gedichtband. Manche Wörter schlichen sich einfach untertags in ihren Kopf, aber auch schon mal mitten in der Nacht, wenn sie früher aufwachte und nicht mehr einschlafen konnte.
Kurz war Mira versucht, es aufzuschlagen. Dann wandte sie den Blick gleich wieder ab. Sie liebte das Schreiben. Zu gerne würde sie an ihrer Idee weiterarbeiten, doch in ihrer derzeitigen Verfassung fehlte ihr die Kraft.

Mira rappelte sich vom Liegen auf. Mit einer Hand fischte sie ihr Smartphone aus ihrer Tasche, die sie auf den Boden gestellt hatte, und öffnete ihre Playlist. Dann ließ sie sich wieder auf ihr Kissen zurückfallen und schloss für einen Moment die Augen.
Magie. Das fühlte sie, wenn sie bestimmte Melodien hörte. Die Lyrics gingen so tief in ihr Innerstes, sie konnte es nicht recht beschreiben. Wie wenn ein winziger Teil ihrer Geschichte von einer anderen Person niedergeschrieben wurde. Sie spulte einen ihrer Lieblingssongs ab und drückte danach wiederholte Male auf die Playtaste. Langsam wichen die Anspannung und das Durcheinander aus ihrem Körper und sie konnte erneut durchatmen. Es war eine ihrer

Methoden, um sich zu regulieren, und meist auch, um ihre Gefühle zu durchleben, welche manchmal schwer zugänglich für sie waren.

Nach einer Dreiviertelstunde vernahm Mira ein leises Klopfen und wurde in den gegenwärtigen Moment zurückgeholt. Hermine stand im Türrahmen und deutete auf einen Topf, den sie in der Hand hielt.

Als Mira gerade überlegte, ob sie noch etwas liegen bleiben sollte, meldete sich ihr Magen erneut. Also schwang sie ihre Beine aus dem Bett, richtete sich auf und deutete Hermine einen Daumen nach oben. Vielleicht würde sie später noch einmal über ihren Vorschlag nachdenken. Doch mit leerem Magen Entscheidungen zu treffen, war sowieso schwer möglich.

Sie betrat die kleine Küche, wo es schon herrlich nach Tomatensoße, Zwiebeln und Gewürzen duftete.

»Was hast du gezaubert?« Sie trat zu Hermine an den Herd, die gerade dabei war, Spaghetti aus einem Topf auf Teller zu verteilen.

»Vegane Spaghetti bolognese. Wir hatten noch zwei ganze Gläser Tomatensoße auf Vorrat.«

Hermine grinste breit und hielt ihr einen Teller vor die Nase.

»Klingt Super, danke.«

Mira nahm ihn entgegen. Sie genehmigte sich einen großen Schöpfer der Soße, ehe sie sich an den viereckigen Holztisch am Fenster niederließ. Frisch zubereitete Speisen liebte sie, kochte jedoch selbst nicht so gerne. In ihrer Wohngemeinschaft war das Kochen demnach zweitrangig. Sie selbst richtete sich nach Bedürfnissen und Hungergefühl. An den meisten Tagen schafften sie und Hermine es jedoch, gemeinsam Mittag zu essen, und das freute Mira umso mehr.

»Wie läuft es eigentlich in diesem Secondhandladen, möchtest du bleiben?«, fragte Mira, die bisher so in ihre eigenen Gedanken versunken gewesen war. Sie hatte sich noch gar nicht erkundigt, ob es bei Hermine Neuigkeiten gab.

Hermine setzte sich zu ihr und schenkte ihnen beiden Wasser ein. Sie gab ein lautes Seufzen von sich.

»Ja, also vorerst möchte ich bleiben, weil derzeit keine Stelle in der Buchhandlung frei ist, ich glaube, sie nehmen dort auch keine Studenten mehr auf. Im Laden ist es aber ganz lustig. Es ist nicht viel los, wir sortieren hauptsächlich Kleidung, also hätte es schlimmer kommen können.«

Hermine zuckte mit den Schultern, während sie eine Gabel voll Spaghetti zum Mund führte.

Mira wusste, dass ihre beste Freundin seit Anfang des Studienjahres gerne eine Stelle in einem Buchladen angenommen hätte, leider gab es bisher nur Absagen. Sie hätte sich wirklich für Hermine gefreut und ihr die Stelle voll und ganz zugetraut. Immerhin war sie inmitten eines Literaturwissenschaftsstudiums und hatte nicht nur eine Menge theoretisches Hintergrundwissen. Sie liebte es, in Geschichten einzutauchen und würde in der Sparte gewiss eine Bereicherung sein. Wie so oft wusste Mira nicht, was sie ihr Aufmunterndes zusprechen konnte, ihr fehlten schlichtweg die passenden Worte dafür.

»Dabei würdest du perfekt dorthin passen. Vielleicht klappt es dann im nächsten Jahr. Um ehrlich zu sein, sehe dich schon vor mir, wie du mit achtzig Jahren in deiner eigenen Bücherei sitzt, eine alte dicke Hornbrille auf dem Kopf tragend, und den Kunden die interessantesten Exemplare vorstellst.«, entgegnete Mira und schmunzelte bei der Vorstellung.

Hermine schaute gespielt empört drein. Doch dann fing sie ebenfalls an zu kichern.

»Also ich weiß nicht, ob eine eigene Bücherei besitzen wirklich mein Lebenstraum ist. Vielleicht eher so einen alten Buchladen, wie in den

Filmen, mit ganz exklusiven Exemplaren.« Hermine strahlte jetzt und ihre Augen glänzten wie immer bei dem Wort *Bücher.*

»Ja genau das wäre toll. Ein Zimmer mit alten hohen, dunklen Regalen, dahinter ein kleiner einladender Raum mit Kaffeetischen, um gemütlich zu lesen und Kaffee oder Tee zu trinken …«, führte Mira den Gedanken weiter, während ihr Blick abschweifte und durch den Raum ging.

Auch in früheren Jahren war ihr das oft passiert, manchmal waren es Fantasien oder verrückte Ideen. Jetzt als Erwachsene war ihr das unangenehm, vor allem wenn sie mit anderen zusammen war. Sie konnte es nicht ausstehen, komisch angestarrt zu werden, gar missverstanden zu werden. Bei Hermine war ihr das jedoch egal.

Miras kreative Seite, die von manchen vielleicht als Träumerei abgetan wurde, war wertvoll. Sie war ihre größte Ressource und half ihr so oft in schwierigen Lebenssituationen. Die Therapie, die sie vor wenigen Monaten begonnen hatte, war eine Art Anker geworden und sie war sehr dankbar dafür, denn so lange hatte sie in ihrem Leben zu kämpfen gehabt.

Die psychischen Probleme hatten sich auch als körperliche Symptome bemerkbar gemacht. Mira fühlte sich so oft nicht zugehörig mit ihrer Denkweise. Seit ihrer Kindheit fühlte sie sich irgendwie anders, hatte das Gefühl selbst lange Zeit nicht zuordnen können. Was sie wollte, war, akzeptiert zu werden mit allem, was zu ihr gehörte. Doch gerade in diesem Moment kam wieder alles in ihr hoch. Warum nur immer in den unpassendsten Momenten?

»Willst du noch Nachschub?« Schlagartig wurde Mira aus ihren Gedanken gerissen, als Hermine sich vom Sessel erhob und sie anstarrte.

Sie wandte erst den Blick zu ihr und dann auf ihren fast leeren Teller. Langsam schüttelte Mira den Kopf. »Nein danke, momentan reicht mir das.« Dann nahm sie ihre Gabel wieder in die Hand und aß schweigend weiter.

»Ist alles in Ordnung?«

Hermine, die mit ihrem vollen Teller wieder zu ihr an den Tisch kam, musterte sie besorgt. Mira schluckte den Bissen hinunter und sah sie an.

»Ich bin gerade mit meinen Gedanken abgedriftet. Ich glaube, es wird Zeit wieder einen Termin bei Frau Castelli zu vereinbaren.«

Hermine nickte.

»Wieder diese Gedanken von früher?«, fragte sie sanft und nahm dann einen Schluck aus ihrem Glas.

»Ja.« Mira seufzte.

Als sie mit Essen fertig war, half sie Hermine mit dem Geschirr und stellte Komet seine Ration Trockenfutter in den Flur. Danach betrat sie noch einmal die Küche und befüllte den Wasserkocher, der auf dem Tresen stand. Es war zu einer Art Ritual für Mira geworden. Sie wollte sich etwas Gutes tun und eine Tasse Tee half ihr manchmal, sich wieder zu sortieren.

»Möchtest du auch einen Tee?«, rief sie durch die offene Tür, denn Hermine saß im Wohnzimmer.

»Nein danke!«, kam es sogleich als Antwort.

Mira schaltete den Wasserkocher ein, wartete, bis das Wasser die richtige Temperatur erreicht hatte, und ging dann mit der dampfenden Tasse in ihr Zimmer. Dort schnappte sie sich ihr großes Sitzkissen, schaltete die kleine Lavalampe ein, die auf ihrer Kommode stand, und ließ sich auf das weiche Polster plumpsen.

Das Mittagessen hatte ihr zu neuen Lebensgeistern verholfen und sie fühlte sich etwas gestärkt. Mit beiden Händen umklammerte sie ihre Tasse und ein warmes, wohliges Gefühl durchströmte sie.

Einige Minuten saß sie einfach nur da. Als sie einen Blick aus dem Fenster warf, erkannte sie vereinzelt graue Wolken am Himmel. Es sah nach Regen aus. Eigentlich konnte sie auch später mit Komet eine Runde drehen. Dann kam ihr der Gedanke, in ihrem neuen Buch weiterzulesen. In freudiger Erwartung nahm sie es aus dem hohen weißen

Regal neben dem Kleiderschrank. Es war eine Fantasy-Geschichte, die sie vor Kurzem in einer Buchhandlung ergattert hatte. Mira mochte Schauplätze in fremden Welten, auch wenn sie Liebesgeschichten ebenso gerne las wie einen Urban-Fantasy-Roman. Dieses hier war ein etwas dickeres Exemplar. Rasch blätterte sie zu ihrem Lesezeichen, rutschte noch einmal in eine bequeme Position und begann zu lesen.

Kapitel 2
Sam

»Was tun Sie denn da?«, fragte jemand mit einer krächzenden hohen Stimme. Sie gehörte einer alten Dame. Diese stand jetzt direkt hinter Sam am Fuß der Treppe. Überrascht drehte sich Sam zu ihr um. Erst jetzt bemerkte sie, dass sie anscheinend schon länger beobachtet wurde.

»Heute ist mein Umzugstag. Tut mir sehr leid, wenn ich zu laut war, die Tür klemmt leider etwas.«
Sam rüttelte nun heftig am zweiten Flügel der Haustür, mit dem sie seit fünf Minuten erfolglos kämpfte. Ihre Wangen waren gerötet und sie wurde nun etwas ungeduldig. Gerade als sie erneut loslassen wollte, um ihre Hände kurz auszuschütteln, weil sie bereits wehtaten und angeschwollen waren, sprang die Tür auf. Die alte Dame, die dieses Schauspiel noch immer beobachtete, atmete nun sichtlich erleichtert auf. Sam blickte ihr erneut ins Gesicht und schenkte ihr ein zaghaftes Lächeln. Die Dame wandte sich zum Gehen und schlüpfte durch die offene Tür nach draußen, ohne ein weiteres Wort zu verlieren. Etwas irritiert schüttelte Sam den Kopf und blickte ihr nach. Einzelne brünette Strähnen aus ihrer Kurzhaarfrisur fielen ihr ins Gesicht, als sie sich ganz aufrichtete.

Sie hatte sich hier in Liams Wohnung sehr wohlgefühlt, dennoch wusste sie, dass es nur eine Übergangslösung gewesen war. Liam war ebenfalls Student und Sam hatte ihn bereits im Frühjahr beim Bewerbungsverfahren für den Masterstudiengang Kreatives Schreiben kennengelernt. Damals kamen sie ins Gespräch. Beide hatten sich einen Studienplatz am renommierten Trinity College in

Dublin gesichert, der ältesten Universität in Irland. Für Sam ging damit ein großer Traum in Erfüllung, eine neue Perspektive und Chance, sich als Schriftstellerin ausbilden zu lassen. Sie wollte unbedingt dort studieren und konnte sich noch genau an den Tag erinnern, als sie das allererste Mal davorgestanden hatte.

Zuvor, als Sam noch in einer Wohnung in Deutschland gelebt hatte, hatte sie die Uni nur von Bildern im Internet gekannt.

Das imposante Gebäude mit seinen alten Mauern direkt im Innenstadtviertel war nicht nur Universität, sondern auch ein beliebtes Touristenziel.

Sie stellte sich immer vor, dort ein und aus zugehen, mit ihren Lernunterlagen und ihrem Notizbuch in der Hand, in welches sie selbst Geschichten hinein kritzelte. Sam träumte davon, die Nachmittage im Long Room zu verbringen, der größten und beeindruckendsten Bibliothek Irlands.

Ruckartig wurde sie aus ihren Gedanken gerissen, als neben ihr ein Hupen ertönte. Jemand schlug eine Autotür zu.

Es war Liam.

Bis zum heutigen Tag hatte sie Unterschlupf bei ihm gefunden, sie war ihm mehr als dankbar dafür. Jetzt war es Zeit für eine eigene kleine Wohnung, wie sie fand. So angenehm das Zusammenleben mit Liam war, sie brauchte auch Raum für sich, ihre eigenen kleinen vier Wände. Dazu kam, dass Liams Freundin gerne mit ihm zusammenziehen wollte. Für Sam war das ein guter Anlass gewesen, sich nach einer Einzimmerwohnung umzusehen, jedoch war dies keine leichte Aufgabe in Irlands Hauptstadt. Nach unzähligen Internetrecherchen und verzweifeltem Rechnen aufgrund von steigenden Mietpreisen hatte sie eines Abends einen wahren Glückstreffer gelandet.

Die Wohnung befand sich am Rande von Dublin, war jedoch in der Nähe einer Bahnstation und daher ideal, um zur Uni zu gelangen.

»Guten Morgen, schon auf den Beinen?«,
begrüßte Liam sie gut gelaunt. Seine rotblonden Haare kringelten sich an seinem Hals und lugten unter einer grünen Mütze hervor. Sie liebte seine offene Art und gleichzeitig seine Leichtigkeit, mit der er das Leben nahm.
»Hey. Na klar, was denkst du? Ich kann doch unmöglich an meinem Umzugstag verschlafen«, antwortete Sam empört und zwinkerte ihm zu.

Gemeinsam betraten sie seine Wohnung im dritten Stockwerk. Umzugskartons und Möbel standen bereits am Eingang, denn Sam hatte Vorarbeit geleistet. Es konnte nicht besser laufen, denn sie hatten tatsächlich einen Tag erwischt, an dem es nicht regnete, und Sam wusste nicht, womit sie so viel Glück verdient hatte. Erst der Studienplatz und dann die neue Wohnung. Vielleicht durfte sie nun endlich nach vorne schauen nach zwei Jahren voll Ungewissheit und Trauer. Nach einer Zeit von Abschieden, die unverhofft ihr Leben durcheinandergewirbelt hatten.
Zuerst war da der plötzliche Tod ihrer Mutter nach schwerer Krankheit und die Trauer, die sich wie ein hoher steinerner Turm in ihrer Brust angefühlt hatte. Ein Turm, den sie allein zu bezwingen hatte. Von einem Tag auf den anderen hatte sie ihren Halt verloren, musste irgendwie weitermachen. Weiterleben mit dieser hohen Mauer aus schwankenden Gefühlen. Danach, als sie wieder halbwegs in ihren Alltag gefunden hatte und die Entscheidung traf, Deutschland eine Zeit lang zu verlassen, hatte sie auch noch ihr gewohntes Umfeld loslassen müssen.

Liam packte sie leicht an der Schulter. »Sam? Ist alles gut bei dir? Soll ich dir mit diesem Tisch helfen?«
Er sah sie mit einem sanften Blick an, der ihr wieder Sicherheit gab und sie ins Hier und Jetzt zurückholte. Dann deutete er zu einem

kleinen dunkelbraunen Holztisch. Ihr Schreibtisch, das wohl wichtigstes Möbelstück für die kommenden Monate.

Sie nickte.

»Danke nochmal, Liam. Auch dafür, dass du dir heute Zeit nimmst, das ist nicht selbstverständlich«, antwortete sie und fixierte sein Gesicht dabei.

»Natürlich ist es das. Mitbewohner tun das. Streng genommen bist du bis zum heutigen Tag ja noch Teil unserer Wohngemeinschaft.

Auch wenn mir unser morgendliches Ritual fehlen wird!«

Er grinste sie nun an.

Sam lächelte ebenfalls.

»Oh ja, das wird mir auch fehlen. Wir könnten es ja vielleicht weiterführen, per Telefon oder so.« Sie zuckte mit den Schultern.

Liam und Sam hatten es sich zur Gewohnheit gemacht, jeden Morgen gemeinsam einen Kaffee zu trinken, bevor danach jeder seinen eigenen Weg ging. Dieses Ritual gab ihr auch Sicherheit und bei Liam konnte sie sich jederzeit anlehnen, wenn sie eine starke Schulter brauchte. Jetzt würde sie es wohl alleine weiterführen müssen.

Gemeinsam verstauten sie den Schreibtisch und die anderen Umzugskartons in Liams Transporter, den er sich kurzerhand von seinem Vater geliehen hatte. Sam stand vor dem Hauseingang des alten Backsteingebäudes und ließ ihren Blick ein letztes Mal nach oben zu ihrem ehemaligen Zimmerfenster schweifen. Die Wolken am Himmel waren zu kleinen dichten Wölkchen geworden, die aussahen wie winzige Schafe. In dem Moment kämpfte sich ein kleiner Sonnenstrahl zwischen ihnen hindurch, direkt auf ihr Gesicht. Sie spürte eine angenehme Wärme aufsteigen, hielt kurz inne, drehte sich dann entschlossen um und kletterte zu Liam in den Transporter.

Die neue Wohnung lag in einem Vorort Dublins. Je weiter sie sich von der Stadt entfernten, desto ruhiger wurde der Straßenlärm und Sam ließ sich nun etwas entspannter in den Sitz des Kleinwagens sinken.

Eine halbe Stunde später erreichten sie Killester, ein Dorf im Norden von Dublin. Früher hatten in dieser Gegend nur ein Kloster und eine Kirche gestanden, erst nach und nach entwickelte sich ein kleines Städtchen daraus. Sam wusste dies, denn sie hatte es in einem Buch gelesen, in dem auch geschichtliche Eckdaten Irlands nachzulesen waren.

Das kleine karminrote Gebäude war eine Art Miniaturversion des Gebäudes, in dem Liam wohnte. Sie standen jetzt zwischen einer Reihe von Häusern, die alle gleich auszusehen schienen.
Man musste wirklich genau hinsehen, um Unterschiede zu erkennen. Alle besaßen einen kleinen Vorgarten mit Hecken und Sträuchern. Eine halbhohe Mauer mit einem schwarzen Zaun umrandete das Grundstück zum Bürgersteig hin.
Sam lächelte bei dem Anblick der symmetrisch angeordneten Haushälften. Sie hatte die Gegend auf Anhieb ins Herz geschlossen.
Gmeinsam mit Liam, betrat sie das Gebäude.
Die Wohnung lag im ersten Stock und besaß ein Schlafzimmer, einen Wohn- und Essbereich mit einer schmalen Küchenzeile und ein winziges Bad. Sam sah sich um, sie war erst vor ein paar Tagen hier gewesen, um den Mietvertrag zu unterschreiben. Liam hatte bereits den ersten Karton in der Hand und stellte ihn in der Küche ab.

»Falls du jemals eine Übernachtungsmöglichkeit brauchst, kann ich dir nur meine Couch anbieten«, witzelte Sam und deutete auf die kleine grüne Couch, die mitten im Raum thronte.
»Vielen Dank, ich glaube, da übernachte ich dann gleich in meiner eigenen Wohnung. Nichts gegen deine Couch, aber da passen gerade einmal meine Beine drauf!« Liam lachte amüsiert auf.

»Hey, immerhin habe ich jetzt eine eigene!«, entgegnete Sam empört und boxte Liam spielerisch gegen die Schulter.
Langsam trugen sie gemeinsam alle Möbelstücke in die Wohnung.

Als auch die allerletzte Kiste Einzug gefunden hatte, atmete sie erleichtert auf. Sie ließ sich auf die Couch plumpsen und streckte alle viere von sich.

»Ich glaube, ich brauche jetzt mindestens den Rest des Tages Ruhe, die letzten Tage waren eindeutig zu viel«, jammerte Sam und spürte zeitgleich, wie sich leichte Kopfschmerzen anbahnten.
Sie verharrte eine Weile in dieser Position und nahm einige tiefe Atemzüge.

»Ich parke nur schnell den Transporter um, dann könnten wir etwas kochen. Soll ich das heute übernehmen?«, fragte Liam, der sich aus seinem Anorak geschält hatte.
Sam hob ihren Kopf und setzte sich dann wieder auf.
»Ich wäre voll dafür.«
Sie reckte beide Daumen nach oben und schenkte ihm ein dankbares Lächeln.
Liam verschwand und kam fünf Minuten später mit erleichterter Miene wieder durch die Tür. Inzwischen hatte es draußen zu nieseln begonnen, das konnte Sam an der nassen Spur auf der Außenscheibe erkennen.
»Hier ist es beinahe unmöglich, einen Parkplatz zu bekommen, vor allem mit dieser großen Kiste meines Dads«, maulte Liam.
»Tut mir leid. Stehst du weit weg?« fragte Sam.
»Nur zwei Straßen weiter, schon okay. Aber hey, wir haben's geschafft.«
Liam trat auf sie zu und breitete die Arme aus, dann zog Sam ihn kurz an sich. Ein Lächeln breitete sich auf ihren Lippen aus. Sie fühlte sich wohl in seiner Nähe und endlich ein Stück angekommen.

»Ich bin so happy und jetzt lass uns etwas essen, ich habe großen Hunger.«
Liam nickte und sie trat wieder einen Schritt zurück.

»Wie wäre es, wenn wir heute ausnahmsweise nichts kochen und den Backoffen anschmeißen?«, fragte Sam und stemmte ihre Hände in die Hüften.

»Auch eine Option. Ich bin für alles zu haben.«

Liam verschränkte grinsend die Arme vor der Brust und ließ sich dann auf die Couch zurückfallen.

Vorhin auf dem Weg hierher hatten sie an einem Supermarkt gehalten und Sam hatte diese Gelegenheit genutzt, um sich mit ein paar Lebensmitteln einzudecken. Für heute würde sie es sich zu Hause gemütlich machen, vielleicht später etwas spazieren gehen, wenn das Wetter nicht in Regenschauer umschlug. Kurz warf sie einen Blick auf ihr Smartphone, es war bereits früher Nachmittag. Sie tippte eine Nachricht und schickte sie ihrem Dad. Sie wollte ihm mitteilen, dass bei ihrem Umzug alles geklappt hatte. Am Abend würde sie ihm noch Fotos zukommen lassen, darüber würde er sich bestimmt freuen.

Wenige Zeit später hatten sie es sich mit Fertigpizza im neuen Wohnzimmer gemütlich gemacht. Die Möbel, es waren nicht viele, standen schon an ihrem Platz. Auch ihren Schreibtisch hatte sie neben dem Fenster untergebracht. Alles in allem sah es noch etwas chaotisch aus mit den ganzen Kartons in dem viel zu kleinen Raum.

Trotzdem war Sam froh und auch stolz, dass sie diesen Schritt gewagt hatte. Sie konnte es noch gar nicht richtig realisieren, dass sie ihre eigenen vier Wände hatte. Hier in Irland! Ihrem neuen Zuhause.

***

Als Sam später am Abend im Bett lag, dachte sie voller Vorfreude an ihr Studium und die Dinge, die auf sie zukommen würden. Zwischen Aufregung und Nervosität mischte sich auch ein Gefühl von Neugier. Es kribbelte in ihrem Bauch. Ein Neuanfang, sie hatte eine Chance, der Dunkelheit und der Vergangenheit zu entkommen.

Schließlich fiel sie in einen tiefen traumlosen Schlaf, während der Regen leise gegen die Fensterscheibe trommelte.

Kapitel 3
Sam

Der nächste Tag fing für Sam später an als gewöhnlich. Sie schlief viel länger als sonst. Normalerweise war sie kein Morgenmuffel, doch an diesem Morgen fehlte ihr jegliche Orientierung. Als sie sich schließlich überwunden hatte, aus dem Bett zu steigen, fiel ihr etwas ein. Gestern Abend hatte sie vergessen ihrem Vater die Fotos von der neuen Wohnung zu schicken. Sogleich holte sie das nach und scrollte durch die Aufnahmen vom Vortag.

Heute wollte sie sich nochmals mit Liam treffen. Sie planten, die neuen Räumlichkeiten zu erkunden, in denen die Vorlesungen für das Studium stattfanden. Liam war ortskundig und hatte Sam bereits in der Anfangszeit geholfen, sich in Dublin zu orientieren. Es war ein großer Vorteil, einen waschechten Iren an der Seite zu haben.

Außerdem stand heute Auspacken auf dem Plan, denn im Wohnzimmer warteten noch einige Kisten und Kartons auf sie.

Das Chaos in ihrem Kopf beruhigte sich erst, als sie gedanklich einen Schritt-für-Schritt-Plan erstellte. Er zeigte seine Wirkung und Sam fühlte sich danach endlich bereit ihren Tag zu starten.

Mit einem guten Gefühl im Bauch schlüpfte sie in das kleine Bad mit den dunkelgrünen Kacheln an der Wand.

Vor ihrer Dusche lag eine Badematte in Form eines Kleeblatts. Diese hatte sie in einem Laden in der Stadt zufällig entdeckt und direkt eingepackt. Es sah alles irgendwie sehr niedlich aus, wie sie fand.

Nachdem Sam eine ausgiebige Dusche genommen hatte, schaltete sie die Kaffeemaschine ein. Mit einer Tasse dampfendem Kaffee und zwei Toasts schlenderte sie zurück ins Wohnzimmer zu ihrem alten Schreibtisch, ihrem Lieblingsmöbelstück.

Dort warf sie einen Blick aus dem Fenster. Feiner Nieselregen besprenkelte die Scheibe und eine dünne Nebeldecke umhüllte Teile

31

der Straße. Es war ein Wetter zum Einkuscheln, mit Kakao und Film. Zu zweit wäre es natürlich doppelt so schön.

Sam wollte diese Gedanken dringend beiseiteschieben, auch wenn sie sehr verlockend waren. Doch aus irgendeinem Grund wollte ihr Unterbewusstsein da nicht mitspielen. Sie sehnte sich schon eine ganze Weile danach. Wonach eigentlich genau? Vielleicht nach dem Gefühl von Nähe, oder war es mehr? Jetzt war nicht der passende Zeitpunkt, dem nachzugehen.

Sie wandte sich vom Fenster ab und nahm den ersten Schluck Kaffee aus ihrer Tasse. Die Wärme und der Duft belebten ihre Sinne. Sam setzte sich an den kleinen Tisch neben ihrer Küchenzeile und frühstückte erstmal.

Als sie fertig war und das Geschirr gespült hatte, raffte sie sich dazu auf, ein paar der Kartons auszuräumen. Einer davon war voller Bücher. Darunter befanden sich Fantasyromane, Liebesromane und ein paar literarische Werke als Vorbereitung für die Uni. Sie packte sie vorsichtig in ihr Bücherregal. Demnächst würde sie bestimmt eine Menge Zuwachs bekommen und auch selbst wieder schreiben. Endlich.

Der Gedanke daran, etwas zu Papier zu bringen, ließ Sam innerlich aufblühen. Es kitzelte sie in den Fingern, eine neue Geschichte zu erzählen. Auch auf den Austausch mit Gleichgesinnten freute sie sich, denn Bücher und Schreiben waren ihr Zuhause. Dies hier war ihre Welt. Tatsächlich war es wie ein kleines Paralleluniversum. Hier konnte sie ihrer Fantasie freien Lauf lassen. Worte hatten diese Macht, alles zu erschaffen, bezaubernde Wesen und tief berührende Lebensgeschichten und ganz viele magische Momente.

Magische Momente.

Manchmal würde auch sie gerne einen dieser Momente erleben. Vielleicht mit einer Person. Vielleicht so, wie es in Büchern stand, doch sie wusste nicht, ob es überhaupt möglich war. Für einen

Moment führte sie den Gedanken weiter aus. Sie stellte sich vor, dass es möglich war, so jemanden zu finden.

Sam blickte erneut auf den Karton und verwarf rasch den Gedanken. Ihre Umzugskisten würden sich nicht von allein ausräumen. Sie seufzte und packte schließlich den Rest aus.

Das letzte Buch, welches ganz unten im Karton lag, war ein Notizbuch, es hatte einen dickeren Einband mit blauem Blumenmuster. Sie nahm es heraus und legte es vorsichtig auf ihren Schreibtisch. Es war ein Geschenk von ihrer Mutter und sie besaß es schon viele Jahre. Anfangs hatte sie es als Tagebuch benutzt, doch jetzt war es Notizbuch für all ihre Ideen. Sie hatte es stets bei sich. Manchmal schlug sie es auf, wenn sie gerade im Park saß oder in einem Café, und kritzelte etwas hinein.

Sam strich liebevoll über den Einband und ein Lächeln huschte über ihre Lippen. Der letzte Eintrag für eine neue Ideen war schon etwas länger her. Es fehlte ihr in letzter Zeit an Konsequenz, diese zu ver-schriftlichen, also nahm sie sich vor, gleich heute wieder damit an-zufangen. Sie erhob sich und ging in den Vorraum, um es in ihren beigen Stoffrucksack zu packen, der an einem Haken an der Garderobe hing. Als Sam ins Wohnzimmer zurückkam, hörte sie, dass ihr Smartphone, das auf dem Schreibtisch lag, vibrierte.

Auf dem Display erschien eine Nachricht von Liam. Darin stand, dass er es nicht zur ausgemachten Uhrzeit zu ihrem Treffpunkt schaffen würde. Sam rechnete kurz nach. Wenn sie jetzt losfahren würde, hätte sie noch Zeit, durch Dublin zu schlendern. Sie könnte nach Büchern Ausschau halten und neue Ideen für ihr Projekt niederschreiben. Der Gedanke ließ sie euphorisch werden. Schnell verstaute sie die leere Kiste unter dem Tisch, die anderen beiden konnte sie auch noch heute Abend ausräumen. Sam freute sich trotz des neblig-trüben Wetters auf einen schönen Nachmittag in der Altstadt.

Sie trat an das Fenster, um zu sehen ob der Regen nachgelassen hatte, und öffnete es. Feine Tropfen bedeckten das weiß gestrichene Fensterbrett, und als sie sich nach vorne lehnte, kam ihr ein Schwall kalter Luft entgegen. Sie fröstelte leicht, schloss es wieder und schnappte sich ihren türkisfarbenen Parka.

✳✳✳

Der Bahnhof in Killester erinnerte eher an ein schickes großes Wohnhaus. Auf dem Dach des Gebäudes war ein schmaler Uhrturm zu erkennen. Er sah aus wie eine Kopie von Big Ben in London, nur eben sehr klein. Sam schlenderte in Richtung der Automaten in der Eingangshalle. Sie besorgte sich eine Fahrkarte und ging dann zu den Gleisen. Die Anzeige verriet, dass der nächste Zug in acht Minuten einfahren würde, also fischte sie sich ihre Kopfhörer aus dem Rucksack und scrollte auf ihrem Smartphone durch ihre Playlist. Ihr Musikgeschmack war zusammengewürfelt. Er bestand aus alten Songs und Klassikern, die sie schon in ihrer Schulzeit gehört hatte. Hauptsächlich waren es aber Popsongs und Lieder von britischen oder irischen MusikerInnen.
Sam riss erschrocken ihren Kopf hoch, als sie ein lautes Hupen vernahm. Sie hatte sich noch immer nicht ganz daran gewöhnt mit dem Zug anstatt mit dem Bus zu fahren. Rasch ließ sie ihr Smartphone in die Jackentasche gleiten, zupfte an ihrem Reißverschluss und zog ihre Kapuze über ihre beige Baumwollmütze. Dann trat sie auf den Bahnsteig, wartete, bis der Zug die Türen öffnete, und stieg ein.

Eine Menschentraube stand bereits am Bahnsteig, als der Zug zwanzig Minuten später mit einem leisen Quietschen zum Stillstand kam. Wie immer war es an Werktagen in der Dubliner Innenstadt drückend voll. Sam hatte keine Schwierigkeiten mit öffentlichen Verkehrsmitteln und den vielen Menschen. Dies war sie bereits aus ihrer Heimatstadt Berlin gewohnt.

Sie stieg aus und bahnte sie sich ihren Weg zwischen den Passanten hindurch, immer mit Blick Richtung Ausgang. Dabei passte sie auf, niemanden anzurempeln, und kam schließlich vor einer großen Straßenkreuzung zum Stehen. Kurz hielt sie inne, orientierte sich und überquerte dann den Zebrastreifen, als ihre Ampel auf Grün sprang.der Regen hatte tatsächlich nachgelassen und so beschloss sie, den Weg Richtung St. Patricks Cathedral einzuschlagen.

Als Sam den Park erreicht hatte, ließ sie sich auf eine der Holzbänke nieder. Sie standen in einem runden Bogen um ein Denkmal und boten Aussicht auf die größte Kathedrale der Stadt. Sie dachte zurück an ihre allersten Tage hier, ihre Ankunft in Dublin. Damals war sie fast jeden Tag hier gewesen. Es war Frühjahr gewesen und die wunderschönen hohen Bäume hatten zu blühen angefangen. Sam nahm einen tiefen Atemzug. Sie mochte diesen Ort. Die kühle Brise, die ihr Gesicht streifte, bescherte ihr eine Gänsehaut. Gerade war sie froh, dass sie sich heute für ihre dünne Baumwollmütze entschieden hatte. In der Nähe des Atlantiks konnten die Sommertage sich anfühlen wie ein Herbsttag in Deutschland. Sam ließ ihren Blick schweifen. Zu dieser Zeit wirkte der Park vor der Kathedrale nahezu ausgestorben. Hier und da erblickte sie Jogger und Familien mit Kindern, die vorbei spazierten. Sie hatte sich bewusst für dieses Fleckchen entschieden, denn die Kathedrale war atemberaubend mit ihren alten Gemäuern. Sie passte exakt in die Kulisse und war umgeben von einem gepflegten Rasen und unzähligen Blumenbeeten. Hier war für sie der perfekte Ort zum Schreiben, zum Ideen sammeln und verweilen. Sie kam noch immer regelmäßig in den Park, eben weil er ruhiger war im Vergleich zu den anderen Plätzen in Dublin war.

Neugierig ließ sich ein Vogel neben Sam auf der Parkbank nieder und schaute mit seinen schwarzen kleinen Augen zu ihr hoch. Er war wohl in großer Hoffnung, ein paar Bissen von etwas Essbarem zu ergattern. Sam schenkte ihm ein Lächeln und beobachtete ihn eine Weile.

»Tut mir leid, mein kleiner Freund, ich habe heute nichts dabei.«

Dann griff Sam in ihren Rucksack und zog das blaue Notizbuch hervor. Ein paar Gedankenfetzen schwebten bereits in ihrem Kopf und so schrieb sie diese auf, während ihr Blick wieder in Richtung Kathedrale abschweifte. Viel war es nicht, stellte sie fest, als sie das Buch nach einer Weile wieder zuschlug. Sie seufzte etwas enttäuscht und packte es wieder ein.

In letzter Zeit war sie sehr unkonzentriert und hatte den Kopf nicht frei für Dinge, die sie normalerweise sofort in eine großartige Idee verwandeln konnte. Irgendetwas fehlte, doch sie konnte nicht genau ausmachen, was es war. Gedankenverloren holte Sam ihr Smartphone aus der Jackentasche. Wenn sie noch in den Bücherladen schauen wollte, wäre es Zeit, langsam aufzubrechen. Auf dem Display ihres Smartphones entdeckte sie eine Nachricht, sie war von ihrem Papa. Er hatte auf die Bilder reagiert und ihr geschrieben, dass ihm die Wohnung gefiel. Sam schmunzelte, als sie die Zeilen überflog, gleichzeitig kamen in ihr viele Emotionen hoch. Auch wenn sie wöchentlich mit ihrem Papa telefonierte, spürte sie eine Sehnsucht nach ihrer vertrauten Umgebung. Manchmal vermisste sie ihr Zuhause, welches sie vor knapp zwei Monaten verlassen hatte. Im Herbst würde sie nach Deutschland fliegen, das hatte sie ihm versprochen und der Gedanke daran half ihr in diesem Moment zumindest ein bisschen.

Als Sam eine viertel Stunde später über die berühmte Grafton Street schlenderte, die unzählige Geschäfte beherbergte, kam eine kindliche

Vorfreude in ihr hoch. Durch das geringe Platzangebot standen die vielen Läden und Hotels sehr eng beieinander. Sam erreichte den Buchladen. Der Eingang war im Gegensatz zu den modernen Läden sehr unscheinbar.

Ein vertrauter Geruch von frisch gedruckten Büchern schlug ihr entgegen, als sie die Tür nach innen öffnete. Drinnen standen hohe Regale mit Büchern zu ihrer linken und rechten Seite. Sie ging zu einem der vielen Verkaufstische und die Dame an der Theke nickte ihr freundlich zu. Sie schenkte ihr ein Lächeln, begrüßte sie freundlich und sah sich dann um.

Zehn Minuten später trat Sam, mit zwei Büchern unter dem Arm, aus dem Laden. Ihr Blick blieb an einem Plakat, das neben der Ladentür klebte, hängen. Es war ein Aushang für ein Konzert und sie erkannte am Bild sofort, um wen es sich handelte. In großen Lettern stand dort der Name eines irischen Musikers, der ihr bekannt war. Sie las weiter und spähte zum Datum. Im August sollte hier in Dublin ein Konzert von dem Sänger stattfinden. Augenblicklich durchströmte sie ein kribbeliges Gefühl in ihrem Magen.

Würde es noch Karten geben? Das musste sie unbedingt Liam erzählen. Als Sam jedoch auf ihr Smartphone blickte, fluchte sie leise und schob es sogleich zurück in ihren Parka. Sie war schon spät dran und musste sich beeilen, denn Liam würde sicher gleich bei ihrem Treffpunkt sein. Sie hatten vereinbart, sich am Eingang des Trinity College zu treffen, bis dorthin war es zu Fuß aber noch ein ganzes Stück. Während sie los eilte, beschloss sie, Liam später zu fragen, ob er Lust hätte, sie zu dem Konzert zu begleiten. Immerhin liebte er die irische Straßenmusik genauso sehr wie sie selbst. Eine Welle der Vorfreude überkam Sam, als ihre Schritte langsamer wurden und sie die letzten wenigen Meter keuchend hinter sich legte.

Liam stand neben dem großen Torbogen und winkte ihr zur Begrüßung. Auch er trug heute wieder eine seiner Mützen, diesmal in einem knalligen Rot, beinahe Ton in Ton zu seinen rotblonden Locken. Tatsächlich hatte der Wind nun etwas nachgelassen und auch die Sonne erschien für ein paar Minuten auf der Bildfläche.

Sam öffnete ihren Parka und reckte den Kopf zum Himmel, um ein paar Sonnenstrahlen einzufangen. Dann schloss sie zu Liam auf, der sie in eine schnelle Umarmung zog und neugierig auf ihre Bücher blickte.

»Hey. Warst du shoppen?« Er grinste breit, sodass man seine Grübchen rund um den Mund ausmachen konnte.

Sam nickte. Sie hatte ganz vergessen, sie in den Rucksack zu packen.

»Ich war noch schnell bei Dubray Books in der Grafton Street, ich brauche Nachschub und Inspiration.« Sie grinste ihn verlegen an, bis ihr plötzlich einfiel, was sie ihn Wichtiges fragen wollte.

Gemeinsam gingen sie am Gebäude des Colleges entlang und Sam erzählte ihm aufgeregt von dem Konzert, welches sie auf dem Aushang am Laden entdeckt hatte.

»Meinst du, es gibt noch Tickets, immerhin sind es nur mehr knapp drei Wochen bis zum Konzert, die sind doch bestimmt schon ausverkauft?« Liam war kurz stehen geblieben und sah sie an.

Bei dem Satz fühlte Sam, wie ihre Euphorie langsam schwand. Daran hatte sie gar nicht gedacht. Enttäuscht wandte sie ihren Blick zur weitläufigen Grünfläche, wo sich in dem Augenblick eine Krähe niederließ. Ihre breiten schwarzen Flügel dicht an ihrem Körper hüpfte sie ein Stück über den gepflegten Rasen.

Liam hatte inzwischen sein Smartphone herausgeholt und tippte etwas auf seiner Tastatur, kurz darauf fuchtelte er mit dem Bildschirm vor ihrer Nase herum.

»Sieh mal, ein paar Restkarten gibt es noch!«

Sam erstarrte. Sie riss ihm das Smartphone aus der Hand und beinahe wäre es auf dem Boden gelandet. Dann stieß sie einen kleinen Freudenschrei aus und hüpfte wild auf und ab, ohne sich Gedanken zu machen, was die Passanten um sie herum jetzt dachten.

»Ich glaub es nicht! Los, reserviere uns schnell zwei Stück«, bettelte Sam und hielt ihm das Smartphone wieder vor die Nase.

»Das hier wird wohl eine kleine Premiere für mich. Mein erstes Konzert seit meiner Schulzeit.« Liam nahm sein Smartphone entgegen und grinste breit.

»Umso besser, dann wird es höchste Zeit, dass du wieder eines besuchst. Und dieses wird großartig, glaub mir.« Sam strahlte über beide Ohren.

Die Gedanken an das Konzert und die Vorfreude ließen sie an diesem Nachmittag nicht mehr los. Sie hatten bereits das College-Areal hinter sich gelassen und plauderten die restliche Zeit über Bands und die irische Straßenmusik. Liam schlenderte neben ihr her und warf ihr zeitweise einen gespielt genervten Blick zu, weil sie von nichts anderem mehr sprach.

»Bist du jetzt überhaupt noch aufnahmefähig für unser Vorhaben oder soll ich dich bei den Straßenmusikern absetzen?«, witzelte Liam und Sam erwiderte seinen Blick amüsiert. Dann blieb sie abrupt stehen, stopfte ihre Bücher in den Rucksack und stemmte die Hände in die Hüften.

»Okay, wohin müssen wir? Du bist der Boss.«

Liam ging voraus und wenig später erreichten sie ihr eigentliches Ziel. Das Geburtshaus von Oscar Wilde lag nur ein Stück vom Trinity College entfernt. In ihren Studienunterlagen hatten sie erfahren, dass dort ihre Gruppenworkshops stattfinden würden. Sam fand alles sehr aufregend, immerhin war Oscar Wilde eine Art Wahrzeichen der Stadt Dublin und ein sehr bekannter Schriftsteller. Sie standen jetzt vor einem gusseisernen Eingangstor des weiß gestrichenen Wohnhauses.

»Wusstest du, dass viele Autoren aus Irland, aber auch aus ganz Europa ihre Ausbildung hier absolviert haben?«, fragte Liam sie, doch Sam schüttelte den Kopf.

»Das ist so genial!«, stieß sie aufgeregt hervor und fühlte sich stolz. Ausgerechnet sie hatte eine Chance für diesen Neuanfang bekommen. Doppelte Freude überwog an diesem Nachmittag.

Schon nach dem Sommer würde sie voll durchstarten mit ihrem Masterstudium. Was sollte ihr jetzt noch zu ihrem Glück fehlen?

Kapitel 4
Mira

»Gut gemacht! Ich denke, dass ist genug Bewegung für heute.«
Mira ging in die Knie, während sie ihren Griff um Gabriellas Hüfte
verstärkte. Diese hatte gerade ihre täglichen Gehübungen absolviert
und Mira unterstützte sie so gut es ging. Sie half nun Gabriella, sich
umzudrehen, sodass sie direkt in ihr Gesicht blicken konnte. Dann
hob sie sie vorsichtig in ihren Rollstuhl, der neben ihnen stand. Als
sie sich vergewissert hatte, dass ihr Bauchgurt geschlossen war, schob
sie den Rollstuhl Richtung Klassenraum.
In dem Moment, als beide die Klasse betraten, hörte sie Gabriellas
quietschendes Lachen. Ein kleiner Junge, etwa in ihrem Alter, kam
auf einmal auf sie zugelaufen. Er hatte brünettes kurzes Haar und trug
eine dicke Brille auf der Nase. Als er neben dem Rollstuhl zum Stehen
kam, nahm er Gabriellas kleine Hand und begleitete sie zum Tisch.
»Hallo Samuel. Seid ihr schon fertig mit dem Kochen?«

Der Junge nickte, ohne ein Wort zu sagen. Samuel war Gabys
Schatten. Er liebte sie und war ihr bester Freund. Mira strich sanft
über seinen Kopf und schickte ihn dann in das angrenzende Bad zum
Händewaschen. Als sie vor der großen Küchenzeile stand, die
ebenfalls Einrichtung ihrer Klasse war, warf sie einen Blick auf die
große Wanduhr. Die bunten Zeiger standen auf neun Uhr. Es war Zeit
für das gemeinsame Frühstück. Sie selbst könnte jetzt eine kurze
Verschnaufpause dringend gebrauchen. Auch wenn es beim Essen
meist sehr ruhig zuging, hatte Mira in diesem Augenblick keine
Rückzugsmöglichkeit. Es half nichts, sie musste bis Mittag
durchhalten.

Für das Essen war am heutigen Tag ihr Kollege zuständig. Bei der Zubereitung der Mahlzeiten wurden die Schüler*innen immer von einem Schulbegleiter unterstützt. Jede Woche war die Aufteilung gleich, sodass es für alle leichter war, sich zu orientieren.

Samuel kam aus dem Bad zurück und grinste breit, dann lief er zu seinem Platz neben Gabriella und legte erneut seine Hand auf ihren Unterarm. Mira beobachtete die beiden gerührt und schenkte ihnen ein Lächeln. Als alle das Lied anstimmten, zeigte Samuel ihr voller Stolz, wie man richtig in die Hände klatschte, und machte es Gaby vor. Die beiden gaben wirklich ein perfektes Paar ab, dachte Mira im Stillen und fing dann an, den Salat zu verteilen.

Als es Nachmittag war, entschloss sich Mira, in die Hamburger Innenstadt zu fahren. Das Wetter war sonnig, aber nicht zu heiß. Sie konnte diesen Ausflug gleich nutzen, um ein paar Einkäufe zu erledigen. Mit der U-Bahn erreichte sie ihr Ziel auf schnellstem Weg, auch wenn sie auf öffentliche Verkehrsmittel liebend gern verzichten würde. Es waren einfach zu viele Reize auf einmal. Dennoch, in das Auto zu steigen, war zu dieser Tageszeit ebenfalls keine Option. Vermutlich verbrachte sie dann die Hälfte der Fahrt im Stau.

Mira verließ die U-Bahn-Station Stephansplatz und schlenderte an kleinen Restaurants, Geschäften und einer bekannten Hotelkette vorbei, bis sie schließlich eine riesige Straßenkreuzung erreichte.
Der japanische Garten war eine wunderschön angelegte Grünfläche in Mitten des Hamburger Zentrums. Fernab von dem Trubel und den vielen Menschen. Es war exakt das Gegenteil von dem, was einen auf der berühmten Reeperbahn erwartete. Mira mochte die bunte Vielfalt der Stadt, dennoch suchte sie bewusst Orte, welche weniger von Touristen aufgesucht wurden.

Ein paar Minuten später erreichte sie den Garten, der, umrandet von dichten Hecken, von außen unscheinbar wirkte. Gleich am Eingang führte ein schmaler Gehweg zu einem wunderschönen kleinen Seerosenteich. Das Grün der Wiese, die Vielfalt an Pflanzen, die rosafarbenen Blüten, dazu ein paar Enten, die es sich auf Steinen bequem gemacht hatten. All das strahlte etwas tief Beruhigendes aus. Sobald man den Garten betrat, war es, als wäre man auf einmal in einer anderen Welt, an einem zeitlosen Ort.

Sonnenstrahlen fielen jetzt in breiten Streifen auf die Wasseroberfläche des Teichs. Eine Schicht aus glitzerndem Licht entstand. Mira liebte dieses Schauspiel und beobachtete, wie eine der Enten ins Wasser segelte und den Kopf eintauchte. Das Wasser perlte einfach ab, als hätte die Ente einen magischen Umhang. Nach zwei Sekunden hatte sie ihren Kopf auch schon wieder gehoben und watschelte auf die trockene Wiese, um sich zu sonnen.

Was für ein Leben, dachte Mira und musste lächeln. Wie gerne würde sie jetzt mit dieser Ente tauschen, hätte sie dann weniger Sorgen? War es überhaupt möglich, ohne ihre Ängste zu leben?

Immer einen Schritt nach dem anderen. Es waren Hermines Worte die ihr jetzt im Ohr nachhallten. Manchmal waren es vielleicht Worte, die ihr ihre Mutter predigen würde. Dennoch, Hermine hatte in diesem Fall recht. Mira dachte an ihr Projekt. War sie schon so weit? Waren ihre Texte überhaupt gut genug? Was, wenn niemand sie lesen wollte? Ein Strom aus Gedanken und Gefühlen, der sie nicht mehr losließ.

Sie hoffte sehr, dass sie in diesem Sommer ihre Texte fertigstellen konnte. Doch im Moment hatte sie das Gefühl, als würde in ihr alles stillstehen.

Eine warme Brise streifte ihre Schultern und Sonnenstrahlen wärmten ihr Gesicht, als sie ihr abgegriffenes Lederbuch aus der Tasche zog. Sie blickte lange auf den Einband. Wann hatte sie angefangen, ihre Gedichte niederzuschreiben? Damals war sie so voller Hoffnung, voller Inspiration gewesen.

Ihr Blick fiel auf den Seerosenteich. Wie es wohl wäre, mit jemanden hier zu sitzen, all die Sorgen teilen zu können und sich gleichzeitig fallen zu lassen. So oft fragte sie sich, ob es Seelenverwandtschaft gab.

Zwei Seelen, die in ihrem eigenen kleinen Universum lebten und die jedem Sturm trotzten. Egal wie stark er wäre, sie würden sich an den Händen halten, durch den Sturm tanzen.

Die Worte in Miras Kopf formten sich zu Sätzen.

Sie schnappte sich ihren Kugelschreiber, der an dem Buch befestigt war, und begann zu schreiben.

Das Funkeln in dir

Alles wirkt schwer

Du erzählst mir von dir

Erzählst schwere Worte.

Du siehst mich an, als auch der letzte Glanz von der Schwere umhüllt wird.

Wie eine Decke aus Beton liegt sie nun auf dir.

Verdeckt alles, all deine Sehnsucht, dein Strahlen.

Für mich nicht mehr sichtbar. Für dich nicht mehr spürbar

Mitten im Satz hielt sie inne.

Ein paarmal kritzelte sie einen neuen Satz darunter, den sie dann aber gleich wieder durchstrich. Sie mochte den Anfang, aber der Text war noch nicht fertig. Dennoch, sie war zufrieden mit sich. Sie hatte sich für ein paar Momente auf das alles einlassen können, war in ihre Gedanken versunken. Sie hatte die Tiefe zum Ausdruck gebracht. Es war ein befriedigendes Gefühl, das sie in letzter Zeit schmerzlich vermisst hatte.

Schritt für Schritt. Mira nahm noch einen tiefen Atemzug und blickte auf die Seerosenblätter im Teich, die sanft hin und her schaukelten. Dann steckte sie das Buch zurück in ihre große Tasche und sprang auf. Die Enten, die bis jetzt dösend auf den Steinen gesessen hatten, erschraken und gaben quakende Laute von sich. Mit dieser abrupten Bewegung hatten sie wohl nicht gerechnet. Entschuldigend blickte Mira in ihre Richtung, bevor sie zurück auf den Kiesweg trat.

Der Weg schlängelte sich zwischen Sträuchern und Bäumen entlang. Viele exotische Pflanzen zierten den Wegrand, die meisten waren mit Info-Schildern versehen.

Nach einer Weile erreichte Mira eine ausladende Grünfläche mit vielen Parkbänken und Sitzplätzen. Ein paar Eltern waren mit ihren Kindern hierhergekommen. Es gab viele Bäume, die Schatten spendeten und zum Verweilen einluden. Vogelgezwitscher legte sich über die weitläufige Fläche wie eine sanfte Hintergrundmusik.

Als sie weiter spazierte, kam sie zu einem kleinen See. Er befand sich genau in der Mitte der Anlage. Ein beeindruckendes weißes Häuschen im japanischen Stil war hier als Teehaus errichtet worden. In den Sommermonaten fanden dort Teezeremonien für Touristen und Interessierte statt. Ein schmaler Holzsteg führte vom Ufer weg direkt in den See. Der Anblick und die Kulisse ließen Mira immer ganz ruhig werden. Sie sog die friedvolle Atmosphäre in sich auf. Konnte ankommen, im Hier und Jetzt sein. Für ein paar Momente waren Sorgen und Ängste verschwunden. Ein kleiner Funken Hoffnung keimte in ihr, als sie den Steg erreicht hatte und auf die spiegelglatte Wasseroberfläche blickte.

***

Als Mira am späten Nachmittag in die Wohnung zurückkehrte, tätschelte sie Komet den Kopf, der sie an der Tür stürmisch begrüßte. Zusätzlich fand sie eine gestresste Hermine vor.

»Warte, noch nicht! Du kannst gleich reinkommen.«

Hermine streckte gerade ihren Kopf aus der Tür ihres gemeinsamen Wohnzimmers.

»Und was wird das jetzt?« Mira sah ihr verwundert nach, als sie wieder hinter der Tür verschwand. Etwas unruhig wanderte sie im Flur auf und ab, denn sie mochte keine Überraschungen. Das war noch nie ihr Ding gewesen. Und außerdem hatte sie weder Geburtstag noch gab es irgendeinen besonderen Anlass.

Zwei Minuten später erschien Hermine nochmals, diesmal lächelte sie entschuldigend und schob die Tür weit auf.

»Komm rein, ich habe etwas für dich.«

Auf dem kleinen Couchtisch aus hellem Holz stand ein Porzellanteller mit einem Haufen Schokoladenmuffins darauf. In jedem der Muffins steckte ein kleines Fähnchen mit der irischen Nationalflagge.
Mira musste komisch dreingeschaut haben, denn Hermine fing laut an zu lachen.
»Keine Sorge, wir feiern keine Abschiedsparty, ich habe nicht vor abzuhauen und dich hier zurückzulassen.«

»Okay, und was ist das dann?« fragte Mira erstaunt und zeigte auf den Teller mit den Muffins.
»Und warum diese Flagge? ... Die Muffins sehen übrigens sehr lecker aus.« Mira grinste und schnappte sich einen. Doch sie stand noch immer vor einem Rätsel.
Hermine schob ihr hastig das Kuvert hin, das auf dem Tisch gelegen hatte.
»Mach es einfach auf, du wirst schon sehen«, sagte sie ungeduldig und hielt es ihr dann vor die Nase, nachdem Mira keine Anstalten machte, es zu nehmen. Sie hatte sich jetzt direkt neben Mira gestellt und kicherte nervös.

Mira öffnete den Briefumschlag und zögerte kurz, dann zog sie den Inhalt heraus. Hastig überflog sie die Zeilen und hielt dann noch etwas anderes in der Hand.

»Nein, du … Wie kommst du zu denen? Ich glaube es nicht.« Mira fehlten die Worte. Sie machte kleine Luftsprünge. Stürmisch umarmte sie Hermine, die diesen Gefühlsausbruch wohl nicht erwartet hatte. Sie erwiderte ihre Umarmung und strahlte über das ganze Gesicht.

»Na ja du hast oft von diesem Sänger gesprochen. Ich wusste, du liebst seine Musik, da habe ich recherchiert. Durch Zufall bin ich auf das Gewinnspiel gestoßen und dachte, ich versuche mein Glück einfach. Was soll ich sagen, ich konnte es selbst kaum glauben, als ich die Mail erhalten habe, dass ich eines der Tickets gewonnen habe.«

Mira ließ sich auf das Sofa nieder, sie war überwältigt und konnte kaum sprechen. Ihr Wangen glühten jetzt vor Aufregung.

»Danke, du glaubst nicht wie viel mir dein Geschenk bedeutet. Du bist verrückt, Hermine. Solltest du jemals einen Gedanken daran verschwenden doch abzuhauen, kann ich dir garantieren, dass ich mitgehe. Ich will meine Mitbewohnerin nicht verlieren.«

Mira lehnte sich kurz an ihre Schulter.

»Danke.« Hermine blickte etwas verlegen zu ihr hoch. »Und wir werden uns nie verlieren, egal was passiert.«

Mira nickte bestätigend.

»Ich fliege nach Dublin. Ich glaube es nicht. Ich muss gleich nachsehen, wann Flüge gehen.« Sie fächelte aufgeregt mit dem Ticket in der Hand.

Inzwischen hatte Hermine ihren Laptop hervorgeholt und sie durchforsteten das Internet auf der Suche nach Flügen und einer günstigen Unterkunft. Auch wenn es nur noch knapp eineinhalb Wochen bis zum Konzert waren, wurden sie rasch fündig. Als sie die Buchung fast abgeschlossen hatten, kamen jedoch Zweifel in Mira hoch. Hermine bemerkte ihre plötzliche Unsicherheit und Stille.

»Ich weiß, du machst dir Sorgen alleine zu Reisen, wegen deiner Ängste. Aber ich bin jederzeit erreichbar. Okay?«

Mira nickte, doch ihr wurde etwas mulmig. Plötzlich schossen ihr viele Fragen durch den Kopf. Würde sie sich zurechtfinden?

Was, wenn es ihr zu viel oder zu laut wurde auf dem Konzert? Würden sie die Ängste auch nach Dublin begleiten, an einen Ort, der ganz unbekannt und neu für sie war?
Erst ein- oder zweimal war sie ohne Begleitung verreist, meist jedoch innerhalb Deutschlands.
Andererseits konnte sie das Tempo vorgeben, selbst entscheiden, was gut für sie war.
Der Gedanke daran, dass sie jederzeit zuhause anrufen konnte, beruhigte sie ungemein. Er war ein kleiner Anker.
Sie blickte noch einmal zu Hermine, die gerade die Buchung durchging und ihre Unterlagen für sie ausdruckte. Diese erwiderte ihren Blick mit einem Lächeln und legte ihre eine Hand sanft auf die Schulter.
»Hey, das wird toll. Du weißt ja, wenn es irgendwelche Probleme geben sollte ...«
Mira nickte. Sie wollte es schaffen, vielleicht war das die Chance, die sie gebraucht hatte.
»Ich glaube, die Stadt ist genau der richtige Ort, um auch Abstand zu gewinnen, vielleicht findest du ja wieder in deinen Schreibfluss.«Hermines Stimme klang sanft aber bestimmt.

»Ja, wer weiß. Vielleicht hast du recht.« Mira seufzte leise.
Vor ein paar Wochen hatte sie ihr erzählt, dass sie keine Ideen mehr hatte. Auch wenn sie etwas schrieb, konnte sie es nicht vollenden. Die letzten Monate waren anstrengend gewesen. Da war die Therapie, ihre Arbeit in der Schule, und dann hatte sie auch noch ihre Autismus

Diagnose erhalten. Alles andere war dabei in den Hintergrund gerückt.

Der große Wunsch, eines Tages mit dem Schreiben Geld zu verdienen, war außer Sichtweite geraten. Meist waren es ihre Ängste und auch finanzielle Bedenken, die Mira zurückhielten. Doch irgendwo in ihrem Herzen gab es diesen Funken noch.

Manchmal bewunderte sie die Leichtigkeit, die Hermine an den Tag legte, bei ihr wirkte alles so einfach. Für sie selbst waren Entscheidungen aber nicht einfach. Ganz und gar nicht. Vor allem nicht mit ihrer Vorgeschichte.

Sie hatte Hermine noch nicht erzählt, dass sie gestern eine neue Idee zu Papier gebracht hatte. Außerdem wollte sie sich nicht zu früh freuen. Vielleicht war es nur ein Hauch von Glück.

Doch Mira fragte sich auch, ob es Zufall war, dass ausgerechnet sie dieses Konzertticket in den Händen hielt. Sie hoffte sehr, dass ihr die Reise helfen würde, ihre Ängste ein Stück weit umzuwandeln.

Kapitel 5
Mira

Die gesamte nächste Woche verging wie im Flug, denn Mira hatte zwischendurch zwei Tage frei und war mit ihren Gedanken bereits in den Vorbereitungen für ihre Irlandreise.

Am Morgen, zwei Tage vor Abreise, riss das Klingeln ihres Weckers sie aus dem Schlaf. Benommen richtete sie sich auf und tastete nach dem Smartphone, um das nervige Geräusch zu unterbinden. Mit Mühe schaffte sie es, aus dem Bett aufzustehen, und trat dann ans Fenster, um die Vorhänge zurück zu ziehen.
Die Morgenröte hatte bereits eingesetzt. Ganz zart schimmerten Orange- und Rottöne am Horizont. Der kühle Morgen lag da, eingehüllt in Stille, nur ein paar leise Vogelgesänge drangen durch die Scheibe. Die dunklen Nuancen des orangeroten Himmels wurden ganz langsam immer heller, bis sie zu hellen dichten Lichtstreifen wurden, die den Tag einläuteten.
Mira trat vom Fenster zurück, sie spähte kurz auf die Anzeige ihres Smartphones, als ihr auffiel, dass sie etliche Anrufe verpasst hatte. Schlagartig breitete sich ein ungutes Gefühl in ihr aus. Wer hatte sie so früh am Morgen versucht zu erreichen?
Die Anrufe waren alle von ihrer Arbeitskollegin, die gleichzeitig Klassenlehrerin ihrer Stufe war. Mira ging nervös im Zimmer auf uns ab und hielt ihr Smartphone fest an ihr Ohr gepresst.
Das Freizeichen ertönte viermal, bis sie die vertraute Stimme auf der anderen Seite der Leitung vernahm.

»Mira? Tut mir leid, dass ich es so oft probiert habe, du hast nicht abgenommen … Es geht um Gabriella.« Ihre Stimme klang leise und angespannt.

Mira war mit einem Mal hellwach, als sie Gabriellas Namen hörte. Sie wusste sofort, dass irgendetwas nicht stimmte. Ihr Hände zitterten leicht, doch sie fühlte nichts, als sie schließlich auflegte und ihr Handy achtlos auf das Bett fiel.

Danach schaffte es nur ein einziger Gedanke in ihr Bewusstsein. Sie musste ins Krankenhaus fahren und zwar gleich.

***

Mit blassem Gesicht starrte Mira wenig später auf den riesigen Krankenhauskomplex der Universitätsklinik Hamburg-Eppendorf. Sie war heilfroh, dass Hermine an diesem Morgen keine Vorlesungen hatte. Ihre Mitbewohnerin bedachte sie ein paarmal mit besorgtem Gesichtsausdruck. Es war Hermine gewesen, die wieder einmal einen kühlen Kopf bewahrt hatte. Und sie war es auch, die nun am Steuer von Miras Kleinwagen saß. Bevor sie losgefahren waren, hatte sie Mira noch schnell ein Wasser in die Hand gedrückt und ihre Jacke geschnappt. Mira war zu diesem Zeitpunkt nicht fähig gewesen nur irgendeinen klaren Gedanken zu fassen.

Gemeinsam stiegen sie aus dem Wagen. Ein paar Schritte trennten sie noch vom Eingang des Gebäudes.

Ich muss nur einen Schritt vor den anderen setzen. forderte Mira ihr Gehirn nun auf. Das konnte ja nicht so schwer sein. Innerlich spürte sie, wie ihr Magen sich verkrampfte. Sie fühlte, wie die Luft in ihren Lungenflügeln langsam zunahm, der Druck in ihrer Brust war unangenehm eng. Auch Ausatmen fiel ihr zunehmend schwerer und sie musste sich sehr konzentrieren.

Hermine betrat mit ihr das Gebäude und führte sie zu einem großen gelben Aufzug. Im dritten Stock lag die Herzabteilung für Kinder.

»Ich warte hier auf dich, okay?«, entgegnete sie leise und deutete dann zu einer kleinen Sitzecke, die wohl eine Art Wartebereich sein sollte. Als sie von zuhause losgefahren waren, hatte Mira es gerade noch geschafft, ihre Tasche mitzunehmen. Sie nickte und streifte sie achtlos über ihre Schulter, während sie mit der anderen Hand den Aufzugknopf betätigte.

Oben angekommen stand sie vor einer schweren Glastür. Sie öffnete sich automatisch und Mira trat in einen langen breiten Gang.

Gerade, als sie versuchte sich zu orientieren, trat eine Krankenschwester zu ihr, die ihr freundlich zunickte. Sie trug ein hellgrünes Poloshirt, auf das eine kleine Comic- Schildkröte gestickt war. Mit ihrer bunten Kleidung wirkte sie wie eine Mitarbeiterin aus einem Kindertageszentrum, nicht aber einer Herzintensivstation.

»Kann ich Ihnen vielleicht helfen? Wen möchte Sie besuchen?«
Ihre Stimme hatte etwas sehr Beruhigendes und Mira fühlte sich dadurch sofort etwas sicherer.

»Hallo, ich …« Es fiel ihr sichtlich schwer zu sprechen, noch immer hatte sie Probleme, ihre Atmung in den Griff zu bekommen. Die Krankenschwester schien es zu merken und gab ihr die Zeit, sich zu sammeln.

»Ich möchte bitte zu Gabriella Arndorfer, sie ist seit gestern hier.«
Miras Stimme wurde immer dünner, sodass ihre letzten Worte schon fast wie ein Flüstern klangen. Sie nickte und bat Mira, ihr zu folgen. Der Geruch von Desinfektionsmittel stieg ihr in die Nase, als sie den Gang entlangliefen. Alle Wände waren in einem Hellgelb gestrichen. Bunte Schmetterlinge und unzählige Bilder, die vermutlich von den Kindern gezeichnet worden waren, als diese die Station wieder verlassen hatten dürfen, zierten die niedrigen Wände. Sie hielten vor einer Zimmertür, ein Wäschewagen stand daneben, darauf lagen Einmalkittel sowie Handschuhe und Mundnasenschutze.

Auch auf der Tür zum Krankenzimmer waren Schildkrötenmotive zu sehen. Es sah sehr verspielt und einladend aus.

Mira musste zuerst einen Kittel und eine Maske anlegen, danach durfte sie für eine kurze Zeit in das Zimmer, um die Pflegeabläufe nicht zu stören. Bevor sie die Klinke nach unten drückte, hielt sie nochmals inne. Sie zählte langsam bis vier, um ihre Atemzüge unter Kontrolle zu bringen, denn ihr Herz hämmerte noch immer wie wild.

Als sie eintrat, vernahm sie als Erstes das leise Piepsen eines Geräts. Sie ging langsam in die Mitte des Raumes, um zu sehen, woher es kam. Ihr Blick richtete sich auf das Bett, in dem Gabriella jetzt lag. Für einen kurzen Moment erstarrte sie.
Eigentlich war Mira geistig darauf vorbereitet gewesen. Dies hatte sie zumindest gedacht. Doch sie so zu sehen, war eine Nummer für sich. Die durchsichtige Maske, welche sie trug, verdeckte ihren Mund und ihre Nase komplett. Ihr kleiner zarter Körper schien fast zu verschwinden, in dem großen, langen Bett. Ihr Gesicht wirkte etwas blass, die Augen hatte sie leicht geöffnet. Sie trug ein gelbes Hemdchen und sah sonst so aus wie immer. Den Blick immer noch auf sie geheftet, hatte Mira gar nicht bemerkt, dass sich noch eine weitere Person im Raum befand. Gabriellas Mutter winkte ihr flüchtig und Mira löste sich langsam aus ihrer Starre und ging mit leisen Schritten auf sie zu.

Gabriellas Mutter erwiderte ihre Begrüßung mit einem knappen Nicken. Dann machte sie ihr Platz und rückte einen Stuhl zurecht. Während sie jetzt mit gefasster Stimme Mira alle Details von letzter Nacht beschrieb, warf Mira immer wieder einen verstohlenen Blick zu Gabriella. Sie hatte ihre Augen geschlossen. Vermutlich war sie eingeschlafen und das war auch kein Wunder bei den ganzen Infusionen, die sie seit gestern bekommen hatte. Mira wusste jetzt, dass ihr sowieso schon erkranktes Herz aufgrund einer Lungenentzündung geschwächt worden war. Seit ihrer Geburt hatte Gabriella vergrößerte Organe. Jede Verkühlung war für ihren Körper gefährlich und musste sofort durch Antibiotika behandelt werden. Eine Weile beobachtete sie ihren schlaff wirkenden Körper, sah, wie sich bei jedem Atemzug ihr Brustkorb hob und senkte. Die Ärzte wagten noch keine Theorie aufzustellen, erst einmal musste ihre Lungenentzündung wieder verschwinden.

Danach konnten sie über eine Entfernung der künstlichen Beatmung nachdenken. All das hatte sie jetzt in kürzester Zeit bei diesem Gespräch erfahren. Mira lief ein kalter Schauer über den Rücken, sie mochte sich gar nicht ausmalen, was passieren würde, wenn die Ärzte sich weiterhin für die Beatmung entscheiden würden.

Sie trat jetzt dichter an das Bett heran und legte ihre Hand auf Gabriellas kleinen Handrücken.

Dann fing sie an, ruhig auf sie einzureden, und hoffte inständig, sie würde spüren, dass sie bei ihr war. Sie hoffte so sehr, dass das kleine Mädchen kämpfen würde. Wenn sie nur irgendetwas tun könnte. Aber sie war machtlos. In diesem Moment gab es nur eine Hoffnung, nämlich dass ihre stillen Gebete Gehör fanden.

Nach einer viertel Stunde verließ Mira schließlich die Station und betrat den Lift, der sie nach unten in die Eingangshalle beförderte.

Vor der Aufzugtür wartete bereits Hermine, sie hielt ihr eine Wasserflasche hin und befahl ihr zu trinken. Dann legte sie ihr einen Arm um ihre Schultern.

»Komm, wir fahren nach Hause und auf dem Heimweg holen wir uns eine Pizza. Du hast noch nichts gegessen heute.« Hermines Blick war sanft.

»Und keine Widerrede! Essen verhilft dir wieder zu Kräften.«

Sie boxte Mira spielerisch in die Seite. Mira nickte langsam.

»Okay. Dann los.«

***

Als sie und Hermine es sich im Wohnzimmer ihrer Dreizimmerwohnung bequem gemacht hatten, erzählte Mira ihr alle Neuigkeiten. In ihrem Magen befand sich noch immer ein Knoten, doch ihr Herzschlag hatte sich mittlerweile beruhigt. Sie nahm einen großen Schluck Tee. Er erwärmte sie von innen heraus und schließlich schnappte sie sich ein Stück Pizza.

Der herzhafte Geschmack weckte ihre Lebensgeister und sie merkte erst im Nachhinein, wie hungrig sie gewesen war.

»Weißt du eigentlich schon, ob du die nächsten zwei Tage zuhause bleiben kannst?«, fragte Hermine, die bereits die Hälfte ihrer Gemüsepizza verdrückt hatte. Diese Frage hatte sich Mira auch schon gestellt und danach in ihrer Schule angerufen, um sich zu erkundigen.

»Ich bin vorerst zuhause, und da es die letzte Schulwoche vor den Sommerferien ist, fehlen auch einige der SchülerInnen. Schon möglich, dass ich trotzdem einspringen muss, wenn jemand krankheitsbedingt ausfällt.«

Miras Gedanken schweiften erneut ab, die Bilder vom Krankenhaus erschienen in ihrem Kopf wie im Zeitraffer. So sehr sie versuchte sie zu verdrängen, sie schaffte es nicht. Sie dachte an die Worte von Gabriellas Mutter und was die Ärzte gesagt hatten. Und dann war da auch noch das Konzert, auf das sie sich so sehr gefreut hatte. Es waren nur mehr zwei Tage bis Dublin.

Was blieb, waren Zweifel. War es der richtige Zeitpunkt, um diese Reise anzutreten? Jetzt wo Gabriella sie brauchte. Andererseits war sie im Krankenhaus sehr gut versorgt.

»Ich weiß, du machst dir Sorgen, wenn du nicht in ihrer Nähe bist, aber du weißt selbst genauso gut wie ich, dass wir nichts tun können. Nur die Ärzte entscheiden jetzt, wie es weitergeht. Schlaf doch einfach ein, zwei Nächte darüber. Du wirst sehen, du triffst die richtige Entscheidung«, ermunterte sie Hermine, die ihr eine zweite volle Tasse Tee hingeschoben hatte.

Mira seufzte und nahm die Tasse an sich. So blieb sie eine Weile sitzen. Nach dem Essen beschloss, sie eine ausgiebige Dusche zu nehmen, um sich alles vom Tag abzuwaschen, auch alle Zweifel und negativen Gefühle, die sich an ihr festgesetzt hatten.

***

Als Mira später bereits in ihrem Bett lag, hatte es sich Komet zu ihren Füßen bequem gemacht.

Der große Mischlingsrüde reckte kurz seinen schweren Kopf und platzierte ihn auf ihrem Oberschenkel. Er blickte sie mit seinen treuen bernsteinfarbenen Augen an. Sanft strich Mira über sein langes weiches Fell und fühlte sich sofort geborgen. Sie mochte ihren zweiten Mitbewohner mindestens genauso sehr wie Hermine. Damals, als sie in die neu gegründete Wohngemeinschaft gezogen war, hatte sie den Vierbeiner sofort in ihr Herz geschlossen.

Hermine hatte sie wenige Wochen später zu seiner zweiten Hundemama ernannt. Bei dem Gedanken huschte ein Lächeln über ihre Lippen. Sie drückte ihm einen Kuss auf seinen flauschigen Kopf und ließ sich dann in ihre Kissen zurücksinken.

Vielleicht sollte sie einfach mal vertrauen und mutig sein. Diesmal wollte sie der Angst keinen Vortritt lassen. Bevor sie an diesem Abend zu Bett ging, hatte sie ihre Entscheidung gefällt. Sie würde nach Dublin reisen.

Kapitel 6
Sam

Der Montag begrüßte Sam mit dicken grauen Gewitterwolken und einem heftigen Regenguss. Sie schaffte es gerade noch rechtzeitig, auf dem Absatz kehrtzumachen, ihre Wohnungstür aufzuschließen und sich den lila geblümten Schirm aus der Garderobe zu schnappen, bevor sie erneut den Versuch startete nach draußen zu treten.

Sie hatte eben erst ausgiebig gefrühstückt und danach beschlossen, einen kleinen Spaziergang zu machen. Die letzten Tage und Wochen hatte sie ihr neues Zuhause in eine gemütliche Oase verwandelt und so war jetzt alles am gewünschten Platz. Auch im Wohnzimmer hatte sich einiges verändert. Die weiße kahle Wand war nun in einem strahlenden Hellorange gestrichen und ein paar persönliche Bilder zierten die Wände. Sie hatte sich mithilfe von Liam ein weiteres kleines Regal besorgt, in dem nun ihre geliebten Bücher Platz fanden. Es war aus hellem Holz und stand nun in ihrem Schlafzimmer, direkt neben dem Fenster.

Schwere Tropfen benetzten Sams Schirm, als sie auf dem schmalen Gehweg entlang spazierte. Wie einen Schutzschild trug sie ihn vor sich, um den aufkommenden Wind abzufangen. Die irischen Windböen konnten ihr mittlerweile nichts mehr anhaben, denn sie hatte sich bereits daran gewöhnt. Und doch waren sie an manchen Tagen unerträglich stark und sie hatte das Gefühl, an einer steilen Felsklippe zu stehen und nicht in einer Wohnstraße inmitten eines Vororts von Dublin. Fröstelnd zog sie sich ihre Kapuze über die Mütze und bog in eine Seitenstraße ab. Gegenüber auf der anderen Seite der Straße lag eine Grünanlage, es war ein Park mit angrenzender Wiesenfläche. Ein schwarzer Labrador tobte über den kleinen Hang und schien sich sichtlich wohlzufühlen. Ein paar Meter weiter entdeckte sie den Besitzer des Hundes, der nur einen Pullover trug, er hatte weder eine Mütze noch einen Schirm bei sich.

Die Iren kannten kein schlechtes Wetter, dachte sich Sam und musste grinsen. Sie wechselte rasch auf den anderen Gehweg und wanderte ein Stück im Park umher. Die Wiese hatte die Farbe von sattem Grün und der Kontrast zu den grauen Wolken bot einen eigentümlichen Anblick. Es war, als würde die Welt heute nur aus Grün und Grau bestehen. Zwei Farben, die sie selten in dieser Kombination sah und doch gefiel es ihr.

Gedanklich notierte sie sich diesen Szene, er würde perfekt in eine Geschichte für ein Buch passen.

Nach einer halben Stunde öffnete Sam ihre Haustür. Sie schlüpfte aus ihren Sportschuhen, die mittlerweile komplett durchnässt waren, und ließ sie zusammen mit dem lila Schirm im Gang zurück. Zum Glück war sonst alles trocken geblieben. Auf direktem Weg ging sie in die kleine Wohnküche, schaltete den Wasserkocher ein und fischte aus ihrem Korb einen Teebeutel. Mit der heißen Tasse Tee in ihren Händen, kuschelte sie sich schließlich auf ihr gemütliches Sofa. Gerade als sie eines ihrer neuen Bücher aufschlagen wollte, um zu lesen, läutete ihr Telefon.

Sam sprang auf und eilte zurück ins Schlafzimmer, um ihr Smartphone zu holen. Sie verpasste den Anruf um Haaresbreite. Als sie auf ihr Display blickte, fiel ihr die Nachricht von Liam auf. Schnell öffnete sie diese. Ihre Vorfreude auf das bevorstehende Konzert verpuffte mit einem Mal, nachdem sie den Inhalt gelesen hatte.

Kurzerhand tippte sie auf das Anrufsymbol, um ihn zurückzurufen.

»Hey Sam, tut mir leid. Das ist echt mies gelaufen. Mich hat's voll erwischt.« Liam klang heiser und gequält.

Er tat Sam leid, denn er wirkte niedergeschlagen, auch er hatte sich schon sehr auf die Veranstaltung gefreut. Jetzt lag er mit hohem Fieber und Halsschmerzen im Bett und Sam zweifelte daran, dass es ihm bis Freitagabend besser gehen würde.

»Echt schade, aber ich wünsche dir trotzdem, dass es dir bald wieder besser geht.« Sie seufzte laut.

»Ich hoffe, du gehst auch ohne mich hin und vielleicht kann ich meine Karte ja meiner Freundin geben oder sie weiterverkaufen. Wäre sonst echt blöd, wenn sie verfällt.«

Sam nickte ein wenig enttäuscht. Dann fiel ihr ein, dass Liam sie ja nicht sehen konnte.

»Ja, ich gehe auf jeden Fall hin, ich möchte mir das nicht entgehen lassen. Wieso fragst du nicht Kira, ob sie deine Karte Karte nimmt?«

Diesmal huschte ein Lächeln über ihr Gesicht. Vielleicht würde der Abend dann trotzdem lustig werden, dachte Sam.

»Nein, Kira steht nicht so auf irische Musiker, die findest du höchstens bei Pubkonzerten.«

Sam konnte sein breites Grinsen durch das Telefon vernehmen. Sie zuckte mit den Schultern.

»Es findet sich bestimmt jemand anderes, du könntest den Preis ja anheben«, schlug Sam amüsiert vor und auch Liam lachte doch es klang eher wie ein gequältes Krächzen.

»Du bist manchmal ganz schön fies, Sam, weißt du das?«

»Ach ja? Sollte nur ein Scherz sein. Sehen wir uns dann am Wochenende, vielleicht hast du dich bis dahin erholt.«

»Klar. Ich melde mich bei dir und halte dich auf dem Laufenden. Kopf hoch, Sammy.« entgegnete Liam und unterdrückte ein Husten, weil er lachen musste.

»Hey! Nur weil du krank bist, heißt es nicht, dass du mich so nennen darfst«, antwortete Sam gespielt empört.

»Ach, Sam?«

»Ja?«

»Hast du eigentlich die Bücher aus der Literaturliste schon gelesen? Ich brauche da vielleicht ein wenig Hilfe bei einem davon.«

»So ein Mist. Nein.« Sam schlug mit der flachen Hand auf den Tisch. »Ich habe es total vergessen, eigentlich wollte ich sie gestern bestellen. Danke für die Erinnerung.«

»Das solltest du«, antwortete Liam und sie konnte seinen amüsierten Unterton heraushören.
»Ich mach es nachher sofort. Versprochen«, entgegnete sie betont genervt.
Beide mussten abermals lachen, dann verabschiedeten sie sich.
»Gute Besserung!«, rief Sam noch in den Hörer und legte dann auf.

Erneut schnappte sie sich ihr Buch und fing endlich an zu lesen. Doch zwischendrin schweiften ihre Gedanken immer wieder zu ihrem Studium. Was, wenn sie es nicht schaffen würde, weil Englisch nicht ihre Muttersprache war? Dann wäre alles umsonst gewesen. Sie dachte wieder an Liam und die Liste. Sie sollte endlich anfangen, die vorgegebene Literatur zu lesen. Vielleicht wäre es besser, das Ganze gleich zu erledigen und die Bücher morgen in der Stadt zu holen. Wenn sie bestellte, musste sie wieder eine Woche warten. Nach einer halben Stunde gab sie das Lesen schließlich ganz auf und erhob sich von der Couch.

Nachdem sie sich an der Kaffeemaschine bedient hatte, ging sie hinüber zu ihrem Schreibtisch und kramte einen Zettel unter einer Mappe hervor, es war die Liste mit den literarischen Werken, welche sie zu Beginn des Sommers mit ihren Studienunterlagen erhalten hatte. Es war eine Empfehlung, um sich auf das Studium bestmöglich vorzubereiten.Sie war spät dran und konnte unmöglich alle Bücher besorgen. Also überlegte sie kurzerhand, welche von den Werken sie noch im Buchladen besorgen konnte. Sam überflog hastig den Zettel und markierte ein paar Titel mit einem Leuchtstift. Morgen würde sie in die Stadt fahren müssen. Sie hoffte, dass es dort noch Exemplare gab.

Der restliche Vormittag versprach nur Regenschauer. Zwischenzeitlich durchforstete Sam ihr Online-Wörterbuch, denn trotz ihrer guten Englischkenntnisse fehlte ihr noch einiges an Vokabular, um Sicherheit zu gewinnen.

Ihre Texte hatte sie bisher hauptsächlich auf Deutsch geschrieben, doch sie wusste, dass die Aufgaben im Studium alle in englischer Sprache verlangt wurden.
Daher hatte sie sich auch ein kleines Vokabelheft zugelegt, welches sie regelmäßig benutzte. Die neuen Wörter lernte sie dann unter der Woche. Viel Zeit war nicht mehr bis zum Beginn ihrer ersten Vorlesung, denn der September rückte in großen Schritten näher.

✳✳✳

Als Sam später am Abend die vertraute Stimme ihres Vaters durch das Telefon hörte, wurde ihr ganz warm ums Herz.

»Hey Paps. Alles gut bei dir?«, fragte sie und ließ sich auf die Couch sinken. Es war eine Art Ritual geworden, dass er sich einmal pro Woche mit ihr telefonisch verabredete. Er erzählte ihr knapp, wie es in der Arbeit lief, und erkundigte sich dann bei ihr nach den letzten Tagen und der neuen Wohnung. Sam freute sich, dass es ihm anscheinend gut ging und auch sein Leben langsam wieder einen geregelten Ablauf annahm.

»Wann kommst du mich mal besuchen? Dann könntest du endlich mein kleines Reich sehen.« Sam grinste und malte sich aus, wie ihr Dad dann auf der winzigen Couch übernachten müsste.

»Ich kann noch nichts versprechen, aber vielleicht schaffe ich es Ende August. Wenn ich den Freitag freibekomme, dann könnte es klappen.

Ich bin auf jeden Fall sehr gespannt auf deine ersten eigenen vier Wände.«

Sie hörte sein leises Lachen durch das Telefon und vermisste ihn augenblicklich. Wie schön wäre es, mit ihm gemeinsam durch Dublin zu schlendern. Ihm die Orte zu zeigen, an denen sie schon gewesen war. Vielleicht konnte sie das schon ganz bald.

»Und ich bin gespannt, wie es dir gefällt. Es ist ziemlich kühl hier für den Sommer, also pack deine dickste Jacke ein, wenn du mich besuchen kommst.«
Sam kicherte und er stimmte in ihr Lachen ein.

»Ja, das mache ich bestimmt. Wie geht es Liam?«, erkundigte er sich.
Seit Sam nach Dublin gezogen war, hatte sie ihrem Dad regelmäßig von ihrem Freund und Studienkollegen erzählt.

»Der liegt gerade flach. Hat sich einen grippalen Infekt eingefangen, deshalb kann er auch nicht mit auf das Konzert.«

»Das tut mir leid, richte ihm gute Besserung aus.«

»Das mache ich.«

Sam plauderte noch eine Weile mit ihrem Dad über das bevorstehende Konzert und ihr Studium. Danach legten beide auf und vereinbarten ihr nächstes Telefonat am Sonntag in einer Woche.

Kapitel 7

Mira

Mira spürte ein altbekanntes Ziehen in ihrer Magengegend, als sie vor der Anzeigetafel in der Abflughalle stand. Sie blickte hoch zu dem grellen Bildschirm und suchte angestrengt ihre Flugnummer. Ihr Flug nach Dublin war bereits gelistet. Um sie herum tummelten sich Familien mit kleinen Kindern, darunter ein weinendes Baby und Passanten, die es sehr eilig hatten. Sie drehte sich rasch um und versuchte, so gut es ging, auszuweichen.

Dann nahm sie den breiten, langen Gang, der sie in Richtung der Abfluggates führte. Etwas atemlos blieb sie schließlich im Wartebereich stehen und ließ sich auf einen der Plastikstühle fallen. In der einen Hand hielt sie den Griff ihres Trolleys und in der anderen einen heißen Becher mit Kaffee, den sie zuvor in einer Bäckerei gekauft hatte. Neben Mira saßen Reisende, die entweder dösten oder in ihr Smartphone vertieft waren. Auch sie unterdrückte ein Gähnen.

Es war noch sehr früh und die Sonne stand tief am Himmel. Sie wärmte ihre Hände an ihrem Cappuccino, während sie durch die große Glasscheibe blickte und sich das Spektakel ansah. Eine leuchtend rote Kugel kam jetzt am Horizont zum Vorschein. Über die Kopfhörer lauschte sie dem Album ihres Lieblingssängers. Sofort löste sich das unangenehme Ziehen im Magen etwas auf und auch die Nervosität verblasste. Die Sorgen vor diesem Tag waren umsonst gewesen, bis hierher hatte sie es zumindest schon einmal geschafft. Jetzt konnte nicht mehr so viel schiefgehen, oder?

Bevor Mira heute Morgen durch die Sicherheitskontrolle verschwunden war, hatte sie sich nochmal winkend zu Hermine umgedreht, die mit ihren Lippen ein »Viel Spaß« geformt hatte.Hermine hatte sie zum Flughafen begleitet und Mira hatte ihr versprechen müssen sich jederzeit zu melden und alles genau zu berichten.

Diese Worte sahen ihr ähnlich, doch sie war dankbar dafür. Sie konnte sich wirklich glücklich schätzen, sie als beste Freundin zu haben.

Kurzerhand zog Mira ihr Smartphone heraus und tippte eine Nachricht an Hermine. Bestimmt war sie aufgeblieben, obwohl es erst sechs Uhr am Morgen war.

Gate gefunden. Habe es geschafft. Sie hängte einen zwinkernden Smiley und ein Herz an.

Dann nahm sie einen Schluck aus ihrem Pappbecher. Der Kaffee tat gut und wärmte sie von innen.

Keine drei Minuten später blinkte eine Antwort auf und Hermine schickte ihr mehrere Daumen nach oben und schrieb *Na hoffentlich schläfst du nicht am Gate ein und verpasst deinen Flug*, darunter ein lachender Smiley und *Hab dich lieb*.

Mira grinste und ließ ihr Smartphone zurück in den Rucksack gleiten. Ein unangenehm lautes Knacken ertönte plötzlich über ihr, welches sie sogar durch ihre Kopfhörer vernahm. Dann wurde ihr Flug aufgerufen. In ihrem Bauch machte sich erneut ein nervöses Kribbeln breit, denn sie war erst ein einziges Mal allein geflogen. Aus der Tasche zog Mira einen kleinen Anhänger.

Ihr Talisman hatte die Form eines Hundes, und immer wenn sie ihn bei sich trug, fühlte sich etwas sicherer. Langsam trat sie nach vorne, um sich in die Warteschlange einzureihen. Die Sonne war mittlerweile aufgegangen und blinzelte durch die hohen Scheiben.

Nachdem Mira das Flugzeug betreten und ihren Sitzplatz gefunden hatte, legte sie ihr Buch und eine Wasserflasche vor sich auf den Schoß. Sie warf einen Blick zu den anderen Sitzreihen. Die meisten Passagiere schienen als Geschäftsreisende unterwegs zu sein. Immerhin würde sie dann nicht von schreienden Kindern oder Babys geweckt werden, wenn sie einnickte. Die Sicherheitshinweise wurden heruntergespult, doch Mira hörte nur mit einem Ohr hin.

Noch mehr Verunsicherung oder gar panische Gedanken konnte sie nun wirklich nicht gebrauchen.

Während des Flugs dachte sie wieder an die vergangenen Tage und Gabriella. Ob sie schon zuhause war, oder noch immer im Krankenhaus? Sollte sie ihrer Kollegin eine Nachricht hinterlassen? Vielleicht wusste sie mehr. Vorerst schob sie den Gedanken jedoch beiseite und konzentrierte sich voll und ganz auf die Handlung der Geschichte im Buch.

Eine Stunde später, Mira wollte gerade ihr Notizbuch hervorholen, kam die Ansage des Piloten für den Landeanflug. Rasch stellte sie ihren Sitz gerade und legte den Sicherheitsgurt an, dann packte sie alles in ihren Rucksack und streifte sich ihren Anorak über ihr Sweatshirt.

Am Dubliner Flughafen angekommen schlenderte Mira suchend durch die grell beleuchtete Ankunftshalle, um den Ausgang ausfindig zu machen. Sie hatte sich im Vorfeld einen Plan der Verkehrsmittel ausgedruckt. Es gab nichts Schlimmeres, als erst an Ort und Stelle nach dem richtigen Transportmittel zu suchen. Das würde ihre Ängste noch mehr herausfordern und verstärken.

Mira eilte vorbei an großen Werbeschildern in Richtung der großen Glastüren und erblickte draußen einen riesigen Vorplatz mit Bussen. Ein heftiger Windstoß begrüßte sie von hinten, als sie die Straße überquerte. Spätestens jetzt war sie dankbar, dass sie ihren dicken Pullover eingepackt hatte. Als ihr Bus wenig später einfuhr, krochen Müdigkeit und Hunger langsam ihren Körper empor. Heute hatte sie nur ein Croissant bei einer Bäckerei eingepackt und im Flugzeug gegessen. Der Bus fuhr durch die Vororte Dublins und schließlich durch die verkehrsstarken Zonen der Innenstadt. Eine Dreiviertelstunde später stieg Mira endlich aus und zog ihren kleinen Trolley hinter sich her.

Das Harcourt Hotel lag zentral in der Dubliner Innenstadt. Viele Sehenswürdigkeiten waren von hier aus zu Fuß zu erreichen.

Dafür hatte sie jedoch noch die nächsten Tage Zeit. Zuerst würde sie in einem der Supermärkte ein paar Lebensmittel besorgen und sich ausgiebig im Hotel ausruhen, denn abends war schon das Konzert.

Mira betrat die helle, in rustikalem Stil eingerichtete Lobby des Hotels. Das Einchecken an der Rezeption war zum Glück schon vormittags möglich und so bezog sie wenig später ihr kleines, aber gemütliches Zimmer. Es lag im dritten Stockwerk und war schlicht mit dunklen Holzmöbeln eingerichtet. Die Vorhänge waren in einem zarten Grünton gehalten und auch der Ohrensessel neben dem Flachbildschirm besaß dieselbe Farbe. Mira ließ ihr Gepäck neben dem Bett auf den Boden fallen, dann öffnete sie ihren kleinen Koffer und kramte nach bequemer Kleidung. Sie ging rasch ins Bad und zog ihre Jogginghose und ihre Lieblingskuschelsocken an. Anschließend packte sie ein paar ihrer wichtigsten Gegenstände, darunter ihren Talisman, das braune Notizbuch und ein flauschiges Kissen, aus.

Nachdem sie Hermine eine Nachricht geschickt hatte, dass alles gut gegangen war, ließ sie sich kurz auf die weiche Matratze ihres Kingsize-Betts zurücksinken. Sie nahm einen tiefen Atemzug und ein Lächeln umspielte ihre Lippen. Sie hatte die erste Hürde überwunden und war in Dublin angekommen.

✳✳✳

Es dämmerte bereits, als Mira in die kühle Abendluft hinaustrat. Die Straßen waren nass. Das Licht der Straßenlaternen und der Scheinwerfer von vorbeifahrenden Autos, spiegelte sich sanft in den Pfützen auf dem Asphalt. Mittlerweile hatte es aufgehört zu regnen, wofür Mira sehr dankbar war. Schließich wollte sie nicht komplett durchnässt an der Konzerthalle ankommen.

Als sie sich ein Stück vom Hotel entfernt hatte, entdeckte sie ein Schild und dahinter eine Grünanlage, die Iveagh Gardens.

Es waren kleine Landschaftsgärten, die ursprünglich im Jahr 1865 angelegt worden waren.

Im Dunkeln konnte sie nur schwer ausmachen, wie die Details aussahen. Das schwache Licht einer Straßenlaterne erleuchtete den schmalen Gehweg. Sie überquerte die Gärten und befand sich auf der Rückseite eines riesigen Gebäudes. Das musste es sein, dachte sich Mira, als sie die imposanten Mauern betrachtete. Langsam ging sie weiter und folgte dem Fußweg.

Wenige Minuten später befand sie sich direkt vor der National Concert Hall. Eine Traube Menschen stand etwas abseits, darunter Jugendliche, Erwachsene in ihrem Alter und Familien mit Kindern. Der Platz füllte sich langsam und immer mehr Menschen versammelten sich vor dem großen Eingang. Sie betrachtete die drei riesigen Säulen, die am oberen Ende der Steinstufen in die Höhe ragten. Von außen betrachtet sah das Bauwerk aus wie ein Regierungssitz, nicht aber wie eine Veranstaltungshalle.
Etwas unschlüssig stand Mira vor dem Eingang der Halle. Sie hatte noch ein wenig Zeit, also entschied sie sich kurzerhand, eine kleine Erkundungstour zu machen. Als sie die große Halle betrat und ihr Ticket einer freundlichen Angestellten hinhielt, schlug ihr ein Schwall warmer Luft und Stimmengewirr entgegen. In dem Moment fiel ihr ein, dass sie ihre Ohrstöpsel im Hotel hatte liegen lassen. Umkehren war jetzt keine Option, sie würde den Anfang des Konzerts verpassen und das wollte sie unter keinen Umständen. Schnell durchsuchte sie ihren Rucksack und stellte erleichtert fest, dass sie zumindest ihre Kopfhörer darin vorfand. Die Nervosität, die Mira zuvor gespürt hatte, verblasste und an dessen Stelle breitete sich ein angenehmes Kribbeln in ihrer Magengegend aus. Sie konnte es noch immer nicht glauben, dass sie jetzt tatsächlich hier war.
Vor wenigen Tagen war ihr diese Vorstellung unmöglich erschienen. Ihre Ängste zu groß. Am liebsten hätte sie sofort Hermine angerufen, sie würde sich bestimmt mit ihr freuen.

Vor ihren Augen erschien jetzt ein Werbeplakat, es zeigte ein Portrait des Sängers vor einem schwarzen Hintergrund. Sie entdeckte es an einer der großen Glastüren im Vorraum. Etwas in Mira fühlte sich auf einmal ganz leicht an. Es war ein Gefühl, welches sie nicht zuordnen konnte, aber irgendetwas sagte ihr, dass dieser Abend ein ganz besonderer werden würde. Eine Zeit lang stand sie einfach so da, denn sie wollte diese Leichtigkeit nicht wieder verlieren. Sie wollte es ein einziges Mal schaffen. Diesen Abend wollte sie ihre Ängste vor den Türen dieser Konzerthalle lassen.

Der blauviolette Lichtstrahl kam von den Scheinwerfern, die direkt über der Bühne hingen. Er tauchte die weiße Decke in ein magisch leuchtendes Meer aus Farben. Mira bahnte sich ihren Weg durch die Menschenmenge. Stets bedacht, niemanden anzurempeln, schaffte sie es zu ihrem Sitzplatz. Sie befand sich in einer kleinen Galerie im ersten Stock. Von hier aus hatte sie einen guten Ausblick auf den gesamten Saal. Ihr Blick fixierte die meterhohe Orgel, die direkt hinter der Bühne an einer Wand stand. Sie war wie das Herzstück und verlieh dem Saal einen ganz besonderen Glanz. Ein silberner Schimmer ging von ihr aus und Mira konnte sich nicht erinnern, jemals so ein großes Instrument gesehen zu haben. Innerhalb einer Viertelstunde war der Saal gefüllt. Zu ihren Füßen im Erdgeschoss waren wie zu erwarten alle Plätze ausverkauft. Mira wackelte unruhig mit den Beinen und wippte auf ihrem Sitz auf und ab. Sie konnte nie lange ruhig sitzen und warf nun ungeduldige Blicke auf den Bildschirm ihres Smartphones. Zum Glück war der Raum nur schwach beleuchtet und ihre Sitznachbarn waren kichernd in ein Gespräch vertieft.
Ihr zappeliges Gehabe war ihr manchmal wirklich unangenehm.

Eine plötzliche Stille erfüllte den Saal als ein leiser, quietschender Ton aus den Lautsprechern dröhnte.
Mira hielt den Atem an und spähte hinüber zur Bühne. Im gleichen Moment trat der Sänger nach vorne und stimmte sein erstes Lied an.

Johlend und klatschend begrüßte ihn das Publikum und nach einem kurzen Augenblick verstummten die Hintergrundgeräusche und die Stimme, die aus dem Mikrofon drang, war wie ein Feuerwerk an Emotionen. Mira schloss für einen Moment ihre Augen und sang den Text im Stillen mit. Die Wörter bahnten sich durch ihr Innerstes, füllten jeden Zentimeter ihres Körpers aus. Auf die ersten zwei langsameren Lieder folgten zwei schnellere. Die ersten Tanzfreudigen hatten sich von ihren Plätzen erhoben und sangen lautstark mit.

Mira fühlte sich mit ihnen wie durch ein unsichtbares Band verbunden. Verbunden mit all den Menschen, die heute hier waren, die ihre tiefsten Gefühle zum Ausdruck brachten und teilten.
Ein tosender Applaus ertönte abermals. Der Sänger richtete seine Stimme nun an das Publikum. Es waren nur wenige, Worte die er sprach. Nach einer kurzen Begrüßung und einem Statement verkündete er, dass der Erlös dieses Konzerts an eine Wohltätigkeitsorganisation gespendet wurde. Mira war sehr gerührt. Ihr Blick streifte durch die Menge. Es waren auch viele Pärchen unter den Fans und kurzzeitig machte sich ein flaues Gefühl in ihr breit. Sie wusste nicht, was es zu bedeuten hatte.
War es das Gefühl von Sehnsucht oder Einsamkeit? Unmöglich, sie war nicht einsam. Die Gedanken fühlten sich mit einem Mal viel zu intensiv an. Sie wollte sie nicht zu Ende denken, nicht heute. Heute war einer der schönsten Tage seit Langem. Schließlich hatte sie sich so auf diesen Abend gefreut.
Die innere Aufruhr ließ sie nicht los und für einen Moment dachte sie an die Menschen, die ihr nahestanden. Sie dachte an Hermine. Doch weiter kam sie nicht. Was war mit ihrer Familie? Es bildete sich ein Kloß in ihrem Hals. Alles in ihr sträubte sich, die Gedanken weiterzuführen. Wann hatte sie das letzte Mal Kontakt zu ihnen gehabt? Es musste vor drei Monaten gewesen sein. Es war nur ein kurzer Besuch bei ihren Eltern gewesen und sie wollte den Kontakt nicht komplett verlieren.

Hermine kannte ihre Beweggründe, denn sie hatte ihr alles erzählt. Auch, warum sie wenig Kontakt zu ihren Eltern wollte. Ein bitterer Nachgeschmack breitete sich auf Miras Zunge aus. Sie selbst war der Grund, ihr ganzes Sein, ihre Ansichten, ihre sexuelle Orientierung. Sie wusste, dass sie diesen Satz eigentlich gar nicht mehr innerlich aussprechen durfte.

Nie wieder. In ihrer Therapie hatte sie gelernt, sich ihren Selbstwert zurückzuholen. Es war mühsam gewesen und das war es auch heute noch. In einer von Normen und Regeln überfluteten Welt zu leben, war nicht einfach, wenn man anders war.

Mira hasste es, dieses Wort. *Anders.* Sie wollte keine Ausnahme sein und auch kein Lückenfüller. Für Mira war dieses Anders ganz normal, doch das interessierte den Rest der Welt meist wenig.

Eine bekannte Melodie holte sie ins Hier und Jetzt zurück. Sie blickte zum Scheinwerferlicht, welches nun direkt die Mitte der Bühne erhellte. Als das nächste Lied ertönte, war ihre Aufmerksamkeit wieder bei der Musik. Kurz verharrte Mira in ihrer Position und ein warmer Schauer breitete sich in ihrer Brust aus. Es war einer ihrer Lieblingssongs. Und jene Wörter, die sich so in ihr Innerstes eingebrannt hatten, hallten nun wie ein Echo in ihr wider. Sie fühlte es, jedes einzelne Wort. Sie hatte diese Zeilen so oft gehört, hunderte Male mussten es gewesen sein.

„...Waiting on a Train that just won´t come"

In ihrem Kopf spulten sich die vergangenen Monate in einer Serie aus Bildern und Erinnerungen ab.

Es fühlte sich an wie eine unbändige Flut, durch die sie sich hindurch kämpfte, ein Ozean dessen, hohe Wellen sie beinahe erdrückten. Sie hatte es immer wieder geschafft, ihren Kopf über Wasser zu halten. Zwischendurch war da ein Licht am Horizont gewesen, das ihr entgegen gestrahlt hatte, wie eine rettende Hand aus dem Nichts. Ein

Funken Hoffnung, der ihr half, weiterzumachen. Der ihr half nach jedem Sturm einfach wieder aufzustehen.

Das Lied endete, und als der letzte Ton erklang, merkte sie, dass sich ihre Augen mit Tränen gefüllt hatten.
Eine kurze Stille und dann Beifall. Mira verharrte einen Moment wie erstarrt in ihrem Sitz. Plötzliche Unruhe überkam sie und sie hatte Mühe, einen klaren Gedanken zu fassen. Sie musste hier raus. Sie brauchte frische Luft.

Kapitel 8
Mira

Beinahe wäre Mira gegen eine vorstehende Mauer gestoßen, als sie sich einen Weg nach draußen bahnte. Ein leichter Schwindel hinderte sie daran, schnell an ihr Ziel zu gelangen.

Auf dem Gang schien die Luft angenehm kühl zu sein. Langsam ging sie den schwach beleuchteten Flur Richtung Toiletten entlang. Aus dem Augenwinkel vernahm sie einen Schatten, doch sie wusste nicht, ob sie ihn sich nur eingebildet hatte. Ein Gefühl sagte ihr, dass jemand ihr gefolgt war. Mira beschleunigte ihre Schritte und öffnete die schmale weiße Tür mit der Aufschrift *toilets*, um sich hindurchzuzwängen. Erst jetzt fiel ihr ein, dass sie seit gut zwei Stunden nichts mehr getrunken hatte. Ein Fehler.

Zuhause hatte sie die Angewohnheit, ihre Wasserflasche immer bei sich zu tragen.

Das kalte Wasser auf Händen und Gesicht tat gut, konnte ihre Unruhe aber nicht verbergen. Hatte sie schon wieder zu viele Reize aufgenommen, die ihr Gehirn nicht verarbeiten konnte? Oder waren es die vielen Emotionen? Sie ärgerte sich darüber und versuchte, sich durch eine langsame Atmung zu beruhigen.

Genau in dem Moment ging die Tür hinter ihr auf. Mira schaffte es gerade noch rechtzeitig zur Seite zu treten, um den Eingang zur Toilette nicht zu blockieren. Ein leises, heiseres »Hi« kam aus dem Mund der Person, die eben reingekommen war.

Die junge Frau, die in der Tür stand, machte jedoch keine Anstalten an ihr vorbeizugehen. Mira hob den Kopf ein wenig und blickte ihr nun direkt in die Augen. Ihre Miene war eine Mischung aus Neugier und Sorge. Kurz musterte Mira sie. Auf ihrem Kopf erkannte sie eine beige Mütze, darunter lugten kurze brünette Haarsträhnen hervor. Außerdem trug sie eine hellblaue Baggy Jeans und einen weiten dunkelblauen Hoodie. Eine kurze peinliche Stille entstand, bevor Mira sich räusperte und dann antwortete.

»Hallo.« Sie hatte es schon ausgesprochen, als ihr einfiel, dass sie ja in Dublin war und mit Deutsch nicht weit kam. Die Frau schaute jetzt überrascht.

»Oh, du sprichst auch Deutsch! Ähm… Tut mir leid, Sie - du hast irgendwie nicht so gut ausgesehen, ich dachte ich sehe nur Mal nach, ob denn alles okay ist?«, fragte sie mit sanfter Stimme.

Mira war ebenfalls erstaunt, auf jemanden zu treffen, der deutsch sprach.

Ihre karamellfarbenen Augen strahlten so viel Wärme aus, dass Mira kurz abgelenkt war, bevor sie ihr eine Antwort geben konnte. Rasch fuhr sie über ihre Wangen, um sich die Tränen wegzuwischen. Ihre Augen waren vermutlich nach wie vor vom Weinen gerötet. Plötzlich war ihr die Situation sehr unangenehm.

»Danke, es geht schon. Mein Kreislauf. Ich habe vergessen zu trinken und …« Mira stockte. Sie blickte hinunter zu ihren Zehenspitzen.

»Ich bin Sam. Hier, wenn du möchtest?«

Sie hielt ihr eine Plastikflasche mit Leitungswasser hin. Als Mira ihren Kopf hob, hatte sie Schwierigkeiten, aus ihrem Blick zu lesen, was Sam dachte. Gleichzeitig gab ihr diese Geste aber auch Sicherheit und sie entspannte sich ein wenig. Vorsichtig streckte sie die Hand nach der Flasche aus und trat dann einen Schritt näher.

»Danke. Ich meine, dass du nach mir siehst, aber du verpasst noch das Konzert. Bestimmt spannender, als hier auf dem Klo rumzuhängen mit …ja, mir.« Mira zog eine Grimasse und zeigte dabei auf ihr fleckiges Gesicht.

»Und was, wenn nicht? Schließlich vermisst mich niemand da draußen und das Konzert hat ja erst angefangen.« Sie schenkte ihr ein schiefes Lächeln.

»Die kannst du übrigens behalten. Ich möchte doch auch, dass du das Konzert sehen kannst.« Sie deutete auf die Wasserflasche, die Mira noch immer in der Hand hielt.

Täuschte sie sich, oder war ihr Blick auf einmal besorgt? Sie nahm ein paar Schlucke aus der Flasche und ihre trockene Kehle fühlte sich gleich viel besser an.

Sam war unglaublich nett zu ihr, doch Mira war nicht sicher, was sie jetzt tun sollte. Sollte sie sich einfach bedanken und zu ihrem Platz zurückkehren? Warum machte sie sich überhaupt diese Gedanken und warum fühlte sie sich auf einmal so wohl in ihrer Nähe?

Ein Teil von ihr wollte nicht einfach gehen, etwas hielt sie zurück. Aber was, wenn Sam die Situation ganz anders interpretierte und wirklich nur nett sein wollte?

Mira hatte sich schon immer schwergetan in der Kommunikation mit anderen und auch fremden Menschen. Außerdem hatte sie wenig Erfahrungen in Sachen Liebe oder Dating. Ihre erste feste Beziehung hatte sie mit einer Frau gehabt. Damals hatte sie auch ihre sexuelle Orientierung hinterfragt. Als nicht binäre Person konnte sie sich weder als komplett weiblich noch als männlich zuordnen. Ebenfalls war Mira pansexuell und konnte sich eine Beziehung unabhängig vom Geschlecht vorstellen. Ihre damalige Beziehung hatte unglücklicherweise nach einem dreiviertel Jahr geendet. Im Endeffekt war es aber gut so, wie sich für sie herausgestellt hatte.

War Sam interessiert an ihr? Mira ohrfeigte sich innerlich für diesen Gedanken. Eben zuvor war sie noch überwältigt von ihren Emotionen gewesen. Doch jetzt gerade war für sie Sams Nähe so wohltuend und präsent. Mira war durcheinander. So was hatte sie noch nie in diesem Ausmaß gespürt.

Auch Sam schien zu bemerken, dass sie etwas beschäftigte.

»Ich wollte dich nicht bedrängen oder so. Ich kann verstehen, wenn du ein bisschen Ruhe brauchst.«

»Ich nehme mal an, du bist allein hier?«, fragte sie jetzt. Den letzten Satz hatte sie etwas leiser ausgesprochen, so als würde auch bei ihr die sichere Mauer ein Stück zu bröckeln beginnen.

Mira dachte einen Augenblick lang nach. Dann fasste sie einen Entschluss ehe sie noch einmal einen großen Schluck aus der Flasche nahm und ihr antwortete.

»Ja, ich bin allein hier. Aber ich komme mit raus, ich möchte das Konzert auch nicht verpassen.« Ein zaghaftes Lächeln umspielte dabei ihre Lippen.

»Allerdings nicht ohne meine Kopfhörer, die brauche ich, sonst wird es mir zu laut dadrin.« Sie deutete jetzt Richtung Gang.

Sam erwiderte ihr Lächeln und machte eine Verbeugung, als sie die Tür für sie aufhielt. Mira fühlte sich keine Sekunde unwohl, als sie ihre Kopfhörer aufsetzte und auf den Gang trat. Sonst schauten die Leute manchmal komisch. Doch Sam akzeptierte es. Sie tat so, als wäre es das Normalste auf der Welt. Sie gingen ein Stück schweigend nebeneinander den Gang entlang. Mira konzentrierte sich darauf, nicht noch einmal gegen etwas zu stoßen. Als sich ihre Blicke kurz trafen, zog sich in Miras Magen etwas zusammen und sie hatte gleichzeitig das Gefühl, dass die Luft ein wenig dünner wurde. Warum war sie verdammt nochmal so nervös?

»Ich muss hier rein«, presste Mira hervor und deutete Richtung Tür, welche zu der Galerie führte.

»Echt jetzt? Da muss ich auch hin! Komisch, du bist mir gar nicht aufgefallen vorhin.«

»Ich war auch sehr früh dran und eine der Ersten hier oben«, rutschte es Mira heraus. Ihre Wangen glühten ein wenig und sie senkte den Blick. Aus irgendeinem Grund machte sie Sams Anwesenheit ganz hibbelig.

»Soso, ein früher Vogel«, witzelte Sam.

Auf Mira wirkte Sam wie eine sehr aufgeschlossene Person, sie war viel lockerer im Umgang mit allem oder wirkte es nur so? War sie einfach selbstbewusster?

Als sie den dunklen Raum betraten, sang die Menschenmenge lautstark einen Song mit und Mira erkannte ihn ebenfalls. Sie sang leise die letzte Textpassage und spürte, dass Sam sie beobachtet hatte.

Unschlüssig, wie es weitergehen sollte, blieben sie etwas abseits stehen.

»Ist das dein erstes Konzert?«, fragte Sam.

»Ja, ist es. Ich liebe seine Musik, die Texte sind wie Geschichten, die so viel Tiefgang haben. Man könnte meinen, es ist Poesie.« Mira war nun voll in ihrem Element. »Ich habe alle Alben gehört. Meine Mitbewohnerin hat bei einem Gewinnspiel zufällig ein Ticket gewonnen und es mir geschenkt. Und du?«, fragte Mira jetzt.

Sam nickte. Ihre Augen funkelten ganz zart, als ein dünner Lichtstreifen auf ihr Gesicht fiel. Dann schenkte sie ihr ein sanftes Lächeln. In Miras Magen kribbelte es und sie hatte Mühe, ihr zuzuhören.

»Ich habe seine YouTube-Videos gesehen, da war er noch Straßenmusiker. Nur wenige bringen es so weit, wirklich bewundernswert«, gab Sam als Antwort.

»Ein guter Freund von mir hat uns für heute Abend die Karten besorgt, aber er ist leider krank geworden. Und ja, ich wollte mir das auf keinen Fall entgehen lassen, ich habe mich riesig auf den Abend hier in der Concert Hall gefreut«, fügte sie hinzu und musste dabei sehr laut sprechen, weil Mira sie sonst nicht verstand bei dem Lärm.

Mira konnte sich vorstellen, wie frustrierend es sein musste, vor einem Konzert krank zu werden. Ein Teil von ihr wollte das Gespräch unbedingt am Laufen halten, doch ein anderer Teil in ihr fragte sich, ob das wirklich so eine gute Idee wäre. Mira wusste nicht, was sie sich erhoffte.

»Das ist echt schade, dass dein Freund nicht mitkommen konnte. Vielleicht tröstet es ihn ja, wenn du ein paar Videos aufnimmst. Er bekommt bestimmt nochmals die Gelegenheit für ein Konzert.«
Sams Augen waren jetzt auf die Bühne gerichtet, doch sie nickte.
»Das ist eine sehr gute Idee.« Als sie ihren Kopf wieder zu Mira drehte, erschien ein breites Grinsen auf ihren Lippen.
»Oh Mann. Wie heißt du eigentlich? Ich habe dich noch gar nicht gefragt.« Sie sah etwas verlegen drein.

»Es tut mir leid, ich habe mich ja auch nicht vorgestellt bei dir. Ich heiße Mira.«
Mira errötete erneut, doch hielt Sams Blick stand.
»Also, Mira, ich werde das jetzt gleich in Angriff nehmen. Deine Idee, meine ich.«
Mira entglitt ein freudiges Lächeln.
»Ach, bevor ich es vergesse. Was sind deine Pronomen?«, fragte Sam und blickte ihr diesmal direkt in die Augen.

Mira sah zu ihr hoch, erst jetzt bemerkte sie die winzigen Sommersprossen auf Sams Nase und Wangen. *Wie ein Meer aus Sternen,* dachte Mira.
»Sie, dey und keine Pronomen sind für mich okay, und deine?«, Mira spielte mit den Bändern ihres Sweatshirts.

»Am liebsten sind mir keine Pronomen, nur Sam.« Sam hatte wieder ihr schiefes Lächeln aufgesetzt und zückte ihr Smartphone. Dann begann sie, die Bühne zu filmen. Zwischendurch sang auch sie bei einem der Lieder mit und Mira tat es ihr gleich.

Es fühlte sich gut an und mit einem Mal verpuffte der dunkle Fleck in Miras Innerem, den sie zuvor noch gespürt hatte. Sie fühlte sich angenehm leicht neben Sam.

Die Kamera des Smartphones schwenkte hin und her, zwischendurch fing sie auch Mira ein, die für einen Augenblick erstarrte, sich dann aber wieder entspannte.

»Ich hoffe, es ist in Ordnung für dich, sonst schneide ich das natürlich raus, Liam wird sich freuen, wenn ich ihm das Video schicke!«, entgegnete Sam voller Euphorie.

»Das ist es«, antwortete Mira gut gelaunt.

Wenig später tanzten sie zu einem schnellen Lied. Ein sanftes Kribbeln durchströmte Mira, als Sam sie leicht am Arm berührte. Doch der Moment dauerte nur ein paar Sekunden. Inzwischen hatte Sam die Kamera wieder ausgeschaltet.

Es war eine unglaubliche Stimmung im Saal und die meisten jungen Leute waren aufgestanden, um zu tanzen und mit zu klatschen.

Auch Miras Stimmung war ausgelassen und durch die viele Bewegung war ihr warm geworden. Sie drehte sich zur Seite und griff nach ihrer Wasserflasche, um einen Schluck zu nehmen. Als sie sich wieder Richtung Bühne drehen wollte, berührte sie jemand leicht an der Schulter. Sam hatte sich ein Stück zu ihr heruntergebeugt.

»Ist alles gut bei dir? Fühlst du dich okay?«

Sie spürte Sams Atem an ihrer Wange, trotz der Kopfhörer konnte Mira sie sehr gut hören. Sie nickte leicht und ihr wurde ganz flau im Magen.

Sie wagte es nicht Sam anzusehen, ihr Gesicht war nur wenige Zentimeter von ihrem entfernt. Doch plötzlich richtete sich Sam auf und der Moment war schon wieder vorbei.

»Vielleicht wäre es besser, wenn wir zu unseren Plätzen zurückgehen und uns etwas ausruhen?« Sam fächelte sich Luft zu und ihr Gesicht wirkte erhitzt. Mira nickte langsam. Sie ließ sich die Enttäuschung nicht anmerken und hielt rasch ihre beiden Daumen hoch.
»Gute Idee, könnte jetzt auch eine Pause vertragen. Ich wünsche dir noch viel Spaß. Und danke nochmals für deine Rettung.«
Sie schenkte ihr ein vorsichtiges Lächeln und hielt ihr die Wasserflasche vors Gesicht.
»Habe ich gerne gemacht.«

Sams Blick blieb etwas länger an ihr hängen und es schien so, als würde sie noch etwas sagen wollen. Mira hatte keine Ahnung, wie sie darauf reagieren sollte. Auch sie wusste nichts zu erwidern, also drehte sie sich einfach um und bahnte sich schließlich einen Weg zu ihrer eigenen Sitzreihe.
Ein paar Leute warfen ihr genervte Blicke zu, andere schienen sie nicht einmal zu bemerken. Als sie angekommen war, spähte sie zurück zu der Tür, wo sie eben noch beide gestanden hatten. Sam war fort. Schnell wanderten ihre Augen zu den Sitzreihen auf der anderen Seite. Und dort saß sie, sie hatte sie mit ihrer beigen Mütze sofort erkannt.

Hoffentlich hatte Sam nicht bemerkt, dass sie nach ihr Ausschau gehalten hatte.

Kapitel 9
Sam

Sam hatte sie bemerkt. Sie spürte ihren Blick vom anderen Ende der Galerie. Ganz kurz hatte sie zu ihr hinübergesehen.

Erschöpft ließ sie sich auf ihren Sitz nieder.

Mira. Sie konnte nicht deuten, was hier eben geschehen war. In ihr tobte ein Orkan aus Gefühlen. Da war Unsicherheit, Freude, Anspannung, Müdigkeit und etwas, das sie nicht ausmachen konnte. Ein warmes Kribbeln, das ihr ein Gefühl von Sicherheit vermittelte und das nun, wo Mira fort war, langsam schwand.

Als sie vorhin kurz auf dem Gang gewesen war, um Liam eine Nachricht zu schreiben, dass sie gut angekommen war, hatte sie Mira entdeckt. Zuerst war sie nicht sicher gewesen, ob es eine gute Idee war, ihr nachzugehen, doch ein innerer Drang überfiel sie. Mira sah so hilflos aus und in ihr hatten die Alarmglocken geläutet, weil es vielleicht eine Panikattacke hätte sein können.

Als sie ihr schließlich auf der Toilette gegenübergestanden hatte, hatte sie ihr nur eine Flasche Wasser bringen wollen, doch dann war da ein Bedürfnis nach Nähe gewesen. Es war wie ein unsichtbares Band, das sie zu ihr führte. Gleichzeitig war da ein Gefühl von unendlicher Vertrautheit, obwohl sie ihr noch nie begegnet war. Ein kleiner Teil von Mira setzte etwas in ihr in Bewegung, es war wie ein Funken. Sie spürte es durch die Unsicherheit, die Mira in dem Moment ausstrahlte. Was hatte das zu bedeuten?

Auch sie wusste nicht ganz, wie sie sich in ihrer Gegenwart verhalten sollte, und doch war da auch Leichtigkeit im Umgang miteinander. Sie bemerkte, dass Mira eine eigene Art hatte, zu kommunizieren. Ihre Stille zwischen dem Gesprochenen war es. Sie redete nicht viel, aber wenn sie von sich sprach, dann mit vollem Herzen. Ihre Augen hatten geleuchtet, als sie von der Musik und den Texten gesprochen hatte. Sam fragte sich, was Mira hierher nach Irland verschlug, war

sie nur wegen des Konzerts in Dublin? So viele Fragen und Gedanken ploppten in Sams Kopf auf. Sie wollte es unbedingt wissen.
Doch dann meldete sich eine zweite Stimme zu Wort. Eigentlich war sie doch in erster Linie wegen der Musik hier. Und für einige Minuten lenkte sie dieser Gedanke tatsächlich ab.

Das grellblaue Licht der Scheinwerfer strahlte nun wieder direkt auf den vorderen Teil der Bühne. Ein Klavier stand dort und augenblicklich wurde es still im Raum, so als würde das gesamte Publikum den Atem anhalten. Sam konzentrierte sich wieder voll und ganz auf die Geschehnisse vor ihr.
Nach einer kurzen Pause schritt der Sänger zurück ins Licht der Scheinwerfer. Auf Sam wirkte er wie ein ganz normaler Typ, den sie vermutlich auf der Straße nicht als Musiker zugeordnet hätte. Wie er dastand in einem schwarzen Shirt und einer grauen Mütze. Es war der gleiche Musiker, den sie damals in den Straßen Dublins spielen gesehen hatte.
Die Gitarre hatte er hinter der Bühne gelassen und trat jetzt an das Klavier. Jubelrufe und Applaus tönten durch die Halle. Es folgte eine kurze Ansprache zur Entstehung eines Songs. Die wenigen Worte zauberten Sam eine Gänsehaut. Selten war es, dass sie jemand mit Worten so abholte und berührte. Die ersten Töne erklangen von dem großen schwarzen Flügel, und als die Stimme einsetzte, konnte sich Sam wieder erinnern, sie erkannte den Song. Er hieß *Rome*.
In dem Moment war sie wie gefesselt von den Lyrics, so als wäre sie mittendrin in dieser Geschichte. Ausgerechnet jetzt fielen ihr Miras Worte von vorhin wieder ein. Sie hatte von Poesie gesprochen.
Mira. Sie ging ihr nicht mehr aus dem Kopf.

Die gesungenen Worte spulten sich vor ihrem geistigen Auge ab. Auf einmal war es wie ihre gemeinsame Geschichte, in dem Augenblick war auch sie Teil davon.

„Erinnerst du dich daran, als du das erste Mal gelacht hast?

Als ich dein Lachen sah ...hat sich alles verändert. Wie ein Wirbelsturm brach es über mich herein ... "

Die Worte setzten sich zusammen wie Puzzleteile. Da lag pure Magie in der Luft. Sie spürte sie in jeder einzelnen Zelle ihres Körpers. Ganz egal welche Geschichten jeder in diesem Raum für sich durchlebte, egal wie schmerzhaft oder schön. Sie waren so wertvoll, alle zusammen. Alle waren einzigartig.

Sam hielt es nicht mehr aus. Sie musste wissen, wie es Mira ging, und spähte in ihre Richtung. Als sich ihre Blicke trafen, war alles wie in Zeitlupe. Sie spürte wieder dieses unsichtbare Band, vermochte zu wissen, dass Mira es auch gefühlt hatte. *Wie ein Wirbelsturm*, hallte es in ihr.

Der Refrain des Liedes holte sie wieder in den gegenwärtigen Moment und die Verbindung zwischen ihnen trennte sich erneut.

Kapitel 10
Mira

Mira hatte gerade die letzten Zeilen von *Rome* mitgesungen und war in Gedanken versunken, als ihr ein warmer Schauer über den Rücken lief. Sie konnte es mit Worten nicht beschreiben. Sie musste wissen, ob der Auslöser für dieses intensive Gefühl auf der anderen Seite der Galerie lag. Im gleichen Moment, als Mira erneut hinübersah, trafen sich ihre Blicke. Ein Ziehen in ihrer Magengegend machte sich bemerkbar und ihr wurde auf einmal ganz warm. In Sams Blick lag etwas Unergründliches. War es etwa Verlangen nach ihr? Hatte sie dieses Gefühl auch gespürt?

Sam hatte ihrem Blick standgehalten und dann wieder weggesehen. Was für ein Spiel war das hier? Wieso verhielt sie sich gegenüber Sam so eigenartig? Sie war doch sonst auch nicht so durcheinander, wenn sie auf Gleichgesinnte traf. Nicht an einem Ort, wo sie sich eigentlich gelöst und unbefangen fühlen sollte. Mittlerweile hatte Mira es aufgegeben, ihre Gedanken mit Gewalt zu verdrängen. Es half sowieso nicht. Sie versuchte stets, jedes Wort und jede Verhaltensweise von Menschen zu verstehen und zu analysieren. Dabei machte sie es keineswegs bewusst.

Plötzlich überkam Mira eine tiefe Sehnsucht. Was wenn Sam auch so dachte wie sie, wenn dieses Verlangen von ihr wirklich existierte. Oder hatte ihr Gehirn ihr wieder einmal einen Streich gespielt?

War es nur ihre eigene Sehnsucht nach Nähe? Nähe zu einem Menschen, den sie gerade eben erst kennengelernt hatte, der ihr einfach sympathisch war?

Als sie rasch einen Blick auf ihr Smartphone warf, fiel ihr ein, dass sie Hermine versprochen hatte, Fotos zu schicken. Eine Nachricht von ihrer besten Freundin ploppte auf und Mira vermisste sie augenblicklich. Ein Lächeln huschte über ihre Lippen. Wie schön wäre es jetzt, sie um Rat zu fragen, sie hatte immer eine passende Antwort auf alles.

Mira dachte wieder an Zuhause und an Gabriella. Sie seufzte, holte tief Luft. Es würde ihr bestimmt gut gehen, sie durfte sich keine Sorgen machen.
Schließlich schaltete sie ihre Kamera ein und hielt sie Richtung Bühne. Sie machte ein paar Schnappschüsse vom Sänger und ein kurzes Video. Hier oben gab es kaum Empfang, also würde sie ihr die Fotos später über WhatsApp schicken, wenn sie in ihrem Hotel war.

Wenig später, als das allerletzte Lied des Abends erklang, stimmte Mira noch einmal lautstark mit ein. Eine Welle an Emotionen durchströmte sie, als im Saal tausende kleine Lichter erstrahlten. Ein Meer aus Sternen, so sah es aus. Mira schloss ihre Augen, bevor ein tosender Applaus im Saal widerhallte und sie merkte, dass dieser wunderbare Abend jetzt zu Ende war. Sie blieb noch eine Weile auf ihrem Platz sitzen, betrachtete die große Bühne und blickte zu den hohen Rundfenstern. Draußen hatte der Himmel ein nahezu schwarzes Blau angenommen. Vielleicht war heute eine klare Nacht, um Sterne zu beobachten, dachte sie. Sie liebte den Sternenhimmel und hatte bereits viel darüber gelesen. Wann immer es möglich war, warf sie einen Blick nach oben, um die bekanntesten Sternbilder aufzusuchen. Als Kind hatte sie mit ihren Eltern manchmal ein Planetarium besucht. Es waren die schönsten Erinnerungen aus ihrer Kindheit.

Der Raum leerte sich langsam und die letzten Konzertbesucher strömten zu den Ausgängen. Mira holte ihren Rucksack unter ihrem Sitz hervor, stand auf und verließ den Konzertsaal. Als sie die schwere Glastüre der City Hall aufschob, kam ihr ein Schwall kühler Luft entgegen. Am unteren Ende der Steinstufen hatten sich die Menschen versammelt und die kleinen Grüppchen lösten sich langsam auf.

Vielleicht planten sie, in die nächste Bar zu ziehen, immerhin war es Freitagabend. Mira blickte ihnen nach, während sich hinter ihr ein Mann ungeduldig vorbei drängte. Erst jetzt hatte sie bemerkt, dass sie mitten im Weg gestanden hatte. Sie ertappte sich dabei, wie sie nach einer beigen Mütze Ausschau hielt, doch Sam tauchte nirgends auf.

Mira stieg die Steinstufen hinab und zog sich fröstelnd die dünne Stoffjacke enger um ihren Körper. Sie hatte keine Ahnung gehabt, dass die irischen Temperaturen im Sommer so viel kühler waren, als sie es aus Deutschland kannte. Als sie um das Gebäude herumging, warf sie einen kurzen Blick zum Himmel, es waren keine Sterne zu erkennen. Mira spürte einen kleinen Stich in ihrer Brust, als sie die City Hall hinter sich ließ. Da war es schon wieder, dieses intensive Gefühl. Sehnsucht. Es hatte sich an ihre Fersen gehaftet. Aber warum, hatte es mit diesem Abend zu tun? War es wegen Sam? Sam.

Sie konnte nicht aufhören an sie zu denken. Ob sie wohl noch dort war? Draußen am Eingang hatte sie niemanden ausmachen können.

Mira nahm denselben Weg durch die Iveagh Gardens, doch sie war die einzige Person um diese Uhrzeit. Normalerweise hatte sie keine Angst im Dunkeln. Doch jetzt lauschte sie angestrengt jedem Geräusch und ihre Schritte wurden automatisch schneller. Kurz darauf entdeckte sie die Hausmauer, an der sie vorhin schon vorbeigegangen war. Sie verlangsamte ihre Schritte wieder und atmete schließlich erleichtert auf, als sie das Hotel erreichte.

In der Eingangshalle war es gemütlich und warm und sie war froh, als sie endlich ihr Zimmer betrat. Nachdem sie ihre Sachen abgelegt hatte, ging sie geradewegs in das kleine Bad, welches direkt an ihr Schlafzimmer angrenzte. Sie nahm sich ein Wasserglas vom Waschtisch und leerte es in einem Zug. Danach beschloss sie, erstmal ausgiebig zu duschen. Sie hoffte, dass Hermine noch auf war, denn sie wollte noch nicht schlafengehen. Ein Kurzfilm an Bildern und Gefühlen des Abends spulte sich vor ihrem geistigen Auge in einer Art Dauerschleife ab. Da waren Sam und sie bei den Toiletten. Sam reichte ihr eine Wasserflasche. Sam und sie tanzend, die wohlige

Wärme, die ihr Körper ausstrahlte. Dann ein Kribbeln in ihrer Magengegend. Sams warme braune Augen. Stopp. Das musste aufhören, sie zwang sich, wieder im Hier und Jetzt anzukommen, doch es gelang ihr nur mit Mühe.
Sie brauchte jetzt dringend ein paar beruhigende Worte. Vielleicht würde ihr Hermines Stimme helfen.

Als sie sich nach dem Duschen im Schneidersitz auf ihr Kingsize-Bett setzte, sah sie auf dem Display, dass ihre Arbeitskollegin sie versucht hatte anzurufen. In Mira stieg mit einem Mal Panik auf und ihre Kehle schnürte sich zu. War es wegen Gabriella?
Seit ihrem Besuch im Krankenhaus hatte sie keine neuen Nachrichten über ihren Zustand erfahren. Gerade wollte sie auf die Anruftaste drücken, als eine Nachricht auf ihrem Smartphone erschien. Sie zögerte erst, öffnete sie dann aber. Langsam las sie die Zeilen bis zum Ende und spürte, wie alle Anspannung wich. Tränen rollten ihr über die Wangen und sie konnte ein Schluchzen gerade noch unterdrücken. Gabriella atmete nun selbstständig, sie war heute vom Beatmungsgerät entwöhnt worden. Die Ärzte hatten berichtet, dass sie jetzt so weit war, um auf die Normalstation verlegt zu werden.

Eine riesige Welle der Erleichterung überkam Mira und sie ließ ihren Tränen freien Lauf, während sie eine Nachricht an ihre Kollegin tippte. Dann schnappte sie sich ein Taschentuch aus ihrem Rucksack und schnäuzte sich kräftig. Schnell scrollte sie zu Hermines Nummer und nach kurzer Zeit ertönte das Freizeichen.

»Mira, alles gut bei dir? Wie war es? Hast du dir ein Autogramm geholt?« Hermine kicherte in den Hörer.

Mira musste sich erst einmal sammeln, sie wusste gar nicht, was sie ihr als Erstes erzählen sollte. Ihre Gedanken schweiften zu Sam, dann wieder zurück zu Gabriella. Sie beschloss, nichts von der Sache mit Sam zu erwähnen. Vorerst. Sie wusste nicht, wie sie es ihrer Freundin erklären sollte. Denn noch immer hoffte sie, dass sich dieses intensive Gefühl irgendwann in Luft auflösen würde.

»Hallo, Erde an Mira, bist du noch dran?«

»Ja, bin ich«, sprach Mira in etwas zittrigem Tonfall. Eine kurze Pause entstand. »Ich habe gerade sehr gute Nachrichten bekommen. Es geht um Gabriella …«

Sie blinzelte eine einzelne Träne weg und hörte durch ihr Telefon, wie Hermine den Atem anhielt. Dann sprudelte es aus Mira heraus.

Als Hermine die Neuigkeiten aus dem Krankenhaus erfahren hatte, war sie genauso erleichtert. Immerhin hatten sie die letzten Tage gemeinsam gezittert.

»Jetzt erzähl schon, wie war das Konzert?«, drängte Hermine sie.

»Es war wirklich toll und alle Songs wurden gespielt. Die Leute sind total ausgerastet bei dem Klavierpart.« Mira grinste breit und hörte auch, wie sich Hermine mit ihr freute.

»Und, hast du dir ein Autogramm geholt?«, fragte Hermine. Mira seufzte laut.

»Nein. Ich bin nach dem Konzert gleich gegangen, ich glaube nicht, dass ich das überlebt hätte, ich meine, mich wieder unter die Menschenmenge zu mischen. Aber es ist okay.« Mira lächelte.

Sie erzählte ihr noch Einzelheiten von ihrer Ankunft in Dublin, wobei sie das Zusammentreffen mit Sam aussparte. Es fiel ihr schwer ihre Gefühle nicht mit Hermine zu teilen. Sie erzählten sich sonst alles und waren wie Schwestern. Doch aus irgendeinem Grund bremste sie jetzt etwas. Sie musste sich erst über ihre Gefühle im Klaren sein.

Als sie sich eine Viertelstunde später von Hermine verabschiedete, schickte Mira ihr die versprochenen Fotos. Prompt kam eine Antwort von ihr, die Mira kurz laut auflachen ließ.

Hermine hatte ein Auge auf den Sänger geworfen. Auch sie musste sich eingestehen, dass er wirklich gut aussah.

Das Zimmer war mittlerweile in ein dämmriges Licht getaucht und Mira entdeckte die silbrig-weiße Mondscheibe, die durch ihr Zimmerfenster schien. Als sie sich auf das weiche Kissen fallen ließ, überlegte sie, wie die nächsten Tage wohl aussehen würden. Sie hatte ihr Hotel bis Dienstag gebucht und wollte die Zeit nutzen, um Dublin zu erkunden. Zu gerne würde sie auch ans Meer fahren. Augenblicklich spürte sie ein unangenehmes Ziehen in ihrem Oberkörper, ein altbekanntes Gefühl der Angst breitete sich in ihr aus. Sie atmete ein paarmal tief ein und aus, bevor sie sich ihr Mantra vorsagte. *Ich schaffe das. Ich bin sicher.* Sie lenkte ihre Gedanken wieder zum heutigen Abend un dachte an die Musik, an die Lyrics, die wie ein Anker für sie waren. Langsam beruhigte sich ihr Atem etwas. Morgen in der Früh würde sie ihrer Therapeutin eine Mail schicken, um endlich einen Termin zu vereinbaren. Leider schob sie es schon viel zu lange vor sich her. Mira seufzte, als sie sich auf die Seite drehte, um das Licht neben ihrem Bett auszuknipsen.

Der Mond leuchtete noch immer sanft durch den dünnen Vorhang. Die Müdigkeit ließ ihre Gedanken fortziehen und sie betrachtete ihn eine Weile. Als sie schließlich die Augen nicht mehr offen halten konnte, fiel sie in einen traumlosen Schlaf.

Kapitel 11
Sam

»Hier. Das geht übrigens auf mich.« Kira trat an den Tisch und hielt Sam eine Bierflasche vor die Nase. In der anderen hielt sie ein großes Glas mit bräunlicher Flüssigkeit, die leicht schäumte. Vermutlich Guinness, stellte Sam fest. Sie mochte das irische Gebräu nicht und Kira hatte es sich wohl vom letzten Mal gemerkt.

»Danke.« Sie nahm es entgegen, doch ihre Aufmerksamkeit lag nur für den Bruchteil einer Sekunde bei dem kalten Bier, dann wandte sie ihren Blick ab. Das Pub war drückend voll an diesem Freitagabend. Sie waren im Temple-Bar-Viertel von Dublin und dieser Ort war nicht nur für Einheimische, sondern auch für viele Studenten und Touristen ein Anziehungspunkt.
Sams Blick wanderte hinüber zum Tresen, an dem sich jetzt ein Haufen junger Leute tummelte. Der Geruch von Bier und einem Hauch Whiskey vermischte sich mit warmer abgestandener Luft. Normalerweise mochte sie solche Abende im Pub, sie war kein großer Freund von Alkohol, liebte aber die ausgelassene Stimmung.
Am anderen Ende des Pubs war ein kleines Podest aufgebaut, ähnlich einer Bühne. Heute standen drei junge Männer dort. Sie hatten Gitarre, Dudelsack und eine Fiddle, das war eine Art Geige, im Gepäck. Kurz nachdem sie ihre Ausrüstung ausgepackt und ihre Instrumente gestimmt hatten, drang der erste irische Folk Song durch den kleinen Raum. Ein paar Tanzfreudigen standen auf und wirbelten um die Tische.

Sam starrte auf ihr Bier und nahm etwas unentschlossen einen großen Schluck. Kira hatte sie hierhergeschleppt. Sie war eine gute Freundin von Liam, und Sam kannte sie von ihren gemeinsamen Treffen. An den Wochenenden waren sie oft zu dritt unterwegs. Kira war sechsundzwanzig und damit zwei Jahre jünger als sie. Sie studierte

Modedesign, allerdings war sie lieber auf Partys unterwegs und nahm ihr Studium wenig ernst. Sam fand Kira recht nett und man konnte mir ihr Spaß haben. Jedoch waren sie nicht eng miteinander befreundet.

Kira hatte ihr heute Abend eine WhatsApp geschickt, in der sie verzweifelt berichtete, dass Liam und ihre beste Freundin heute keine Zeit für sie hatten. Zuerst wollte Sam absagen, doch dann hatte sie schließlich nachgegeben. Jetzt saß Sam da, ihr Körper war anwesend, doch ihre Gedanken und der Rest waren irgendwo in der Konzerthalle zurückgeblieben.

»Du siehst irgendwie nachdenklich aus, ich dachte, du hattest einen schönen Abend?« Kira hatte sich jetzt neben sie gesetzt und schaute sie fragend an. Sam überlegte und wägte ab, ob sie Kira von Mira erzählen sollte. Gerade als sie einen Entschluss fasste, durchschnitt Kira die Stille. »Lass mich raten, du hast Liebeskummer.« Sie grinste. Doch dann lag in ihrem Blick auf einmal etwas Sanftes und Ehrliches. Sam spürte, dass sie ihr vertrauen konnte.

»Nicht ganz, nein, aber ich habe heute jemanden kennengelernt. Ehrlich gesagt weiß ich nicht so genau, ob man das überhaupt Kennenlernen nennen kann …« Sams Lippen verzogen sich zu einem schwachen Lächeln. Kira musterte sie aufmerksam und Sam ließ sich zurückfallen, um sich gegen das kühle Holz der Sitzbank zu lehnen. Dann erzählte sie ihr alles vom Anfang bis zum Ende und ließ nur die Details aus. Denn es gab ein paar Momente, in denen sie diese intensive Verbindung zu Mira gespürt hatte. Sie wusste nicht, wie Kira darüber dachte. Dafür kannte sie sie zu wenig. Sam sprach nicht gerne über ihre Gefühle, auch dann nicht, wenn sie die Person gut kannte. Dennoch war sie jemand, der Emotionen nach außen hin nicht unterdrücken wollte.

Als sie endete, sah Kira sie mitfühlend an, bevor sie ein paar Schlucke ihres Guinness nahm. Sam fühlte sich nach diesem Gespräch leichter und nippte nun ebenfalls an ihrem Bier.

»Hast du Liam schon davon erzählt? Also ich an deiner Stelle würde herausfinden wollen, wer sie ist, immerhin ist sie noch in Dublin, oder?«

In Sam keimte kurz der Gedanke auf, Mira über die sozialen Medien zu kontaktieren, doch sie wusste gerade einmal ihren Vornamen.

»Leider habe ich kaum Infos, um Mira ausfindig zu machen. Außerdem weiß ich doch gar nicht, ob sie mich überhaupt wiedersehen will …« In Sams Kopf ratterte es wie in einem Uhrwerk. Sie wusste nicht, was sie jetzt tun sollte. Auf der einen Seite kannte sie Mira kaum, aber auf der anderen Seite war da dieser starke Wunsch, ihr wieder zu begegnen.

Sie dachte an Miras Gesichtsausdruck, als sie vor ihr gestanden hatte. An ihre Unsicherheit. Am liebsten hätte sie ihr alle Sorgen und Ängste mit einer Umarmung genommen. Sam hatte es tief in ihrem Innersten gespürt. Es war wie eine Bestimmung, ein Gesetz für sie, Mira glücklich zu sehen. In diesem Moment, als sie sich das erste Mal begegneten, war das der sehnlichste Wunsch, der aus ihrem Herzen gesprochen hatte. Doch sowas vor ihr auszusprechen, in dem Moment, hätte Mira wahrscheinlich verschreckt.

Sie dachte an ihre graublauen Augen, an das zarte Schimmern, als die Schweinwerferstrahlen auf ihr Gesicht trafen. Das Funkeln, als sie auf einmal von der Musik gesprochen hatte. Sie wollte so gern alles über Mira erfahren, wollte sie berühren, sie beschützen. Die Sehnsucht stieg mit einem Mal ins Unermessliche. Langsam fragte sich Sam, ob sie zu viel hineininterpretiert hatte. Sie konnte sich nicht in eine Person verlieben, mit der sie zwei Stunden verbracht hatte. War so etwas überhaupt möglich?

»Du magst sie wirklich, habe ich recht?« Kira riss sie in die Gegenwart zurück.

»Was?«

Sam hatte nicht zugehört, sie saß da und hatte gerade ins Leere gestarrt.

»Na ja, du sahst eben sehr verknallt aus, wenn ich es so ausdrücken darf?« Sie grinste breit. »Du solltest dich entscheiden, wer weiß, vielleicht gibt es eine Chance, sie wiederzusehen. Meinst du nicht auch?«, fügte sie leise hinzu.

Ja, dachte Sam, eine Chance, wenn das Universum es gut mit ihr meinte, dann vielleicht. So ein Mist, wie sollte sie sich entscheiden? Sowas konnte sie jetzt nicht gebrauchen. Dieses verdammte Herz.

Sie wollte alles abschütteln, loslassen, alle diese Gefühle, die sie einholten wie ein Tsunami. Vielleicht wäre es besser, das Ganze einfach irgendwie zu vergessen. Es würde wehtun, das wusste sie.

Ein zarter Schmerz durchfuhr Sam, es war ein Schmerz des Loslassens, den sie zu gut kannte.Mit ihm hatte sie Erfahrung, er war in den letzten zwei Jahren ihr steter Begleiter gewesen. Sie würde es verkraften, auch dieses Mal würde sie stark genug sein. Oder?

Das irische Trio hatte gerade zu einem ruhigeren Lied gewechselt. Es war melancholisch, aber schön. Nur die sanften Klänge der Gitarre und die Stimme drangen zu ihnen an den Tisch. Die tanzenden Gäste hatten sich inzwischen wieder an die Bar verschanzt. Sam überlegte, ob es Mira hier gefallen könnte. Ihr fielen auf einmal die Kopfhörer ein, die sie beim Konzert getragen hatte. Nein, vermutlich nicht, wenn es so laut wie vorhin war. Doch die Musik würde ihr bestimmt gefallen, die irischen Instrumente und der Folk. Sie stellte sich im Geiste vor, wie sie beide miteinander durch den Raum tanzten, ganz wild und ungezwungen. Und dann führte sie den Gedanken weiter. Dachte daran, wie es wäre, wenn sie beide durch die Stadt spazieren würden, Hand in Hand bei Mondschein an der Liffey.

Als Kira ihr plötzlich eine Hand auf die Schulter legte, fuhr sie hoch und merkte, dass sie schon wieder abgedriftet war.

»Tut mir leid.« Sam errötete und schüttelte den Kopf. Zum Glück konnte Kira ihre Gedanken nicht lesen.

»Wenn du möchtest, helfe ich dir, sie zu finden.«

Sam sah etwas überrascht zu ihr hoch, dann lächelte sie. Kira wirkte ehrlich und sie meinte jedes Wort ernst. »Und vielleicht solltest du Liam auch in deine Lovestory einweihen«, beendete sie ihren Satz.

Ja, das würde sie tun müssen. Außerdem wollte sie nicht kampflos aufgeben. Sie hatte diese, wenn auch nur geringe Chance, verdient. Das Universum würde ihr schon ein Zeichen geben, wenn ihre Mühen umsonst waren.

Denn dann blieb ihr nur mehr die Option, den Schmerz zu ertragen. Schließlich gab sie sich einen Ruck.

»Okay, einen Versuch ist es wert«, antwortete Sam mit fester Stimme.

* * *

Als Sam später an diesem Abend in ihre kleine Wohnung trat, schaffte sie es gerade noch sich umzuziehen. Sie fühlte sich erschöpft. Nicht von dem Abend im Pub. Es waren ihre Gedanken an Mira und wie sie vorgehen sollte, um sie zu finden. Kira hatte ihr vorgeschlagen, in den sozialen Medien nachzusehen. Außerdem wusste Sam durch ihr Gespräch mit Mira, dass sie eine Unterkunft ganz in der Nähe der National Concert Hall bewohnte. Es gab jedoch mehr als eine Handvoll Unterkünfte, wie sollte sie da die richtige Adresse ausmachen?

Sie rieb sich ihre Augen und beschloss, diese Sorgen und Gedanken auf den nächsten Tag zu verschieben. Kurz fiel ihr ein, dass sie sich mit Liam treffen wollte, und sie tippte eine Nachricht an ihn. Morgen würde sie erst einmal ausschlafen, ein langes Frühstück genießen und vielleicht schreiben. Irgendwas hatte ihr heute Anstoß und Inspiration gegeben und sie musste diese ganzen neuen Gefühle zu Papier bringen.

Kapitel 12
Mira

Der weitläufige Raum, in dem sich Mira befand, war mit dunklen Möbeln ausgestattet. Die moosgrünen Polstersessel passten perfekt zum restlichen Einrichtungsstil. Alles in allem sah es gemütlich aus, nicht wie sie es von anderen Stadthotels in Erinnerung hatte. Sie ging am Frühstücksbuffet entlang und konnte sich gar nicht entscheiden bei der vielfältigen Auswahl. Mira war positiv überrascht, denn sie hatten sogar an vegane Produkte gedacht.

Die große hölzerne Wanduhr zeigte, dass es erst kurz nach halb neun war. Mira war nachts einmal aufgewacht, hatte aber sonst erstaunlich gut geschlafen. Fremde Orte und fremde Betten lösten bei ihr für gewöhnlich Stress aus. Sie nahm sich einen Teebeutel und ließ sich heißes Wasser aus einem der Kaffeeautomaten ein. Dann suchte sie sich einen kleinen Tisch in einer ruhigen Ecke und stellte ihr Tablett vor sich ab. Als sie die Tasse Tee in der Hand hielt, durchströmte sie angenehme Wärme und sie nahm einen tiefen Atemzug. Ihre Gedanken schweiften zurück zum Vorabend. Ein kribbelndes Gefühl machte sich in ihrer Magengrube bemerkbar. Sie dachte an sie. Sam. Mira fühlte sich etwas hilflos und wusste nicht, wie sie mit dieser starken Empfindung umgehen sollte. Während sie eine Scheibe Toast mit Butter und Marmelade bestrich, fischte sie ihr Notizbuch aus ihrer Tasche. Nachdem sie einige Bissen genommen hatte, klappte sie es vor sich auf. Sie schrieb in Stichworten und Sätzen auf, was sie in Dublin bisher erlebt hatte. Dabei erwähnte sie auch ihre Begegnung mit Sam und die ausgelassene Stimmung auf dem Konzert. Sie dachte an Sams ungezwungene, offene Art. Sogleich huschte ein Lächeln über ihre Lippen, bei dem Versuch, ihren markanten Stil zu beschreiben. Außerdem fielen ihr neue Zeilen für ein Gedicht ein und sie notierte sie rasch.

Als ihr Blick kurz an der Textpassage hängen blieb, welche sie zuletzt in Hamburg verfasst hatte, starrten die Zeilen sie herausfordernd an. Mit einem Mal fühlte sich ihr Gehirn wie leer gefegt an und sie konnte nicht weiterschreiben. Es fehlte etwas, um das Gedicht fortzuführen, sie wusste nur noch nicht was. Sie begnügte sich erstmal mit diesem Ergebnis und klappte das Buch wieder zu, um sich erneut ihrem Frühstück zu widmen.

Wieder zurück in ihrem Zimmer, hatte Mira sich endlich dazu aufgerafft, ihrer Therapeutin eine Mail zu schicken. Danach hatte sie ein paar Seiten ihres Buches verschlungen, und als sie auf den Bildschirm des Smartphones linste, war es bereits Mittag. Eigentlich hatte sie schon eher losmarschieren und die Stadt erkunden wollen. Der Stadtplan, den sie im Zimmer gefunden, hatte entpuppte sich als sehr verwirrend. Also beschloss sie, sich mit Google Maps einen Überblick über die Lage zu verschaffen.

Für den Anfang hatte sie geplant zu Fuß die Gegend zu erkunden, bevor sie sich auf die öffentlichen Verkehrsmittel stürzen wollte. Nachdem sie den genauen Standort von St. Stephen's Green auf Google Maps ausfindig gemacht hatte, warf sie einen Blick aus dem Fenster. Gerade kämpften sich ein paar Sonnenstrahlen durch einzelne Wolken hindurch und der Himmel hatte ein helles Blau angenommen. Einen Regenschirm dabei zu haben, wäre dennoch nicht so verkehrt. Man konnte nie wissen, wann das Wetter hier umschlug. Mira packte ihren kleinen Stoffrucksack, schob ihren türkisen Schirm und ihr Notizbuch in das vordere Fach und zog sich ihre Sneaker an. Beinahe hätte sie ihren Zimmerschlüssel auf dem Bett liegen gelassen. Also sprintete sie noch einmal zurück, schnappte ihn sich und verließ dann ihr Hotelzimmer.

Ein altes riesiges Steinbogentor markierte den Eingang zur Parkanlage. Mira wusste aus ihrer Recherche, dass St. Stephen's Green viele Denkmäler bekannter irischer Persönlichkeiten beherbergte. Sie waren nicht aus der Geschichte Irlands wegzudenken.

Ein weitläufiger Park erstreckte sich vor ihr. Zu ihrer rechten und linken Seiten befanden sich ausladende gepflegte Rasenflächen. Möwen mit weiß-grauem Gefieder blickten sie aus ihren schwarzen kleinen Augen an, bevor sie sich wieder in die Lüfte erhoben.

Als sie eine Weile durch den Park geschlendert war, kam sie zu einem großen, angelegten Teich. Mira erschrak, als direkt vor ihren Füßen zwei Möwen einen Sturzflug einlegten und schließlich sanft und geräuschlos im Wasser landeten. Sie musste über sich selbst lachen und blickte den beiden nach, die sich zu einer Gruppe von anderen Möwen gesellt hatten. Dann ging sie langsam in die Knie und hielt sich am kühlen Rand des Steinbeckens fest. Eine Zeit lang beobachtete sie die Tiere. Der kalte Stein fühlte sich gut auf ihrer Haut an. Sie spürte, wie eine leichte Brise ihren Kopf streifte. Ein friedliches Gefühl breitete sich in ihr aus, als sie Richtung Wasseroberfläche blickte. Vergessen war der Verkehrslärm, der vom Rand der Parkanlage zeitweise herüberwehte.

Mira gönnte sich eine Pause und schloss kurz ihre Augen. Endlich war sie angekommen. Sie war hier in Dublin, ganz allein, und sie hatte keine Angst. Zumindest nicht in diesem Augenblick. Sie hatte Deutschland hinter sich gelassen, um genau das hier zu spüren. Freiheit. Es fühlte sich gerade so richtig an und verdammt gut.

Langsam öffnete sie wieder ihre Augen und nahm erneut ihr abgegriffenes Notizbuch zur Hand. Sie wollte es einfangen, dieses Gefühl von Schwerelosigkeit. Mira setzte sich an den Rand des Beckens. Der schwarzgoldene Kugelschreiber drehte sich zwischen ihren Fingern. Dann schrieb sie einfach drauflos.

Freiheit ist wie der Flügelschlag einer Möwe

die sanft durch die Lüfte gleitet

Freiheit ist wie der allererste Schritt auf unbekannter grenzenloser Weite, und doch ist er vertraut

Sie ist der Moment, wenn man die warmen Sonnenstrahlen auf seiner Haut spürt und im gleichen Atemzug in glasklares Wasser eintaucht

Freiheit ist die Entscheidung, sich von den eigenen Fesseln loszumachen

Und nur du selbst kannst das tun

»Entschuldigen Sie bitte!« Eine Stimme holte sie aus ihren Gedanken.

Mira hätte beinahe den Stift fallen gelassen. Sie vernahm einen Schatten direkt neben sich auf dem Kiesweg. Als sie aufblickte, musste sie gegen die Sonne anblinzeln. Eine zierliche Frau mit dunklem schulterlangem Haar war neben sie getreten. Rasch klappte Mira das Notizbuch zu. Sie trug eine breite Umhängetasche um die Schultern. Aus einer Seitentasche lugte eine Kindertrinkflasche hervor. Die Frau setzte wieder zum Sprechen, an als direkt hinter ihr ein sportlicher, groß-gewachsener Mann mit einem kleinen Jungen an der Hand herbeieilte.

»Hätten Sie vielleicht einen Moment Zeit, um ein Foto von uns zu machen?« Sie lächelte freundlich. Der kleine Junge daneben brabbelte in unverständlichem Ton ein paar Wörter und zeigte dabei immer wieder aufgeregt auf den Teich hinter ihnen.

Mira nickte, »Natürlich, sehr gerne.« Sie streckte sich ausgiebig, bevor sie vom Boden aufstand. Viel zu lange hatte sie in der gleichen Position verharrt und spürte nun ihre schmerzenden Gliedmaßen. Sie bat die drei, sich vor dem Teich zu positionieren, so konnte sie alles gut einfangen. In dem Augenblick erschraken ein paar der Möwen und flüchteten vom Rand des Steinbeckens. Die Frau überreichte ihr die Kamera und Mira nahm sie entgegen, um ein paar Fotos zu schießen. Danach machte sie noch ein paar Aufnahmen von weiter weg und präsentierte das Ergebnis.

»Die sehen toll aus, vielen Dank!«

Als sich auch der Mann überschwänglich bei ihr bedankt hatte, trat er einen Schritt näher und deutete auf ihr Notizbuch.

»Sind Sie Studentin?«

Mira schüttelte den Kopf. »Nein, ich schreibe an einem Gedichtband. Hier drin stehen all meine Notizen.«

Die Augen des Mannes weiteten sich vor Begeisterung. Er lächelte und begann dann zu erzählen, dass er selbst in Dublin studiert hatte und jetzt als Journalist und Autor tätig war.

»Ich wünsche Ihnen alles Gute für ihre Arbeit«, schloss er die Unterhaltung.

Bevor die Familie ihren Weg fortsetzte, wiesen sie Mira darauf hin, unbedingt einen Abstecher zum Trinity College zu machen. Mira nickte und bedankte sich, dann winkte sie ihnen zum Abschied. Der kleine Junge starrte sie aus großen Augen an, als er sich nochmal zu ihr umdrehte. Ganz vorsichtig hob er seine kleine Hand und winkte zurück. Mira lächelte. Ihr wurde ganz warm ums Herz bei seinem Anblick.

Die Frage des Mannes hallte wie ein Echo in Mira. Über ein Studium hatte sie tatsächlich schon einmal nachgedacht. Es war in der Zeit gewesen, als sie angefangen hatte, ihre Gedichte und Texte niederzuschreiben. Daraufhin hatte sie das Projekt für ihr Buch ins Leben gerufen. Damals hatte sie recherchiert, welcher Studiengang für sie infrage kommen würde. Weiter als bis zu diesem Schritt war sie jedoch nicht gekommen. Jetzt wünschte sie sich nichts sehnlicher, als genau das zu machen, was sie liebte. In Gedanken malte sie sich aus, wie es wäre, hier zu leben. Hier in dieser magischen Stadt an der Liffey. Wie schön es wäre, all die Orte und versteckten Plätze zu erkunden. Die Nachmittage und Wochenenden könnte sie in einem der vielen gemütlichen Cafes verbringen, um dort zu schreiben. Sie könnte sogar ans Meer fahren, einfach in den Zug steigen und der Hektik entkommen. Es war nur einen Katzensprung entfernt, hatte sie gelesen.

Mira wollte schon immer nahe am Meer leben. Für sie hatte das Meer mit seiner rauen wilden Seite etwas, mit dem sie sich tief verbunden fühlte. Es war der Ursprung aller Existenz und Wasser war ihr Element. Ihr Blick streifte wieder die Wasseroberfläche des Teichs. Die Mittagssonne spiegelte sich jetzt darauf und tauchte alles in ein zartes Gold.

Sie musste zugeben, dass dies in ihrer Fantasie alles sehr verlockend klang, doch die Realität sah mit Sicherheit ganz anders aus. Ein Studentenleben bedeutete auch eine Menge Prüfungen, Lernstoff und einen Haufen Bücher. Unter anderem auch staubtrockene literarische Werke, mit denen sie sich auseinandersetzen musste. Würde sie dann noch Zeit haben, um an ihren eigenen Projekten zu arbeiten?
Ohne den heutigen Tag blieben ihr nur noch drei Tage auf irischem Festland. Sie würde das Beste daraus machen und dann weitersehen.

Langsam wurde Mira kalt und sie spürte eine leichte Gänsehaut auf ihren Oberarmen. Sie hatte viel zu lange dagestanden und auf den See gestarrt. Die Möwen hatten sich mittlerweile einen ruhigen Platz in der Ecke des Teichs gesucht, um zu rasten. Ihr Magen meldete sich mit einem demonstrativ brummenden Geräusch. Also beschloss sie, die Parkanlage zu verlassen, um die Dubliner Innenstadt zu erkunden. Ihr Plan war, erstmal etwas Anständiges zu essen, das hatte Priorität. Das Notizbuch lag noch immer achtlos auf ihrem Rucksack. Erneut schlug sie es auf und blätterte zu der letzten Seite. Sie hatte ein ganzes Gedicht zu Papier gebracht und war zufrieden mit sich. Hermine würde es bestimmt lesen wollen, also machte sie rasch ein Foto davon. Danach verstaute sie das Buch wieder in ihrem Rucksack und schulterte ihn. Sie blickte ein letztes Mal auf die spiegelglatte Fläche des Teichs, dann machte sie sich auf den Weg zurück zum Torbogen, wo sie hergekommen war.

Nach ein paar Minuten erreichte Mira eine große Kreuzung. Die hohen Gebäude ringsum waren fast alle in Gelb oder Weiß gestrichen. Vor ihr lag nun die King Street und rechts von ihr die Grafton Street.

Mira bog nach rechts ab, als ihr eine Gruppe junger Leute laut singend entgegenkam. Sie trugen lustige Hüte auf dem Kopf. Wahrscheinlich waren sie Teil einer Hochzeitsgesellschaft oder einer Geburtstagsfeier. Rasch holte sie ihre Kopfhörer aus dem Rucksackfach. Sie streifte sie sich über und kurz darauf waren alle unangenehmen Geräusche nur noch gedämpft wahrnehmbar. Sie ging weiter Richtung Zentrum, vorbei an Gruppen von Teenagern und Männern in Anzügen, die es eilig hatten. Unzählige Geschäfte reihten sich dicht aneinander. Sie entdeckte kleine Pubs und Cafés, Bekleidungsgeschäfte, Souvenirläden und Hotels. Im Internet hatte sie sich ein Restaurant herausgesucht, welches in der Nähe der Liffey lag. Sie passierte mehrere Nebenstraßen und landete schließlich in der George Street.

Laut der Beschreibung im Internet lag das Temple-Bar-Viertel hier ganz in der Nähe, doch Mira war wenig interessiert an einem Abend in einem lauten, mit Menschen vollgestopften Pub. Dafür war sie einfach nicht der Typ, auch wenn die irische Folkmusic für sie sehr interessant klang. Sie bog noch einmal links ab und stand dann endlich an ihrer Zieladresse. Das Gebäude des Stage-Door-Cafés wirkte sehr unscheinbar, es war wie viele der älteren Häuser hier in Irland aus kaminrotem Backstein gebaut worden. Die Schwarz-weiß gestreiften Markisen bildeten ein Vordach am Eingang und ein paar kleine Tische und Stühle standen draußen. Mira öffnete die Tür.

Wärme und der Geruch von würzigem Essen drangen in ihre Nase. Spätestens jetzt war sie bereit, alles zu essen, was man ihr vorsetzen würde, denn ihr Hunger war überwältigend groß.

Der Innenraum, der bereits gut gefüllt war, wirkte gemütlich und etwas düster, was vermutlich auch an den Holzwänden lag. Mira fand einen Platz in einer ruhigeren Ecke am Ende des Raumes. Sie bestellte sich eine Limonade und durchforstete neugierig die Speisekarte. Trotz ihrer soliden Englischkentnisse brauchte sie ein ganzes Stück länger, um die Karte komplett zu lesen. Da sie große Lust darauf hatte, entschied sie sich kurzerhand für einen belegten Toast mit Schinken, Baked Beans und Spiegel- Ei. Es klang einfach so gut, dass ihr das Wasser im Mund zusammenlief.

Die Kellnerin trat an den Tisch und nachdem sie die Bestellung aufge- nommen hatte, kramte Mira aus dem Rucksack ihr Smartphone hervor, um Hermine anzurufen. Doch als sie einen Blick auf den Bildschirm warf, leuchtete der Balken ihres Akkus rot auf. So ein Mist, sie hatte gestern Abend total vergessen, ihr Smartphone aufzuladen. Sie tippte mit flinken Fingern eine Nachricht an Hermine und drückte auf Senden. Darin versprach sie ihr, sich später noch zu melden. Das Foto vom Teich mit den Möwen und den Ausschnitt ihres Texts hatte sie als Anhang hinzugefügt. Da der Akku bald den Geist aufgeben würde, steckte sie ihr Smartphone in ihren Rucksack zurück, ohne auf eine Antwort zu warten.

Der Duft von gebratenem Speck stieg ihr in die Nase und im Hintergrund ertönte leise ein irisches Folk-Lied. Mira lehnte sich entspannt zurück und beobachtete die anderen Leute, während sie auf ihre Bestellung wartete. Links von ihr saßen zwei junge Frauen. Eine der beiden hatte ihre Hand ausgestreckt und blickte ihr Gegenüber eindringlich an. Mira hatte erst jetzt gemerkt, dass sie sehr lange hinübergesehen hatte, und richtete abrupt ihren Blick auf die Bar am Eingang. Warum musste sie auch immer so auffällig alles und jeden anstarren?

Einen kurzen Moment überkam sie der Gedanke, wie es wäre, wenn sie selbst dort mit einer Person Händchen haltend gesessen hätte. Sie konnte sich nicht daran erinnern, dass dies schon einmal in einer ihrer Beziehungen der Fall gewesen war. Bevor sie weiter darüber nachgrübeln konnte, trat die junge rothaarige Kellnerin erneut an den Tisch und stellte einen großen Teller vor ihr ab. Der Anblick ließ Mira mit einem Mal alles vergessen. Der Geruch von Ei und geröstetem Toastbrot war eine willkommene Ablenkung für ihr Gehirn. Sie fing eilig an zu essen und war schon nach einigen Minuten bei ihrem letzten Bissen angelangt. Der salzige Geschmack hatte sie durstig werden lassen und sie bestellte noch ein zweites Glas Limonade. Danach schob sie den Teller an den Rand des Tischs und kramte schließlich nach ihrer Geldbörse um zu bezahlen.

Als Mira wenig später nach draußen trat, blinzelte sie gegen die Helligkeit des Tageslichts an.
Ein Gefühl von Müdigkeit und Entspannung machte sich in ihr breit. Unentschlossen, wo sie als nächstes hingehen sollte, blieb sie am Rand des Gehswegs stehen.

Zuvor hatte sie auf der Karte entdeckt, dass der Fluss, der sich durch Dublin zog, ganz in der Nähe verlaufen musste.

Spontan folgte sie der Straße weiter hinab in die entgegengesetzte Richtung, wie sie gekommen war. Nach einigen Minuten entdeckte Mira einen Fußgängerübergang, dahinter konnte man eine Brücke erkennen, die auf den ersten Blick etwas unscheinbar wirkte. Als sie die Straße überquert hatte, lag der riesige Fluss direkt zu ihren Füßen. Er zog sich wie eine große Trennlinie von Ost nach West und schien die Stadt Dublin in zwei Sektoren aufzuteilen.
Mira stand jetzt genau in der Mitte der Brücke und blickte in das dunkle, blaugrau schimmernde Wasser. Die einzelnen dichten Wolken am Himmel kündigten Regen an. Bereits beim Hergehen hatte Mira gemerkt, dass die Sonne nicht mehr so stark schien wie zuvor. Ein

heftiger Windstoß erfasste sie nun direkt in ihrem Gesicht und es wurde zunehmend kühler. Als die ersten Regentropfen den Boden vor ihren Füßen mit dunklen Flecken benetzten, zog Mira ihre Kapuze über den Kopf. Die Passanten um sie hatten ihre Schirme hervorgeholt und schienen es nun etwas eiliger zu haben. Doch Mira streckte ihre Hand aus, so wie sie es immer tat, wenn es zu regnen anfing. Dann blickte sie nach oben und zwei dicke Tropfen erwischten sie direkt auf ihrer Nase. Sie unterdrückte ein Lachen. Es fühlte sich gut an, hier zu stehen. Einfach still zu beobachten und dem Regen zu lauschen. Das Grau dieses Nachmittags, die bunten Farben der Schirme und der Geruch von Regen auf Asphalt tauchten alles in eine friedliche Atmosphäre. Eine Weile stand sie einfach da und blickte über die Liffey, an deren Wasseroberfläche die Tropfen tanzten und wild umher hüpften.

Der Regen verwandelte sich in einen leichten Schauer und einzelne Sonnenstrahlen bahnten sich einen Weg durch die Wolkendecke.

Mira ging langsam über die Brücke und schlug den Weg zurück Richtung Stadtkern ein.

Zu ihren Füßen spiegelte sich das Licht der Sonne in den Pfützen. Als sie plötzlich die leisen Klänge einer Gitarre vernahm, wurde sie sofort hellhörig. Sie überlegte, in welche Richtung sie nun gehen sollte, um näher an die Musik heranzukommen. Intuitiv bog sie in eine der Straßen, aus der sie vorhin gekommen war. Schon von Weitem sah sie, wie eine kleine Gruppe von Passanten in der Fußgängerzone beisammenstand. Um sich zu orientieren, blickte sie hoch zu einer der Hausmauern und las den Straßennamen, der dort auf einem Schild prangte. *Grafton Street.* Sie war also richtig abgebogen.

Kapitel 13
Mira

Die Stimme eines jungen Mannes hallte aus einem kleinen Lautsprecher unweit vor Mira. Er hatte schwarzes dichtes Haar und trug eine dunkelblaue Mütze auf seinem Kopf. Der Sänger war höchstens zwanzig Jahre alt, hatte kindliche Gesichtszüge, doch seine tiefe Stimme wirkte sehr ausgereift. Man spürte eine Sanftheit und Melancholie, als die Töne seinen Mund verließen.

Mira stand jetzt dichter an der Menschenmenge und spähte in seine Richtung. Gerade sang er das Lied *Free Fallin'* von Tom Petty, einem US-amerikanischen Musiker. Die Menge wippte zu dem Refrain und stimmte lautstark in die Lyrics ein. Auch Mira konnte sich das nicht nehmen lassen. Sie spürte die ungezwungene Atmosphäre, die sich in diesem Augenblick verbreitete. Spürte, wie ihr Herz im Rhythmus des Lieds schlug, wie all ihre Sorgen sich verflüchtigten.
Es war wie fliegen. Als könnte sie selbst ihre Flügel ausbreiten und sich mit dem Wind treiben lassen. *Freier Fall.* Der Titel passte. Ein Glücksgefühl durchströmte ihren ganzen Körper, und als das Lied endete und er den letzten Ton durchs Mikrofon wirbelte, jubelte die Gruppe auf und klatschte vor Begeisterung.

Am Himmel über ihr zogen ein paar der Regenwolken weiter und ein Hauch von Blau zeigte sich. Als sie gespannt auf den nächsten Song wartete, fiel ihr Blick auf eine beige Mütze. Mira stockte der Atem. Die Person stand mit dem Rücken zu ihr. Mit einer Hand telefonierte sie und in der anderen hielt sie eine Leinenstofftasche. Mira kniff die Augen zusammen, um genauer hinsehen zu können, doch die Person drehte sich nicht zu ihr um. Diese beige Mütze kannte sie doch. *War das etwa Sam.*
Ihr Herz machte einen Satz und Mira konnte ihre aufkommende Nervosität nicht mehr unterdrücken. War sie es tatsächlich?

Vielleicht würde sie sich umdrehen. Sollte sie näher rangehen, oder lieber doch nicht?

Viele Fragen prasselten durch ihren Kopf. Was, wenn Sam sie gar nicht wiedersehen wollte? Mira war hin- und hergerissen. Nach dem Abend in der National Concert Hall war sie immer wieder in ihren Gedanken aufgetaucht.

Der junge Musiker mit seiner alten Taylor-Gitarre hatte wieder zu spielen begonnen, doch diesmal erkannte sie den Song nicht auf Anhieb. Im gleichen Moment verschwand die beige Mütze aus Miras Blickfeld. Ein groß gewachsener Mann hatte sich in die Menge geschoben und dann war sie auf einmal weg gewesen. Wie hypnotisiert streifte ihr Blick durch die Menge, suchte jeden Zentimeter ab. Sie wollte gerade in die Richtung laufen, wo sie Sam entdeckt hatte, als sie hinter sich jemanden ihren Namen sagen hörte. Die Stimme war ihr vertraut und doch klang sie ungewohnt. Mira drehte sich um. Und da stand sie.

Sam trug einen grünen Anorak, Jeans und schwarze Turnschuhe. Mit einer Hand strich sie sich eine Strähne aus dem Gesicht und ein zartes Lächeln umspielte ihre Lippen, als sie näher trat. Mira wusste nicht, was sie tun oder sagen sollte.

»Hi.« Es klang leise und eher wie ein Krächzen. Mira spielte unsicher mit der Kordel an ihrer Jacke. Als Sam zeitgleich mit ihr zu sprechen anfing, konnten beide ihr Lachen nicht unterdrücken.

»Du zuerst.« Sam grinste.

»Ich glaube, ich habe dich vorhin gesehen, zumindest deine Mütze, die hattest du letztens schon auf«, entgegnete Mira. Als Sam noch näher kam, vermutlich um sie bei der Musik besser verstehen zu können, hielt Mira den Atem an. Sie spürte, wie sich alles in ihr anspannte und sich ihr Magen vor Nervosität zusammenzog. Es war wie ein Déjà-vu. Sie erinnerte sich noch genau an den Moment, als

Sam auf dem Konzert neben ihr gestanden hatte. Ihre intensiven Blicke und die Wärme, die sie ausgestrahlt hatte.

Und jetzt war es genau gleich, denn diese Wärme füllte jeden Zentimeter ihres Körpers aus. Was war bloß los mit ihr?

»Ich stand da drüben neben dem Laden. Ich bin gerade um die Ecke gebogen, und als ich mich kurz umgedreht habe, da habe ich dein Gesicht entdeckt. Zuerst war ich mir nicht sicher, ob du es warst, also habe ich nachgesehen.« Sam wirkte mit einem Mal unsicher, man spürte es an ihrer leisen Stimme. Mira hatte sie bisher immer selbstsicher erlebt. »So ein Zufall,was?... Dublin ist ja schon sehr groß, dass wir uns genau hier treffen... «, fügte Sam hinzu, doch diesmal schenkte sie ihr erneut ein Lächeln.

»Kann man so sagen.« Mira erging es ähnlich wie ihr. Ihr fehlten schlichtweg die richtigen Worte. Eine peinliche Stille folgte, ehe Sam wieder zu sprechen anfing.

»Er singt toll, oder?« Sie reckte ihr Kinn zu dem jungen Musiker, der mittlerweile eine Trinkpause eingelegt hatte. Mira nickte.
»Ich bin auch eben erst hier vorbeigekommen, habe die Musik gehört und bin der Stimme gefolgt. Ich wollte unbedingt wissen wer da singt«, entgegnete Mira leise.

»Finde ich gut.« Sam lachelte erneut, räusperte sich dann und ergänzte: »Also, dass du hier aufgekreuzt bist, meine ich.«

»Ja, das finde ich auch.« Mira errötete und trat verlegen von einem Bein auf das andere. Dann blickte sie das erste Mal direkt in Sams bernsteinfarbene Augen. Ihr wurde fast schwindlig und sie musste sich konzentrieren. *Sag was. Irgendetwas. Sprich über ein Thema,* ermahnte sie sich selbst. Musik, das war gut. Also fing sie einfach wieder an zu reden. »Kennst du den Sänger, also bist du öfter hier?« Mira deutete mit ihrem Kinn ebenfalls in seine Richtung und wandte ihren Blick von Sam ab, sodass sie ihn beobachten konnte. Sam rückte noch ein Stück näher, sodass jetzt nur mehr eine Hand zwischen sie beide passte. Wenn das so weiterging, dann würde sie bald ihren Herzschlag hören können, der mittlerweile auf Hochtouren lief. Sie hoffte im Stillen, dass die Musik wieder einsetzte, und versuchte unterdessen ruhig zu atmen.

»Die Grafton Street ist sozusagen eine Freiluftbühne für alle Straßenmusiker hier in Dublin. Es gibt, denke ich, sehr viele und ich finde, fast alle haben etwas Besonderes an sich.« Sam offenbarte ihr, dass sie nach ihrem Umzug nach Dublin sehr oft hierhergekommen war. Doch gerade in den Sommermonaten war Dublin voll von Touristen. Während sie erzählte, sah sich Mira ihr Profil von der Seite an. Ihr Blick fiel auf die zarten Sommersprossen, die auf ihrer Nase und beiden Wangen deutlich zu sehen waren. Sie fand es unglaublich süß und irgendwie passte es zu ihr. Noch bevor sie den Gedanken innerlich laut ausgesprochen hatte, wurde ihr bewusst, was gerade geschah. Sie mochte Sam wirklich. Sam gefiel ihr und zwar nicht auf die Art und Weise, wie sie Hermine mochte, sondern da war mehr. Vielleicht sogar viel mehr.

Mira riss sich zusammen und versuchte dem Gespräch zu folgen.

»Manchmal ist es schwer, überhaupt einen Platz zu finden, die Einkaufsstraßen sind nicht gerade sehr breit, die Fußgänger können nicht vorbei… « Sam schenkte ihr jetzt ein schiefes Lächeln und setzte dann fort. »Aber weißt du, wenn du hier entlang gehst, dich in einem Lied verlierst, ist es einfach irgendwie magisch. Ein Gefühl von Lebendigkeit. Ich liebe diese Verbundenheit und offene Art der Iren. Sie haben Spaß und tun einfach das Richtige. Sie leben ihre Leidenschaft zur Musik«, erzählte sie einfach weiter und Mira nickte.

Diesmal lauschte sie gebannt ihren Worten und auf einmal fühlte sie sich Sam unglaublich nah.

»Ich finde, du hast das sehr schön gesagt, genauso fühlt es sich nämlich an.«

Sam musterte sie, dann blickte sie verlegen zwischen ihr und ihren Schuhen hin und her. »Wirklich? ... Vielen Dank.«

Mira nickte und schenkte ihr ein ehrliches Lächeln, ehe sie fort fuhr. »Also vielleicht ist es einfach ein Raum. Ich meine, ein Raum für alle Geschichten, die wir erlebt haben. Oder? Ich denke, es gibt eine Verbindung zu unseren tiefsten Gefühlen und Sehnsüchten und an diesem Ort können wir sie für einen Moment freilegen. Wir dürfen sie fühlen und teilen.«

Sam legte ihren Kopf schief und musterte sie eingehend. »Ich mag die Vorstellung, einen Raum zu schaffen für so etwas Wunderbares. Und ich finde deine Worte auch sehr schön, die du eben gerade gesagt hast, da spricht eine Poetin aus dir.« Sam lächelte jetzt.

Überrascht von dem Kompliment spürte Mira, wie ihre Wangen zu glühen anfingen, damit hatte sie nicht gerechnet. Sams Blick ruhte noch immer auf ihr, und das machte etwas mit Mira. Im gleichen Moment spürte sie ein zartes Kribbeln in ihrer Magengegend. Konnte sie sich in Sam verlieben?
»Danke. Also ich mag Poesie wirklich sehr gern, du etwas nicht?«
Sie hob eine Augenbraue und lachte dann aber, als Sam sie verdutzt ansah.

»Ich weiß es nicht genau, ein kleines bisschen vielleicht.« Sam lächelte geheimnisvoll. »Aber über deinen Zugang zur Poesie würde ich gerne mehr erfahren«, fügte sie schließlich hinzu.

Bei Sam wusste man nie, was als Nächstes passierte. Sie war irgendwie schwer zu durchschauen und Mira hatte das Gefühl, dass sie viele verborgene Seiten in sich trug. Sie wollte alle diese Seiten kennenlernen. Ein Gefühl von Glück durchflutete sie bei der Vorstellung. In dem Augenblick gab es für sie kein Zeitgefühl, keine Angst, etwas Falsches zu sagen, alles, was sie ihr erzählte, hatte Platz zwischen ihnen.

»Was möchtest du denn wissen?« Mira zog erneut ihre Brauen hoch und musterte Sams Gesicht.

»Also du magst Poesie, dann liest du bestimmt auch ganz viel? Ist das so ein Hobby von dir?«

Für einen winzigen Augenblick zögerte Mira. Sie überlegte, ob es der richtige Zeitpunkt war, über ihre Gedichte zu sprechen. Es war ein Zugangstor, eine Eintrittskarte in ihr Innerstes. Sie war sich nicht sicher, ob Sam ihr zögern bemerkt hatte, denn im selben Moment, als Mira zum Sprechen ansetzen wollte, fuhr sie fort.

»Du musst das aber nicht beantworten, okay?«

Doch Mira gab sich schließlich einen Ruck. Sie wollte Sam eine Chance geben. Also nahm sie einen tiefen Atemzug.

»Ich schreibe derzeit an einem Gedichtband. Seit ich denken kann, liebe ich Geschichten und lese sehr viel. Ich möchte eines Tages vom Schreiben leben.« Jetzt war es raus und Mira fühlte sich unglaublich erleichtert. Sie wusste nicht, ob sie jemals einer Person ihre Träume und Ziele so energisch erläutert hatte, außer ihrer besten Freundin Hermine natürlich.

Eine kurze Pause entstand und Sam sah sie lange an, dann, nach einer gefühlten Ewigkeit, legte sie ihren Kopf schief, es sah so aus, als würde sie angestrengt nachdenken.

»Könnte ich sie … na ja … dürfte ich sie lesen? Ich würde das wirklich gern tun.«

»Du meinst jetzt? Also hier?« Mira wurde plötzlich ganz heiß.

»Wenn du das möchtest? Also nicht hier draußen, meine ich. Ich hätte da eine bessere Idee.«

»Und die wäre?« Miras Herz klopfte wieder wie wild. War das eine Einladung zu einem Date? Eben hatten sie sich wiedergefunden und jetzt hatte sie die Chance, Sam näher kennenzulernen.

»Ich kenne da ein gemütliches Café in der Nähe, wir könnten später hin, wenn du möchtest? Und dann zeigst du mir deine Gedichte«, schlug Sam vor und blickte sie erwartungsvoll an.
In Miras Bauch flogen mittlerweile ein Dutzend Schmetterlinge und ihr gesamter Körper kribbelte vor Vorfreude. Sie nickte langsam.
»Abgemacht, ich bin dabei.«
Zum Glück konnte Sam ihren Herzschlag jetzt nicht hören, denn sie hatte ihn nicht mehr unter Kontrolle.
Wo würde Sam wohl mit ihr hingehen? Kurz tauchten in ihrem Kopf Bilder des Pärchens auf, das vorhin an dem Tisch im Restaurant gesessen hatten. Schnell schob sie den Gedanken beiseite, als sie eine innere Stimme zur Vernunft mahnte. *Du weißt doch gar nicht, ob das wirklich ein Date ist.*
»Hast du eigentlich einen Lieblingssong, also einen, den du in zehn Jahren noch hören würdest, der dir wirklich viel bedeutet?« Sam riss sie erneut aus ihren Gedanken.
Mira war verwirrt. Wieso wollte Sam das jetzt wissen?
Sie hatte das Thema so schnell gewechselt, dass sie nicht mehr mitkam. Doch dann überlegte sie kurzerhand und ihr fiel prompt einer ein.

»Ich mag das Lied *Drops of Jupiter* von Train.« Sie strahlte Sam an. »Aber warum willst du das wissen?«, fuhr sie fort, doch Sam zuckte nur mit den Schultern und lächelte.

»Warte kurz ich bin gleich wieder da, okay?« Und dann war sie plötzlich verschwunden. Mira verfolgte ihren schnellen Bewegungen. Wo wollte sie hin?

Eine Minute später stand Sam ganz vorne neben Mikrofon und Lautsprechern. Sie schien in ein Gespräch mit dem Straßenmusiker vertieft zu sein.

Sie wollte doch nicht etwa …?
Mira sah, wie der junge Mann kurz lächelte und nickte. Dann kam Sam zu ihr zurück geschlendert. Sie wirkte ein wenig außer Atem. »Er hat zugestimmt. Er spielt den Song«, verkündete sie mit einem breiten Grinsen im Gesicht.

»Du bist echt verrückt!« Mira strahlte sie an. Plötzlich konnte sie ihre Freude nicht mehr verbergen und hüpfte auf ihrem Platz auf und ab. Zu gern wäre sie ihr um den Hals gefallen, doch sie unterdrückte den Impuls. Sam kicherte und erneut fiel ihr eine Strähne aus ihrer Mütze. Sie streifte sie behutsam aus ihrem Gesicht. Am liebsten hätte Mira jetzt ihre Wange berührt und es für sie getan.
»Wie machst du das nur immer?« Mira musterte ihre Gesichtszüge und Sam sah sie fragend und voller Neugier an. »Ich meine, fremden Menschen zu helfen, sie glücklich zu machen oder sie zu retten?«, entgegnete sie lächelnd.

Sam lächelte und Röte stieg ihr ins Gesicht. Es schien ihr auf einmal etwas unangenehm zu sein. »Keine Ahnung, ich mache es halt einfach. Und außerdem ich habe dich nicht gerettet, ich wollte einfach für dich da sein, denke ich.«

Mira wollte etwas erwidern, doch dann setzten die Klänge der Gitarre ein und sie ließ sich von den Lyrics mitreißen. Ihre ganze Aufmerksamkeit galt jetzt dem Sänger, der vorne stand. Sie fühlte sich geehrt, weil dieses Lied für sie ausgesucht worden war, weil es nur für sie gespielt wurde. Die Zeilen und einzelnen Wörter verschmolzen mit ihr. Leise sang sie den Text mit und hörte neben sich auch Sams Stimme. Spätestens beim ersten Refrain waren alle um sie herum in ihren eigenen Rhythmus versunken. Es wurde gesungen, getanzt, gejubelt und gelacht.

Als der Song sich dem Ende zuneigte, hob Sam ihre Hände, um Beifall zu klatschen, dabei streifte sie ihren Unterarm.

Noch Sekunden danach spürte Mira ein warmes Kribbeln an der Stelle. Während die Menge lautstark applaudierte, schielte Mira abermals zu ihr hinüber. Rasch drehte sie sich zu ihr um und beugte sich vor, um ihr etwas ins Ohr zu flüstern.

»Danke.«

Einen Augenblick spürte sie Sams Atem auf ihrer Wange, der sehr schnell ging.

Dann vergrößerte Sam den Abstand zwischen ihnen und lächelte.

»Sehr gerne.«

Eine kurze Pause entstand, ehe der Sänger wieder ein neues Lied anstimmte.

»Eigentlich bin ich dir jetzt etwas schuldig, was denkst du?«, fragte Mira und hielt den Atem an. »Also wenn dein Angebot von vorhin noch steht?«, fügte sie leise hinzu. Das Kribbeln in ihrem Magen kam erneut zurück, als sie Sam direkt in die Augen sah. Sam tat es ihr gleich und einen Bruchteil einer Sekunde standen sie schweigend so da, bis Sam sich aus ihrem Blick befreite.

»Ja, klar steht mein Angebot. Ich könnte jetzt wirklich einen Kaffee vertragen. Und außerdem muss ich darauf achten, dass du dich nicht verkühlst.« Sam zwinkerte ihr zu.

Da war sie wieder, die Sam, die alles im Griff hatte. Für einen Moment hatte Mira gedacht, sie würde eine neue verborgene Seite entdecken, doch dann war da wieder die selbstbewusste, lässige Sam. Mira fragte sich, ob sie es auch gespürt hatte, diese Verbindung, als sie sich angesehen hatten, sie musste es gespürt haben, oder?

Doch Sam gab ihre keine Sekunde Zeit, darüber nachzugrübeln, sie berührte sie plötzlich an der Schulter.

»Alles okay bei dir? Komm, folg mir einfach, das Café ist nicht weit von hier.«

Sie blickte zu ihr hoch und nickte.

Auf dem Weg zum Café warf Mira einen Blick auf ihr Smartphone. Es hatte nun endgültig den Geist aufgegeben. Sie hoffte sehr, dass Hermine ihre Nachricht noch erhalten hatte, sonst würde sie sich bestimmt große Sorgen machen.

Sam ging ein Stück die Straße entlang. Mittlerweile hatte der Regen wieder eingesetzt und Mira schob sich ihre Kapuze über den Kopf. Sie folgte ihr mit ein wenig Abstand, als sie schließlich auf ein kleines Gebäude zusteuerte. Von außen sah es aus wie ein gewöhnliches Wohnhaus. Die Fassade war in schlichtem Weiß gestrichen, doch ein kleines Schild über der Tür verriet, dass sich tatsächlich ein Laden darin befand. Er wirkte ein wenig unscheinbar, doch als sie den Innenraum betrat, spürte Mira sofort das gemütliche Flair. Warmes Licht und helle schlichte Möbel tauchten den kleinen Raum in eine Wohlfühloase. Sam musterte sie von der Seite, als würde sie auf eine Reaktion warten.

»Es ist vielleicht etwas klein, aber das Café ist ein echter Insidertipp unter den Einheimischen. Hat mir mein Freund Liam einmal gezeigt. Ich finde, hier gibt es den besten Kaffee und die leckersten Muffins der Stadt. Du musst unbedingt einen probieren!« Sam lächelte und in ihrer Stimme lag jetzt ein Hauch Euphorie.

Bei dem Wort Freund erstarrte Mira kurz. Hatte Sam etwa einen festen Freund? Aber dann wäre er bestimmt auch hier? Oder? Der intensive Duft von frischem Kaffee und Kuchen stieg ihr in die Nase und sie verwarf den Gedanken rasch wieder. Sie fühlte sich auf einmal in ihre Kindheit zurückversetzt. Erinnerungen tauchten auf. Sie stand in der alten Wohnung ihrer Eltern. Sie war zusammen mit ihrer Mama in der kleinen Wohnküche, in der sie zu Weihnachten immer Kekse gebacken hatten. Ein Gefühl von Nach-Hause-kommen durchströmte ihren ganzen Körper. Hinter der Glasvitrine erblickte sie die köstlichen Kuchen und Muffins, von denen Sam geschwärmt hatte.

Auf dem Weg hierher hatte der kalte Wind ihre Hände in kleine Eiszapfen verwandelt und sie freute sich riesig auf eine große Tasse warmen Kaffee.

Mira trat näher an die Theke.
»Die sehen alle sehr gut aus, da ist es echt schwierig. Hm … ich glaub, ich weiß, welchen ich nehme«, sagte sie dann entschieden zu Sam, die selbst noch zu überlegen schien.

»Wirklich? Da bin ich aber gespannt. Was möchtest du trinken, ich stelle mich hier an und du kannst ja inzwischen einen Platz suchen?«, schlug Sam vor.
Mira lief bereits das Wasser im Mund zusammen, als sie auf einen großen Schokoladenmuffin zeigte. »Ich nehme den mit double Chocolat und einen Cappuccino, bitte.«

»Kommt sofort«, sagte Sam in gespieltem Befehlston.

»Danke. Dann sehe ich mal nach einem Tisch.« Mira lächelte und wandte sich dann von ihr ab.

In der Ecke des Raumes am Fenster entdeckte sie den einzig freien Tisch. Er war sehr klein und bot gerade Platz für zwei Personen. Was solls dachte sie sich, müssen wir uns halt zusammenquetschen. Schlagartig wurde ihr bewusst, dass dies vielleicht doch keine so gute Idee war. Hitze stieg in ihr hoch und sie spürte augenblicklich, wie das Kribbeln in ihrem Magen wiederkehrte. Mira versuchte, ihre Gefühle im Zaum zu halten, schaffte es jedoch kaum, wenn sie daran dachte, dass sie Sam gleich wieder näher kommen würde.

Langsam ließ sie sich auf den Stuhl nieder. Er hatte die gleiche Farbe wie der winzige Tisch vor ihr. Die Möbel waren alle in Pastellfarben gestrichen und ein echter Blickfang. In der Mitte des Tisches stand eine Vase mit einer gelben Blume. Es sah alles sehr stimmig und wirklich einladend aus.

Mira legte ihren feuchten Parka auf die Ablage am Fenster. Eine nasse Spur an Regentropfen zog sich außen an der Scheibe entlang. Wie viel es hier im Jahr wohl regnete? Sie dachte an den Geruch von regennassem Asphalt und musste lächeln. Dicke Tropfen peitschten jetzt unaufhaltsam gegen das Fenster. Sie würde es nie satthaben, sie zu beobachten.

»Hey, Erde an Poetin. Ich möchte auch ein bisschen Glück abbekommen.« Sam war an den Tisch getreten und trug ein Tablett in den Händen.

Mira war kurz perplex, dann lächelte sie und sagte. »Ist das jetzt mein Spitzname oder so? Du weißt doch noch nichts über meine geheimen Gedichte, also?« Sie sah jetzt verschwörerisch zu Sam.

»Mein Bauchgefühl sagt mir, dass du eine bist. Reicht das nicht? Und außerdem wirst du sie mir ja gleich zeigen.« Sam zwinkerte und lachte.

Dann stellte sie das Tablett auf dem Tisch ab. Mira, die wieder rot im Gesicht wurde, kramte nach ihrem Geldbeutel.

»Ist schon okay, ich möchte dich gerne einladen. Ein Willkommensgeschenk sozusagen.«

Mira hielt in der Bewegung inne.

»Vielen Dank, das ... ist echt nett von dir« Ihr Magen machte einen kleinen Salto, als Sam sich ihr gegenüber hinsetzte. Sie spürte einen Luftzug. Ihre Beine waren jetzt nur Millimeter voneinander entfernt. Nervös schielte sie auf das Tablett vor ihr auf dem Tisch und räusperte sich. »Darf ich?«

Sam nickte und schob ihr das Tablett hin. Als Mira ihre Tasse hochhob, kroch die wohlige Wärme ihre Finger empor. Genau das, was sie jetzt brauchte. Und auch etwas zum Festhalten. Sie klammerte sich mit beiden Händen an ihre Tasse, als wäre sie ein Anker und nahm einen Schluck. »Ist ganz schön kalt für einen Sommertag. Der Kaffee ist übrigens wirklich gut, danke«, stammelte Mira.

»Das stimmt. Der Wind hat ordentlich zugelegt.« Sam nickte Richtung Fenster. »Du hast vorhin so glücklich ausgesehen, als du nach draußen gesehen hast?« Sam nahm sich etwas vom Kuchen und führte ihn mit der Gabel zum Mund.

»Und du bist zu neugierig für diese Welt.« Mira lächelte vorsichtig.

Daraufhin zuckte Sam mit den Achseln und grinste breit. »So bin ich eben.«

»Also gut. Ich liebe Regen einfach. Ihn zu beobachten, den Geruch auf Asphalt, das Geräusch, den Rhythmus, das Klopfen. Vielleicht ist das auch nur so ein Kindheitsding, aber daran hat sich nichts geändert«, beendete Mira den Satz und rührte verlegen in ihrem Cappuccino.

»Ich kann das sehr gut nachvollziehen.« Sam räusperte sich und nahm einen Schluck von ihrem Kaffee. »Ich mag Regenwetter auch, deshalb stören mich die vielen Schlechtwettertage kaum. Ich finde es sehr beruhigend, dem Regen zu lauschen. Ich glaube, du bist der erste

Mensch, dem ich das erzähle«, gestand Sam und blickte wieder zu Mira.

Mira lächelte und ihr wurde ganz warm. Sie wollte gerade etwas erwidern, als Sam auch schon fortfuhr.

»Weißt du, ich finde es schön, wie du die kleinen Dinge magisch wirken lässt. Deine Begeisterung dafür. Ich finde, es wird viel zu selten Wert darauf gelegt und das ist sehr schade.«
Mira nickte leicht. Das hatte noch nie jemand zu ihr gesagt.

»Deshalb behalte ich es auch meistens für mich, weil ich oft genug erlebt habe, wie unwichtig meine Sicht der Dinge ist. Ich behüte sie wie einen Schatz, dort kann sie mir keiner nehmen«, antwortete Mira nachdenklich. Doch beim letzten Satz kam ihr wieder ein vorsichtiges Lächeln über die Lippen.
Sam nickte. »Ich denke, du solltest deine Gedanken viel öfter teilen.«
»Ich gebe dir hiermit die offizielle Erlaubnis.«

Mira blickte ihr jetzt direkt in die Augen. Im hellen Schein der Lampen sahen sie aus wie leuchtende Bernsteine und Mira musste sich zwingen, woandershin zusehen.
Ihr Blick war voller Wärme. Die Art, wie Sam sie ansah, ihr Lachen. Es löste etwas in ihr aus. In dem Moment wusste Mira, dass sie es nie wieder aus ihrem Kopf bekommen würde, dieses Lachen würde sie begleiten, überallhin. Doch wollte sie das überhaupt?
Was für eine Frage. Sie hatte kein Recht, darüber zu urteilen, denn ihr Herz würde ihr einen Strich durch die Rechnung machen. Vielleicht hatte es das schon.
Mira nahm einen großen Schluck Kaffee und spülte das mulmige Gefühl fort, doch das Kribbeln in ihrem Magen wollte nicht weichen. Als sie ein paar Bissen von ihrem Muffin genommen hatte, der köstlich saftig schmeckte, hatte sie sich wieder gefasst.

»Okay. Also du wolltest wissen, was ich schreibe. Zuerst möchte ich auch etwas wissen, das ist nur fair.« Mira tastete sich vorsichtig vor. Als Sam nicht widersprach, fuhr sie fort.

»Wie bist du hierher, nach Dublin gekommen, wie lange lebst du schon hier?« Kurz überlegte sie, ob diese Frage zu persönlich war, doch Sam ergriff sofort das Wort.

»Hmm. Okay, ich werde dir die Kurzversion erzählen. Also mein großer Traum war es immer, am Trinity College zu studieren. Ich habe damals im Internet Bilder von Dublin und dem College gefunden. Sie haben mich sofort magisch angezogen. Dazwischen ist allerdings vieles passiert. Auf jeden Fall habe ich vor ein paar Monaten eine für mich wichtige Entscheidung getroffen und mich am College beworben. Als ich die Zusage erhalten habe, bin ich endgültig nach Dublin umgezogen. Liam hat mich in den ersten Monaten unterstützt und mir geholfen, mich einzuleben. Er war übrigens mein Mitbewohner und ist ein sehr guter Freund von mir. Ich bin erst vor Kurzem umgezogen und wohne jetzt in einer Einzimmerwohnung am Rand von Dublin.« Als Sam geendet hatte, nahm sie einen Schluck aus ihrer Tasse.

Mira nickte langsam. »Wow, ganz schön mutig deine Entscheidung.« Sie war beeindruckt und doch hatte sie bemerkt, dass Sams Stimme zum Ende hin leiser geworden war, als sie den Umzog aus Deutschland erwähnte hatte. Sie spürte, dass da etwas war, das sie für sich behielt. War ihr Studium nicht der einzige Grund, warum sie Deutschland hinter sich gelassen hatte?

Doch Mira beschäftigte im Augenblick noch eine andere Frage.

»Und was studierst du am Trinity College?«

»Oh, das habe ich gar nicht erwähnt. Ich mache den Masterstudiengang kreatives Schreiben.« Sam grinste.

»Was? Ehrlich? Wie genial.Was liest du so?« Mira platzte fast vor Neugier.

»Ich bin auch schon ganz aufgeregt, wie es wird. Wir haben zumindest schon eine seitenlange Liste an Literatur aufgehalst bekommen. Ein guter Einstieg, würde ich sagen.« Sam seufzte auf, lächelte dann aber wieder. »Am liebsten lese ich Fantasy. Zeitweise aber auch Coming-of-Age-Romane und Thriller. Ich habe mich selbst an Fantasygeschichten versucht, bin aber offen für andere Genres, mit denen ich mich selbst eher wenig auseinandergesetzt habe. Darunter eben auch Lyrik«, fuhr Sam fort.

»Daher dein Interesse.« Mira nickte und musste schmunzeln. »Vom Trinity College habe ich auch schon gehört, es soll wirklich toll sein und die riesige Bibliothek ist wohl eine Berühmtheit? Ich würde sie zu gerne einmal sehen«, fügte sie hinzu.

»Wenn du möchtest, kann ich sie dir zeigen. Aber vielleicht ein anderes Mal.« Sam zögerte einen Moment. »Heute wird es nicht mehr klappen. Die Bibliothek schließt bald. Wie lange bist du eigentlich hier in Dublin?«

Mira hatte ihr Zögern bemerkt. So als wollte sie das Unausweichliche nicht aussprechen. Sie spürte bei der Frage einen winzigen Stich in ihrer Brustgegend. Die Gedanken an ihre Abreise hatte sie erfolgreich verdrängt. Doch Tatsache war, dass sie in zwei Tagen wieder in Hamburg in ihrer Wohnung bei Hermine sitzen würde. Dann wäre alles wieder beim Alten und diese Momente nur Erinnerungen, die irgendwann verblassten. Doch Mira wollte nicht bloß eine Erinnerung an diesen Augenblick. Am liebsten hätte sie einfach die Zeit angehalten, um alles über Sam zu erfahren.

Sam sah jetzt besorgt drein »Ist alles okay? Habe ich etwas Falsches gesagt?«

»Nein, hast du nicht«, entgegnete Mira und zwang sich zu einem Lächeln. Sie konnte Sam jedoch nicht direkt in die Augen sehen. »Es ist nur, die Zeit vergeht einfach viel zu schnell. Ich möchte noch so viel sehen. Dublin ist wirklich schön. Ich fange langsam an, mich an all das hier zu gewöhnen. Und das ist neu für mich. Für die Mira, die immer Ängste vor Neuem hat, vor Veränderung. Hier ist es auf einmal anders.« Mira wunderte sich im gleichen Atemzug über ihre Unbefangenheit und die Worte, die sie eben ausgesprochen hatte. Worte die sie normalerweise niemandem offenbarte.

Sams Blick ruhte auf ihr. Dann, nach einer kurzen Pause, legte sie ihren Kopf etwas schief, so als würde sie über etwas nachdenken. »Weißt du was? Das wirst du auch.« Sam strahlte und sie klang sehr überzeugt von dem, was sie da von sich gab.

Mira sah sie verwundert an. »Wie meinst du das?«

»Geduld. Du wirst schon sehen. Aber erst deine Gedichte. Oder glaubst du etwa, ich habe es schon wieder vergessen?« sie zwinkerte und wirkte mit einem Mal vergnügt. Für Mira sprach Sam wieder einmal in Rätseln. Was heckte sie jetzt schon wieder aus?

Doch sie versuchte gar nicht, ihr zu widersprechen, und gab sich schließlich einen Ruck. Versprechen zu brechen war nicht ihre Art. Also kramte sie in ihrem Rucksack nach dem abgegriffenen braunen Notizbuch.

»Hier, bitte schön.« Lächelnd reichte sie es ihr. Sie fühlte sich sicher in Sams Gegenwart, doch ein Teil ihres Gehirns meldete ihr die übliche Angst. Waren ihre Texte gut genug? Würde sie jemand lesen wollen?

»Danke.« Sam streckte ihre Hand aus und nahm es entgegen.

»Du weißt, dass mir das viel bedeutet. Und keine Angst, du kannst mir vertrauen, okay?«, entgegnete Sam plötzlich, so als hätte sie ihre Gedanken erraten.

Mira spürte mit einem Mal all die Unsicherheit weichen, sie löste sich in Luft auf und die Worte hallten in ihr nach. *Du kannst mir vertrauen.* Wie könnte sie ihr da nicht vertrauen, wie könnte sie da nur einen Hauch an Angst spüren? Ihr wurde ganz warm ums Herz und sie nickte lächelnd. *Ja*, dachte sie, *verdammt. Ja, ich vertraue dir.*

Kapitel 14
Sam

Vorsichtig legte sich Sam das braune Buch auf ihren Schoß, es wirkte so, als hätte es schon einiges erlebt. Sie warf einen kurzen Blick hinüber zu Mira. Sie wirkte entspannter als vorhin. »Ich habe auch eines, es hat einen blauen Einband.« Sam deutete auf das Buch. Dann fuhr sie fort, ohne aufzusehen.

»Meine Mutter hat es mir vor vielen Jahren geschenkt.« Rasch blätterte sie auf die ersten Seiten, in der Hoffnung, Mira würde nicht nachfragen.

»Wie schön, es bedeutet dir sicher viel und du hast es bestimmt auch immer bei dir.«

Sam nickte langsam, konzentrierte sich dann aber auf den Text, der vor ihr auf dem Papier geschrieben stand. Es war jetzt nicht der passende Augenblick, ihr alles zu offenbaren, es war nach wie vor ein heikles Thema. Ein Thema, mit dem Sam noch nicht komplett abgeschlossen hatte. Sie blickte jetzt auf die Worte. Die Schrift wirkte fein, vielleicht ein wenig unleserlich, so als hätte Mira es eilig gehabt, etwas zu Papier zu bringen. In einem anderen Abschnitt wirkte sie zart, als wären die Buchstaben verblasst.

Schon nach den ersten Zeilen hatte sie das Gefühl, sie würde in Miras Welt eintauchen. Sie fühlte die Worte. Manchmal hielt sie inne, las das Gedicht zwei-, drei- oder viermal. Bilder formten sich zu den Worten. Die Gefühle, die sie ausdrücken wollte, waren wunderbar spürbar. Und doch war jedes Gedicht unverwechselbar. Es war ihre Art und Weise, die Sicht der Dinge zu erzählen.

Sie blickte wieder zu Mira, die sie zeitweise beim Lesen beobachtet hatte. »Die sind unglaublich, wirklich. Das meine ich ernst.«

»Danke, das bedeutet mir eine Menge.«

Sie schien sich aufrichtig darüber zu freuen.

Sam war gerade dabei, das nächste Gedicht zu lesen. »Was ist mit diesem hier, du hast es noch nicht beendet, aber es liest sich wunderbar. Ich wäre gespannt, wie die fertige Version klingt.«

Mira hatte sich vorgebeugt. Sam hielt jetzt den Atem an und ihr Herz begann wie wild zu pochen. Sie war jetzt nur noch wenige Zentimeter von ihrem Gesicht entfernt.

»Ich habe es noch nicht zu Ende geschrieben, weil ich keine passenden Worte finde. Irgendetwas fehlt noch.«

Ihr Gesicht wirkte jetzt leicht gerötet, oder täuschte das nur? Vorhin war sie ihren Blicken immer wieder ausgewichen. War es nur Einbildung gewesen? Miras Haar verströmte eine zarte blumige Note. Sie war kaum wahrnehmbar, doch Sam mochte den Geruch. Er war dezent und irgendwie passte er zu ihr.

»Hättest du vielleicht eine Idee? Also, wie es weitergehen könnte in dem Gedicht?«, fragte Mira sie aus dem Nichts.

Sam räusperte sich und holte tief Luft. Sie musste sich konzentrieren und bei der Sache bleiben.

»Also es schwingt etwas Trauriges mit, oder täusche ich mich da?«

»Ja, das ist gut möglich, es entstand an einem Tag, wo mich meine Gefühle wieder voll im Griff hatten. Ich weiß nicht, wie ich es anders erklären soll.« Mira zuckte mit den Achseln.

Sam wollte gerade wieder weiterlesen, als Mira erneut zum Sprechen ansetzte.

»Weißt du, ich habe noch nie mit jemandem so wirklich darüber gesprochen. Wenn ich etwas niederschreibe, dann fühlt es sich sehr intensiv an. Ich kann es in dem Moment gar nicht beschreiben oder in Worte fassen. Aber bei dir fühlt sich das richtig an. Weißt du, was ich meine?«

Ihre Gesichtsausdruck wirkte plötzlich so unglaublich ehrlich und zerbrechlich.

Sam fühlte wieder eine Welle an Emotionen, sie überrollte sie fast.

Dieses Gefühl, Mira beschützen zu wollen, war so stark. Zu gern würde sie ihr sagen, dass sie die Angst überwinden konnte, ihr sagen, dass ihre Gefühle einen Platz hatten, immer.

Doch wie? Sie hatte zu dem Zeitpunkt keine Ahnung, denn ausnahmsweise fehlten auch ihr die Worte. »Ich denke, ja, ich weiß, was du meinst. Und wenn du möchtest, kannst du es mir erzählen, aber fühl dich nicht gezwungen dazu, okay?«, antwortete sie stattdessen.

Mira nickte und schien abzuwägen. Dann richtete sich auf und ihre Hände umklammerten den Stoff ihres Pullis, so als könnte sie sich daran festhalten.

»Ich hatte einige Schwierigkeiten und habe sie noch immer. Nun, Schwierigkeiten ist etwas untertrieben. Ich habe mein ganzes Leben das Gefühl verspürt, anders zu sein, weißt du, irgendwie so als würde man die Menschen in seinem Umfeld zwar verstehen, doch im Prinzip spiele ich nur eine Rolle, die ich übernehmen muss, um dazu zu passen. In Wirklichkeit fühlt es sich aber nicht richtig an, so als wäre ich selbst für ein anderes Spiel gemacht.« Sie blickte kurz auf, senkte den Blick wieder und sprach weiter.

»Unter anderen Menschen fühle ich mich schnell von Reizen überflutet. Es sind nicht nur Geräusche, Lärm, Gerüche, auch das soziale Miteinander. Ich bin Autistin. Es ist oft schwer nachvollziehbar. Seit einem Jahr mache ich eine Therapie und ich bin sehr froh darüber. Es gibt viele Dinge aufzuarbeiten. Ängste holen mich nach wie vor im Alltag immer wieder ein. Diese Reise hierher nach Dublin ist für mich ein riesiger Schritt. Ich bin bisher gut davongekommen. Meine Ängste haben mich sozusagen verschont.« Ein zaghaftes Lächeln stahl sich auf ihre Lippen, das gleich wieder verschwand.

Sam konnte sich gut vorstellen, dass es ihr schwergefallen sein musste, all das einfach so preiszugeben.

»Ich finde, du machst das wirklich großartig. Und wenn dir die Therapie dabei hilft, dann ist das schon einmal ein großer Schritt Richtung Neuanfang. Das ist mutig. Danke, dass du mir das erzählt hast.« Sam war kurz davor, ihre Hand auszustrecken, doch sie traute sich nicht. Sie sah, wie Mira einen tiefen Atemzug nahm und sich dann zurücksinken ließ.

»Ich denke, das war erstmal genug von mir, für heute. Irgendwie sind solche Gespräche sehr anstrengend, findest du nicht auch?« Mira spielte immer wieder mit dem Saum ihres Sweatshirts und sah dann wieder zu ihr hoch.

Sam konnte nur erahnen, dass sie ihr bisher nur einen kleinen Teil erzählt hatte. Es klang so, als wäre da noch mehr, doch dafür kannten sie sich zu wenig.

»Ich wäre für eine zweite Runde Kaffee, wie sieht es bei dir aus? Trinkst du noch einen?«

Mira schüttelte energisch den Kopf. »Ich kann nicht. Ich könnte mich ohrfeigen dafür. Ich vertrage Kaffee nachmittags nicht gut. Du weißt schon, Schlafprobleme und so …« Sie seufzte.

Sam wollte gerade etwas erwidern, doch Mira fuhr fort.

»Es sei denn, wir teilen uns einen.« Sie lächelte jetzt wieder breit und Sams Herz machte bei dem Anblick einen Hüpfer. Ihr Lachen war einfach zuckersüß.

»Ich bin dabei. Trinkst du auch einen Karamell-Macchiato?«, fragte Sam und erwiderte ihr Lächeln.

»Sehr gerne.«

Als Sam Richtung Theke schlenderte, um die Bestellung aufzugeben, musste sie grinsen, weil Mira irgendwie lustig dasaß. Sie hatte sich im Schneidersitz auf den Stuhl gesetzt. Ob sie wohl immer diese Gewohnheit besaß? Sam stellte sich vor, wie sie beide bei ihr zuhause auf der engen Couch saßen. Würde sie dann einen Schritt weiter gehen, ihr näherkommen? Doch bevor ihre Fantasie endgültig mit ihr durchgehen konnte, wurden ihre Gedanken unterbrochen.

»Was möchten Sie bestellen?« Der junge Angestellte beugte sich über den Tresen und schenkte ihr ein warmes Lächeln.

»Einen Karamell, Macchiato bitte«, murmelte Sam, war jedoch mit ihren Gedanken noch immer bei Mira. Auf einmal fiel ihr Blick auf eine Karte mit Milchschaumkunstwerken, die an der Theke hing. »Entschuldigung? Wäre es möglich, so ein Kunstwerk auf meinen Kaffee zu bekommen?«, fragte Sam und deutete auf das Bild hinter ihm. Der Angestellte nickte und sie lächelte bei dem Gedanken, was Mira dazu sagen würde. Sie hatte ein ganz bestimmtes Motiv im Kopf und wollte Mira damit überraschen.

Zwei Minuten später kehrte Sam wieder an den Tisch zurück. Mira saß noch in der gleichen Position wie zuvor, und auf ihrem Schoß lag ihr Notizbuch. Es war aufgeschlagen und sie kritzelte etwas hinein. Sie war ganz vertieft und hatte sie anscheinend nicht bemerkt. Sam platzierte die große Tasse in die Mitte des Tisches und endlich sah Mira auf. Es verstrichen ein paar Sekunden, ehe sie sich dem Kaffee widmete und genauer hinsah. Miras Miene erhellte sich schlagartig und sie fing an zu strahlen.

Sam hielt den Atem an, sie blinzelte und wartete auf ihre Reaktion.

»Ist das? Oh Sam. War das deine Idee? Der ist unglaublich!«

Sam errötete, sie hatte ins Schwarze getroffen und wusste auf Anhieb nicht, was sie sagen sollte. Sie war einfach glücklich. Es fühlte sich an, als würden tausende Sonnenstrahlen ihren Brustraum ausfüllen. Am liebsten würde sie das von nun an jeden Tag tun, nur um Mira Strahlen zu sehen. Um ihre kleinen niedlichen Fältchen um ihre Augen auszumachen.

»Der Jupiter. Ich dachte es passt, wegen dem Song von vorhin. Gefällt es dir?«

»Oh ja. Und wie! Sogar die Gasstreifen erkennt man. Das ist wirklich ein tolles Kunstwerk.«

»Da spricht ja eine Expertin. Kennst du dich denn aus damit?«, brachte Sam hervor und musterte sie neugierig.

»Auskennen ist vielleicht übertrieben. Aber ja, ein wenig schon. Ich finde Astronomie sehr spannend und lese viel darüber. Wusstest du, dass Jupiters Masse in etwa 318 Erdmassen entspricht. Er ist ein sogenannter Gasplanet. Die Ringe, die man sieht, sind Gaswolken. Dass er der größte Planet im Sonnensystem ist, weißt du ja vermutlich.«

Als Mira fertig gesprochen hatte, lächelte sie euphorisch und wirkte auf einmal total aufgeregt.

»Wow, ich bin ganz schön beeindruckt von deinem Wissen«, entgegnete Sam und beobachtete den kleinen Planeten, der noch immer auf dem Milchschaum herumschwamm. Er war umgeben von winzigen braunen Punkten, die wohl die Sterne darstellten. Mira nahm jetzt den Löffel von der Untertasse.

»Was meinst du, sollten wir nicht langsam anfangen zu trinken, bevor er kalt wird? Auch wenn es mir schwerfällt, so etwas Schönes zerstören zu müssen.«

»Der erste Schluck gehört dir. Lass ihn dir schmecken und pass auf, dass du dich nicht am Jupiter verschluckst«, gluckste Sam.

Mira verdrehte empört die Augen und lachte, dann hob sie das Kunstwerk auf ihren Löffel. Es verschwand in ihrem Mund und sie nahm einen großen Schluck von der warmen braunen Flüssigkeit.

Auch Sam nahm einen großen Schluck Kaffee, und als sie nach draußen sah, bemerkte sie, dass es aufgehört hatte zu regnen. Ein zarter Lichtstreifen drang durch eine der Wolken. Der Farbe des Himmels nach zu urteilen, war es schon früher Abend geworden. Sie hatte die Zeit völlig vergessen, seit sie mit Mira unterwegs war.

Das Buch lag jetzt vor ihnen auf dem Tisch. Sam hatte keine Notiz mehr davon genommen nach dem Gespräch über Miras Vergangenheit.

»Also, was ist nun mit dem Gedicht? Ich würde es wirklich gerne zu Ende lesen. Vielleicht kann ich dir ja in irgendeiner Weise helfen.«

»Ehrlich? Würdest du das wollen?« Miras Augen weiteten sich, sodass man ihre Iriden deutlich erkennen konnte. Ihre Augen hatten die Farbe von stürmischer See. Ein Graublau, wie sie es noch nie in dieser Kombination gesehen hatte.

Sam nickte. »Ja, warum nicht. Ich liebe Herausforderungen beim Schreiben. Es wäre außerdem auch eine gute Übung, gerade für mein Studium, wer weiß, welche Aufgaben die mir noch stellen werden?« Sie zuckte kurz mit den Schultern und lächelte dann.

»Da hast du recht. Ich würde mich sehr geehrt fühlen, wirklich«, entgegnete Mira. »Ich schicke dir einen Screenshot davon und du kannst es dir ja durch den Kopf gehen lassen. Wäre das okay?« Sam nickte und holte ihr Smartphone hervor.

»Oh nein. So ein Mist. Ich habe ja keinen Akku mehr. Kannst du mir eine Nachricht schicken, dann habe ich deine Nummer. Ich schicke es dir, sobald ich wieder im Hotel bin.« Mira verzog das Gesicht.

Während Sam einen Text in ihr Smartphone tippte, konnte sie ihr Glück kaum fassen. Nie im Leben hätte sie gedacht, dass dieser Tag sich so zum Positiven entwickeln würde. Noch vor neun Stunden hatte ihre Welt ganz anders ausgesehen.

Wer hätte gedacht, dass sie Mira tatsächlich so bald wiedersehen würde? Dass ausgerechnet sie sich in der gleichen Straße in Dublin über den Weg liefen. Kira hatte ihr nach erfolgloser Suche auf Social

Media, mitgeteilt dass, sie keine Mira gefunden hatte. Danach war auch für Sam klar gewesen, dass es wenig Sinn machen würde weiterzusuchen.

Doch das war gestern gewesen und jetzt, jetzt saß sie hier in ihrem Lieblingscafé und sie redeten über etwas, das sie beide auf bestimmte Weise verband. Das Schreiben. Doch es waren nicht nur die Gedichte und Miras Ansichten über das Leben. Es war auch das Gefühl, ihr nahe zu sein, wenn sich ihre Blicke trafen. All das raubte ihr den Atem.

Mira hatte ein Gespür, Dinge so detailliert und tiefgehend zu beschreiben. Ihre Worte lösten in ihr Gefühle aus, die sie noch nie zuvor erlebt hatte. Sam wollte in dem Moment nur eins. Sie wollte ihre Version der Geschichte hören, erleben, wie sie die Welt wahrnahm. Und sie wollte ein Teil davon sein.

Sam lächelte in sich hinein, als sie auf Senden drückte.

»Hey, wo bist du gerade?« Mira fuchtelte wild mit den Händen vor ihrem Gesicht herum und riss sie aus ihren Gedanken. Sam sog scharf die Luft ein, denn Mira hatte sich erneut mit dem Oberkörper über den Tisch gebeugt. Am liebsten hätte sie ihre Hände geschnappt und sie zu sich gezogen. Doch diesen Gedanken schob sie rasch beiseite. Die Angst war zu groß. Wie würde sie darauf reagieren? Mira lächelte noch immer, ließ sich dann aber wieder in den Sessel plumpsen. Diesmal wirkte ihr Gesicht ernster. Sie nahm noch einen Schluck Kaffee und blickte dann geistesabwesend aus dem Fenster.

»Ist schon spät geworden ...« Sam hatte einen Blick auf die Uhr geworfen. Wenn sie nicht eine Stunde auf den Zug warten wollte, sollte sie langsam aufbrechen.

Mira nickte und sah jetzt zu ihr. »Ja, der Nachmittag ist wirklich schnell vergangen. Musst du schon los?«

Sam nickte langsam. »Leider geht bald mein letzter Zug. Danach gehen die Züge nur mehr stündlich.« Sie hatte keine große Lust auf ein kaltes Bahnhofsgebäude und Liam anrufen kam nicht in Frage. *Liam.* Seit ein paar Tagen hatte sie kein Wort mehr mit ihm gewechselt.

»Kein Problem. Ich habe es zum Glück nicht weit, ich muss nur zu Fuß in Richtung St. Stephen's Green. Mein Hotel liegt ganz in der Nähe«, antwortete Mira.

Plötzlich fiel Sam ein, dass sie Mira etwas fragen wollte. Schlagartig überkam sie Unsicherheit. Sie waren beide vom Tisch aufgestanden und machten sich auf den Weg nach draußen.
Als sie sich im Halbdunkeln auf der beleuchteten Straße gegenüberstanden, riss sie sich schließlich zusammen und tat es einfach.
»Hast du morgen schon etwas vor? Ich hätte da eine Idee.«
Sam stotterte herum, was ihr gar nicht ähnlich sah. Endlich sah Mira zu ihr auf. Im Schein der Straßenlaterne konnte sie ihre Mundpartie ausmachen. Ihr Mundwinkel zuckte leicht, ehe sie anfing zu sprechen.

»Nein. Um ehrlich zu sein, nicht. Ich höre mir sehr gerne deine Idee an.« Sie wiegte ihren Kopf von der einen zur anderen Seite.

»Ich wollte fragen ob du Lust hast was von Dublin zu sehen. Ich könnte dir das Trinity College zeigen. Der Long Room, die Bibliothek, ist wirklich sehenswert. Ich glaube, du wirst ihn lieben.«
Sam lächelte verschwörerisch.
»Und wer weiß, wenn wir danach Hunger haben, könnten wir ja etwas essen. Natürlich nur, wenn du noch nichts vorhast«, ergänzte Sam rasch.
»Voll gerne«, antwortete Mira wie aus der Pistole geschossen.

»Alles klar. Ich freue mich. Wir schreiben uns wegen der Uhrzeit?«

Sam konnte kaum sprechen vor Nervosität. Sie trat unruhig von einem auf das andere Bein.

»Ja, so machen wir es. Also ich muss hier lang.« Mira machte jetzt einen Schritt in die andere Richtung. Ihr schienen ebenso die passenden Worte zu fehlen. Doch im schwachen Licht erkannte Sam ein zartes Funkeln in ihren Augen, ehe sie sie sich umdrehte und »Bis dann« sagte.

Kapitel 15
Mira

Die Abendluft kühlte ihre glühenden Wangen nur langsam, als Mira sich vom Café entfernte. Sie verlangsamte ihre Schritte nach einigen Metern, dann blieb sie noch einmal stehen. Ihr Herz klopfte noch immer wie wild, als sie es wagte, einen Blick über ihre Schulter zu werfen. Sam war fort. Was hatte sie erwartet?

Alles, was sie ausmachen konnte, waren die vom Regen nassen Pflastersteine, die jetzt im Straßenlicht schimmerten. Eben hatten sie beide noch dort gestanden, genau an dieser Stelle. Im ersten Moment als Sam sie um das Treffen gebeten hatte, war sie wie erstarrt gewesen, sie konnte nicht realisieren was da passiert war. In ihrem Kopf malte sie sich tausende Szenarien aus.

War das eine Einladung? Eine Art Date? Sie konnte die Frage nicht beantworten, noch nicht. Zweifel packten sie abermals, was, wenn es keine gute Idee gewesen war, einfach zuzusagen?

Seit heute Nachmittag überschlugen sich ihre Gefühle, die Schmetterlinge in ihrem Bauch waren in Aufruhr, als würde ein Sturm in ihrem Inneren toben. Spätestens nach dem Geschenk, das Sam ihr zuvor gemacht hatte, hatte sie ihr Herz ein Stück weit erobert. So etwas hatte noch nie jemand zuvor für sie getan. Sie dachte an die kleine Abbildung des Jupiters. Für Mira war es viel mehr als eine Geste, wahrscheinlich wusste Sam gar nicht, wie glücklich sie das in dem Moment gemacht hatte. Oder wusste sie es?

Doch spätestens da war ihr klar geworden, dass Gefühle im Spiel waren. Sie hatte sich Hals über Kopf in Sam verliebt. Und die Erkenntnis bereitete Mira Angst.

Sie konnte sich jetzt nicht verlieben, sie durfte nicht. Das hier war wie in einem schlechten Film, denn eine ungünstigere Ausgangssituation konnte es wohl kaum geben.

Ihr Zuhause war über tausend Kilometer von Dublin entfernt.

Ein Wassertropfen landete auf Miras Nase, als sie in die Straße einbog, die zu ihrem Hotel führte. Ein zarter Sprühregen hatte eingesetzt und bedeckte ihre Haare und ihr Gesicht mit einem hauchdünnen Wasserfilm. Der Geruch des nassen Asphalts schlich sich erneut in ihre Sinne. Sie konnte nicht anders, als zu lächeln, auch wenn diese Situation gerade an ihrem Nervenkostüm zerrte. Als sie am Eingang vom Harcourt Hotel stand, überkam sie Müdigkeit, obwohl die Eindrücke des Tages sie wach hielten.
Sie war die ganze Zeit unterwegs gewesen, sie hatte Sam ihr Innerstes offenbart. Sie hatte Teile für sie sichtbar gemacht. Teile, zu denen die Menschen rund um sie kaum einen Zugang hatten. Bei Sam war es anders, bei ihre konnte sie einfach Mira sein. Mira, die sich nicht verstecken brauchte, auch wenn sie Schwächen hatte, auch wenn sie eine Beeinträchtigung hatte, die meist unsichtbar war. Bei ihr fühlte sie sich wohl, mehr als das, sie fühlte sich sicher.

Im Zimmer angekommen streifte Mira sich ihre Sneaker ab und ging zu ihrem Koffer, um ihr Ladegerät zu holen. Längst hätte sie Hermine kontaktieren sollen, sie machte sich bestimmt schon Sorgen. Mira wusste, dass sie ihr nun alles erzählen musste, sie konnte es nicht länger geheim halten. Hermine würde es rausfinden, wenn sie ihr eine Geschichte auftischte. Außerdem brauchte Mira ihren Rat und hatte das dringende Bedürfnis, mit jemandem über ihre missliche Lage zu sprechen. Nachdem sie ihr Smartphone in das Stromnetz gesteckt hatte, ging sie ins Bad und nahm eine ausgiebige Dusche. Das warme Wasser wärmte ihren müden Körper und fühlte sich wie eine wohltuende Massage an. Genau das hatte sie jetzt gebraucht.

Nachdem sie sich frische Sachen angezogen hatte, ging sie hinüber zu ihrem Bett, schaltete die kleine Lampe an und schnappte sich ihr

Smartphone. Dann kuschelte sie sich unter die Decke, die sie angenehm wärmte.

Draußen brach die Dunkelheit herein, doch der Mond wurde heute von dichten Wolken verdeckt, als sie aus dem Fenster spähte.

Gerade wollte sie Hermine anrufen, als eine Nachricht von einer unbekannter Nummer auf dem Display erschien.

Sie tippte darauf, um sie zu öffnen.

Hey, deine Bewerberin für das Poesie-Projekt meldet sich. :)

Übrigens danke für den schönen Nachmittag.

Sam

Ein breites Grinsen huschte über Miras Gesicht und der Schmetterlingsschwarm in ihrem Bauch drehte eine wilde Runde. Es kribbelte in ihrem ganzen Körper, als sie die Nachricht zum dritten Mal las. Sofort tippte sie eine Antwort in das Feld, hielt jedoch in der Bewegung inne. Was sollte sie schreiben, ohne dass es zu aufdringlich wirkte? Irgendwie hatte sie den dringlichen Wunsch, auf ihre Nachricht zu antworten. Sollte sie neutral schreiben, sie fragen, wann sie sich treffen würden? Ehe sie sich entscheiden konnte, fiel ihr Hermine wieder ein. Die Antwort musste vorerst warten.

Das Freizeichen ertönte zweimal, bis Mira die vertraute Stimme ihrer Freundin vernahm.

»Mira! Zum Glück, du bist nicht verschollen. Wie geht's dir? Wo warst du unterwegs? Ich hoffe, du hast deine Pub Tour erfolgreich beendet. « Hermine sprach ohne Punkt und Komma. Mira hörte ihr Lachen durch die Leitung und konnte sich selbst ein Lächeln nicht verkneifen. Hermine redete manchmal wie ein Wasserfall, aber auch das liebte sie an ihr.

»Ja. Und nein, keine Pub-Tour. Mir geht es gut, ich bin nur etwas müde. Ich war den ganzen Tag in der Stadt unterwegs. Tut mir leid, dass ich mich so spät melde, ich hoffe, du hast meine Nachricht bekommen?« Sie gähnte in den Hörer, ehe Hermine antwortete.

»Bei mir ist alles gut. Das klingt toll. Übrigens, deine Zeilen, Mira, die sind großartig, wie bist du draufgekommen? Ich freue mich so für dich.«

»Danke.« Eine wohlige Wärme breitete sich bei ihren Worten in Miras Brust aus. Dann erzählte sie Hermine von St Stephen's Green, von der Parkanlage, dem Teich und dem netten Ehepaar, das ihr begegnet war.

Tatsächlich hatte sich an diesem Ort alles sehr unbeschwert angefühlt. Wenn sie so darüber nachdachte, hatte sie heute kein einziges Mal einen Fluchtreflex erlebt. Sie hatte ihre Angst für ein paar Stunden komplett vergessen.
Mira reckte sich und zog ihre Decke hoch bis zum Kinn. Während Hermine von ihrer Arbeit und dem Studium berichtete und dass es Komet gut ging, wanderten Miras Gedanken immer wieder zu Sam.
Ein leises Quietschen drang plötzlich durch die Leitung.
»Warte kurz.« Es raschelte im Hintergrund. »Komet hat dir auch was zu sagen, ich glaube, er möchte, dass du schnell wieder nach Hause kommst«, glückste Hermine.
Als Mira in den Hörer sprach, quietschte er erneut und Mira lächelte.
»Ich komme ganz bald wieder, Kumpel«, flüsterte sie leise.
»Er hat schon zehn Kilo zugelegt, weil du nicht da bist.« Hermine kicherte.
»Sehr witzig, Hermine. Wird wohl Zeit, dass du auch aktiv wirst und ein paar Runden drehst«, konterte Mira und unterdrückte ein Lachen.
»Hast du eigentlich noch was von Gabriella gehört? Ich meine, sie ist doch noch im Krankenhaus, oder?«, wechselte Hermine das Thema.
Bei dem Namen zuckte Mira kurz zusammen. Die letzten vierundzwanzig Stunden hatte sie nicht mehr an Gabriella gedacht.

»Ich denke, es geht ihr ganz okay. Ich habe keine weiteren Infos von meiner Kollegin bekommen. Aber wenn ich zurück bin, werde ich auf jeden Fall im Krankenhaus vorbeischauen.«

Ein kleiner Teil in ihr verkrampfte sich augenblicklich. Das Szenario von vor zwei Wochen erschien erneut in ihrem Kopf.

Der Anruf. Dann Gabriella in ihrem Bett auf der Intensivstation. Das Geräusch des Beatmungsgeräts. Mira atmete hörbar aus.

»Tut mir leid, Mira, ich wollte dich nicht verunsichern. Es ist bestimmt alles in Ordnung, hörst du?« Hermine hatte bemerkt, dass sie auf einmal still geworden war.

Mira nahm noch ein paar tiefe Atemzüge, ehe sie leise antwortete. »Es ist alles gut. Ich hatte nur wieder diese Bilder im Kopf von dem Tag. Wirklich, mir geht es gut.«

»Du solltest das jetzt einfach nur genießen. Und wenn du zurück bist, können wir sie doch gemeinsam besuchen fahren, wenn du möchtest.«

»Das ist eine gute Idee, danke.« Mira seufzte leise und wappnete sich innerlich. Sie wusste, dass jetzt der Zeitpunkt gekommen war, um ihr von der Begegnung mit Sam zu berichten. Jetzt oder nie.

Nervös rutschte sie auf ihrem Bett hin und her, bevor sie sich schließlich einen Ruck gab.

»Hermine? Ich muss dir noch etwas sagen.« Sie vergewisserte sich, dass Hermine zuhörte, ehe sie zu erzählen begann.

»Bei dem Konzert letztens, da habe ich jemanden kennengelernt ...«

Jetzt war es raus.

Mira begann ihr schließlich, die ganze Situation zu schildern. Sie erzählte ihr auch von dem Straßenmusiker, und dass sie sich zufällig wieder begegnet waren und danach ins Café gegangen waren. Hermine hörte ihr aufmerksam zu und unterbrach sie kein einziges

Mal.»Es tut mir leid, dass ich dir erst jetzt davon erzähle. Ich weiß einfach nicht, was ich tun soll, Hermine.«

»Ich finde, das klingt wie in einem Film, ernsthaft. Total, ja, kitschig. Und du magst sie?«
Mira seufzte laut und nickte.
»Mögen ist wahrscheinlich die Untertreibung schlechthin.«
»Da ist mehr, habe ich recht?« fragte Hermine sanft.
»Ja. Ich habe mich in Sam verliebt. Aber keine Chance. Das ist total unrealistisch. Und jetzt weiß ich nicht, ob ich morgen zu diesem Treffen gehen soll? Hermine, was soll ich nur tun?«

Wer schaffte es schon, sich über zwei Jahre nicht zu verlieben, und genau dann, zum ungünstigsten Zeitpunkt passierte es. Es *war* wie in einem schlechten Film! Zum Glück konnte niemand ihre verzweifelte Miene ausmachen.
Hermine hatte einen Augenblick geschwiegen, als würde sie angestrengt nachdenken.
»Ich denke, das musst du selbst herausfinden. Manchmal ist die einzige Lösung, ein Risiko einzugehen, leider kann das eben auch schmerzhaft sein. Das ist wohl die Kehrseite der Medaille.«

»Ach ja? Auf Schmerz kann ich gerne verzichten«, jammerte Mira und fuhr dann fort »Übrigens klingst du schon wie eine Psychologin kurz nach ihrem Studienabschluss.«
»Na vielen Dank auch.« Hermine schnaubte und klang gespielt empört. Doch dann lächelte sie wieder, Mira konnte es spüren.

»Woher nimmst du nur immer deine klugen Antworten, ehrlich?«, fragte Mira und kicherte leise vor sich hin.

»Hey, hör mal, du wolltest meine Hilfe, hier hast du die ausführlichste meiner Antworten«, beschwerte sich Hermine und kicherte ebenfalls.

»Auch wenn ich zugeben muss, dass ich selbst nicht viel Erfahrung in Sachen Liebe vorweisen kann.«

»Das stimmt doch gar nicht«, gab Mira als Antwort und konnte sich ein Grinsen nicht verkneifen. »Was ist mit dem einen Typen aus dem Café, der dich letztes Jahr gefragt hat, ob du mit ihm Essen gehen möchtest?«

»Warte, was? Mira! Wie kommst du denn auf den? Außerdem zählt der nicht, wir haben uns nur ein einziges Mal getroffen.«

Mira nickte. Und wenn schon, es ging jetzt nicht um Hermines Liebesleben, sondern um ihr eigenes. Für einen Moment schwiegen sie beide.

»Du wirst das Richtige tun. Okay?« Hermines Stimme wurde wieder sanft.

Mira spielte mit dem Zipfel ihrer Bettdecke und ließ ihren Blick durch den in Dämmerlicht getauchten Raum schweifen. Wie spät mochte es sein? Langsam kroch die Müdigkeit wieder in ihren Kopf.

»Und woher weiß ich, ob ich die richtige Entscheidung treffe?«

»Das spürst du! Und weißt du was? Ganz egal wie deine Entscheidung ausfällt, ich bin für dich da.«

Mira nickte automatisch, wenngleich Hermine sie nicht sehen konnte.

»Und wenn sich das hier als zukunftslos herausstellt, dann heiraten eben wir beide!«, rief Hermine.

Daraufhin musste Mira lächeln, so durcheinander ihre Gefühle auch waren. Ihr wurde ganz warm ums Herz bei ihren Worten.

»Danke, Hermine. Du bist echt die beste Freundin, die man sich wünschen kann, weißt du das?«

»Das will ich doch hoffen. Und jetzt hätte ich einen Vorschlag, der uns beiden helfen könnte. Ich bin nämlich echt müde und habe morgen Uni. Und du solltest auch schlafen gehen und dir nicht zu viel den Kopf zerbrechen über diese … Wie heißt sie noch gleich?«

»Sam«, hauchte Mira. Ehe sie den Namen ausgesprochen hatte, fielen ihr ihre bernsteinfarbenen Augen wieder ein. Sie hatten grüne Sprenkel. Verdammt, diese Augen und erst ihr lächeln.

Es war die Art, wie sie ihre Mundwinkel hochzog und Mira das Gefühl gab, tausend Sonnen würden vor ihr aufgehen.

»Ach ja, richtig. Also. Was ich noch sagen wollte: Morgen früh ist auch noch Zeit für eine Entscheidung, findest du nicht auch?«

»Ja. Du hast recht. Dann viel Spaß morgen bei deiner Vorlesung. Und gib Komet bitte einen Kuss von mir.«

»Mach ich. Schlaf gut, Mira, und vergiss nicht, dich zu melden. Ich will alle Details. Klar?«

»Die bekommst du. Danke, gute Nacht«, seufzte Mira und ihr entfuhr ein lautes Gähnen.

Kapitel 16
Mira

Das Kopfsteinpflaster unter ihren Füßen bildete in ihren Augen ein eigenständiges Muster. Mira, die jetzt langsam auf und ab marschierte, trug ihre Turnschuhe, Jeans und einen dunkelblauen Hoodie. Es war ihr Lieblingssweater und er hatte eine kleine Stickerei an der rechten Seite über ihrer Brust. Sie zeigte ein Abbild des Mondes in seiner vollen Form.

Direkt vor ihr befand sich ein Torbogen mit einem kleinen steinernen Turm darauf. Zu ihrer Rechten und Linken standen große Gebäudekomplexe. Die alten Mauern wiesen witterungsbedingt einzelne Verfärbungen auf. Der Himmel zeigte sich an diesem Tag in einem hellen Grau und vereinzelt tauchten dünne Wolkenschwaden auf. Mira spähte jetzt durch den Rundbogen und erkannte dahinter eine Art Innenhof mit einer weitläufigen Rasenfläche, die in einem Rechteck angelegt war. Sie sah gepflegt aus, wie sie es auch schon in anderen Parkanlagen hier in Dublin gesehen hatte.
Das Trinity College beherbergte mehrere Gebäude für Studenten, doch sie war heute wegen etwas anderem hier. Die berühmte *old library* von Dublin. Mira liebte alte Gebäude, vor allem wenn es sich um Orte handelte, die eine Bibliothek beinhalteten.
Sie fragte sich immer, welche Menschen hinter diesen Werken steckten. Wie waren die Ideen zu ihren Geschichten entstanden?

Seit drei Uhr morgens hatte Mira kein Auge mehr zugetan. Nachts hatte sie sich hin und her gewälzt. Beim Frühstück hatte sie nicht einmal eine Scheibe Toast runtergekriegt. Ihre Entscheidung, sich auf ein Treffen mit der Person einzulassen, die sie erst zwei Tagen kannte, hatte sie heute Morgen getroffen. Jetzt war es sowieso zu spät, um umzukehren. Auch ihre Gefühle konnte sie nicht mehr rückgängig machen. Ihr Herz hatte gesiegt und der Verstand hatte diesmal verloren.

Ob es wirklich die richtige Entscheidung war?, schoss es Mira wiederholt durch den Kopf.

Plötzlich nahm sie einen Schatten aus ihren Augenwinkeln war. Im gleichen Moment sah sie in die Richtung, aus der die Person jetzt auf sie zukam. Ihre Schritte waren federnd und die Bewegungen waren ihr mittlerweile vertraut. Sam trug den gleichen türkisfarbenen Parka und dazu ihre beige Mütze. Spätestens als sie ihr Lächeln aus einigen Metern Entfernung ausmachen konnte, machte ihr Herz einen riesigen Hüpfer. Mira, unentschlossen wie sie reagieren sollte, steckte jetzt ihre Hände unbeholfen in ihre Jackentasche. Sam blieb in wenigem Abstand vor ihr stehen. Ihre Haare lugten in feinen Strähnen unter ihrer Mütze hervor und ihr Gesicht war durch den Wind leicht gerötet.

»Hallo«, entgegnete Mira und blickte rasch von ihren Schuhspitzen hoch in Sams Gesicht.
»Hey. Du hast also hergefunden. Meine Wegbeschreibung war wohl wirklich gut.« Sie zwinkerte fröhlich. Dann drehte sie sich, sodass sie direkt neben Mira stand.
»Ja allerdings, ich habe beim ersten Versuch hergefunden.« Ein Lächeln huschte über Miras Lippen. Sie konnte durchatmen, denn Sam hatte vermutlich nichts von ihrer Nervosität mitbekommen.

»Bereit für eine Zeitreise?«, fragte Sam amüsiert. Mira nickte und grinste.
»Komm, hier lang.« Sam schritt jetzt voran und Mira schlenderte neben ihr her, als sie auf den Torbogen zusteuerten.
»Wo sind denn hier eigentlich die Lehrsäle der Studenten, hier gibt es ja eine ganze Menge an Häusern, die sehen alle gleich aus«, sprach Mira nun aus, was schon die ganze Zeit in ihrem Kopf umherschwirrte.

»Die befinden sich auf dem gesamten Areal verteilt, die meisten sind ein Stück weiter hinten, du siehst sie von hier aus nicht.« Sam deutete mit dem Zeigefinger schräg an ihr vorbei. Sie standen jetzt direkt am Bogen, als Mira erkannte, dass ganz am oberen Ende des Turms eine riesige Glocke hing.

Sam folgte ihrem Blick. »Das hier ist der Kampanile, der bekannte Glockenturm. Es heißt, wenn Studenten unter ihm hindurchgehen und die Glocke läutet, werden sie das jährliche Examen nicht bestehen.«
»Wenn du mich fragst, ich weiß nicht, wer sich so etwas ausdenkt. Sehr fragwürdig.« Sam lachte.
»Vielleicht einfach nur ein komischer Scherz, sollte den Studenten Angst einjagen oder so.« Mira runzelte die Stirn und schüttelte lächelnd den Kopf.
Sams Augen wirkten mit einem Mal amüsiert, dann sprintete sie eilig durch das Tor. Als sie am anderen Ende stehen blieb, hob sie triumphierend ihre Fäuste. Mira konnte sich ihr Lachen kaum verkneifen.

»Siehst du, alles gutgegangen. Ich werde dieses Jahr überstehen, ohne von der Uni zu fliegen.«

Mira eilte ebenfalls zu ihr auf die andere Seite »Das wirst du bestimmt!«, entgegnete sie und für den Bruchteil einer Sekunde trafen sich ihre Blicke. Ehe Mira reagieren konnte, drehte sich Sam rasch wieder um und forderte sie mit einer Handbewegung auf, ihr zu folgen.

Während sie neben Sam herging, warf sie immer wieder verstohlene Blicke zu ihr. Sie verspürte innerlich den Drang, ihr näherzukommen, doch bisher hatte sie keine Ahnung, ob Sam es auch wollte. Was genau war das zwischen ihnen? Ein Gefühl von Unsicherheit breitete sich in Mira aus. Was, wenn sie die Zeichen falsch gedeutet hatte?

Dieser Zustand, nicht zu wissen, wie Sam auf ihre Gefühle reagieren würde, war zeitweise unerträglich.

Sie bogen jetzt rechts auf einen Weg ab und steuerten ein Gebäude an. Mira hatte keinen blassen Schimmer, wie man sich hier zurechtfinden sollte. Dann standen sie vor einem breiten Eingang mit einer Glastür. Sie stiegen die niedrigen Steinstufen empor und Mira erkannte jetzt, dass dieses längliche Bauwerk das Museum und die Bibliothek war. Sie hatte es auf dem Schild neben der Tür gelesen. Sam kramte in ihrer Tasche, während ein Mitarbeiter des Museums sie höflich begrüßte. Sie hielt ihm das Smartphone hin und er nickte und gab ihnen den Weg frei.

Der erste Raum beinhaltete den Museumsshop. In hell beleuchteten Regalen standen viele Exemplare von Autoren. Zusätzlich gab es Prints und etliche andere Souvenirs, die das Wappen vom College trugen. Sie durchliefen den Shop und kamen über einen kleinen Gang zu einer weiteren breiten Glastür, die farbige Elemente beinhaltete. Sam öffnete die Tür und sie standen jetzt im ersten Teil der eigentlichen Ausstellung. Vor ihnen und seitlich an den Wänden waren Bilder von Figuren in Lebensgröße zu sehen. Wie Mira auf einem der Schilder nachlesen konnte, waren es Darstellungen aus dem Manuskript der alten Bibel.
In der Mitte befand sich ein Tisch in quadratischer Form. Als Mira nähertrat, entdeckte sie die alten Pergamentseiten eines Buchs, welches ungefähr die Größe eines Atlas besaß. Das Papier sah sehr mitgenommen und vergilbt aus, so als würde es bei der kleinsten Berührung zu Staub zerfallen.

»Das ist das Book of Kells, es wurde einst von Mönchen geschrieben, heißt es …« Sam war ganz nah an sie herangetreten und Mira spürte ihren Arm, der leicht ihren Rücken streifte.
Ihr Herzschlag ging auf einmal rasend schnell und beinahe hätte sie keinen Ton herausgebracht.

»Es ist … wirklich sehr alt. Man kann kaum etwas erkennen«, krächzte Mira.

»Kein Wunder, damals gab es ja auch noch keine so hochmodernen Geräte wie heutzutage.« Sam machte einen kleinen Schritt zur Seite und Mira fühlte noch immer die Stelle, an der sie sich berührt hatten. Ob Sam es auch gespürt hatte? War das ein Zeichen? Wäre sie weiter gegangen?
Mira trat langsam vom Tisch weg und sah sich den restlichen Raum an. In Gedanken war sie jedoch nicht bei der Sache. Wenn Sam ebenfalls Gefühle für sie hätte, dann merkte man es ihr zumindest nicht an, denn sie wirkte ganz entspannt.

»Bist du bereit für das Highlight? Du wirst es lieben. Glaub mir, dieser Raum ist eigentlich nur eine Attrappe, ich weiß nicht, was die Iren an diesem alten Manuskript finden.« Sam war wieder auf sie zu gekommen und kicherte.
»Scht, nicht so laut, was, wenn sie uns abhören oder so «, zischte Mira, fuchtelte mit der Hand und musste zeitgleich einen Lacher unterdrücken. »Du bist wirklich unmöglich, Sam.« Sie schüttelte amüsiert den Kopf. *Unmöglich und süß.*

»Ich glaube nicht, dass sie uns abhören, und wenn schon, da müssen sie ihre Sprachaufzeichnung erst einmal in ein Übersetzungsprogramm werfen« , entgegnete Sam und zwinkerte ihr zu.

Mira sah sie an und legte ihren Kopf schief. »Ja, da könntest du vielleicht recht haben.«

Sam trat jetzt zur nächsten Tür und Mira folgte ihr. »Trommelwirbel.« Sam ahmte ein imaginäres Trommeln mit ihren Fingern nach, erst dann öffnete sie die Tür. Als Mira an ihr vorbeischritt, kamen sie sich wieder sehr nahe. Schnell machte sie einen weiteren Schritt in den Raum hinein und blieb dann erstaunt stehen.

Ein leises »Wow« entfuhr ihr.

Zu ihren Füßen erstreckte sich ein länglicher Raum, ganz in dunkles Holz gekleidet, er war mehrere Meter hoch und über ihren Köpfen erstreckte sich eine Galerie. Die Gewölbedecke wirkte sehr antik, und das dunkle Holzparkett zu ihren Füßen glänzte wie frisch poliert. Zu Miras rechter Seite stand eine kleine Glasvitrine, in der eine alte Harfe aufbewahrt wurde. Die Harfe war auch das Wahrzeichen der Stadt, wie sie bereits gelesen hatte.
Mira malte sich aus, wie das Instrument klingen mochte. Wie die sanften Töne der alten Harfe dieser wunderschönen Bibliothek noch mehr Zauber einhauchen könnten. Sprachlos trat sie einen Schritt nach vorne. Außer ihnen waren nur zwei weitere Personen, ein älteres Ehepaar, im Raum. Das dämmrige Licht und der leicht modrige, aber dezente Geruch vermischte sich mit einer Note von Holz. Ihre ganze Aufmerksamkeit galt jetzt den breiten hohen Regalen, die zu beiden Seiten bis zur Decke ragten. Sie waren in Reihen angeordnet und an den seitlichen Holztafeln erkannte man die Buchstaben des Alphabets in weißen Lettern. Die Bücher, die sich darin befanden, waren in Einbände aus abgegriffenem Leder gebunden. So hatte Mira sich in ihren Träumen immer eine Bibliothek vorgestellt, so wie in diesen alten Filmen. Sie war ein Ort der Stille, der Geheimnisse und auch ein Platz für so viele magische Geschichten.

Mira reckte ihren Kopf und sah hoch zu der Galerie. Hinter sich hörte sie leise Schritte, die jetzt näher kamen.

»Und … Gefällt es dir?«, hauchte Sam und Mira spürte ihren Atem direkt neben sich. Ehe sie auch nur ein Wort sagen konnte, berührte Sam leicht ihre rechte Hand und in dem Augenblick wusste Mira, dass diese Berührung kein Zufall war. Sie spürte, wie tausende Schmetterlinge einen Looping in ihrem Bauch vollführten. *Jetzt oder nie,* setzte ihr Verstand nach.

In einer schnellen Bewegung drehte sie sich zu Sam. Sie brauchte den Kopf nur ein Stück zu heben. Dann gab sie ihr einen Kuss auf die Wange und flüsterte ein »Danke«.

Als sie sich wieder ein Stück entfernt hatte, blickte sie Sam direkt ins Gesicht. War sie ebenso nervös und aufgeregt? Ihre bernsteinfarbenen Augen hatten eine dunkle Nuance angenommen, kurz hielt Sam ihrem Blick stand und verzog ihre Lippen dann zu einem Lächeln.

»Das habe ich sehr gerne gemacht. Übrigens mag ich deine Lippen.« Sam grinste sie schief an und schritt dann nach vorne in die Mitte des Raums.

»Ach ja?« Mira folgte ihr.

Sam drehte sich abrupt um. »Ja.« Ihre Stimme klang geheimnisvoll. Mira sah ihr erneut direkt in die Augen, und bemerkte, wie sich auf ihre Lippen ein schüchternes Lächeln stahl. Da war sie wieder, eine unerforschte Seite von Sam, die sie noch nicht kannte und welche sie sofort anziehend fand.

Als Mira die Büsten der einzelnen Schriftsteller und Künstler bestaunte, kam Sam wieder in ihre Richtung. Ihr Herz machte jedes Mal einen Hüpfer, wenn sie in ihrer Nähe war.

»Findest du nicht, dass die hier alle die gleichen Frisuren tragen?« Sam deutete jetzt grinsend auf einen der weißen Büstenköpfe.

»Ja, und? Das hat man damals eben getragen, würde uns bestimmt auch stehen, was meinst du?«, konterte Mira und zwinkerte ihr lachend zu. Ihre gute Laune war jetzt ins Unermessliche gestiegen. Sie konnte selbst noch nicht ganz fassen, dass sie diesen Schritt gewagt hatte, um Sam ihre Gefühle deutlich zu machen.

»Dir vielleicht schon, aber danke nein, ich bleibe da lieber bei meinen kurzen Haaren.« Sam grinste.

»Ist genehmigt. Die stehen dir auch viel besser und bei deiner Mütze wären sowieso alle neidisch geworden.« Mira streckte ihr jetzt lachend die Zunge raus. Zur Vorsicht tat sie einen kleinen Schritt nach hinten, falls Sam sich verteidigen wollte.
»Hee. Ich mag diese Mütze. Und wenn wir schon einmal beim Thema Frisuren sind. Ich … finde deine Haare übrigens auch sehr schön. So wie du sie trägst.« Beim letzten Satz suchte Sam wieder Augenkontakt. Die Farbe ihrer Iriden war schlagartig dunkler und intensiver geworden. Mira spürte, wie ihr bei dem Blick fast schwindlig wurde. Was tat Sam nur mit ihr?

»Danke ... habe sie bloß hochgebunden«, flüsterte sie. Dabei würde sie um nichts in der Welt erwähnen, dass sie heute etwas länger als gewöhnlich vor dem Spiegel gestanden hatte, unsicher, was sie mit ihren Haaren anstellen sollte. Schließlich hatte sie sich für einen lockeren Zopf entschieden.
Als beide die Stille nicht mehr aushielten, senkten sie rasch ihren Blick. Auch Sam konnte also sprachlos sein. Mira sah sich noch einmal um und entdeckte dabei auch eine Büste von Shakespeare und einigen berühmten Persönlichkeiten Irlands, die sie noch nicht kannte.

»Samuel Beckett und Oscar Wilde waren ebenfalls Absolventen des Colleges, ich weiß nicht, ob dir die Namen etwas sagen. Oscar Wilde ist sehr bekannt und in seinem ehemaligen Elternhaus finden einige der Vorlesungen und Workshops für uns Studierende statt.« Sam hatte jetzt wieder ihre Stimme erhoben und Mira nickte.
»Oscar Wilde, ja klar, wer kennt den nicht? Ich könnte mir nichts Besseres vorstellen, als an diesem Ort das Handwerk des Schriftstellers zu erlernen«, antwortete Mira und strahlte dabei.

Das ältere Ehepaar warf ihnen verstohlene Blicke von der anderen Seite des Raums zu. Waren sie etwa zu laut gewesen, oder war es der Kuss, der die beiden heimlich tuscheln ließ?

Mira musste etwas schmunzeln, vielleicht war dies kein Ort, um Zärtlichkeiten auszutauschen. Andererseits. Sollten sie doch reden. Für sie selbst gab es jedenfalls nichts Magischeres, als solche Dinge in einer alten Bibliothek zu tun. Mal ehrlich. Welcher Schriftsteller, oder Buchliebhaber würde nicht davon träumen?

»Möchtest du noch eine Weile hierbleiben?« Sam reckte ihr Kinn Richtung der Regale. Mira ließ ihren Blick schweifen, dieser verfing sich erneut an den unzähligen Büchern, die dort aufgereiht standen. Allzu gerne würde sie jetzt über den Einband streichen, nur einmal ein Buch herausnehmen. Doch leider waren die Regale durch eine Abtrennung versperrt.

»Nein, ich glaube, ich habe genug für heute. Die Bibliothek ist wirklich wunderschön, aber mein Magen rebelliert schon. Ich hatte heute noch nicht wirklich viel zu essen.«

»Eine gute Idee, ich habe ehrlich gesagt auch schon einen Bärenhunger. Hast du Vorlieben beim Essen?«

»Eigentlich esse ich sehr vieles, aber meistens versuche ich gern auf Fleisch zu verzichten. Und du?«, fragte Mira neugierig, als sie durch den schmalen Gang zur Tür marschierten.

»Ähnlich wie bei dir. Ich esse aber ab und an auch mal gerne ein Stück Fleisch. Wir könnten in *The Buttery* gehen.« Sam warf ihr einen abwartenden Blick zu und Mira verlor sich abermals in ihren Augen. Verdammt, sie musste damit aufhören! Aber sie konnte auch nicht wegsehen.

»Ja, sehr gerne, mir kannst du alles vorschlagen, ich kenne hier nichts.« Mira grinste und zuckte mit den Schultern.

Sam wandte ihren Blick ab und ging dann vor, um ihr die Tür aufzuhalten.

Eine kühle Brise schlug Mira ins Gesicht und es roch nach Regen und Feuchtigkeit. Tatsächlich hatte es angefangen zu nieseln und sie zog sich vorsichtshalber die Kapuze über. So ein Mist. Ausgerechnet heute hatte sie keinen Schirm dabei. Hoffentlich war dieses Restaurant nicht allzu weit von hier entfernt.

»Komm, es ist nicht weit. Übrigens ist das Essen dort sehr beliebt bei Studenten. Keine Sorge, kein Kantinenessen, wie man es sonst so fürchtet. Es ist wirklich hervorragend.« Sam zwinkerte und holte einen violetten Regenschirm mit Blumenmuster hervor. Der passte irgendwie so gar nicht zu ihrem Outfit, denn es war meist einfärbig. Dass Sam auf Blumenmuster stand, war für Mira ebenfalls eine neue Tatsache. Sie selbst fand es irgendwie total niedlich.

Ehe sie weiter ihren Gedanken nachhängen konnte, kam Sam einen Schritt näher. »Möchtest du mit darunter?« Sie schien verlegen und hielt ihr den Schirm zaghaft über den Kopf. Mira räusperte sich und schlüpfte unter den Schirm, als Sam ihn hochhob.

»Danke … Ich habe meinen im Hotel liegen lassen.« Sie fand es sehr aufmerksam, auch wenn sich ihr Herzschlag gerade um ein Zehnfaches erhöht hatte. Es war unvermeidbar, Sam beim Gehen zu berühren, und es fühlte sich sehr ungewohnt, aber schön an, so neben ihr zu spazieren. Das Geräusch von Regentropfen über ihren Köpfen stimmte Mira zufrieden und sie entspannte sich ein wenig. Fast wäre sie versucht, ihren Kopf gegen Sams Schulter zu lehnen, aber damit ginge sie vermutlich zu weit. Sollte sie?

Sie durchquerten den großen Vorplatz des College-Areals und bogen ein paarmal ab. Mira sah sich um.

»Vorsicht!« Sie erschrak, als Sam plötzlich an ihrem Jackenärmel zog, um sie zur Seite zu ziehen. Auf dem Boden war eine große Pfütze zu erkennen und beinahe wäre sie voll hineingetreten. Mira unterdrückte ein Lachen und beließ es bei einem Ausweichmanöver.

Eigentlich liebte sie genau diese Momente. Manchmal ertappte sie sich selbst noch immer dabei, in jede Spiegelung einer Pfütze zu sehen oder hinein zu springen. Jetzt hatte sie allerdings nur ein Paar Sneaker bei sich.

»Wieso grinst du so? Habe ich etwas verpasst?«, fragte Sam amüsiert.

»Nein. Alles gut, danke übrigens fürs Warnen.« Mira lächelte und sah Sam dabei ins Gesicht. Sie waren sich jetzt so nah und Miras Herz klopfte bis zum Hals. Einen kurzen Moment dachte sie, Sam würde sich zu ihr herunterbeugen, doch dann ging sie einfach weiter. Ihre Hand spürte Mira noch immer auf ihrem Oberarm, obwohl sie ihn schon längst wieder weggezogen hatte.

»Da drüben ist es.« Sam deutete auf ein Gebäude in unmittelbarer Nähe. Sie überquerten einen Platz und standen zwischen zwei Gebäudekomplexen. Mira konnte kein Schild oder Ähnliches erkennen, welches auf ein Restaurant hinwies.

»Hier entlang. Wir müssen nur die Treppen hinunter.« Sam hatte ihren verwunderten Blick wohl bemerkt.
Mira folgte ihr über eine Treppe zu einer weißen, verglasten Tür. Sam schloss ihren Schirm und drückte die Tür auf. Die warme Luft von drinnen vermischte sich mit dem Geruch von gebratenem Essen. Mira lief bereits das Wasser im Mund zusammen, als sie sich umsah. Sie standen in einem riesigen Raum mit einem hellem Holzparkett. Auch wenn man es auf den ersten Blick nicht für ein Restaurant halten würde, wirkte es recht freundlich und hell.

Sam drehte sich jetzt zu ihr um und berührte sie leicht an der Schulter. »Alles okay? Wollen wir?« Sie lächelte vergnügt und Mira spürte erneut die Wärme auf ihrer Haut, die ihre kurze Berührung ausgelöst hatte.

»Da bekommt man wirklich großen Hunger bei diesen wunderbaren Gerüchen.« Mira nickte und rieb sich mit der Hand den Bauch.

Das Restaurant war gut besucht, aber nicht zu voll. Die Tagesempfehlungen und das Menü konnte man einer kleinen Karte am Büfett entnehmen. Mira, die jetzt dicht hinter Sam stand, überflog die Speisen. Schließlich entschieden sie sich beide für ein Gemüsecurry mit Reis. Mit einem Tablett in der Hand, bahnten sie sich einen Weg zwischen den Tischen hindurch, bis sie in einer ruhigeren Ecke im hinteren Teil einen Platz gefunden hatten. Wie Sam bereits erwähnt hatte, war das Essen ausgezeichnet, sie hatte nicht zu viel versprochen.

Wenig später ließ sich Mira völlig satt in ihren Sessel sinken und beobachte Sam, wie auch sie ihren Teller leerte und dann an die Seite der Tischplatte schob. Mira grinste. »Das war wirklich eine gute Idee von dir hierherzukommen und das Beste ist, man bekommt sein Essen unglaublich schnell.«
Sam nickte zustimmend und nahm einen großen Schluck Cola. Mira ertappte sich erneut dabei, wie sie Sams Sommersprossen musterte. Sie konnte sich nicht sattsehen, wollte am liebsten jeden Zentimeter ihres Gesichtes erkunden, sie berühren.
»Mira? Ich …« Sam riss sie plötzlich aus ihren Gedanken. Sie spürte, dass sie verunsichert war. Was kam jetzt?
»Ja?«
»Na ja, ich wollte dich eigentlich etwas fragen. Oder anders gesagt. Ich möchte dir gerne einen Ort in der Nähe von Dublin zeigen, der mir immer hilft, innerlich einen Ausgleich zu finden. Dublin selbst hat wirklich viele schöne Plätze. Aber dieser Ort liegt etwas außerhalb und ist einfach wunderschön. Ich glaube, du solltest ihn dir selbst ansehen. Wenn du morgen Lust dazu hast?« Sie neigte ihren Kopf zur Seite und schien abzuwarten.

Mira nickte langsam, während sie gleichzeitig überlegte, worum es sich handeln könnte. Sie suchte erneut ihren Blick und spürte, wie ihre Wangen ganz warm wurden.

»Das würde ich sehr gerne tun.«

»Wir können uns morgen bei der Zugstation treffen. Ich schreibe dir noch eine Nachricht wegen des Treffpunkts und der Zeit. Wäre das okay?«, fragte Sam und kaute auf ihrer Unterlippe.

Miras Verstand meldete sich in leisem Ton, doch es war nicht der passende Moment. Sie war so gespannt und neugierig, wo dieser Ort war. Sie wollte ihn sehen, allein schon deshalb, um Sam dadurch noch näher zu kommen, um mit ihr Zeit zu verbringen. Sie war bereits viel zu weit in diese Geschichte eingetaucht, sie konnte nicht anders. Auch wenn sie wusste, dass in eineinhalb Tagen alles nur mehr eine Erinnerung sein würde. Nur jetzt in diesem Moment war sie so glücklich, so präsent wie schon lange nicht mehr, also warum diesen Zustand ändern wollen.

Danach konnte die Welt untergehen, aber nicht jetzt, noch nicht.

»Okay, ich freue mich«, antwortete Mira schließlich und ein Kribbeln zog sich durch ihre Magengegend bei dem Gedanken an den morgigen Tag.

Kapitel 17
Sam

Der Zug donnerte in den kleinen Bahnhof und kam mit leisem Zischen zum Stillstand. Sam steckte sich ihre Kopfhörer ins Ohr und ließ sich müde auf einen der Plastikstühle im Inneren sinken. Auf dem Display ihres Smartphones blinkte gerade eine Nachricht auf. Sie war von Liam.

Hey Sam! Wie läuft es bei dir? Hast du vielleicht morgen Zeit, dich zu treffen? Ich muss dich etwas fragen bezüglich unserer Bücherliste für das Studium. Gibt es eigentlich schon Neuigkeiten von deiner Flamme? ;)

Sam starrte auf die Zeilen. Es war nicht ihre Art, sich nicht zu melden. An jenem Freitagabend hatte sie ihm spätnachts noch eine Sprachnachricht geschickt. Sie hatte Mira erwähnt. Vielleicht hatte er inzwischen bereits mehr herausgefunden, dank ihrer gemeinsamen Freundin Kira.

Sam wollte ihm bei Gelegenheit alles erzählen, doch jetzt in diesem Moment war der Zeitpunkt unpassend. Sie saß da und ihre eigenen Gefühle verwirrten sie zunehmend. Was würde aus ihr und Mira werden? Sie waren sich endlich einen Schritt näher gekommen, das war es doch was sie sich insgeheim gewünscht hatte. Sie dachte an Miras flüchtigen Kuss auf ihre Wange. Sie konnte ihn beinahe noch fühlen, wie einen Abdruck, der für immer dort sein würde. Nicht nur dort, sondern in ihrem Herzen. Ihr Herz, das wie wild schlug, sobald Miras Mundwinkel sich zu einem Lächeln formten. Und auch dann, wenn sie nur dastand, wie gebannt etwas beobachtete, wenn sie in ihre Welt abtauchte, als würde dort der sicherste, geheimste und schönste Ort der Welt sein. Sam hatte sich verliebt, verliebt in ihr Staunen, als sie heute die riesige Bibliothek betreten hatten – in ihre kindliche Neugier, die immer wieder entfacht wurde, wie ein zarter Funken.

Sie war pure Magie, so wie ihre Zeilen, die sie zu Papier gebracht hatte. Sam wünschte ihr von ganzem Herzen, dass sie ihr Buchprojekt vollenden konnte. Der heutige Tag in der Stadt war wie eine Reise in ein anderes Universum. Sie waren mitgerissen worden – sie beide waren darin verborgen. Es fühlte sich so leicht und unbeschwert an und Sam hatte jede Sekunde genossen. Doch da war leider noch die Realität, die ihr einen Strich durch die Rechnung machte. Die Zeit lief davon, denn spätestens übermorgen würde alles wieder beim Alten sein, oder?

Ein krächzendes Geräusch holte Sam zurück ins Hier und Jetzt. Der Lautsprecher im Zug verkündete die nächste Station. Sam blickte jetzt nach draußen in die Anfänge der Dämmerung, eine dünne orange Linie zog sich am Horizont entlang, sie war bald verdeckt von dunkelblau- violetten Schattierungen.

Sie zog den Reisverschluss ihrer Jacke zu und bahnte sich einen Weg zur Tür. Es war Sonntagabend und viele Leute waren jetzt wieder unterwegs nach Hause. Ob Mira schon im Hotel war, was sie wohl gerade dachte? Plagten sie die gleichen Gedanken oder Sorgen wie sie?

Der Zug wurde langsamer und kam mit einem leisen Quietschen zum Stehen. Als Sam ausgestiegen war, beschloss sie Liam, eine ausführliche Antwort auf seine Nachricht zu geben. Für morgen musste sie ihm jedoch eine Absage erteilen. Das Treffen mit Mira war jetzt wichtiger, sie hatten nur noch den morgigen Tag gemeinsam. Sam wollte ihr ihren Lieblingsplatz zeigen, er lag eine halbe Stunde außerhalb Dublins und war direkt Meer.
Zuerst war sie unschlüssig gewesen, was Mira von dem Vorschlag halten würde. Jetzt da sie wusste, dass sie diesen besonderen Ort mit Mira teilen durfte, breitete sich ein freudiges Kribbeln in ihrem Magen aus.

Als Sam die Haustür geöffnet hatte, streifte sie schwungvoll ihre Schuhe und Jacke ab, dann ging sie in die kleine Wohnküche und betätigte den Wasserkocher. Die Dunkelheit drang von draußen in ihren Wohnraum. Schnell schaltete sie die gemütliche Stehlampe neben ihrem Schreibtisch ein und entzündete ein Teelicht. Der Raum wirkte jetzt gleich viel wärmer und einladender. Dann setzte sie sich an den alten Schreibtisch und schrieb Liam die lange Nachricht, die sie sich zuvor schon im Kopf zurechtgelegt hatte. In dem Moment als sie auf Senden drückte, ploppte eine neue Nachricht auf dem Bildschirm ihres Smartphones auf. Sam blinzelte vor Müdigkeit. Sie war von Mira.

Sofort waren ihre Sinne hellwach und ihr Herzschlag verdreifachte sich.

Hallo Sam. Danke für den schönen Tag und du hattest sowas von recht, die Bibliothek ist atemberaubend. Es wäre direkt ein inspirierender Platz, um zu schreiben. Ich freue mich sehr auf morgen, auf deinen geheimen Ort. Schlaf gut <3

Mira

Sam las die Zeilen vier oder fünf Mal hintereinander. Vor allem die letzte Zeile mit dem Herz blieb in ihrem Kopf hängen. Was sollte sie nun darauf antworten? Am liebsten hätte sie Mira so viel gefragt, denn beim Schreiben war alles leichter, leichter, als Dinge auszusprechen. Sie zögerte und legte ihr Smartphone beiseite. Erst einmal brauchte sie einen klaren Kopf und etwas neue Energie. Sie steuerte das Bad an und genehmigte sich eine ausgiebige heiße Dusche. Danach schlüpfte sie in einen weiten grauen Collegehoodie und zog ihre Kuschelsocken über. Mit der Tasse Tee, die sie sich zubereitet hatte, setzte sie sich erneut an den Schreibtisch. Sams Blick schweifte für einen Moment zu dem blauen geblümten Notizbuch. Sie zog es zu sich, schlug es auf und blätterte zu den Seiten, die gefüllt waren mit ihren Projektideen. Ihr letzter Eintrag war eine Woche her.

Der schwarze Kugelschreiber fühlte sich angenehm schwer an, als sie ihn in ihrer Hand drehte und den Verschluss öffnete.

Auf dem weißen Blatt in die oberste Ecke schrieb sie ganz klein Miras Namen. Darunter setzte sie eine Überschrift. Sie dachte an das unvollendete Gedicht, welches sie ihr geschickt hatte.

Das Funkeln in dir

Sam lächelte. Es würde gut als Titel passen. Sie dachte an Miras tiefseeblaue Augen. Wenn sie von etwas vollkommen eingenommen war, dann veränderte sich oft die Farbe. Es war, als würde im Ozean ein Sturm toben, und die Farbe wurde zu einem wunderschönen Graublau. Und wenn sie glücklich war, dann war da dieses Funkeln.

Sam schrieb eine weitere Zeile.

Und da sehe ich es, ein Funkeln, das alles überstrahlt, sehe es in deinen Augen, spüre es in mir,

es war immer da

In dir drin.

Sam überflog die Zeilen und legte den Kugelschreiber beiseite. Den Anfang des Gedichts hatte Mire bereits geschrieben und vielleicht würden ihre eigenen Zeilen gut hineinpassen. Es fehlte noch ein Dazwischen, ein Hauptteil. Sam fiel auf, dass dieses Gedicht sich auf ihre Situation übertragen ließ. Bisher kannten sie beide jedoch nur den Anfang. Zu gern würde Sam das Ende auch schon kennen. Tatsache war, dass es ein Ende gab, die Frage war nur, würde es ein glückliches Ende sein? Eines, mit dem sie beide leben konnten? Sie *und* Mira.

Kapitel 18
Mira

Der Bahnhof Connolly Station wirkte beinahe wie ein Gebäude der Regierung. An der Vorderseite besaß er mehrere Fenster mit Rundbögen sowie steinerne Säulen. Für einen Bahnhof wirklich ungewöhnlich, aber schön, dachte Mira. Anders sah es dahinter aus, denn das moderne Glasgebilde, welches man von der Seite entdecken konnte, passte so gar nicht in das stimmige Bild des alten großen Bahnhofs. Mira trat in eine große Halle, die gesäumt war von Fahrkartenautomaten und einer Reihe kleiner Läden. Die riesige Bahnhofsuhr direkt über ihr hatte ihre Zeiger auf zehn Uhr gelegt.

Ihr Blick schweifte umher, bis sie einen kleinen Kiosk ins Auge gefasst hatte. Ein Cappuccino wäre jetzt genau das Richtige, bevor ihr Ausflug mit Sam starten konnte. Immerhin hatte sie, trotz Nervosität, heute eine ganze Scheibe Brot gefrühstückt. Sam war ihr den ganzen letzten Abend nicht mehr aus dem Kopf gegangen. Mindestens eine Stunde hatte sie hin und her überlegt, ob sie ihr eine Nachricht schreiben sollte. Sie hatte sich schließlich einen Ruck gegeben und es getan. Erst spät nach Mitternacht war sie erschöpft eingeschlafen und heute in der Früh hatte ihr Sam in einer Nachricht den Treffpunkt geschrieben.
Gleich würde sie sie wiedersehen. Ihr Herz raste und die Schmetterlinge kehrten zurück an Ort und Stelle.

»Zwei Cappucini, bitte.« Mira bestellte bei einem freundlich aussehenden rothaarigen Mann. Während sie auf ihren Kaffee an der Theke wartete, hörte sie Schritte hinter sich. Plötzlich tippte sie jemand an der Schulter an und Mira fuhr herum.

»Oh … Hi. Du bist ja schon da.« Mira errötete und bekam keinen weiteren Satz hervor. Ihr Puls beschleunigte auf einmal, als sie in Sams Gesicht starrte.

»Tut mir leid, ich wollte dich nicht erschrecken, nur überraschen.« Sam grinste verlegen.

»Ich habe uns Kaffee besorgt. Cappucino? Ist das in Ordnung?« Schnell hob sie einen der Becher hoch, den ihr der junge Mann eben erst auf den Tresen gestellt hatte.

»Klasse! ... Sehr gerne«, antwortete Sam. Sie starrte kurz auf den Becher und wirkte unsicher, als sie ihn entgegennahm. Dann trat sie entschlossen einen Schritt auf Mira zu und hauchte ihr einen Kuss auf die Wange. »Danke«, fuhr sie leise fort.

Mira errötete, ihr wurde auf einmal ganz heiß, also drehte sie sich schnell zur Theke und schnappte sich ihren eigenen Becher. Sie nahm einen kräftigen Schluck, was sie im selben Augenblick bereute. Beinahe hätte sie sich an dem braunen Gebräu die Zunge verbrannt. Eine peinliche Sekunde herrschte Stille und sie nippten an ihren Cappuccini.

Sam war schließlich die Erste, die die Stille durchbrach.

»Der ist wirklich ausgezeichnet für einen Bahnhofskaffee.« Sie schenkte ihr ein Lächeln und die Situation entspannte sich ein wenig. Mira nickte ihr bestätigend zu. Dann nahm sie ebenfalls einen vorsichtigen Schluck, ehe sie die Frage stellte, die sie schon seit dem Morgen beschäftigte.

»Wohin entführst du mich denn heute eigentlich genau?« Mira grinste und fühlte sich jetzt wieder sicherer. Sie hatte bemerkt, dass auch Sam eben nervös gewesen war, als sie einander näher gekommen waren.

»Okay, dann lüfte ich das Geheimnis einmal.« Sam zwinkerte und stellte ihren Becher auf einen der Stehtische. Während sie weitersprach, kramte sie in ihrem Rucksack und zog ein schmales Kuvert hervor. »Wir fahren ans Meer. Und zwar nach Howth. Hier, ich habe uns schon die Tickets für den Zug besorgt, wir haben noch eine gute Viertelstunde, dann müssen wir aufbrechen.« Sie wedelte mit dem Kuvert und steckte es dann in die Tasche ihres Parkas.

»Wirklich?« Mira riss vor Freude ihre Hände hoch und strahlte Sam an. »Ich habe schon gerätselt, ob wir einfach in eine andere Stadt fahren würden, aber direkt ans Meer, das ist großartig!«

Sam lachte jetzt. »Du bist sehr süß, wenn du dich freust, weißt du das?«

Mira, die wieder halbwegs die Fassung erlangt hatte, starrte sie mit geröteten Wangen an. »Ist das jetzt gut oder schlecht?« Sie grinste verlegen.

»Ich denke gut.« Sam hob eine Braue und auf ihren Lippen lag ein Lächeln. »Ich finde es schön, wie du dich darüber freust. Also auf diese Art und Weise ...« Bei den letzten Worten zögerte Sam und sah sie dann eindringlich an.

Diese Augen. Verdammt. Mira spürte wieder das Kribbeln im Magen, in ihrer Brust, es zog sich bis zu ihren Fingerspitzen. Dieser intensive Blick von Sam machte sie ganz durcheinander. Dieser Augenblick war wie Feuer zwischen ihnen beiden, es knisterte so laut, fast dachte Mira, sie könnte es um sich spüren. Doch im nächsten Moment wurde es unterbrochen durch lautes Geschrei.
Eine junge Frau kam mit einem Kinderwagen in den Kiosk. Im Wagen saß ein kleiner Junge, der lautstark etwas einzufordern schien. Mira blickte voll Mitleid kurz zu dem Kleinen und widmete sich dann wieder ihrem Kaffee.

»Lass uns langsam zu den Gleisen gehen, übrigens habe ich uns Sandwiches besorgt, ich wusste nicht, ob du Fisch magst. In Howth gibt es nämlich hauptsächlich Fischrestaurants. Eigentlich logisch in einem ehemaligen Fischerdorf«, erzählte Sam vor sich hin, während sie ihre Sachen zusammenpackten und den Kiosk verließen.

»Danke. Ich esse wirklich keinen, den bringe ich absolut nicht runter.« Mira verzog den Mund.

»Da habe ich wohl gut geraten, was?«

Mira nickte und Sam ging jetzt ein paar Schritte voraus. Sie durchquerten die große Halle und bogen schließlich links ab, um über eine Rolltreppe zu den Gleisen zu gelangen.
Von Weitem vernahm Mira einige Lautsprecherdurchsagen, Passanten drängten sich gehetzt an ihnen vorbei und ein lautes Zischen drang vom oberen Ende der Rolltreppe zu ihnen. Mira sah sich um, die Bahnsteige waren viel größer, als sie erwartet hatte. Die ganzen Geräusche machten sie unruhig, auch wenn sie wusste, dass sie bald vorbei sein würden. Als sie bei dem richtigen Gleis standen, war noch kein Zug in Sicht. Auf der schwarzen Anzeige vor ihnen blinkte ein neongrüner Schriftzug. *Howth ... 2min*
Rasch holte Mira ihre Kopfhörer hervor und setzte sie sich auf. Sam war jetzt neben sie getreten und legte ihr beruhigend die Hand auf die Schulter.

»Alles gut? Wir sind gleich im Zug, da ist es etwas ruhiger.«

Mira nickte dankbar, sie fühlte sich sicher und verstanden. Wenn sie jetzt mit einer Person unterwegs wäre, die ihre Bedürfnisse nicht nachvollziehen konnte, hätte sie schon wieder ein mulmiges Gefühl gehabt. Doch bei Sam war alles in Ordnung, sie gab ihr das Gefühl, endlich anzukommen. Sie verstand sie oft ohne Worte und sie musste sich nicht erklären.

Als Mira noch zuhause gelebt hatte, war dies selten der Fall gewesen. Ihre Gedanken schweiften zu ihren Eltern. Es war mal wieder Zeit, sie zu sehen, doch wollte sie das wirklich? Immer wenn Mira zu Besuch war, hatte sie das Gefühl, fehl am Platz zu sein.

Aber dann gab es da schöne Erinnerungen an ihre Kindheit. Sie hatte das Meer immer schon geliebt, war zu jeder Wasserstelle geeilt, als würde das Blau sie magisch anziehen. Mit ihrer Mutter war sie im Sommer ein paar mal am Meer gewesen. Sie beide waren dann auf Muschelsuche gegangen und Mira verbrachte den ganzen Tag am Strand. Sie dachte sich Geschichten über magische Wasserwesen aus, beobachtete die spiegelgatte Oberfläche und tauchte ab, um nach Steinen zu suchen. Sie war frei gewesen, mit sich im Reinen und am Wasser hatte sie diese Tiefe Verbindung zum Universum besonders stark gespürt.

»Mira? Wir müssen einsteigen.« Sam holte sie aus ihrer Erinnerung und winkte sie jetzt zu sich. Der Zug war eben eingefahren und die Tür, vor der sie zum Stehen kamen, gab einen schrillen Ton von sich, als sie aufsprang.

Sam steuerte auf eine freie Sitzreihe zu. Viele Leute waren zugestiegen, darunter auch ein paar Familien mit Kindern. Der Tag versprach besseres Wetter, weniger Wolken und Regen. Das war zumindest die Prognose der Nachrichtenstation, die auf einem kleinen Bildschirm über ihren Köpfen erschien.

Mira schob sich jetzt an Sam vorbei und nahm am Fenster Platz. Sam platzierte ihren Rucksack auf den Boden und setzte sich dann neben sie. Die Luft im Zug war recht angenehm, nicht stickig, so wie sie es von der Hamburger U-Bahn kannte.

Fünf Minuten später fuhr der Zug in gemächlichem Tempo an und Mira beobachtete die vorbeiziehenden Personen am Bahnsteig, sie mochte Fensterplätze besonders gerne. Vor allem dann, wenn der Zug Landschaften passierte. Früher hatte sie immer zu zählen angefangen, die Bäume, die Häuser und anderes was an ihr vorübergezogen war. Es war irgendwie beruhigend und meditativ.

»Ich würde zu gerne wissen, was dir gerade durch den Kopf geht.«
Sam lächelte und sah sie von der Seite an. Erst jetzt fiel Mira auf, wie
nah sie sich waren, denn die Sitze waren nicht gerade breit. Nur die
Armlehne trennte sie jetzt davon, sie zu berühren. Mira drehte sich
mit ihrem Oberkörper in Sams Richtung.

»Als wir zuvor am Bahnsteig standen, da habe ich an meine Eltern
gedacht. Na ja, wir sehen uns nicht sehr oft. Ich habe nicht gerade den
engsten Kontakt zu ihnen. Ich habe oft so ein Gefühl das wir in zwei
unterschiedlichen Welten leben, weißt du, was ich meine?«

Sie nickte langsam bevor sie eine Antwort gab. »Weißt du, warum
das so ist, also war da etwas, ein Auslöser?«, hakte Sam vorsichtig
nach.

Normalerweise wäre jetzt der Zeitpunkt, wo Mira geschwiegen hätte,
zu viel Angst hatte sie vor Reaktionen. Doch neben ihr saß Sam. Bei
ihr fühlte sich alles viel einfacher an, also begann sie, ihr grob ihre
Kindheit zu schildern. Sie erwähnte, wie fürsorglich ihre Eltern
immer waren, auch wenn Mira immer schon ein Kind gewesen war,
dass Schwierigkeiten hatte, über Dinge zu sprechen. Nur das
Schreiben ging ihr leicht von der Hand. Sie wusste nicht, wie sie mit
ihren Emotionen umgehen sollte, sie war stets ein ruhiges Kind.
Manchmal fiel sie nicht auf, oder aber sie wurde in der Schule
gemobbt. Im Laufe der Jahre entwickelte sie Ängste und war
schließlich zu einer Therapie gegangen. Dann erzählte sie Sam von
ihrer Autismus-Diagnose, die sie erst vor zwei Jahren erhalten hatte.

»Weißt du, es war wie die Antwort auf die Ungewissheit, die immer
präsent war. Die Antwort auf alle Fragen, warum ich so anders ticke.
Ich habe mich so oft furchtbar einsam gefühlt. Meine Eltern wissen
es, aber sie halten nichts von ärztlichen Diagnosen oder
psychologischen Befunden. Meine Mama ist da zum Glück jetzt sehr

offen, am Anfang hat sie das nicht wahrhaben wollen. Wie ist das bei dir?«

Sam hatte ihr die ganze Zeit aufmerksam zugehört, doch in dem Moment, als Mira ihr die Frage stellte, wurde ihr Gesichtsausdruck plötzlich ernst. Zuerst blickte sie hinunter auf ihre Hände und Mira befürchtete, dass sie etwas Falsches angesprochen hatte.

»Du … musst es mir aber nicht erzählen, okay?« setzte Mira nach.

»Ich möchte es aber, es ist schon okay. Wirklich«, beharrte Sam und blickte jetzt wieder nach vorne. Sie fixierte die Sitzlehne vor sich, als würde sie ihr Halt geben und sprach dann in leisem Ton weiter.
»Meine Eltern sind geschieden. Zu meinem Papa habe ich schon sehr lange keinen Kontakt mehr. Meine Mama ist vor zwei Jahren an einer Krebserkrankung gestorben. Sie war mein … mein Fels in der Brandung. Sie hat mich immer und überall unterstützt.« Sie lächelte schwach und blickte jetzt zu Mira. Ihre bernsteinfarbenen Augen hatten einen matten Ton angenommen, sie wirkten auf einmal müde.

»Das … tut mir leid.« Mira fühlte sich auf einmal etwas hilflos, würde ihr am liebsten Halt geben, sie vielleicht in den Arm nehmen?

Doch gleichzeitig war sie sich nicht sicher, ob Sam das wollte. Dann legte sie ihre linke Hand, die auf ihrem Schoß geruht hatte, vorsichtig auf Sams Arm. Sie spürte die Wärme unter ihren Fingern.

»Ich wünsche mir manchmal, dass sie mich jetzt sehen könnte, weißt du? Sie hätte sich so gefreut über meinen Studienplatz. Sie hat mir immer Geschichten vorgelesen als Kind, dann später hat sie meine ersten selbst geschriebenen Texte gelesen und mich motiviert, immer weiterzumachen.« Sam wirkte auf einmal sehr zerbrechlich, wie sie so erzählte.

»Ich weiß nicht, ob es dir hilft, aber … sie sieht dich! Sie ist bei dir. Da bin ich mir ganz sicher.«

Sie sah, wie Sam ihren Blick jetzt nach draußen gerichtet hatte, sie fuhren an weitläufigen Grünflächen vorbei, die Stadt lag bereits hinter ihnen. Nur ein sanftes Rauschen vom Wind war zu hören und ein paar Möwenschreie drangen gedämpft zu ihnen.

»Danke …« Sam sah sie an, ein Schimmern war in ihren Augenwinkeln zu erkennen, dann legte sie ihren Kopf auf Miras Schulter. Mira hob ihren Arm langsam hoch und legte ihn vorsichtig um Sam. Als sie sich näher kamen, konnte Mira ihren Duft wahrnehmen, eine feine Note von Pfirsich, so minimal aber doch präsent. Sie blieben eine Weile schweigend in der Position und Sam ließ ihren Tränen freien Lauf.

Kapitel 19
Mira

Der Zug hielt einige Male in verschiedenen Bahnhöfen, ehe sie das letzte Stück nahe dem Atlantik, vorbei an Felsformationen fuhren. Das Gestein war überzogen mit dichtem Moos und ringsherum konnte man die ersten Wildsträucher und Kräuter entdecken. Mira hatte die ganze Zeit über ihren Blick nach draußen gerichtet. Die Vegetation war so anders als zuhause, geprägt vom Meeresklima, von den Gezeiten und vom starken Wind, der hier alles in seine Form brachte.

Nachdem sie beide kein Wort mehr über ihrer Vergangenheit verloren hatten, war eine angenehme Stille entstanden. Seitdem Sam vorhin ihre Hand auf ihre gelegt hatte, fiel es Mira schwer, ihren Herzschlag unter Kontrolle zu bringen. Es war ein schönes Gefühl, mit ihr in diesem Zug zu sitzen, es fühlte sich so verdammt gut und richtig an. Am liebsten hätte sie für den Rest ihres Lebens mit ihr so dagesessen. Sie wollte mit ihr Hand in Hand in das Nirgendwo fahren, solange bis die Nacht hereinbrach und sie im Licht der Sterne nebeneinander einschliefen. Die Sterne, dachte sie, sie würde so gerne mit Sam die Sterne beobachten, irgendwann vielleicht. Aber wann war irgendwann? Gab es eine Zukunft für sie?

Sam, die auf ihre Schulter tippte, hielt ihr einen Kopfhörer hin und lächelte. Mira war froh, dass es ihr ein wenig besser ging, und sie beschloss, das Thema Familie vorerst abzuhaken.

»Weißt du noch? Auf dem Konzert?« Sam deutete auf den Titel eines Songs. Mira kannte ihn. Es war der Song, der ihr ins Herz eingebrannt war, das Lied, was sie nun auf ewig mit diesem Abend in der Dublin Concert Hall verbinden würde, mit Sam verbinden würde.
Rome.

Mira nahm den Kopfhörer entgegen, sie steckte ihn sich in das Ohr und lauschte eine Weile den Lyrics. Die Emotionen des Abends kamen zurück, überrollten sie wie eine Welle.

In dem Lied ging es um die Kraft der Erinnerung, um tiefe Verbundenheit, um die kleinen magischen Momente und um eine Liebe.

Remember the first laugh all the change once i
had than like a hurricane...

Mira blickte zu Sam. Sie war *ihr* Wirbelsturm. Ganz langsam drehte sie sich zu ihr. »Ich liebe diesen Song, er ist alles. Hoffnung, Trauer, Liebe, jede Version ist in diesen Zeilen verborgen ...«
Sam erwiderte ihren Blick, er traf Mira in ihrem Innersten und war so intensiv. »Es war das Lied, wo ich gespürt habe, dass da mehr ist zwischen uns. Es war, nachdem du mich gerettet hast ...« Mira schenkte ihr ein Lächeln und blickte Sam direkt in die Augen.

»Mir ging es genauso, in dem Moment wollte ich einfach bei dir sein.«

Miras Gesicht war jetzt ganz nah, sie brauchte sich nur ein Stück nach vorne zu beugen. Und das tat sie auch. Wenige Zentimeter trennten ihren Mund von Sams. Sie spürte ihren warmen Atem, die Note von Pfirsich. Eine Strähne ihres aschbraunen Haars rutschte in ihr Gesicht. Dann, einen Atemzug später, berührten sich ihre Lippen. Sie spürte alles gleichzeitig, es war wie eine Explosion, als würde ihr Herz herausspringen. Sam hatte eine Hand an ihre Wange gelegt und verstärkte den Druck. Ganz vorsichtig öffnete Mira ihren Mund. Sam schmeckte nach einem frischen Sommertag, nach Geborgenheit. Mira wollte es nicht vermissen, dieses Gefühl, diesen Moment. Niemals.

Nach einigen Minuten, die viel zu schnell vergingen, lösten sie sich langsam voneinander. Mira hatte noch immer den Kopfhörer im Ohr, mittlerweile hatte das Lied gewechselt. Sam hatte ihren Blick wieder nach draußen gerichtet und ihre Hand lag auf Miras. Sie lehnte sich gegen ihre Schulter und blickte aus dem Fenster. Einzelne Sonnenstrahlen bahnten sich ihren Weg durch die Wolken. Die Lautsprecheransage im Zug verriet ihnen, dass sie in wenigen Minuten Howth erreichen würden.

Mira betrachtete die weite grüne Ebene. Die gräulich weißen Wolken verzogen sich ganz langsam und man konnte am Himmel schon einen blauen Schimmer erkennen.

Was für ein Start in den Tag. Verstohlen warf sie einen Blick auf Sams Gesicht, musterte ihre schmalen Lippen, ihre verblassten feinen Sommersprossen. Sie prägte sich jedes Detail ein, wollte sich daran festhalten, an diesem Glücksmoment. So als ob sie damit rechnen würde, dass nichts von Dauer war.

Der Zug hielt in einem großen Bahnhof. Mira war überrascht, sie hatte ihn sich viel kleiner vorgestellt. Sam neben ihr unterdrückte ein Gähnen, als sie aufstand und sich ihre Jacke überzog. Die Temperaturen am Meer würden deutlich kühler werden, vor allem wenn der Wind blies.

»Ich glaube, mein Cappuccino war nicht stark genug für diesen Tag … Meinst du, wir könnten mir auf dem Weg noch einen Kaffee besorgen?« Sam lächelte, reckte sich und begann ihre Sachen in den Rucksack zu packen. Mira nickte.

»Na klar!«

Gemeinsam stiegen sie aus dem Zug. Die alten Ziegelgemäuer des Bahnhofs waren in einem hellen Beige gehalten und über ihnen erstreckten sich Querbalken, die ein riesiges Glasdach stützten. Der Bahnhof wirkte dadurch angenehm hell. Einige Menschen, die mit ihnen zuvor in Dublin eingestiegen waren, verließen hier ebenfalls den Zug. Vermutlich, um einen entspannten Tag fernab vom Lärm der Stadt zu verbringen.

Auf kleinen Hinweisschildern prangte der Name West Pier. Mira folgte Sam Richtung Ausgang, und als sie vor die Tür traten, roch sie den vertrauten Geruch von Salzwasser und Fisch. Augenblicklich überkam sie das Gefühl von Freiheit. Das Meer erstreckte sich einige Meter unter ihnen zu einer weiten schimmernden Fläche und seine Farbe wechselte an manchen Stellen von Blaugrau in ein dunkles Türkisblau.

Die feine Horizontlinie trennte das Meer vom etwas helleren Himmel. Dahinter würde die Unendlichkeit beginnen, so stellte es Mira sich immer vor.

Sie schlenderten weiter auf befestigtem Weg Richtung Hafen, der Wind war spürbar stärker als in der Stadt. Mira band ihr zerzaustes Haar jetzt zu einem losen Zopf. Sie sog die frische Meeresluft tief in ihre Lungen und musste lachen, weil sie vor lauter Staunen über den atemberaubenden Ausblick beinahe gegen einen Pfosten gelaufen wäre.

»Hoppla, du solltest dich besser auf deine Füße konzentrieren, sonst endet der Ausflug heute noch mit einer Wasserrettungsaktion. Ich weiß nicht, ob die Temperaturen badetauglich sind.« Sam lächelte amüsiert und sah sie an. Sie hatte gerade ihren Oberarm gepackt, sodass sie in letzter Sekunde hatte ausweichen können.

»Also daran musst du dich wohl gewöhnen, wenn du mit mir Zeit verbringst. Ich bin eben ein echter Tollpatsch«, konterte Mira amüsiert und war stehengeblieben.

»Ich werde es mir merken und beim nächsten Mal eine Schwimmweste für dich einpacken, okay?« Sam gab nicht auf und kassierte von Mira einen bösen Blick.

»Schon gut, war nur Spaß.« Sie hob verteidigend ihre Arme hoch.

Mira grinste sie jetzt von der Seite an. »Ich kann übrigens sehr gut schwimmen, habe sämtliche Abzeichen abgelegt.« Sam schenkte ihr daraufhin ein Lächeln und Miras Herz machte wieder kleine Luftsprünge. Dann dachte sie an das, was Sam eben gesagt hatte. Hatte sie wirklich vor, wieder mit ihr gemeinsam hierherzukommen? Wusste sie nicht, dass ihr Leben ganz woanders stattfand, über dem Ozean, viele hunderte Kilometer entfernt.

Und doch, in diesem Augenblick, an dem Ort, wo der Himmel und das Meer sich vereinten, sprach ihr Herz eine andere Sprache, denn insgeheim wollte sie es auch.

Der Hafen von Howth mit den unzähligen Fischerbooten und kleinen Segelschiffen beherbergte eine Reihe Restaurants. Alle waren bekannt für Fish and Chips, eine Art Backfisch mit Kartoffelspalten. Doch Mira war sich sicher, dass sie, Tradition hin oder her, keinen Fisch kosten wollte. Stattdessen bestaunte sie die bunten Schiffsbäuche. Viele waren in einem hellen Kaminrot, andere in Dunkel- oder Hellblau lackiert. Sie wirkten wie wichtige Requisiten einer Bühnenkulisse. Die sanften Wellen brachten die kleineren Boote zum Schaukeln und die Masten gaben ein leises Klickern von sich, wenn der Wind hindurch strich. Im Hintergrund waren die Rufe der Möwen zu vernehmen, die sich um ihre Beute stritten. Sie entdeckte an der Hafenmauer ein paar Fischer, die den Seemöwen Fischstücke zuwarfen. Einige Möwen legten spektakuläre Sturzflüge hin. Das ganze Schauspiel vermischte sich mit den lauten Schreien der Tiere, die gierig zuschnappten.

Sam deutete auf einen Steinhäuschen, es stand am Ende des Hafens auf einer kleinen Anhöhe. »Sieh mal, dort vorne gibt es einen Shop und ein Café. Es liegt sogar direkt auf dem Weg, dort fängt nämlich auch der Cliff Walk an.«

Mira trug nur ihre Sneakers, die nicht gerade ideal für einen Wanderung waren, aber zumindest waren die Wege recht trocken, weil es zuvor nicht geregnet hatte.

»Meinst du, wir sehen ein paar Robben? Ich habe gelesen, dass hier immer wieder welche auftauchen«, fragte sie neugierig. Sam nickte zustimmend, als sie den breiten Weg am Hafen verließen und ein Stück bergauf gingen.

»Kann gut sein, ich habe im Frühjahr schon einmal drei Robben weiter oben entdeckt. Manchmal kommen auch ganze Kolonien hierher.« Sam strahlte sie jetzt begeistert an.

Mira, die ihr Smartphone aus ihrem Rucksack hervorgeholt hatte, nickte geistesabwesend, während sie rasch etwas in die Tastatur tippte.

»Was machst du da?«, fragte Sam belustigt und runzelte die Stirn.

»Ich sehe nur nach, wann sich die meisten Robben hier in Irland aufhalten, also wann ihre Brutzeit ist«, entgegnete Mira und war dann auch schon wieder vertieft in die Informationen, die ihr das Handy ausspuckte. Sie kamen jetzt oben bei dem Steinhäuschen an und Sam blieb stehen.
»Möchtest du auch etwas trinken?«
»Nein, danke. Ich warte hier, wenn es okay ist.«
»Alles klar.« Sam nickte, dann drehte sie sich um und ging hinüber zu dem Gebäude mit dem Kiosk. Ein paar Minuten später kehrte sie mit einem Becher heißen Kaffee zurück und hielt ihr einen Schokoriegel vor die Nase. »Hier. Wir können auch gerne teilen.«

Mira blickte erneut auf. »Ja, sehr gerne. Ich liebe Schokolade.« Sie öffnete die Verpackung und teilte ihn in zwei Hälften. Während sie schweigend ihre Schokolade aßen, ließ Mira ihren Blick über die Landschaft schweifen.

»Und hast du etwas herausgefunden über die Robben?« Sam lächelte und kam jetzt einen Schritt auf sie zu, langsam legte sie ihr einen Arm um die Schultern. Mira spürte wieder die angenehme Körperwärme, sie lehnte sich ein wenig gegen Sams Oberkörper. Sam überragte sie um einige Zentimeter. Ihr Herzschlag beschleunigte sich schlagartig und gleichzeitig flogen ihre Schmetterlinge im Bauch wild umher, als wären sie gerade wieder aus einem Nickerchen erwacht. Sam blickte ihr jetzt über die Schulter und versuchte herauszufinden was sie zuvor gelesen hatte.

»Die meisten Robbenkolonien tauchen hier im Spätsommer oder Herbst auf, dann ist auch Brutzeit. Hier steht auch, dass dieser Ort hier ein guter Platz ist um Robben zu sehen, aber auch die Westküste beherbergt viele Kegelrobben, die das ganze Jahr über Plätze am Strand aufsuchen. Außerdem …«

»Langsam, ich komme nicht mehr mit. Woher kommt eigentlich dein Interesse?«, unterbrach sie Sam und blickte amüsiert drein.

»Na ja, ich habe oft den Impuls, etwas sofort zu googlen, wenn es mich interessiert. Tiere sind auch ein Spezialinteresse«, antwortete Mira und lächelte. Sie sah jetzt etwas unsicher zu Boden.

»Hey, das ist doch in Ordnung. Keine Sorge, ich wollte dich nicht verunsichern.« Sam strich ihr sachte über den Oberarm, sie zog Mira noch ein Stück näher zu sich und Mira spürte die Konturen ihres Oberkörpers, sie war ihr jetzt so nah wie noch nie. Ganz langsam hob Mira ihren Kopf, sie drehte sich zur Seite. Dann griff sie nach Sams Hand und drehte sich, sodass sie ihr ins Gesicht sehen konnte.

Sie schenkte ihr ein Lächeln, legte dann ihren Kopf auf Sams linke Schulter ab und schlang ihre Arme um ihren Körper. Mira fühlte sich so unendlich glücklich in ihren Armen, es war wie der sicherste Ort der Welt. Sie verstand ihre Eigenheiten, sie akzeptierte all ihre positiven Seiten und all ihre Macken, die auf andere Menschen vielleicht unverständlich wirkten.

Ihr Kopf ruhte noch immer auf ihrer Schulter und Mira beobachtete Sams Gesichtsausdruck. Auch sie wirkte glücklich. War sie es? Kurz standen sie beide einfach nur da, während im Hintergrund leise das Rauschen von Wellen zu hören war.

Dann spürte Mira auf einmal wieder dieses Verlangen, Sam zu küssen, es war so stark geworden, auch schon zuvor im Zug. Doch dort war es eher ein Herantasten gewesen, ein schöner erster Kuss, wenn auch noch zaghaft. Sollte sie es erneut wagen?

Ganz langsam hob sie ihren Kopf, ihr Gesicht war jetzt wenige Zentimeter von Sams entfernt. Ihre Hand schob sich in ihren Nacken.

»Darf ich?«, flüsterte sie und als Sam nickte, berührten sich ihre Lippen. Sie waren so weich und warm. Sam erwiderte den Kuss, ohne zu zögern, während ihre Hand sie noch immer am Rücken festhielt. Sie küssten sich weiter und Sam strich ein paarmal mit ihrer rechten Hand eine Strähne aus Miras Gesicht. Ein Kribbeln durchfuhr ihren gesamten Körper vom Kopf bis zu den Zehenspitzen, noch nie zuvor war ein Kuss für sie so intensiv gewesen. Ihr Gesicht glühte trotz des Windes, als sie sich nach gefühlter Ewigkeit von Sam löste.

»Danke ...«, hauchte Mira atemlos. Sie blickte hoch. Sams bernsteinfarbene Augen hatten sich dunkel verfärbt.

»Wofür?«, fragte Sam leise.

Mira sah, dass auch ihre Wangen rötlich schimmerten. Sie hatten sich langsam wieder in Bewegung gesetzt und der Cliff Walk führte sie ein Stück bergauf.

»Alles, was du vorhin zu mir gesagt hast. Das bedeutet mir wirklich unglaublich viel

Kapitel 20
Mira

Der Wanderweg führte sie vorbei an grasbewachsenen Felsvorsprüngen. Das Meer zu ihrer linken Seite, wirkte von weiter weg wie eine spiegelglatte blaue Oberfläche. Nach einer Weile hatten sie die steileren Passagen hinter sich gebracht und wanderten jetzt auf ebenem Weg weiter. Unter Miras Schuhen knirschte der Kies bei jedem Schritt und ab und zu streiften Miras Beine die wilden Gräser, die am Wegesrand wucherten. Vor ihnen erstreckte sich eine breite Wiesenfläche aus Grün und Rot in seinen prächtigsten Nuancen. Wildkräuter, Gräser und Farne. Darunter erkannte man auch einen Hauch Rosarot. Das rote Heidekraut, eine Pflanze die im Sommer erblühte, war hier beheimatet. Mira erkannte auch einige dottergelbe Ginsterbüsche sowie Löwenzahn.

»Das ist so wunderschön hier oben, so … befreiend, ich fühle mich fast schon wie eine dieser Möwen«, sagte Mira und deutete zum Himmel. »Sie haben diesen Ausblick zu jeder Tageszeit.«

Sam war direkt hinter sie getreten und nickte »Ja, es ist wirklich schön, vor allem im Frühsommer, wenn es blüht, dann verwandelt sich alles hier oben in einen bunten Teppich.«

Der Wind gab ein leises Pfeifen von sich, als würde er ein Wörtchen mitreden wollen. Sie waren beide stehen geblieben und sahen sich um. Mira holte ihr Smartphone heraus, um ein paar Fotos zu machen. Sie hielt die Kamera in die Luft und schoss ein Foto von ihnen beiden. Kurz schnappte sie nach Luft, als Sam sie von hinten kitzeln wollte. »Hey. Aufhören«, beschwerte sie sich lachend.

»Was denn, du hast mich schließlich nicht gefragt, ob du ein Foto von mir machen darfst. Ich muss mich irgendwie wehren.« Sam zuckte hilflos mit den Schultern und kicherte.

»Okay, also … darf ich ein Foto von uns beiden machen?«, gluckste Mira. Sam nickte sofort und zog sie an sich, so dass kein Blatt mehr zwischen sie beide passte. Dann lehnte sie ihren Kopf gegen Miras Schulter. Beim nächsten Foto drückte Sam ihr einen Kuss auf die Wange. Beide mussten unwillkürlich lachen, weil sie auf dem Foto komplett zerzaust aussahen und doch fand Mira es total schön.

Mittlerweile schien die Sonne durch die vereinzelten weißen Wolken und Mira wurde angenehm warm unter ihrem Anorak. Der Weg führte sie immer wieder ganz nah an die Ränder der Steilklippen. Sam war ihr jetzt voraus, da Mira stehen geblieben war, um das Meer und die Möwen zu beobachten. Vor Kurzem hatte sie gelesen, dass in Küstenregionen vor allem die Silbermöwe zuhause war. Sie beobachtete die Tiere und dachte einen Moment an ihr Gedicht über die Freiheit. Dann nahm sie einen tiefen Atemzug und streckte ihre Arme nach oben. Ein Lächeln breitete sich auf ihren Lippen aus. Wie weit war der Himmel? Wie schön konnte sich Freiheit anfühlen? Alles andere wirkte mit einem Mal so klein und unbedeutend.

»Hey, komm schnell her! Sieh dir das an.« Mira sah, wie Sam mit den Armen vor ihr wild gestikulierte. Sie wollte zu ihr laufen, doch Sam stand am Rand einer Klippe und Mira wusste nicht recht, was sie tun sollte. Sie zögerte einen Moment. Eigentlich war es sehr gefährlich, so nah am Abgrund zu stehen.
Sam schien ihre Unsicherheit zu bemerken und streckte ihr die Hand entgegen. Sie kam ein paar Schritte in ihre Richtung. »Komm schon, ich stehe hier fest auf dem Boden, du kannst mir vertrauen, wirklich.«

Mira griff nach Sams Hand, sie war warm. Augenblicklich fühlte sie sich sicherer und anstelle der Angst durchflutete sie eine Welle der Neugier. Sie setzte einen Fuß auf die grasbewachsene Fläche und spürte, wie der Boden mehr nachgab. Zu gerne hätte sie jetzt ihre Schuhe ausgezogen, sie liebte es, barfuß auf Naturboden zu laufen. Hier oben war der Wind etwas stärker als zuvor im Hafen. Sie blickte auf den Atlantik zu ihren Füßen. Die Größe und Weite waren unbeschreiblich. Sie selbst fühlte sich wie ein winziger Punkt im Universum. »Atemberaubend.«

Sam hielt noch immer ihre Hand fest. Sie deutete hinunter auf die riesigen Steine, die Meer und Klippen trennten. »Schau mal, da unten sind Robben, da unten neben dem großen Felsen!« Ihre Stimme wirkte aufgekratzt, wie die eines Kindes auf Entdeckungstour. Mira blickte hinunter, ihr war etwas mulmig bei dieser Höhe. Zuerst erkannte sie nur das graue Gestein und die weiße Gischt, die gegen den Felsen schlug. Etwas abseits vernahm sie eine Bewegung an der Wasseroberfläche. Zuerst war es nur ein brauner Fleck, doch nach einer Zeit tauchten mehrere Köpfe auf. Eine Robbe hatte sogar kurz den Blick nach oben gerichtet.

»Schau mal, sie sieht zu uns.« Mira strahlte und klammerte sich an Sams Arm. »Die sind unglaublich süß, glaubst du, es ist eine Familie?« Sie war jetzt völlig aus dem Häuschen. Zu gerne wäre sie hier sitzengeblieben und hätte stundenlang das Meer und die Robben beobachtet.

»Gut möglich, ich glaube sie zeigen sich meist zu zweit oder zu dritt, als kleinere Gruppe«, antwortete Sam, die jetzt ihren Arm von hinten um ihre Hüfte geschlungen hatte.
Mira vernahm ein angenehmes Kribbeln in der Magengegend. Sie lehnte sich erneut gegen Sams Oberkörper, ihre Hand ruhte auf ihrem Unterarm. Wieso fühlte es sich nur so gut an mit Sam an ihrer Seite? Wie konnte sie sich einem Menschen so nahe fühlen, den sie erst zwei Tage kannte? In diesem Augenblick wollte sie am liebsten die Zeit anhalten.
Die Meeresluft roch leicht nach Salzwasser, Fisch und einem Hauch von Sommer. Eine Weile standen sie so da, bis Sam ihren Kopf zu ihr beugte und ganz nah an ihr Ohr kam. Ihr Atem kitzelte sie und Mira

unterdrückte ein Kichern. Sam drückte ihr einen sanften Kuss auf ihre Schläfe.

»Ich habe mich in dich verliebt, Mira« Sam lehnte ihren Kopf an ihre Schulter. Ein Lächeln umspielte Miras Lippen, ehe sie den Kopf ganz zur Seite drehte und sie ansah. Sie musterte Sam, die so zufrieden und glücklich aussah. Ihre Wangen waren vom kühlen Wind leicht gerötet, dennoch konnte man ihre zarten braunen Sommersprossen erkennen.

»Ich auch … ich habe mich auch in dich verliebt.«

Mira löste ihre linke Hand aus der Umarmung, sie legte sie auf Sams Wange und zog ihr Gesicht langsam zu sich. Ihre Lippen verschmolzen und ihr Geständnis endete in einem langen zärtlichen Kuss. Mira spürte ihren Herzschlag, der ihren eigenen minimal übertönte. Sam hatte ihre Hand an Miras Hals gelegt und strich ganz sanft mit dem Daumen Richtung Halsbeuge, woraufhin Mira ein leises Stöhnen unterdrückte. Was tat Sam nur mit ihr?

»Und wofür war dieser Kuss?«, hauchte Sam ihr ins Ohr, als sie sich voneinander gelöst hatten. Liebevoll strich sie Mira eine Haarsträhne aus dem Gesicht und betrachtete sie forschend. Sams Iriden funkelten in einem dunklen Braunton. Er wirkte leidenschaftlich und mystisch zugleich.

»Für deine unglaublich süße Liebeserklärung hier an einem der schönsten Orte, den man sich vorstellen kann. Du scheinst eine sehr romantische Ader zu besitzen.« Den letzten Satz beendete Mira mit einem Grinsen.

»Ich habe einige verborgene Talente, von denen du noch nichts weißt.« Sam zwinkerte.

Dann zog Mira sie erneut zu sich und hauchte ihr einen Kuss auf die Lippen. Sie konnte nicht genug bekommen. Sie waren so unglaublich weich und auch die leichte Pfirsichnote, die von ihrer Haut ausging, schlich sich wieder in ihre Sinne. Der Geruch machte sie beinahe verrückt, sie wollte auf einmal alles, wollte noch mehr, wollte sie spüren. Sam streichelte mit dem Daumen über ihre Wangen, erneut berührten sich ihre Lippen, doch diesmal war es ein fordernder Kuss. Mira spürte wie Sams Zunge sich einen Weg bahnte. Der Kuss wurde immer intensiver und Mira klammerte sich an Sams Hoodie fest, ehe sie ihre Hände darunter verschwinden ließ. Ihre nackte Haut fühlte sich gut an. Ihr selbst wurde auf einmal ganz warm, als sie sich weiter an Sams Rücken entlang tastete. Auch Sam keuchte auf und zog sie näher an ihren Körper. Nach einer gefühlten Ewigkeit wurde ihnen bewusst, dass sie sich noch immer auf den Klippen befanden.

Etwas zu abrupt wich Sam zurück, eine Hand lag noch immer auf Miras Hüfte. Sie wirkte noch immer außer Atem und blickte ihr jetzt direkt in die Augen.

»Wow, ich … tut mir leid, das war so nicht geplant.« Sam blickte kurz zu Boden.

»Alles gut, mir ging es ja genauso. Außerdem war es wunderschön, ich konnte mich auch nicht von dir losreißen.« Mira legte ihren Kopf schief und grinste verschwörerisch.

Was wohl passiert wäre, wenn sie jetzt bei Sam zuhause gewesen wären oder in ihrem Hotelzimmer in Dublin?

Die Röte war Mira ins Gesicht gestiegen, wie konnte sie jemanden, den sie so kurze Zeit kannte, so sehr begehren?

Gleichzeitig mit ihrem Geständnis, sich verliebt zu haben, kam jedoch auch die altbekannte Angst zurück. Sie baute sich innerlich auf, ganz langsam, aber spürbar, denn bald würde es eine Entscheidung verlangen. Bisher hatte Mira diesen Gedanken erfolgreich verdrängen können, doch die Uhr tickte. Schon morgen Mittag ging ihr Flug zurück nach Hamburg. Hamburg; wenn sie an die Stadt dachte, kam ihr alles so weit entfernt vor. Als hätte sie ein früheres Leben besessen und jetzt ein neues angefangen. Nur leider war das hier nicht wie bei einem Filmdreh. Sie konnte nicht einfach das alte wegschneiden.

Sam wich einen Schritt zur Seite, sie hielt Miras Hand noch immer fest und beobachtete sie von der Seite. Konnte sie ihre Zweifel spüren?

»Bist du … okay?«, fragte sie in die Stille hinein.

Mira konnte nur den Wind im Hintergrund vernehmen, der mal leiser und mal lauter pfiff. Sie nickte langsam und sah dabei noch einmal hinunter auf die Stelle, wo die Robbenfamilie gestrandet war, doch die Köpfe waren verschwunden. Sam folgte ihrem Blick. Eine Weile betrachteten sie die großen Felsen und das Meer. Ein paar Möwen hatten sich dort niedergelassen. Die leuchtend gelb-orangen Schnäbel stachen deutlich aus der grau-blauen Masse hervor.

»Wärst du nicht auch manchmal gerne eine von denen?« Nachdenklich reckte Mira ihr Kinn in Richtung der Vögel. Sam legte den Kopf schief, als würde sie über ihre Antwort gründlich nachdenken.

»Eine Möwe? Ja und nein. Ich weiß nicht, ob ich für das Meer gemacht bin. Andererseits. Mit Flügeln wäre man wirklich super unabhängig.« Sie schenkte Mira ein vertrautes Lächeln. Mira sah Sam ins Gesicht, sie versuchte, sich alles genau einzuprägen, nur für den Fall. Sie konnte nicht darauf verzichten. Wenn sie einmal traurig war, würde sie sich all diese Details vorstellen dann wäre ihr Lachen die pure Sonne, das pure Licht.
Nocheinmal lehnte sie ihren Kopf an Sams Schulter. »Wenn ich die Wahl hätte zwischen einem Menschen und einem Tier, ich könnte dir nicht sagen, wofür ich mich entscheiden würde … aber für die Freiheit entscheide ich mich.« Mira lächelte. Die Sonne, die vor einigen Minuten hinter ein paar Wolken verschwunden war, hatte wieder die volle Aufmerksamkeit am Himmel erlangt. Sie kitzelte Mira im Gesicht, als sie emporblickte. Was für ein wundervoller Tag. Sie wollte ihn nicht mit Grübeln und Sorgen verbringen. Schließlich

gab sie sich einen Ruck und hoffte, dass durch positive Energie auch ihre Ängste weniger Chance hatten, überhandzunehmen.

»Also, wie geht es jetzt weiter?«, fragte Mira und ihre Stimme klang deutlich selbstbewusster. Kurz überlegte sie, ob Sam die Frage auf sie beide beziehen könnte. Doch Sam lächelte und deutete in die Ferne.

»Am Ende des Weges gibt es einen Leuchtturm. Allerdings ist es noch ein ganzes Stück bis dorthin. Oder wir gehen zurück zum Hafen und ich zeige dir meinen Lieblingsplatz.« Sam strich ihr über den Scheitel und Mira hob den Kopf, der eben noch auf der Schulter gelegen hatte. In einer schnellen Bewegung schulterte sie ihren Rucksack. Eigentlich wäre der Leuchtturm bestimmt ganz schön, aber heute war ihr nicht nach viel wandern.

»Was hältst du von deinem Lieblingsplatz? Und vielleicht etwas zu essen?«

»Mir wäre beides recht und Essen sowieso.«

»Gut, dann haben wir einen Plan«, antwortete Mira gut gelaunt und reckte ihre Faust in die Luft. Sie bahnte sich, dicht gefolgt von Sam einen Weg zwischen dem Heidekraut hindurch, zurück zum Wanderpfad.

»Wie lange bist du jetzt eigentlich schon hier? Du hast bestimmt schon viel von der Umgebung gesehen.« Mira war neugierig geworden, immerhin gab es rund um Dublin einige sehenswerte Plätze.
»Um ehrlich zu sein, ist dieser Ort der einzige außerhalb der Stadt, den ich bisher besucht habe. Der Umzug nach Dublin im Frühjahr war etwas stressig, ich habe ziemlich lange gebraucht, um mich einzuleben. Kurz danach war ich gleich auf Jobsuche, habe aber bisher leider nichts Passendes gefunden.«

»Hm … Kann ich sehr gut nachvollziehen, ich glaube, mir würde es genauso gehen. Und hast du es seitdem nochmal probiert, dich zu bewerben?« Mira versuchte sie aufzumuntern.

»Nein, aber in den nächsten Wochen steht es definitiv auf meiner To-Do-Liste … Ich kann nicht ewig von Ersparnissen leben.« Sie grinste Mira an.»Im Notfall suche ich mir einen Job im Cafe, aber eigentlich wäre ich sehr gerne in einem Buchladen untergekommen, als Aushilfe.« Sam seufzte.

»Ehrlich? Meine beste Freundin Hermine hatte auch wenig Glück. Die Stellen waren alle schon vergeben.«

Sam musterte sie jetzt neugierig.

»Hermine studiert Literaturwissenschaft und Bücher sind auch ihre große Leidenschaft. Bisher hat sie leider nur Absagen bekommen und arbeitet momentan in einem Secondhandladen in Hamburg.«

Sam nickte.»Wow, dann habt ihr euch ja gefunden, sozusagen. In so einer Wohngemeinschaft wäre ich auch zu gerne. Das ist bestimmt toll, wenn man die gleichen Interessen hat.«

Sam hatte recht, dachte Mira. Als sie vor zweieinhalb Jahren weggezogen war, hatte sie ein mulmiges Gefühl bei dem Gedanken, in eine Wohngemeinschaft zu ziehen. Doch nachdem sie damals Hermine kennengelernt hatte, waren alle Sorgen wie weggeblasen. Kurzzeitig war eine weitere Mitbewohnerin in der Wohnung, die aber schon nach einem Monat wieder auszog, weil sie einen Studienplatz in London ergattert hatte. Mit Hermine hatte Mira sich sofort super verstanden, sie und Komet waren für sie zu einer Familie geworden. Mira dachte an die beiden und sofort durchflutete sie ein warmes, wohliges Gefühl. »Ja, ich bin wirklich sehr froh, dass ich damals dort gelandet bin«, sagte Mira und lächelte nachdenklich.

Der Weg, den sie zuvor hinauf gewandert waren, schlängelte sich nun langsam wieder Richtung Hafen. Sam deutete auf eines der Restaurants, das vor ihnen am Hafen auftauchte.

»Wenn du magst, hole ich uns etwas zu trinken, ich habe noch deine Sandwiches im Rucksack. Bist du dir sicher, dass du keine Fish and Chips ausprobieren willst?«, fragte Sam.

»Nein danke, kein Fisch für mich.«

Sam grinste daraufin breit. »Okay. Einen Versuch war es wert.«

Gemeinsam betraten sie das kleine Fischrestaurant, über dessen Eingang ein großer grüner Holzfisch mit weit geöffnetem Maul hing. Mira schmunzelte, es passte einfach hierher. Eine Welle an Gerüchen prasselte auf sie ein, als sie an die alte Holztheke traten. Der Innenraum wirkte etwas dunkel. Ein freundlicher junger Mann mit blondem Haar begrüßte sie sofort. Sam nahm sich ein Getränk aus einer Kühlvitrine und Mira tat es ihr gleich. »Möchtest du Pommes? Ich bestellte sonst eine Portion ohne Fisch«, fragte Sam.

»Ja gerne. Aber heute zahle ich, keine Widerrede.« Mira holte ihre Geldbörse hervor, während der junge Mann die Bestellung aufnahm. Sie mussten ein paar Minuten warten, weil alles frisch zubereitet wurde. Bei dem Gedanken an das Essen, machte sich Miras Magen lautstark bemerkbar und beide mussten ein Lachen unterdrücken.

Nach kurzer Zeit kehrte der blondhaarige Mann mit ihrem Essen zurück. Sie verabschiedeten sich, packten alles ein und gingen wieder nach draußen.

Kapitel 21
Mira

Das Meer am Hafen hatte ein Türkisblau angenommen, nachdem die Sonne hervorgekommen war. Auch die heftigen Wellen wirkten mit einem Mal sanfter.

Die kleinen und größeren Boote der Fischer standen noch an gleicher Stelle wie zuvor. Mira konnte sich sehr gut vorstellen, auf so einem Boot mitzufahren, doch der Wellengang weiter draußen würde sie vermutlich davon abhalten. Bestimmt wäre sie nicht seefest. Sam, die dicht neben ihr stand, hatte wieder ihre Hand genommen. Mira mochte diese Geste. Sie spazierten langsam aus dem Hafen und stießen am Ende auf einen sandigen Weg.

Sam war vorangegangen und zog sie mit sich. Der Weg führte sie direkt zu einem Strandabschnitt. Ein paar wenige Touristen und Einheimische hatten sich auch hierher verirrt. Sie wanderten ein Stück bergab, vorbei an mit Gräsern bewachsenen kleinen Felsformationen, bis Mira eine Sandbank entdeckte. Überwältigt von dem Gefühl, das Meer gleich wieder spüren zu können, streifte sie ihre Schuhe und Socken ab, so wie sie es immer tat. Sie richtete ihren Blick auf Sam und lächelte, ohne ein Wort zu sagen, dann ließ sie ihre Hand los und rannte Richtung Wasser. Der warme, weiche Sand unter ihren Füßen löste Glücksgefühle und Erinnerungen aus. Mira blieb nur wenige Zentimeter vor dem Übergang zum Meer stehen. Zu ihrer Rechten erblickte sie eine kleine Bucht. Das also war Sams Lieblingsplatz. Kurz stellte sie sich in Gedanken vor, wie es wäre, wenn sie mit Sam hier regelmäßig herkommen würde. Dann wäre es irgendwann vielleicht ihr gemeinsamer Lieblingsplatz. Sie malte sich aus, wie sie hier an den Wochenenden am Strand entlangliefen.

Einige Meter weiter hinten ragten die hohen Felsen der Klippen in den Himmel und bildeten eine Art natürliche Barriere. Sie wirkten wie ein Denkmal, immerhin hatten sie schon sehr lange vor ihrer Zeit auf diesem Fleck Erde gestanden.

Neben den Felsen trugen zwei Möwen ihren Streit aus und das Geschrei hallte zu Mira herüber. Kurz verfolgte sie ihr Schauspiel, ehe sie einen weiteren Schritt setzte. Das kalte Wasser strömte über ihre Fußknöchel. Einen Atemzug lang fühlte sie eisige Kälte und es kribbelte auf ihrer Haut. Kurz hatte sie die Luft angehalten und stieß sie lachend wieder aus, als das Salzwasser ihre Waden berührte. Mira grub eine Hand in den schlammigen Sand. Sie zog einen Stein hervor und begutachtete ihn akribisch. Dann legte sie ihn sachte wieder an seinen Platz zurück.

»Ich wusste gar nicht, dass du so eine Wasserratte bist?« Sam war ihr gefolgt, jedoch standen ihre Füße im Trockenen.

»Ja, ich hatte es dir auch noch nicht erzählt, aber ich liebe Wasserstellen. Überall wo Wasser ist, dort bin ich auch«, antwortete Mira und lächelte, während sie ihren Blick in die Ferne richtete.

»Hmm … Sowas hätte ich mir eigentlich denken können, nachdem du ja auch stundenlang den Regen beobachten kannst. Für mich ist dieser Ort wie ein stiller Zuhörer …«, sprach Sam leise weiter und richtete ihren Blick auf einen der Felsen in einiger Entfernung.
Vielleicht gab ihr das Sicherheit, über etwas zu sprechen, das ihr schwerfiel. Mira kannte es nur zu gut.

»Als ich hergezogen bin, da hatte ich oft zu viele Gedanken an die Vergangenheit verschwendet. Natürlich ist es nicht leicht, du kannst nicht von heute auf morgen von vorne anfangen. Kannst deine Gefühle, deine Trauer nicht steuern. Sie kommen, wann es ihnen passt. Meine Mum hätte es auch gewollt, dass ich weitermache. Sie hat immer so stark gewirkt und ich habe sie dafür bewundert. Doch manchmal denke ich, dass ich diese Stärke nicht habe. Sie war ja da, sie war stark für mich, weißt du …«

Mira hatte sich zu ihr gedreht. In Sams Augen glitzerten Tränen. So gerne hätte sie sie in den Arm genommen.

»Meinst du nicht, dass Stärke vielleicht nicht gleich Stärke ist? Du sagst Stärke dazu, aber sie hatte möglicherweise nur eine andere Art, mit Dingen zurechtzukommen. Das heißt, du kannst es auch, eben auf deine Art.«

Sam schwieg einen Augenblick, dann nickte sie ganz langsam, ehe sie weitersprach.

»Ich habe oft an sie gedacht, ich denke noch immer oft an sie, doch jetzt fühlt es sich leichter an. Wenn ich hierherkomme, dann spüre ich sie auch. Sie ist präsent überall, im Wasser, im Wind, in den Blumen … Ich komme hierher, um bei ihr zu sein.« Ein zartes Lächeln umspielte ihre Lippen.

»Hier ist es auch wunderschön, der Ort hätte ihr bestimmt gefallen.«

Als Mira sie ansah, funkelten ihre braunen Augen im Licht der Sonne. Mira drehte sich mit ihrem Oberkörper ganz um und kam aus dem Wasser. Zaghaft streckte sie beide Hände aus, Sam ergriff sie, ehe sich ihre Hände ineinander verschränkten. Mira musterte erneut die feinen Sommersprossen. Sams wilde, kurze brünette Locken standen wild von ihrem Kopf ab. Erst da bemerkte Mira, dass sie keine Mütze mehr trug. Sie sah atemberaubend aus.

Alles an ihr war perfekt, auf seine eigene Art und Weise. Vor allem ihr Herz war es. Es war wunderschön, auch der Teil, der zerbrechlich und schwach wirkte. Mira tat einen Schritt auf Sam zu und hob ihre Hand. Vor ihrem Gesicht hielt sie inne. »Darf ich?«, vergewisserte sie sich. Sam nickte leicht. Dann strich sie mit zwei Fingern die Konturen ihres Gesichts entlang. Sam legte ihren Kopf kurz in ihre Handfläche. Dann, als Mira diese wieder sinken ließ, zog Sam sie an sich.

Auch Mira hatte ihre Arme fest um sie geschlungen, als wäre Sam ihr kostbarster Besitz. Sie wusste nicht, wie lange sie so dastanden.

In diesen Minuten kam es ihr vor, als würde die Zeit stillstehen, als wären sie in ein anderes Universum abgetaucht.

An Miras Ohr kitzelte etwas. Sams warmer Atem berührte sie. »Wollen wir uns vielleicht einen Platz suchen und etwas essen?« Mira nickte, vergrub noch einmal ihr Gesicht in Sams Pullover und atmete ihren Duft ein. Dann löste sie sich aus der Umarmung und ging voran. An manchen Stellen war es schattiger und sie spürte den kalten feinen Sand unter ihren Füßen.

»Wie wäre es hier?« Mira drehte sich um. Sam war ihr wortlos gefolgt. Ihr Gesicht hatte wieder Farbe angenommen und sie nickte zustimmend. Gemeinsam steuerten sie auf einen großen flachen Felsen zu. Er bot eine breite Sitzfläche, die groß genug für zwei Personen war.

Mira stellte ihren Rucksack auf den trockenen Sand und setzte sich auf den Stein. Sie überkreuzte ihre Beine, sodass sie bequem sitzen konnte. Sam hatte ihr Essen inzwischen vor ihnen ausgebreitet und reichte ihr die Tüte Pommes und eine kleine Box. »Die Sandwiches sind dadrin.« Sie deutete grinsend auf die grüne Tupperbox und setzte sich ebenfalls.

»Echt lieb, dass du daran gedacht hast. Danke nochmal.« Mira sah ihr dabei direkt in die Augen und Sam hielt ihrem Blick stand und lächelte, ehe diese sich ihren Fish and Chips widmete. »Gerne.«

Sie aßen eine Weile schweigend, während sie auf das Meer hinausblickten. Das einheitliche Geräusch der ankommenden Wellen im Hintergrund machte die ganze Kulisse perfekt. Mira hatte bereits alles aufgegessen, während Sam noch mit ihrer Portion beschäftigt war. Einzelne breite Sonnenstrahlen fielen auf die Wasseroberfläche und das Schauspiel, das sich ihnen bot, war einfach wunderschön. Sobald das Licht auf das Wasser traf, veränderte sich die Farbe jedes Mal aufs Neue.

»Ich liebe diese Farben, die das Meer immer wieder annimmt. Sieht irgendwie aus, als würde es seine Stimmung offenbaren. Jedes Gefühl trägt einen Blau- oder Grünton. Findest du nicht?«, sagte Mira, den Blick noch immer nach vorne gerichtet. Sam hob ihre Hand und rutschte ein Stück näher heran, um ihr den Arm um die Schultern zu legen.

»Es sieht wirklich sehr schön aus. Ich fühle mich hier immer sehr geschützt, neben den hohen Felsen. Irgendetwas hat mich magisch angezogen und seitdem ist es mein Lieblingsplatz«, flüsterte diese. Mira lehnte sich gegen ihre Schulter und spürte sofort die Wärme, die von Sams Körper ausging. Trotz der stabilen Temperaturen fror sie ein kleines bisschen. Sie sah zu ihren Füßen, die noch immer voller Sand waren. Wenn sie nicht krank werden wollte, sollte sie sich ihre Schuhe wieder überziehen. Doch in dem Augenblick fühlte sie sich wohl in Sams Armen.

»In der Nacht ist es bestimmt auch magisch, wenn man hier sitzt.« Mira drehte sich ein Stück mit ihrem Oberkörper, sodass sie Sam ansehen konnte, die langsam nickte. Ihr Gesicht war jetzt nur wenige Zentimeter von ihrem entfernt. Miras Herz begann erneut schneller zu schlagen. Sie blickte auf ihre schön geformten Lippen, wollte sie spüren, ihre weiche Haut berühren. Sie wollte ihr zeigen, wie dankbar sie Sam für die letzten Tage war. Glücklich darüber, dass sie einen Teil ihrer Welt kennenlernen durfte. Erneut schloss sie ihre Augen und küsste sie sanft. Sam ließ es zu und erwiderte ihren Kuss, sodass es auf ihren Lippen prickelte. Sie spürte ihre Hand, die über ihren Rücken strich, sich dann nach oben zum Hals tastete. Sam platzierte sie vorsichtig in ihrem Nacken. Dort verweilte sie einige Minuten, die Mira wie eine Ewigkeit vorkamen. Dann lösten sie sich voneinander.

»Ist dir kalt? Deine Nase … war eben ganz kalt«, bemerkte Sam und richtete sich auf, sodass sich zwischen ihnen ein Abstand bildete. Tatsächlich spürte Mira, dass es kühler geworden war, doch bei ihrem Kuss hatte sie davon nichts mitbekommen.

»Schon okay«, antwortete Mira, doch es klang wenig überzeugend. Sofort reagierte Sam und legte ihre Arme fest um sie.

»Warte, ich hole dir deine Jacke. Ist sie dadrin?«

Sie deutete auf den Rucksack am Boden. Mira nickte und wollte schon etwas sagen, doch Sam war schneller. Sie sprang vom Stein, kramte nach dem Anorak, den Mira im Rucksack verstaut hatte und legte ihn ihr über die Schultern.

»Danke.« Mira streifte ihn sich über, griff nach ihren Socken, die noch in den Turnschuhen gesteckt hatten, und zog diese ebenfalls an.

»Schon viel besser«, entgegnete sie grinsend, kletterte zurück auf den großen Felsen und zog ihre Knie zur Brust.

Die Sonne stand bereits tiefer und wanderte Richtung Horizont. Miras Gedanken flohen wieder zum morgigen Tag. Es war bald so weit und dann konnte sie das Unausweichliche nicht mehr verdrängen.

Ein paar Wellen rollten heran, das Wasser ließ den Sand feucht werden, dann kam schon eine neue. War ihr Leben auch so? Immer wieder musste sie Vergangenes loslassen. Jeder Moment war vorherbestimmt für eine neue Begegnung. Doch auch dieses Neue endete ständig. Aber alles, was sie wollte, war anzukommen, sie wollte nicht ständig aufbrechen. Mira warf einen Seitenblick zu Sam, die ebenfalls in Gedanken versunken schien.

Als sie eine Weile schweigend dagesessen hatten, löste sich Mira schließlich aus ihrer starren Position.

»Wollen wir langsam zum Bahnhof zurück spazieren?«, fragte Sam, sie hatte sich ebenfalls erhoben und packte die Reste ihres Picknicks in eine kleine Plastiktüte. Mira nickte sofort.

»Gute Idee, es wird langsam richtig kühl.«

Sam ging voran und Mira folgte ihr. Ein paar Minuten später erreichten sie den Hafen. Mittlerweile waren viele der Touristen verschwunden und hatten sich vermutlich auf den Heimweg gemacht. Der Wind war jetzt stärker geworden und auch die Wolken am Himmel waren dichter. Vielleicht würde es bald zu regnen beginnen. In den kleinen Häusern neben den Restaurants brannte schwaches Licht. In dem Moment trat eine Frau mit einem kleinen Kind über eine Türschwelle. Wahrscheinlich waren es private Wohnungen, dachte Mira. Direkt daneben entdeckte sie einen kleinen Laden, der ihr zuvor gar nicht aufgefallen war. Neugierig trat sie näher. Sie warf einen Blick über ihre Schulter und stellte fest das Sam ihr gefolgt war. »Ich schau nur kurz rein, okay?« Sam nickte und reckte beide Daumen hoch.

Mira wandte sich zur Eingangstür und trat dann ein. Rechts neben der Tür gab es einen Ständer mit Postkarten, daneben standen Regale mit unterschiedlichsten Souvenirs. Ihre Aufmerksamkeit fiel auf einige Schlüsselanhänger, die an einem Brett an der Wand hingen. Eine kleine ältere Dame mit ergrauten Haaren kam hinter einem Vorhang hervor. »Kann ich ihnen helfen?«, fragte sie in freundlichem Ton. Mira bedankte sich und sah sich weiter um. In der unteren Reihe entdeckte sie Anhänger mit niedlichen Stofftieren. Plötzlich hörte sie neben sich Schritte und drehte sich abrupt um. Sam war zu ihr getreten.
»Schon was gefunden?«, fragte sie beiläufig. Mira hatte einen Schlüsselanhänger mit einem kleinen Delfin und einer Harfe in die Hand genommen. Die Harfe, das Wahrzeichen von Dublin, wollte sie Hermine mitbringen.
»Der hier ist für meine beste Freundin.«, entgegnete Mira und ging hinüber zu dem Tresen, an dem die Frau stand.
Als sie bezahlt hatte, stand Sam noch immer am gleichen Platz wie zuvor.

»Ich komme gleich, warte du schon einmal draußen«, rief Sam ihr zu und schlenderte dann ebenfalls zum Tresen. Mira nickte.

»Alles klar.«

Ein leichter Nieselregen hatte eingesetzt, als Mira vor den Laden trat. Sie stülpte sich ihre Kapuze über und wartete unter dem Vordach auf Sam. Keine zwei Minuten später erschien sie im Eingang und hielt eine kleine Papiertüte vor ihre Nase. Sie trat noch einen Schritt näher und schmunzelte.

»Das hier ist für dich.«
Mira blinzelte und sah dann zwischen ihr und der Tüte hin und her.
»Okay? Danke.«
»Na los, mach schon auf«, drängte sie Sam. Mira nahm ihr die Tüte ab und öffnete sie langsam. Sie griff hinein und spürte etwas Flauschiges zwischen ihren Fingern. Augenblicklich lächelte sie und zog das Etwas hervor. Es war eine kleine graue Plüschrobbe. Am Rücken war eine Stickerei angebracht in Form eines grünen Kleeblatts. Sie strahlte und betrachtete die Robbe in ihrer Hand.

»Danke, Sam, die … ist unglaublich süß. Ich liebe sie.«

»Leider hatten sie kein Geschenkpapier im Laden«, fügte Sam hinzu und trat von einem Fuß auf den anderen.
»Als ob ich sowas brauchen würde.« Mira lachte auf.
»Darf ich dich umarmen?« Sam nickte, dann zog Mira sie sanft an sich, ehe sie sich voneinander lösten und schließlich langsam in Richtung Bahnhof aufbrachen.
Im Zug war es angenehm ruhig. Mira sah aus dem Fenster und beobachte die sattgrüne Landschaft. Ein merkwürdiges Gefühl machte sich in ihr breit. Der Tag war viel zu schnell vergangen. War das hier einfach nur eine Reise gewesen, von der sie schöne Erinnerungen mitnahm?
Mira war außerstande, sich Gedanken zu machen, wie es weiterging.

Sie spürte während der gesamten Fahrt, dass die Stimmung zunehmend angespannter wurde. Sam hatte die ganze Zeit kaum ein Wort gesprochen, auch nicht, als sie schließlich in die Conolly Station einfuhren. Während sie langsam Richtung Ausgang schlenderten, ergriff Sam plötzlich sanft ihre Hand. Mira schluckte und verschränkte die Finger mit ihren. Die Abendluft war angenehm kühl, als sie auf die Straße traten. Dann ließ Sam ihre Hand auf einmal los und blieb stehen.

Mira stand ihr mit etwas Abstand gegenüber und musterte ihre Gesichtszüge, die starr wirkten. Auch ihre Haut war etwas blasser geworden und Mira vermutete, dass Abschiednehmen wohl auch nicht ihre Stärke war.

»Ich weiß, dass du morgen nach Hause fliegst, Mira. Ich kann dir nicht sagen, wie das mit uns weitergeht. Ich würde mir wünschen, dass ich es könnte. Es tut mir leid. Ich denke … ich werde jetzt auch nach Hause fahren. Wir schreiben uns noch, wäre das in Ordnung?«, sagte Sam und ihre sonst so fröhliche Stimme wirkte brüchig und kühl.

Mira nickte und kämpfte gegen ein Gefühl von Hoffnungslosigkeit an. Das war es also gewesen. Ihr Abschied auf unbestimmte Zeit. Doch auch ihr fehlten in dem Moment die richtigen Worte. Was sagte man in so einer Situation? Sie war darauf einfach nicht vorbereitet gewesen. Mira schluckte mehrmals und senkte den Blick.

»Ja. Das machen wir.« Das war alles was sie in diesem Moment herausbrachte.

Es folgte eine knappe Umarmung und dann drehte sich Mira um. Sie blinzelte die Tränen fort und machte sich auf den Weg in ihr temporäres Zuhause.

Kapitel 22

Mira

Das Flugzeug steuerte die Landebahn des Hamburger Flughafens an, doch davon bekam Mira nichts mit. Sie konzentrierte sich auf ihre Finger, die sie geknetet hatte, und kaute dabei auf ihren Lippen herum,um die Angst im Zaum zu halten.

Draußen sahen die Wolken, die vom Boden aus betrachtet normalerweise viel kleiner wirkten, aus wie ein riesiger grauweißer Schleier. Immer wieder schwankte das Flugzeug bedrohlich und auch wenn Mira wusste, dass Turbulenzen dazugehörten, war ihr das Ganze nicht wirklich geheuer. Zwischendurch kniff sie immer mal wieder die Augen zu. Es dauerte einige Minuten, bis sie schließlich aus der Wolkenschicht rauskamen und man einzelne Häuser in weiter Entfernung ausmachen konnte.

Während des Flugs war Mira mit ihren Gedanken ständig abgeschweift. Sie hätte sich so sehr gewünscht, die wenigen Tage in die Länge zu ziehen, den Alltag einfach zu vergessen und nicht in dieses verdammte Flugzeug steigen zu müssen. Mit dem Gedanken, einfach in Irland zu bleiben, hatte sie sich die halbe Nacht abgekämpft. Doch am Morgen war sie zu dem Entschluss gekommen, dass sie nur versucht hatte, Zeit zu schinden. Hatte sie allen Ernstes gedacht, sie könnte einfach so an Ort und Stelle bleiben, ihr Zuhause und auch Gabriella hinter sich lassen?

Am Ende siegte der Verstand über ihr Herz. Sie musste gehen, auch wenn es hart für sie war. Und vermutlich auch für Sam. Diese hatte ihr gestern Abend noch eine Nachricht geschrieben, doch Mira war nicht fähig gewesen, sie zu öffnen. Warum? Das wusste sie selbst nicht so genau. Vielleicht aus Angst? Angst, was die Worte mit ihren Gefühlen anstellen könnten und dass die Sehnsucht nach Sam danach noch größer sein würde. Sie lebte lieber mit der Ungewissheit. Doch auch eine Art Schmerz mischte sich dazu, der jetzt in kleinen Wellen auf sie zurollte.

Heute Morgen als sie sich am Schalter zum Check-in, in die Warteschlange gestellt hatte, war sie versucht gewesen, die Nachricht zu öffnen. Sie hatte sich dabei ertappt, wie ihr Blick verstohlen die Abflughalle abgescannt hatte. Von Sam war jedoch weit und breit keine Spur gewesen. Und ihre Nachricht blieb weiterhin ungeöffnet.

Der Lautsprecher über Miras Kopf gab ein grauenhaftes Quietschen von sich und sie erschrak. Eine Durchsage des diensthabenden Piloten folgte und kündigte die exakte Landezeit und Umstiegmöglichkeiten für Weiterreisende an. Miras Hände lagen nun wieder ruhig in ihrem Schoß. Sie hatte Hermine vor dem Boarding eine kurze Nachricht geschickt, dass alles in Ordnung wäre und der Flieger pünktlich landen würde. Wenn alles klappte, dann hatte sie also eine Mitfahrgelegenheit. Und ihre beste Freundin würde an ihrer Seite sein, wenn sie wieder in ihr altes Leben eintauchen musste. Der Gedanke, dass jemand Wichtiges auf sie wartete, wirkte tröstlich.

Als eine weitere Durchsage ertönte und das Flugzeug zum Stillstand gekommen war, hievte Mira ihren Rucksack unter dem Sitz hervor. Sie hatte ihn kaum gebraucht, weil sie die meiste Zeit einfach Musik gehört und nach draußen gestarrt hatte. Nach und nach leerten sich die Sitze vor ihr und sie war dankbar, dass zumindest dieser Teil stressfrei von der Bühne ging. Schließlich schnappte sie sich ihr Gepäck und verließ das Flugzeug. Durch die großen Verglasungen links und rechts der Passagierbrücke erkannte sie einzelne Wolkenformationen in einem graublauen Himmel. Es nieselte leicht, wie sie am gegenüberliegenden Dach der Ankunftshalle erkennen konnte. Passend zu ihrer gedrückten Stimmung hieß sie das Wetter in Hamburg willkommen. Normalerweise liebte sie Regen und würde sich auf einen gemütlichen Nachmittag in ihren vier Wänden freuen.

Als Mira beim Ausgang ankam, musste sie ein paarmal gegen das Licht der grellen Werbetafeln anblinzeln. Sie bahnte sich langsam einen Weg zwischen Fluggästen und Gepäckwagen hindurch. Manche Passagiere fielen sich stürmisch in die Arme und andere waren so überwältigt, ihr Gegenüber wiederzusehen, dass sie Tränen in den Augen hatten. Mira spürte Müdigkeit aufsteigen, sie hatte in der letzten Nacht kaum ein Auge zubekommen. Als sie ihr Smartphone zückte, erschienen zwei ungelesene Nachrichten auf ihrem Display. Beide stammten von Hermine. Sie hatte ihr mitgeteilt, dass sie es rechtzeitig zum Flughafen schaffen würde.

Bin in fünf Minuten da. So ein Glück, dass die Vorlesung heute Vormittag ausgefallen ist, sonst hättest du am Flughafen campieren müssen ;) Du weißt ja, ich lasse keine sausen!

Mira musste schmunzeln.

Kurz überlegte sie, ob es besser wäre, nach draußen zu gehen und dort auf Hermine zu warten. Sie wollte gerade Richtung Tür gehen, als jemand laut ihren Namen rief. Mira blickte sich um. Eine zarte Gestalt mit wuscheligen braunen Haaren und einer dunkelgrünen Stoffjacke stürmte auf sie zu. Sie grinste breit, als sie Hermine erblickte. Etwas außer Atem blieb diese vor ihr stehen, dann breitete Mira ihre Arme aus.

»Willkommen zurück, ich freu mich ja so!« Hermine löste sich aus ihrer Umarmung und Mira seufzte, dann zwang sie sich jedoch zu einem vorsichtigen Lächeln.

»Was ist los, du siehst aus wie eine Gewitterwolke. Wie war der Flug?« Hermine schnappte sich ihren kleinen Trolley und legte eine Hand mitfühlend auf ihre Schulter.

»Hm … ich fühle mich tatsächlich ein bisschen wie diese grauen Wolken da draußen.« Miras Gesicht blieb ausdruckslos, während sie mit ihrem Kinn Richtung der Glasfronten deutete.

»Trotzdem, ich freue mich auch, dich zu sehen, danke, dass das hier geklappt hat.« Sie tätschelte Hermine liebevoll die Schulter.

»Kein Problem, ich hatte heute sowieso keine Uni. Ich bin wahnsinnig froh, dich zu sehen, und Komet auch.« Hermine grinste und öffnete die schwere Glastür.

»Oh, ist er mitgekommen?«

»Nein, du weißt ja, wenn er zuvor gefressen hat, ist ihm beim Autofahren immer so schlecht. Ich denke, die Autoreinigung ersparen wir uns somit.« Sie schmunzelte, während sie beide auf den Parkplatz hinaustraten. Mira nickte nur und zog sich die Kapuze ihres Parkas über. Der Nieselregen hatte sich in einen stärkeren Regenguss verwandelt und die Luft wirkte viel kühler, als sie es von Dublin in Erinnerung hatte. Sie dachte an ihren ersten Tag zurück. Es hatte sich so viel verändert seit ihrer Ankunft in Irland und doch war nun wieder alles beim Alten. Sie schüttelte sich, so als könnte sie dadurch ihr Inneres neu anordnen.
Nach wenigen Minuten erreichten sie Miras kleinen Wagen, der in einer der hinteren Parkreihen stand. Hermine verstaute den Koffer und setzte sich dann ans Steuer.
»Ist das auch wirklich okay, ich kann sonst auch fahren?« Mira hatte die Beifahrertür geöffnet. Hermine bedachte sie mit einem kurzen Seitenblick.

»Entspann dich, Mira, es ist alles gut. Wirklich«, versicherte ihr Hermine mit Nachdruck.
Mira war ihr sehr dankbar, dass sie für heute das Fahren übernehmen würde, und nahm auf dem Sitz neben ihr Platz.
Langsam rollte das Auto vom Flughafengelände und sie verspürte plötzlich ein Ziehen in ihrer Brust. Sie wusste nicht recht, was es zu bedeuten hatte. Sie hatte nur das Gefühl, dass mit dem Verlassen des

Flughafens ihre Reise endgültig zu Ende war, und somit war auch das Kapitel Sam unweigerlich abgeschlossen.

Mira blickte einer aufsteigenden Maschine hinterher, ehe diese immer kleiner wurde und schließlich in einem Meer aus Wolken verschwand.

»Mira? Möchtest du … reden?« Hermine hatte sich ihr zugewandt. Natürlich hatte ihre beste Freundin bemerkt, dass etwas mit ihr nicht stimmte. Mira starrte weiterhin aus dem Fenster.

»Hm. Ich weiß nicht. Ich glaube, ich brauche gerade einfach ein wenig Zeit, um …« Um was genau eigentlich? Sie wusste selbst nicht was los war. Ihr Gehirn und ihr Herz waren in einen Kampf geraten, anders konnte sie es nicht beschreiben. Nur wusste sie nicht was sie tun musste, wie es weiterging.

»Ist es wegen Sam? Du kannst es mir ruhig sagen. Aber es ist auch okay, wenn du dafür Zeit brauchst. Ich kann das gut nachvollziehen, ehrlich«, antwortete Hermine verständnisvoll.

Als Hermine Sams Namen ausgesprochen hatte, war es als, würden bei ihr alle Dämme brechen. Mira hatte sich aufgerichtet und fing an, den Stoff ihres Pullovers zu kneten. Eine Flut an Erinnerungen überkam sie, die aber gleichzeitig große Traurigkeit in ihr auslöste. Erst kämpfte sie gegen die Tränen an. Dann, als Hermine eine Hand auf ihren Arm gelegt hatte, konnte sie sie nicht mehr zurückhalten und sie bahnten sich einen Weg über ihre Wangen. Mira entfuhr ein Schluchzer und es tat irgendwie gut, dass sie in dem Moment einfach Hermine neben sich hatte. Sie ließ ihr den Raum, den sie brauchte. Sie war einfach nur da und hörte ihr zu. Anfangs brachte sie kaum ein Wort heraus, doch dann erzählte sie ihr im Groben, was in den letzten Tages zwischen ihnen passiert war. Schließlich eröffnete sie Hermine auch, dass sie sich verliebt hatte. Sie berichtete ihr von dem Kuss im

Zug und auch von Sams Geständnis und ihren Gefühlen für sie. Nur die Dinge, die Sam ihr allein anvertraut hatte, behielt sie für sich.

»Ach Mira, ich kann dich echt verstehen. Das Ganze hat sich ja ziemlich schnell entwickelt bei euch und doch klingt das nach etwas Ernstem. Was meinst du?« Hermine strich ihr sanft über die Schulter, mit der anderen Hand hielt sie das Lenkrad fest umklammert. Sie hatten es nicht mehr weit, denn die Hamburger HafenCity mit ihren unzähligen Booten und Frachtschiffen lag bereits hinter ihnen.

Mira strich geistesabwesend über die Fensterscheibe und zeichnete mit dem Finger einen Regentropfen nach, ehe sie weiterredete.
»Ich weiß es auch nicht, Hermine. Das kam alles so … so plötzlich, irgendwie unerwartet. Vor ein paar Tagen, da wollte ich doch nur einmal aus Deutschland raus und meine Ängste überwinden. Einfach zu diesem Konzert fahren. Und das ist dann ja auch passiert. Es war wirklich total schön.« Sie sah aus den Augenwinkeln, dass Hermine nickte, und fuhr fort.
»Weißt du … an dem Abend, als ich Sam das erste Mal begegnet bin, da ging es mir nicht so gut. Ich glaube, es war eine Art Panikattacke. Deshalb musste ich den Saal verlassen, ich bin auf die Toilette. Dort ist sie aufgetaucht und war einfach da, sie hat mich in dem Moment einfach akzeptiert. Sie hat nicht nachgebohrt oder komisch geschaut. Das hat so gutgetan und danach, weißt du… ich konnte einfach ich selbst sein.« Hermine nickte langsam. Für kurze Zeit konnte man nur das leise Quietschen der Scheibenwischer und das Zischen der nassen Straße vernehmen, das immer dann zu hören war, wenn ein Auto neben ihnen vorbeifuhr. Es klang ein wenig beruhigend in Miras Ohren und sie ließ sich in den Sitz sinken.

»Ich bin zwar nicht du, aber ich kann gut verstehen, dass du sehr verunsichert bist. Manche Menschen entwickeln sehr schnell Gefühle für eine Person, da ist jeder anders und das ist auch okay so.« Hermine warf ihr einen Blick zu, nachdem sie die Spur gewechselt hatten. Mira erkannte die Kreuzung, auf die sie zusteuerten, sie hatten es nicht mehr weit bis zu ihrem Wohnblock im Stadtteil Hammerbrook.

»Ehrlich gesagt weiß ich nicht, welcher Sorte Mensch ich angehöre. Meist merke ich gar nicht, ob ich Gefühle entwickelt habe. Es fühlt sich alles einfach sehr intensiv und schön an, weil man gerne Zeit mit der Person verbringen möchte.« Mira schmunzelte und blickte wieder auf die Regentropfen an der Außenseite der Scheibe. Sie dachte an den Tag im Café mit Sam, als sie ihr von sich erzählt hatte. Bei ihr war alles leicht gewesen. Plötzlich kamen ihr die Gedichte wieder in den Sinn, die sie ihr gezeigt hatte. Sam wollte ihr helfen, sie hatte ihr angeboten weiterzuschreiben, wenn ihr zu dem einen Text noch eine Idee kommen würde. Zu gerne hätte sie gewusst, ob sie es getan hatte, ob sie selbst etwas geschrieben hatte. Doch Mira konnte nicht nachfragen, sie hatte ja schließlich auch nicht auf ihre letzte Nachricht geantwortet. Ihr kam ein ungewöhnlicher Gedanke und sie äußerte ihn laut.

»Meinst du, ich habe nur Gefühle entwickelt, weil ich mich in Sams Nähe verstanden gefühlt habe, als sie mich von Anfang an akzeptiert hat? Auch als ich ihr von den Ängsten erzählt habe. Kann man dann von Liebe sprechen oder gehört da mehr dazu?« Miras Gedanken überschlugen sich. Vielleicht hatte sie diesmal nur zu viel hineininterpretiert. Zudem hatte sie Mühe, diese Situation mit einer anderen zu vergleichen. Ihre letzte Beziehung, wenn man es so nennen konnte, lag auch schon wieder sehr lange zurück.
Hermine, die kurz in Gedanken versunken schien, warf ihr einen unsicheren Blick zu.

»Um ehrlich zu sein, weiß ich es nicht, Mira. Aber es gehört schon mehr dazu, um sich in einen Menschen zu verlieben. Was denkst du? Akzeptanz und Vertrauen sind eine wichtige Basis, aber es klingt, als hättest du dich nicht nur verliebt, sondern vielmehr in Sam eine Art

Seelenverwandte gefunden«, antwortete sie und fuhr dann eine Runde um den Häuserblock auf der Suche nach einem Parkplatz.

Zum Glück wurden sie schnell fündig und Hermine parkte in eine Lücke in der Nebenstraße. Hier säumte eine wunderschöne Allee den Gehsteig und am Ende der Straße lag der Eingang zu einem Park. In dem Park war Mira im Frühjahr und Sommer sehr oft mit Komet unterwegs, denn dort war es perfekt zum Spielen und Toben.

Mira dachte noch eine Weile über Hermines Worte nach. Das Wort Seelenverwandte passte wirklich gut zu der Person, in die sie sich Hals über Kopf verliebt hatte. Wo Sam jetzt gerade war und was sie wohl dachte?

Kapitel 23
Mira

Als Hermine die Wohnungstür aufgeschlossen hatte, seufzte sie laut auf. »Ich habe einen Bärenhunger.«

Mira folgte ihr und schob ihren Koffer durch den Flur in ihr Zimmer. Dort ließ sie ihn erstmal stehen, sie hatte wenig Lust auszupacken. Gerade wollte sie sich ihre Sneaker abstreifen, da hörte sie auch schon aufgeregtes Gebell aus dem Wohnzimmer. Komets Kopf erschien hinter der Glastür die nur einen schmalen Spalt offen stand. Er winselte kurz und gab dann erneut eine Mischung aus Jaulen und Bellen von sich. Das Ganze dauerte keine zwei Sekunde, denn Mira öffnete ihm prompt die Tür. Kaum stand sie offen, trippelte er in Windeseile zu den beiden und begrüßte sie stürmisch.

»Hallo Kumpel … schon gut, ich bin ja wieder da.« Mira hatte sich in die Hocke begeben und tätschelte Komet den flauschigen Kopf. Dieser legte eine Pfote auf ihren Oberschenkel, als würde er andeuten wollen, dass sie nun auf keinen Fall mehr das Haus verlassen dürfte. Sie vergrub ihr Gesicht kurz in seinem weichen Fell und atmete seinen Duft ein. Es fühlte sich gut an, einfach wie Nach-Hause-kommen.

»Hast du schon etwas gegessen? Der Kühlschrank gibt momentan nicht viel her«, rief Hermine aus der Küche.

»Nein, nur ein Stück Toast, aber das kann man wohl kaum als Mahlzeit bezeichnen.« Mira legte ihren Kopf schief und überlegte, worauf sie Lust hatte. Tatsächlich hatte sie im Hotel gefrühstückt, doch seitdem kein Hungergefühl mehr verspürt. »Wir könnten ja noch einkaufen gehen und dann gemütlich etwas kochen, was denkst du?«, schlug sie Hermine vor.

»Da bin ich dabei, wie wäre es mit einer Gemüsequiche, auf die hatte ich vor Kurzem total Appetit. Magst du die auch?« Hermine trat aus der Küche und kramte aus dem Schrank im Flur nach einer Einkaufstüte. Mira nickte begeistert, die hatte auch sie schon seit Ewigkeiten nicht mehr gegessen.

Nach einer Viertelstunde brachen sie zum Supermarkt auf, der um die Ecke lag. Der Regen hatte zum Glück nachgelassen und zwischen der dichten Wolkendecke kam die Sonne zum Vorschein. Am Eingang nahm Mira die Einkaufstasche ihrer Freundin entgegen und schaltete sich leise Musik ein. Das Einkaufen war dadurch entspannter und auch die Hintergrundgeräusche ließen sich reduzieren. Sie und Hermine hatten meist eine feste Reihenfolge, somit brauchten sie nicht eine halbe Ewigkeit für ihren Einkauf und waren schnell wieder bei der Kasse. »Haben wir alles, was draufsteht?«, fragte Mira, als sie in der Schlange anstanden. Hermine warf einen Blick in den Einkaufskorb und dann auf den gelben Notizzettel in ihrer Hand. Sie prüfte noch einmal nach, ehe sie zu ihr aufsah.

»Nein, warte kurz. Bin gleich wieder da.« Mit den Worten verschwand Hermine hinter einer der Regalreihen. Mira sah ihr nach und zuckte nur mit den Schultern. Es dauerte keine zwei Minuten, da kam sie auch schon wieder zu ihr gelaufen. Mira hatte inzwischen den Korb ausgeräumt und alles auf das Kassenband bugsiert. »Die hier habe ich Komet versprochen.«, keuchte Hermine und zog eine Packung Hundeleckerli und Kaustangen hervor. Mira nahm sie schmunzelnd entgegen und legte sie dazu.

»Stimmt, an die habe ich wie immer nicht gedacht.«

»Wenn das Komet hören würde.« Hermine verdrehte die Augen und grinste schelmisch.

Auf dem Heimweg genoss Mira die Sonnenstrahlen, als sie ihr Gesicht zum Himmel reckte. Mittlerweile war auch ihre trübe

Stimmung gewichen und sie freute sich sogar ein bisschen auf das Kochen und den Nachmittag mit Hermine. Vielleicht würde sie später noch eine Runde durch den Park drehen, wenn es ihre Energie zuließ. Sie verspürte auf einmal den inneren Drang, wieder ihr Notizbuch zur Hand zu nehmen und sich irgendwo an einen ruhigen Ort zu setzen.

Sie wollte einfach ihre Gedanken aufschreiben oder vielleicht nur die Vögel und die Natur beobachten. Mit ein wenig Wehmut dachte sie an die Möwen am Meer zurück. Zu gerne würde sie sich jetzt so frei und unbeschwert fühlen. Doch wer sagte ihr, dass sie das nicht konnte. Sie musste es sich nur vorstellen, fest daran glauben, denn nichts und niemand konnte sie im Grunde davon abhalten. Nicht einmal irgendwelche schweren Gedanken oder Liebeskummer. Vielleicht war jetzt der Zeitpunkt gekommen, einfach nach vorne zu schauen und ihre Projekte endlich einmal in die Tat umzusetzen. Sie wollte nichts sehnlicher, als dieses Buch fertigzustellen, auch wenn sie es alleine vielleicht nicht schaffen würde. Plötzlich fiel ihr der Termin mit ihrer Psychologin wieder ein, war der nicht schon morgen?

***

Die Sonne strahlte durch das kleine Küchenfenster, als Mira ein wenig verschlafen die Küche betrat. Es duftete bereits herrlich aus dem Ofen. Sie hatte sich nach dem Einkauf für eine halbe Stunde in ihr Zimmer zurückgezogen und Hermine das Steuer überlassen. Diese war gerade dabei, einen Salatkopf zu waschen. Mira schnappte sich ein Brett von der Anrichte und ein scharfes Messer aus der Küchenschublade und stellte sich neben Hermine. »Lass mich den schneiden, du hast schon die Quiche zubereitet, während ich faul im Bett gelegen habe«, maulte Mira und stibitzte ihr den Salat aus der Hand. Hermine gab nach und ging sich dann die Hände abtrocknen.

»Aber nur damit du es weißt, ich habe im Gegensatz zu dir auch keinen zweieinhalb Stunden Flug hinter mir. Also mach dir keinen Kopf, du brauchst die Auszeit dringender.« Sie schmunzelte und prüfte dann, ob die Quiche bereits fertig war.

»Danke, du bist wirklich ein Engel. Weißt du das? Was würde ich nur ohne dich machen.«

Hermine schenkte ihr ein Lächeln.

Im gleichen Augenblick trippelten zwei Paar Pfoten über das Parkett und ein dunkelbraunes Augenpaar sah Mira erwartungsvoll an. »Natürlich, wie könnte ich dich vergessen.« Sie grinste, ging dann einen Schritt auf Komet zu und fuhr mit der Hand über seinen Rücken. Hermine bedachte die beiden mit einem liebevollen Blick, ehe sie in die Hände klatschte.

»Essen wäre dann fertig.« Sie öffnete mit einem Ofenhandschuh bewaffnet den Backofen und holte die Quiche heraus. Während Mira den Tisch deckte, ging Hermine zum Kühlschrank und zog zwei kleine Glasflaschen hervor, in denen sich eine schimmernde rötliche Flüssigkeit befand.

»Ist das Wein?«, fragte Mira neugierig, als sie sich auf den Platz neben dem Küchenfenster niederließ.

Hermine schüttelte den Kopf. »Die hier habe ich von Milo aus dem Laden. Mein Kollege, weißt du doch, der mit den schwarzen Haaren.« Sie grinste und errötete, ehe sie fortfuhr. »Das Zeug heißt Beeren-Cider und soll richtig lecker schmecken, das sagt zumindest er. Ich dachte, wir könnten ihn ja mal probieren. Magst du?« Sie hielt ihr eine Flasche hin und öffnete dann ihre mit der anderen Hand.

»Beere klingt immer gut. Gerne.« Mira nahm die Flasche, öffnete sie und roch kurz an der Öffnung am Flaschenhals. »Riecht sehr süß, ich bin gespannt, wie das schmeckt, ich hoffe nur, der hat wenig Alkohol. Ich vertrage seit Ewigkeiten nichts mehr«, antwortete Mira und hob eine Augenbraue. Dann hob sie die Flasche hoch, um Hermine zuzuprosten. Hermine tat es ihr gleich.

Wie lange hatte sie das schon nicht mehr gemacht? Mira konnte sich nicht erinnern, wann sie das letzte Mal in einer Bar gewesen war, wann sie überhaupt etwas Alkoholisches getrunken hatte. Sie mied es regelrecht, weil sie in der Vergangenheit viel zu oft übertrieben hatte. Und eigentlich mochte sie auch keinen Alkohol, zumindest nicht regelmäßig. Es war eher die Ausnahme, an Geburtstagen oder Silvester zum Beispiel.

»Auf deine Rückkehr nach Hamburg oder was auch immer.« Hermine grinste, hob ihre Flasche und sah sie eindringlich an, ehe sie einen Schluck nahm.

Mira nickte ihr zu und trank ebenfalls direkt aus der Flasche. Schnell bemerkte sie jedoch, dass sich das als Fehler erwiesen hatte. Prompt musste sie aus Leibeskräften husten und ihr Gesicht nahm die Farbe einer überreifen Tomate an. Sie hatte sich verschluckt und irgendwie passierte ihr das ständig. »Mist ... zu viel Kohlensäure erwischt.« Sie kicherte, als sie wieder halbwegs Luft bekam. Hermine sah sie mit mitleidvoller Miene an.

»Geht's wieder?«

Mira nickte, nahm dann einen Bissen von der Quiche und merkte jetzt erst, wie hungrig sie gewesen war. Der Teig mit dem Gemüse und dem überbackenen Käse schmeckte einfach köstlich. Sie verschlang ihre Portion in Rekordtempo und holte sich dann Nachschlag. »Die ist super! Wirklich lecker. Der Cider mit den Beeren übrigens auch. Sag Milo vielen Dank für den Tipp«, entgegnete sie und schob sich dann die nächste Gabel in den Mund.

»Da hast du recht, der schmeckt tatsächlich richtig gut, das will wohl was heißen von jemandem wie mir, die eigentlich keinen Alkohol mag ... Ich werde es ihm ausrichten, wenn wir uns das nächste Mal sehen«, bestätigte Hermine ihr, wobei sie die letzten Worte fast verschluckte und ein wenig nervös in ihrem Essen herumstocherte.

Mira kaute schweigend, doch ihr brannte eine Frage auf der Zunge, von der sie nicht wusste, ob sie diese Hermine stellen sollte. Eigentlich konnte sie mit ihr über alles reden und sie hatten sich auch schon über Frauen- und Männerbeziehungen unterhalten. Sie legte ihren Kopf schief, ehe sie eine Entscheidung traf.

»Gibt's bei dir irgendwas Neues oder habe ich etwas verpasst in der Zwischenzeit«, versuchte sie es schließlich auf die passive Art. Hermine schien diesmal länger als gewöhnlich zu brauchen, normalerweise hatte sie immer als Erste eine Antwort auf jede Frage parat. Langsam nahm sie einen großen Bissen, ehe sie sich auf dem Stuhl zurücksinken ließ. Verlegen blickte sie auf ihre Hände, auf denen sie schließlich nervös herumdrückte.

»Ja und nein. Ach keine Ahnung. Weißt du, Milo, er … Na ja hat mich gestern gefragt, ob wir mal gemeinsam einen Kaffee trinken gehen.« Sie lächelte etwas verlegen und ließ ihren Blick auf Mira ruhen. So als würde sie auf irgendeine entscheidende Reaktion warten. Mira schmunzelte und sah ihr in die Augen.

»Hermine, das ist … toll! Milo ist doch sowieso schon ewig lang in dich verknallt. Und du? Meinst du nicht auch, dass ihr vielleicht eine Chance verdient habt?«

»Was? Wieso denkst du das? Ich meine, ich glaube nicht, dass er in mich verknallt ist.« Hermine runzelte die Stirn, ihr Gesichtsausdruck wirkte sichtlich erstaunt.

»Hermine, du erzählst sehr oft von ihm, auch wenn es nur um scheinbar Belangloses geht wie seine Reptiliensammlung, die er zuhause hat. Oder letztens, da hast du beiläufig erwähnt, dass er dir einen deiner Lieblingsmuffins mitgebracht hat.«

Hermine starrte sie an. »Du meinst, das sollen Anzeichen sein, dass er mich mag, also mehr als nur Freundschaft, meine ich? Um ehrlich zu sein … ich habe schon einmal diesen Gedanken für mich selbst weitergesponnen, dass ich … mir mehr vorstellen kann. Aber Milo, ich weiß nicht, wie er über sowas denkt.« Hermine blickte wieder auf ihre Hände hinunter.

»Eben, siehst du …? Du kannst ja nichts verlieren mit einem einzigen Treffen. Ich sag ja nur, ist immer noch deine Entscheidung. Ich finde es auf jeden Fall nett von ihm, dich zu fragen.«

Mira zwinkerte und legte ihr behutsam die Hand auf die Schulter. Dann nahm sie den letzten Schluck Cider aus der Flasche und stand auf, um sich ein Glas Wasser zu holen. Das Getränk, so gut es auch schmecken mochte, war eindeutig überzuckert. Hermine gab einen leisen Seufzer von sich.

»Ja, vielleicht hast du recht, manchmal habe ich eben nur Angst, etwas Neues zu wagen oder das zu zerstören, was zwischen uns ist. Die Freundschaft oder wie auch immer man es nennen mag.«

Mira stellte ihnen beiden ein frisches Glas Wasser auf den Tisch und ließ sich wieder auf die Bank plumpsen. Normalerweise hatte Hermine immer die passende Lösung und gab *ihr* die Ratschläge. Mira war jedoch glücklich darüber, auch einmal für ihre beste Freundin da zu sein.

»Ja, das kann ich gut nachvollziehen und eure Freundschaft wird bestimmt nicht dadurch beeinträchtigt. Ihr seid ja zwei erwachsene Menschen, die fähig sind Entscheidungen zu treffen. Ich meine damit Entscheidungen, die für euch beide positiv ausfallen. Was meinst du?« Mira legte ihren Kopf schief. Sie wusste, dass sie nun eine Pause brauchen würde, denn auch solche Gespräche waren für sie anstrengend. Immerhin war sie heute schon den ganzen Tag über mit ungewohnten Situationen konfrontiert worden. Hermine bedankte sich bei ihr und hatte wieder ihr strahlendes Gesicht aufgesetzt. Ihre beste Freundin wusste, dass so eine Unterhaltung keine Selbstverständlichkeit war, aber sie wusste auch, dass Mira immer für sie da war.

»Ich bin später mit Komet ein bisschen im Park spazieren. Möchtest du danach etwas aus der Bäckerei um die Ecke?«, rief Mira ihr zu, als sie an der Schwelle zwischen Küche und Flur stand.

»Ja, voll gerne. Das könnte ich jetzt gut gebrauchen. Du weißt ja, was ich mag.« Hermine bedachte sie mit einem schiefen Grinsen.

»Klar, den Double-Chocolate-Muffin, wie könnte ich das jemals vergessen!« Mira schmunzelte und ging dann in ihr Zimmer.

Auch jetzt hatte sie die Motivation zum Auspacken noch nicht gefunden, also beschloss sie sich erstmal umzuziehen. Die Sonnenstrahlen lugten durch ihre durchsichtigen Vorhänge und ließen ihr Zimmer hell und warm wirken. Sie stellte sich für einen kurzen Moment ans Fenster und öffnete es. Eine leichte Brise wehte herein und sie vernahm aufgeregtes Vogelgezwitscher aus dem Baum, der unter ihrem Fenster stand. Die Sperlinge zwitscherten und flogen um die Wette. Mira beobachtete die beiden entzückt, ehe sie sich aus der Kommode eine bequeme Stoffhose schnappte. Dann schlüpfte sie aus den Jeans, holte sich noch einen ihrer liebsten Hoodies heraus und eilte zurück in den Flur. Dort wartete bereits ein schwanzwedelnder Komet auf sie. Als Mira das Wort *spazieren* ausgesprochen hatte, sprang er aufgeregt vor ihr auf und ab. Es sah aus, als hätte er unsichtbare Flummis unter den Pfoten.

»Ich kann uns Teewasser kochen, falls du später Lust hast, eine Tasse zu trinken«, hörte sie Hermine aus dem Wohnzimmer rufen.

»Hört sich gut an.« Mira erschien in der Wohnzimmertür, wo Hermine auf dem Sofa über irgendwelche Studienunterlagen gebeugt, saß. »Also bis dann.« murmelte Mira und drehte sich um.

»Viel Spaß euch beiden!«, rief Hermine hinterher und Mira verschwand wieder im Flur. Sie zog sich eine dünne Baumwolljacke über und war optimistisch, dass das Wetter nicht umschlug. Immerhin befand sie sich nicht mehr in Irland, wo es zu jeder Tageszeit regnen konnte.

Als sie nach draußen traten, zog Komet sie gleich zum nächsten Laternenpfahl. »Langsam, Kumpel, du hast bei unserem kleinen Ausflug genug Zeit für dein Geschäft.« Doch der schien ihre Reaktion gar nicht wahrzunehmen und schnupperte ungestört weiter den Gehsteig ab. Mira hatte etwas Mühe, ihm zu folgen, obwohl die Leine sehr lang war. Sie nahm sie etwas kürzer und hielt schließlich mit ihm Schritt, als sie die Straße Richtung Park entlangliefen.

Am Ende ihres Wohnblocks überquerten sie eine Kreuzung und bogen dann links ab, wo sich der Eingang zum Park befand. Mira hielt vor dem Tor an und schlüpfte aus der Jacke. Als sie sich über das leicht erhitzte Gesicht fuhr, hätte sie Komets Leine beinahe aus der Hand fallen lassen. Zum Glück war ihnen noch kein anderer Hund begegnet, denn er hörte leider nicht immer auf die Kommandos seiner Besitzer.

Mira betrat die Anlage und das satte Grün der Bäume beruhigte sie mehr und mehr, je weiter sie in den Park hineingingen. Als sie langsam den Pfad entlangschlenderte, hörte sie erneut lautes Vogelgezwitscher aus den Ästen. Süßlicher Duft von wilden Rosen stieg ihr in die Nase, sie schloss kurz die Augen und ließ sich treiben.

Nachdem sie ihre Augen langsam wieder geöffnet hatte, ging sie weiter und bog nach rechts ab. Dies war der Weg, den sie eigentlich immer einschlug, denn er führte zu einem ihrer Lieblingsplätze im Park. Zwischendurch blieb sie immer mal stehen und ließ Komet Zeit für eine Begrüßung. Teilweise kannte sie die Besitzer der anderen Hunde.

Der Wind ließ die Blätter einer riesigen Eiche im Wind tanzen.

Direkt vor einem alten Baum lag ein kleiner Teich. Auf dem Wasser spiegelten sich Seerosen, und Enten nahmen ein Bad in der Sonne oder tauchten ihre Köpfe in das kühle Nass. Mira hörte das Summen und Brummen von Insekten, das von der angrenzenden kleinen Wiese herüberwehte. Komet schnuppert am Teichrand, als ein leises *Plopp* ertönte und ein winziger Frosch den Sprung ins Wasser tat. Der Rüde blickte unruhig zwischen dem großen Stein und dem Wasser hin und her. Bei diesem Anblick unterdrückte Mira ein Lachen. Schließlich zog sie ihn ein Stück vom Wasser weg und setzte sich auf die alte hölzerne Parkbank, die unter der Eiche stand. Der Wind strich ihr eine Haarsträhne ins Gesicht und es kitzelte auf ihrer Wange. Sie überstreckte den Kopf und lehnte sich ein Stück nach hinten. So konnte sie beinahe bis zu der Spitze des Baums blicken.

Es rauschte leise als würde die Eiche ihr eine Geschichte zuflüstern wollen. Für einige Momente verharrte sie und beobachtete einfach nur die Blätter, die sanft hin und her wankten. Sie blinzelte, als ein Sonnenstrahl durch das Geäst schien und beugte ihren Kopf dann wieder vor, sodass sie erneut auf den Teich sehen konnte. Komet lag ruhig zu ihren Füßen, während sein Kopf immer wieder abwechselnd auf den Pfoten lag oder aufmerksam alles beobachtete.

Mira, die mit überkreuzten Beinen dasaß, kam das Notizbuch in den Sinn. Sie hatte es vorhin aus ihrem Rucksack in den Beutel gepackt. Vorsichtig hob sie den Stoffbeutel, öffnete ihn und zog es hervor. Als sie es das letzte Mal aufgeschlagen hatte, war sie in dem gemütlichen Cafe in Dublin gewesen. Gemeinsam mit Sam. Sam hatte ihr erzählt, dass sie ihre Texte berührt hatten. Mira schüttelte überwältigt den Kopf. Ihre Gefühle und Gedanken nahmen schon wieder eine unerwartete Wendung. Sie wollte alles, nur nicht an Sam denken. Sie wollte nichts fühlen.

Sie wollte ihr Herz nicht mitspielen lassen. Sie konnte nicht, sie war nicht stark genug. Zuerst kämpfte sie dagegen an. Dann rollte eine einzelne Träne ihre Wangen hinunter. Ihr Herz wollte immer gewinnen. Es wollte nicht aus dem Spiel genommen werden. Mira blätterte in ihrem Buch, dann schlug sie die Seite mit dem unvollendeten Gedicht auf. Eine weitere Träne tropfte auf das Blatt

Papier, worauf die Tinte an der Stelle einen rundlichen Fleck bildete. Was sollte sie tun? Was war die richtige Entscheidung in so einer Situation? Was würde Sam sagen, sie konnte sich bestimmt keine Fernbeziehung vorstellen, oder doch? Als sie auseinandergegangen waren, hatte diese Frage nicht im Raum gestanden. Für Sam schien es jedoch klar zu sein, dass sie weiterhin Kontakt haben wollte. Doch sie, sie wollte keine Beziehung, die dann nach kurzer Zeit wieder zu Bruch ging. Einer von ihnen beiden würde auf Dauer dieser Belastung nicht standhalten. Das wusste Mira. Oder war es nur ihre Angst, die da sprach?

Sie musste es herausfinden. Hatte sie denn eine andere Wahl?

Mira seufzte, wischte sich mit dem Ärmel über die noch feuchten Augen und entsperrte ihr Smartphone. Die Nachricht stand noch immer da. Unausweichlich starrte sie ihr vom Bildschirm aus entgegen, wartete, bis Mira sie öffnen würde. Mira nahm schließlich ihren ganzen Mut zusammen und tat es endlich.

Hallo Mira,

ich weiß, dass wir gestern nicht viel Zeit hatten, um uns zu verabschieden. Um ehrlich zu sein, wusste ich nicht recht, wie ich mich in so einer Situation verhalten soll. Ich hoffe, du hast mein Verhalten nicht falsch interpretiert. Falls ich etwas abweisend zu dir war, dann tut es mir leid. Ich will dir nur eins sagen. Ich möchte dich zu nichts drängen, sondern einfach das Angebot in den Raum stellen, dass wir es auf uns zukommen lassen. Ich wünsche mir natürlich nichts sehnlicher, als dich wiederzusehen. Du weißt, dass ich Gefühle für dich entwickelt habe. Du kannst dir nicht vorstellen, wie viel mir die letzten Tage mit dir bedeutet haben. Du bist ein wunderbarer Mensch, Mira. Du hast mich regelrecht verzaubert, auf eine ganz besondere Art und Weise. Gleichzeitig habe ich auch sehr viel Angst, diese Art von Beziehung einzugehen. Ich hatte noch nie so eine Situation wie diese. Dennoch komme ich nicht drum herum, ich möchte gerne wissen, wie du dazu stehst.

Deine Sam PS: Habe an dem Gedicht weitergeschrieben, falls es dich interessiert :)

Mira überflog die Zeilen einige Male und musste schlucken. Erneut kamen ihr die Tränen. Diesmal jedoch, weil sie gerührt war von Sams Nachricht und ihren Gefühlen zu ihr. Sie hatte es unglaublich schön formuliert. Sie selbst hätte es vermutlich nicht so hinbekommen, Sam in einem Satz ihre eigenen Gefühle zu vermitteln. Sie musste unweigerlich lächeln, als sie die letzte Zeile zu Ende gelesen hatte. Eine Weile blieb sie regungslos sitzen und starrte auf den Teich voller Seerosen. Die langen Halme des Seegrases bewegten sich sanft im Wind hin und her.

Wie würde es weitergehen? Diese Frage stand nach wie vor für sie im Raum. Zumindest war sie einen Schritt weiter und wusste, dass Sam über eine Beziehung nachgedacht hatte. Doch beide waren sich unsicher beim Thema Fernbeziehung. War das ein schlechtes Omen? Konnte so etwas dann überhaupt gutgehen? Eine Beziehung über eine Entfernung von tausend Kilometern Luftlinie zu führen.

In Mira spielte sich ein Kampf ab. Vor einigen Tagen hatte sie sich ausgemalt, wie es wäre, in Irland zu leben. Sie konnte das Gefühl von Freiheit und einem Neuanfang förmlich spüren. Doch ihr Leben fand hier statt, hier in Hamburg. Und auch dieses Leben, dass sie sich aufgebaut hatte, wollte sie nicht einfach so aufgeben. Sie hatte Hermine, eine tolle Wohnung und eine Arbeit. Sie hatte ein Gefühl, eine Verpflichtung gegenüber Gabriella und ihrer Betreuung. Was sie aber wirklich wollte, war Schriftstellerin zu werden. Über ein Studium hatte sie schon lange nachgedacht, doch wie sollte sie dann alles bezahlen. Das Studium sollte ihr dazu dienen, ihre Fähigkeiten zu vertiefen. Es war nicht einfach und doch wusste sie, dass sie Sam eine Antwort schuldig war. Und vielleicht auch sich selbst. Wenn nicht jetzt sofort, dann zumindest in absehbarer Zeit.

Für heute hatte sie erstmal genug Last geschultert. Die musste sie dringend wieder loswerden. Morgen war auch noch ein Tag und ihr Therapietermin kam ihr da gerade recht.

Kapitel 24
Mira

Als sich Mira auf den Heimweg machte, bog sie zwei Straßen früher ab und blieb vor einer kleinen Bäckerei stehen. Der Duft von frischem Gebäck und Zimt stieg ihr in die Nase. Sie liebte es hierher zu schlendern, um frische Brötchen oder eine Zimtschnecke zu kaufen.

Mira betrat den Raum durch eine breite schwere Glastür. Ein junger Mann mit schwarzem kinnlangem Haar und Nasenpiercing begrüßte sie freundlich. Sie kannte ihn bereits, denn er hatte meist an den Nachmittagen Schicht.

Eine ältere Kundin neben ihr bezahlte gerade, während Mira stirnrunzelnd durch die Glasvitrine blickte und deren Inhalt studierte.

Der junge Mann wandte sich schließlich ihr zu und Mira entschied sich für ein Mischbrot, eine Zimtschnecke und einen Muffin für Hermine. Das Brot war gerade frisch aus dem Ofen gekommen und duftete herrlich, als sie die Tüte entgegennahm. Mira bezahlte rasch, denn Komet zog bereits unruhig an der Leine. »Danke.« Sie schenkte ihm ein ehrliches Lächeln, nahm das Wechselgeld entgegen und ging bepackt mit ihren Lebensmitteln glückselig aus der Bäckerei.

»Bin wieder da«, rief Mira, schlüpfte aus den Sneaker und befreite Komet von seinem Halsband.

»Sehr schön, dann mache ich uns eine Kanne Tee. Magst du Früchte oder Pfefferminze?«, fragte Hermine während sie den Wasserkocher befüllte.

»Gerne einen Früchtetee, wenn du auch Lust hast?«

Hermine nickte abwesend und warf einen Blick in die Papiertüte. Dann stahl sich ein Lächeln auf ihre Lippen.

»Mmh, das duftet so herrlich, ich liebe dieses Brot ja so.«

»Oh ja, ich könnte den ganzen Tag daran schnuppern, wenn du mich fragst. Aber das Brot muss warten, zuerst etwas Süßes!«, gluckste Mira.

»Gute Idee.«Hermine schmunzelte und holte inzwischen kleine Teller und Servietten aus dem Schrank. Sie ging damit ins Wohnzimmer und deckte dort den Couchtisch. Dann drapierte sie das süße Gebäck auf die Teller und entzündete eine Duftkerze, die neben einem Strauß bunter Blumen stand. Komet kam ins Wohnzimmer getrippelt und legte seinen Kopf schief.

»Nichts anfassen, Kumpel, klar?« Hermine beugte sich zu ihm, strich ihm über den Kopf und eilte dann zurück in die Küche.

»Du hast mir gefehlt, mein Großer.« Mira tätschelte seinen Bauch, worauf er sich auf seinen Rücken rollte und alle Viere von sich streckte. Hermine kam mit einer Kanne voll Tee zurück ins Zimmer, dann goss sie ihnen beiden eine Tasse ein. Draußen hatte sich die Sonne endgültig versteckt und im Schein der Kerze wirkte der Raum sehr gemütlich und warm. Mira schnappte sich ihre Tasse und wärmte sich die Finger, dann ließ sie sich in die Kissen zurücksinken. Hermine saß im Schneidersitz neben ihr und hatte sich ihren Muffin bereits vom Teller geklaut.

»Wie gut, dass es Menschen gibt, die solche Dinger herstellen.« Hermine deutete auf den Muffin in ihrer Hand und drehte ihn, als wäre er etwas ganz Kostbares. Mira schmunzelte, weil sie wusste, wie sehr Hermine auf dieses süße Gebäck stand. Für sie waren solche Kleinigkeiten ebenfalls etwas ganz Besonderes. Diese Fähigkeit, die kleinen Dinge zu schätzen, teilte sie mit ihr.

Hermine biss herzhaft in ihren Muffin und auch Mira zog den Teller mit der Zimtschnecke auf ihren Schoß. »Also ich sterbe für diese Zimtschnecken.« Mira grinste und biss dann hinein. Beide fingen augenblicklich an zu kichern.

Eine Weile kauten sie schweigend. Als Mira einen Schuck Tee nahm, spürte sie die feine Zimtnote auf ihrem Gaumen. Es schmeckte ein bisschen wie nach Hause kommen an Weihnachten. Sofort fühlte sie sich erneut in ihre Kindheit zurückversetzt, denn dieses Gefühl verband sie immer mit Geborgenheit und Wärme. Sie legte ihre Wange an den warmen Rand der Tasse und genoss einen weiteren Schluck. »Wie Weihnachten, nur halt im Sommer«, sagte Mira leise und Hermine nickte während sie den Rest ihres Muffins verputzte.

»Möchtest du reden, also über … deine Situation?«, fragte Hermine vorsichtig und mit sanftem Ton. Mira starrte auf ihre Tasse und schwieg einen Moment. Bevor sie antwortete, nahm sie noch einen großen Schluck Geborgenheit, die konnte sie gut brauchen.

»Sam hat mir gestern noch eine Nachricht geschrieben. Ich habe sie vorhin im Park erst geöffnet. Unser Abschied am Bahnhof fiel sehr knapp aus, es ergab sich einfach keine passende Gelegenheit über unsere Zukunft zu sprechen.« Mira blickte hoch zu Hermine und diese nickte ganz langsam.
»Verstehe. Magst du erzählen, was sie dir geschrieben hat oder ist dir das momentan zu viel?«
»Schon okay. Ich erzähl es dir kurz.« Mira brachte ein schwaches Lächeln zustande und fing an, ihr knapp zu schildern, was in der Nachricht gestanden hatte. Hermines Gesichtsausdruck wurde weich, während sie aufmerksam zuhörte.

»Und wie geht es dir jetzt damit?«

Ja, wie ging es ihr damit? Genau das versuchte sie die ganze Zeit herauszufinden.

»Weißt du, sie hat wirklich Gefühle für mich und ich auch für sie. Und da liegt das Problem, denn wir beide haben Angst vor dem Ungewissen. Also du weißt schon, Fernbeziehung und so. Und das ist auch berechtigt.« Mira stoppte kurz und holte tief Luft.

»Hermine, ich kann das nicht, eine Fernbeziehung, das … das ist einfach zu heftig. Wer garantiert denn, dass so etwas funktioniert!« Miras Stimme war lauter geworden und aus ihr sprach pure Unsicherheit und Angst. Hermine legte ihren Kopf schief, so wie sie es oft tat, wenn sie zuerst Zeit zum Nachdenken brauchte. Schließlich rückte sie ein kleines Stück näher zu ihr und drehte sich so, dass sie ihr ins Gesicht sehen konnte. In jeder anderen Situation wäre Mira diese Nähe sehr unangenehm gewesen. Sie hielt direkten Augenkontakt kaum aus. Die Ausnahme waren die Menschen, die ihr wirklich sehr nahestanden.

»Erstmal möchte ich mich zu Sam äußern, wenn das okay ist?«

Mira nickte, ehe Hermine weitersprach.

»Ich kenne Sam zwar nicht, aber weißt du, warum ich glaube, dass eure Begegnung wichtig war? Du wirkst so glücklich, wenn du von ihr erzählst. Und du weißt, ich sage das nicht, weil ich irgendeinen Hintergedanken habe. Ich sage es deshalb, weil ich finde, du hast es verdient. Wenn du jemanden findest, der dich genau so annimmt, wie du bist, dann solltest diese Person nicht so schnell wieder hergeben. Ihre beide solltet nicht gleich alles hinschmeißen.«

Mira bedachte sie mit einem zweifelnden, abwartenden Blick. Diese inneren Zweifel kannte sie zu gut, weil sie wusste, wie schnell eine Beziehung zu Bruch gehen konnte. Sie wusste, dass es zu schön wäre, um wahr zu sein, wenn sie es wirklich hinbekommen würden. Das Ungewisse lag immer auf der Lauer.

»Sieh mal, was würde angenommen passieren, wenn ihr weiterhin Kontakt habt? Das war ja auch Sams Vorschlag. Also keine Erwartungen oder Gespräche über eine Beziehung«, fragte Hermine vorsichtig.

Mira sah nach draußen, als könnte sie dort eine Antwort auf Hermines Frage finden.

Sie schwieg auf die Frage hin. Ein paar Augenblicke später wurden ihre Gesichtszüge weicher. »Das weiß ich nicht. Nichts?«, antwortete Mira ganz leise und sie spürte wie Leichtigkeit ihren Körper durchflutete.

»Siehst du? Im schlimmsten Fall würde nichts passieren, also gleiche Ausgangssituation. Manchmal brauchen gute Dinge Zeit. Oder eine andere Lösung muss her und die findet man eben nicht ums Eck im Supermarkt.«

Mira schmunzelte bei der Vorstellung. Da sie sich Wörter, Sätze und Sprichwörter prinzipiell immer bildlich vorstellte, ergab das Ganze immer sehr lustige Bilder in ihrem Kopf. Auch Hermine grinste, weil sie vermutlich verstanden hatte, was Mira zum Lachen gebracht hatte.

»Danke. Du weißt echt nicht, wie sehr mir deine Worte aus der Patsche helfen, Hermine. Ich kann es nicht oft genug sagen, aber du solltest vielleicht eine Karriere als Psychologin anstreben«, antwortete Mira und boxte Hermine sanft gegen den Oberschenkel. Diese wiederrum streckte ihr die Zunge raus und sie lachten beide. Dann legte Mira einen Arm um sie und drückte sie kurz an sich. »Ich hab dich lieb.«

»Und ich dich erst. Übrigens würde ich Sam natürlich gerne einmal kennenlernen. Aber das ist deine Entscheidung. Ich bin nun mal eine neugierige beste Freundin.«

Hermine zwinkerte ihr zu und holte sich dann ihre Tasse Tee vom Couchtisch.

✳✳✳

Am nächsten Morgen wachte Mira ungewöhnlich spät auf. Sie hatte zwar lange und ausgiebig geschlafen, doch es hatte eine Weile gebraucht, um die Geschehnisse des Vortags zu sortieren. Das Gespräch mit Hermine hatte sie unweigerlich zum Nachdenken gebracht und so hatte sie sich abends im Bett ihr Gehirn zermartert. Vor allem ihren Ratschlag, mit Sam Kontakt aufzunehmen, ihnen beiden eine Chance zu geben, bekam sie nicht mehr aus dem Kopf. Ein Teil sehnte sich nach ihr, doch der andere Teil weigerte sich noch immer, diese Idee anzunehmen oder einen Schritt zu wagen.

Mira schwang sich etwas träge aus ihrem Bett und startete langsam ihre Morgenroutine. Zwischendrin war ihr eingefallen, dass sie unbedingt mit Gabriellas Mutter sprechen musste. Gabriella war derzeit zuhause, weil ihr Zustand es noch nicht zuließ, die Schule zu besuchen. Sie notierte es sich gedanklich, sie nach dem Frühstück zu kontaktieren. Als Mira aus dem Bad kam, stand Komet bereits vor ihrer Zimmertür. Sie begrüßte ihn liebevoll und strich ihm über sein Fell. »Guten Morgen Kumpel.«
Hermine kam gerade aus der Küche mit einer Schale Müsli in der einen Hand und einem Buch in der anderen. Sie blickte rasch auf, als sie Mira sah, und lächelte.
»Schon wach? Komet hat übrigens genauso lange geschlafen wie du und deshalb muss er wohl jetzt erst aufs Klo.« Sie schmunzelte.

»Dann drehe ich eine Runde mit ihm, bevor ich auch frühstücken gehe. Mahlzeit übrigens«, entgegnete Mira grinsend.

»Wenn das okay ist? Ich habe dir Wasser hingestellt für den Tee. Bis nachher.« Hermine verschwand wieder hinter der Wohnzimmertür und Mira schlüpfte in ihre Schuhe. Dann fiel ihr ein, dass ihre Kopfhörer noch im Rucksack lagen. Sie kehrte in ihr Zimmer zurück, in dem noch immer ihr ungeöffneter Koffer, stand und holte sie hervor.

Kurze Zeit später verließ sie mit Komet an der Leine das Gebäude.

Diesmal schlug sie einen anderen Weg ein, der zwar ebenfalls am Park vorbeiführte, jedoch kürzer war. Ein frischer Wind wehte an diesem Morgen und trotz der Sonnenstrahlen war es noch recht kühl. Mira genoss die ruhigen Beats ihrer Playlist, und als Komet sein Geschäft erledigt hatte, spazierten sie langsam zurück.

Als Mira wieder die Wohnung betrat, freute sie sich auf ein ausgiebiges Frühstück.

Sie aß drei Brote und trank eine Tasse Tee dazu, dann zog sie sich kurz in ihr Zimmer zurück und wählte die Nummer von Gabriellas Mutter. Das Gespräch dauerte nicht lange und am Ende vereinbarten sie ein Treffen für den heutigen Nachmittag bei Gabriellas Familie zuhause. Nach dem Mira aufgelegt hatte, schwebten ihr viele Fragen durch den Kopf. Auch wenn sie ein bisschen Angst hatte, in welchem Zustand sie Gabriella vorfinden würde, freute sie sich auf ein Wiedersehen. Würde Gabriella zuhause Unterstützung benötigen oder kehrte Mira wieder an die Schule zurück, um sie weiter zu betreuen?

Bekam sie ein anderes Schulkind zugeteilt? Der Gedanke daran ließ sie kurzzeitig erstarren, denn derzeit konnte sie nicht noch mehr Veränderung und Ungewissheit ertragen.

Mira beschloss, erstmal in Ruhe ihren Koffer auszuräumen, nebenbei ließ sie Musik laufen. Ganz langsam beruhigte sich das Chaos in ihrem Kopf, während sie mit dem Wäschekorb das Bad betrat und die Waschmaschine belud. Bis zu ihrem Termin bei Frau Castelli, ihrer Psychologin, hatte sie noch eine Stunde Zeit. Sie holte sich eines ihrer neuesten Bücher aus dem alten Holzregal, warf sich auf ihr bequemes Bett und begann darin zu lesen. Ein leises Scharren an ihrer Zimmertür ertönte und Mira wusste, dass Hermine bereits auf dem Weg zur Uni war.

Komets Kopf erschien im Türrahmen. Er drückte mit einer Pfote gegen die angelehnte Tür und zwängte sich hindurch. Wie so oft kam er um das Bett herum und legte seinen Kopf auf die Bettkante. Mira kraulte seinen Kopf und versuchte sich auf die Handlung zu konzentrieren.

Nach einer Weile schweiften ihre Gedanken jedoch zu dem Termin und zu Sam ab. Sie klappte ihr Buch wieder zu und suchte im Zimmer nach ihrem Smartphone. Sie fand es in ihrer Stofftasche. Erneut öffnete sie die Nachricht und schrieb im leeren Textfeld ein paar Zeilen, ehe sie diese seufzend wieder löschte. Sie hatte einfach keine Ahnung, was sie Sam antworten sollte. Doch sie musste. Außerdem wollte sie unbedingt erfahren, wie der Text ihres Gedichts weiterging. Mira warf einen Blick auf die Uhr und beschloss, dieses Problem auf einen späteren Zeitpunkt zu verschieben. Heute Abend wollte sie Sam schreiben und versuchen, die passenden Worte zu finden.

Fünf Minuten vor ihrem vereinbarten Termin betrat Mira die kleine Praxis, die sich direkt in der Hamburger HafenCity befand. Sie ließ sich in einen der grünen Ohrensessel sinken und wischte sich den Schweiß von der Stirn. Vor jedem Termin spürte sie einen Hauch an Nervosität und fragte sich, wann es endlich entspannter ablaufen würde. Immerhin schaffte sie es, zumindest offen und ohne jegliche Scheu Themen anzusprechen. Und auch wenn sie überfordert oder unsicher war, maskierte sie nicht vor ihrer Therapeutin, sondern ließ es einfach zu oder sprach darüber.

Die Tür vor ihr wurde abrupt aufgerissen. Eine Frau mittleren Alters mit dunklem Teint und schulterlangen, schwarzen glatten Haaren streckte jetzt ihren Kopf heraus. »Hallo Mira. Du kannst gerne schon reinkommen.« Sie lächelte und kleine Fältchen bildeten sich um ihre großen braunen Augen.
Mira stand auf und begrüßte sie knapp, aber freundlich, dann ging sie durch die Tür in den hellen, einladend wirkenden Raum. Holzmöbel waren kombiniert mit schlichter Dekoration. Die grüne Farbe an der Wand gegenüber der Couch, auf die Mira zusteuerte, war in Pastell gestrichen. Im Raum befanden sich überall beigefarbene Keramiktöpfe mit Grünpflanzen. Als Mira die Farbe sah, spürte sie

plötzlich einen Stich in ihrer Brust. In ihrem Kopf erschienen die weichen runden Gesichtszüge von Sam. Es war die beige Mütze, die sie immer trug. So hatte sie Sam kennengelernt und sich in sie verliebt. Dank dieser Mütze auf ihrem Kopf hatten sie sich an dem Nachmittag in Dublin wiedergefunden. Dabei hätte sie nie damit gerechnet und Sam vermutlich ebenfalls nicht.

Hinter ihr wurde die Tür geschlossen und ihre Therapeutin nahm ihr gegenüber auf einem cremefarbenen Polstersessel Platz. Mira setzte sich auf die Couch und stellte ihre Tasche daneben ab. Sofort fing sie an, mit ihrem Ring an ihrem Finger zu spielen und auf ihren Lippen zu kauen.
Frau Castelli bot ihr Wasser an, doch Mira lehnte dankend ab.

»Erzähl einmal, Mira, wie geht es dir heute?« Mira wusste, dass ihre Frage keine höfliche Floskel, sondern wirklich ernst gemeint war. Lange Zeit hatte sie nicht gewusst, warum eigentlich sonst niemand an ihren ausführlichen Antworten über ihr Befinden interessiert war.
»Eigentlich geht es mir heute ganz gut, aber dennoch wandern meine Gedanken immer wieder zu vergangenen Situationen und ich werde total unsicher.«
Frau Castelli erkundigte sich vorsichtig, welche Gedanken sie beschäftigten. Mira kam nicht drum herum. Sie musste ihr von Sam erzählen, immerhin war sie Teil ihrer Gefühlswelt. Sie erzählte ihr eine Kurzversion ihrer Reise. Details sparte sie aus, schließlich war es nicht notwendig, alles preiszugeben.
»Hast du eine Idee, wie du mit Sam in Kontakt bleiben möchtest, sodass ihr euch beide vorsichtig herantasten könnt? Immerhin sind die Schritte zu einer Beziehung, also das Davor, auch sehr wichtig«, lenkte sie ein, nachdem Mira das Thema Fernbeziehung angesprochen hatte.
»Ich möchte ihr auf jeden Fall eine Nachricht schreiben, vielleicht können wir uns über unsere Ängste austauschen und auch

telefonieren, vorausgesetzt Sam möchte das auch.« Mira wusste, dass Kontakt mit einer Person nicht unbedingt bedeuten musste, dass sich daraus eine Beziehung ergab. Doch die Gefühle waren nach wie vor präsent und dies zu verleugnen half ihr genauso wenig.

Nach dem Gespräch mit Frau Castelli fühlte sie sich etwas sicherer und fasste neuen Mut. Gemeinsam vereinbarten sie einen Folgetermin und Mira verabschiedete sich von ihr. Als sie aus dem Gebäude trat, schlug ihr die warme aufgeheizte Luft direkt entgegen. Die sommerlichen Temperaturen waren heute sehr stark spürbar. Zum Glück hatte Mira ein ärmelloses Top gewählt, denn jedes weitere Stück Stoff wäre unerträglich gewesen. Jetzt nach der Therapie war ihre Stimmung ausgelassener und Mira hatte so richtig Lust auf ein Eis und auf eine kleine Auszeit im Grünen. Da Hermine heute einen langen Unitag hatte, würde sie zum Mittag nicht zuhause sein. Das bedeutete, dass Mira etwas kochen musste. Doch auf Kochen und eine warme Mahlzeit hatte sie wenig Lust, also entschied sie sich spontan, noch am Supermarkt vorbeizugehen, um sich ein Sandwich zu holen.

Zehn Minuten später erreichte Mira den Wohnblock und schloss die Tür etwas erschöpft auf. Im Treppenhaus war es angenehm kühl und sie war dankbar für eine Verschnaufpause.
Hinter ihrer Wohnungstür hörte sie Komet leise winseln, er war ganz aufgeregt als sie eintrat. Beinahe hätte sie das Sandwich fallen gelassen, weil er bei seiner stürmischen Begrüßung, seine feuchte Schnauze gegen ihre Hand drückte. »Hey mein Junge, schon gut. Ich bin ja wieder da.« Sie tätschelte seinen Kopf, bis er sich einigermaßen beruhigt hatte. Dann schnupperte er an dem Sandwich, welches sie auf die Truhe im Flur gelegt hatte.

»Oh nein. Das gehört mir, aber du bekommst gleich etwas viel Besseres.« Mira schnappte sich das Sandwich und die Packung Ben and Jerry's-Eis, ehe sie in die Küche ging. Das Eis legte sie in die Gefriertruhe und das Sandwich packte sie aus und legte es mit einer Serviette auf einen kleinen Teller. Danach holte sie aus einem der Schränke Trockenfutter und Nassfutter hervor und stülpte den Inhalt in den Futternapf, der in einer Ecke im Flur stand. Komet war ihr gefolgt und beäugte jeden ihrer Schritte, als würde er kritisch prüfen, was sie tat. »Lass es dir schmecken, Kumpel.« Als Mira endlich mit dem Teller in der Hand im Wohnzimmer stand, fiel ihr ein, dass sie eigentlich auch etwas trinken wollte. Also kehrte sie noch einmal zurück und goss sich in der Küche ein Glas Saft ein.

Mit voll beladenen Händen war sie wieder im Wohnzimmer angelangt und ließ sich seufzend auf die Couch plumpsen. Dann nahm sie einen großen Bissen von dem Gemüse-Sandwich mit Käse.
Vom Flur her ertönte ein leises klapperndes Geräusch. Ein Anzeichen dafür, dass Komet in wenigen Augenblicken mit dem Fressen fertig war. Mira trank aus ihrem Glas und machte es sich im Schneidersitz bequem. Ihre Gedanken schweiften zu Gabriella. Genau genommen zu ihrem Job, von dem sie nicht wusste, wie lange sie ihn noch durchhalten würde. Wollte sie überhaupt weitermachen? War die Grenze nicht schon längst erreicht? Seit der Rückkehr hatte sie sich diese Fragen immer mal wieder gestellt, doch sie hatte keine Antworten gefunden. Als sie in Dublin gewesen war, hatte auf einmal alles möglich geschienen. Auch die Idee, ein Studium anzufangen, war nach wie vor ein Thema für Mira.

Die Wohnzimmertür öffnete sich langsam wie durch Geisterhand. Mira blickte Richtung Tür und musste schmunzeln, als Komet seinen Kopf durch den Spalt schob, gefolgt vom Rest seines Körpers. Sie nahm noch ein paar Bissen von ihrem Sandwich. Gedankenverloren stellte sie den Teller auf den Couchtisch. Sie musste eine Entscheidung treffen, doch allein ging das nicht. Sie würde wieder einmal um Hermines Rat bitten müssen. Bald würde ihr noch schwindlig werden bei so vielen Entscheidungen, die auf sie zukamen. Weglaufen hatte aber auch keinen Sinn.

Mira stand auf und räumte ihr Geschirr ab, dann schnappte sie sich das Eis aus der Tiefkühltruhe und rief Komet.
»Na los, wir wollen die Sonne doch noch genießen.« Sie legte ihm das Halsband an, schlüpfte erneut in ihre Sneaker und verließ mit Komet die Wohnung.

***

Am späteren Nachmittag stieg Mira in ihr Auto, um zur Adresse von Gabriellas Familie zu fahren. Das gelb gestrichene Reihenhaus lag in einem anderen Stadtteil, in einer ruhigen Gegend Hamburgs. Mira war zuvor erst einmal hier gewesen, um die ganze Familie kennenzulernen, doch sie hatte es noch sehr genau in Erinnerung. Alles wirkte ländlich und idyllisch, denn neben der Landstraße erstreckten sich Wiesen und schmale Felder. Sie parkte ihr Auto neben einem großen schwarzen Kombi, dann stieg sie aus und sah sich erst einmal um.
Als Mira den Eingang entdeckt hatte, trat sie auf das Gartentor zu. Sie war gerade dabei, auf die Klingel zu drücken, da schwang auch schon die Eingangstür auf und Gabriellas Mutter winkte ihr zu. »Ist offen!«, rief sie ihr zu.
Der Rasen im Vorgarten war gepflegt und auch die Blumenbeete sahen wunderschön aus. In einer kleinen Ecke stand eine Korbschaukel, denn Gabriella liebte es zu schaukeln.
»Hallo Mira, komm doch rein.« Gabriellas Mutter stand vor ihr und lächelte. Sie hatte dunkelbraunes lockiges Haar und trug eine Stoffhose und ein weißes Trägertop. »Danke.«
Mira erwiderte ihr Lächeln ging an ihr vorbei in den Flur. Drinnen war es angenehm kühl. Der Marmorboden unter ihren Füßen erstrahlte, als wäre er frisch gereinigt worden. Gemeinsam betraten sie die Küche. Alle Möbel waren in Anthrazit gehalten und es gab eine riesige Kücheninsel und viele Familienfotos an den Wänden.

»Was möchtest du trinken? Einen Kaffee oder Tee. Wir haben auch frischen Holunderblütensaft.«

»Ich nehme gerne einen Saft. Holunderblüten sind super!« Mira strahlte sie an.

»Du kannst schon mal ins Wohnzimmer schauen, Gabriella rastet dort in ihrem Rolli, sie dürfte aber munter sein. Ich komme gleich zu euch«, sagte sie freundlich und Mira nickte.

Sie verließ die Küche und öffnete eine große breite Schiebetür die in den gemütlichen Wohnraum führte. Gabriella saß mit dem Rücken zu ihr in ihrem bunten Rollstuhl. »Hallo Gabriella.« Ein fröhliches Quietschen kam aus ihrer Richtung und Mira trat langsam näher.

»Ich bin es, Mira.« Sie fasste ihr kurz an die zarte Schulter. Gabriellas dunkles Haar sah fast schwarz aus. Sie trug es in einem hohen Zopf und ihr Gesicht hatte einen hellbraunen Teint angenommen. Sie sah schon viel besser aus als damals im Krankenhaus und strahlte wie die Sonne selbst. Vermutlich hatte sie die meiste Zeit im Garten auf ihrer Schaukel verbracht.

Ihre dünnen Arme steckten in einem hellrosa Shirt mit Regenbogenmuster darauf. Dazu trug sie eine Leggings und dünne Socken.

Mit einem Tablett in der Hand, auf dem ein Krug, Gläser und ein Teller Kekse standen, betrat ihre Mutter den Wohnraum. Gabriellas Rollstuhl stand direkt neben dem großen Esstisch, der in hellem Holz erstrahlte. Mira nahm gegenüber von Gabriella und ihrer Mutter Platz. Während diese Gabriella einen Trinkbecher hinhielt, bediente sich Mira am Holundersaft. Sie nahm einen Schluck und schmeckte sofort die süße Note mit einem Hauch von Zitrone auf ihrem Gaumen.

»Der ist wirklich köstlich«, entgegnete Mira und wandte sich dann zu Gabriella. Ihre Mundwinkel hoben sich, als Mira sie anlächelte.

»Wie geht es ihr?« Mira blickte wieder zu ihrer Mutter, die sich ebenfalls ein Glas Saft eingeschenkt hatte. Diese ließ sich ein wenig in ihrem Sessel zurücksinken, ehe sie eine Antwort gab.

»Gabriella hat das Schlimmste überstanden, dennoch ist sie ziemlich erschöpft von dem Aufenthalt im Krankenhaus. Um ehrlich zu sein, mache ich mir etwas Sorgen. Ich möchte kein Risiko eingehen und sie frühzeitig wieder in die Schule schicken. Du weißt ja, wie schnell sie eine Verkühlung mit nach Hause schleppt.«

Mira nickte sofort, sie konnte es voll und ganz nachvollziehen. Sie selbst hätte wahrscheinlich ähnliche Sorgen, wenn es ihr Kind wäre. »Gabriella bleibt bestimmt bis Herbstende zuhause. Wir haben die Therapien schon adaptiert und ich kann meine Arbeitszeit verkürzen, sodass ich mich um sie kümmern kann«, fuhr ihre Mutter mit ruhiger Stimme fort.

»Das klingt toll, wenn für dich diese Möglichkeit besteht«, entgegnete Mira. Gabriellas Mutter lächelte sanft und nickte.
»Ja, dafür bin ich sehr dankbar, zum Glück kann mein Mann so weiterhin Vollzeit arbeiten.«
Sie machte eine kurze Pause und es schien, als ob sie noch etwas loswerden wollte, doch dann blickte sie Mira wieder an.
Mira nahm allen Mut zusammen. Sie hatte sich zuvor schon ein paar Sätze zurechtgelegt, um von ihren eigenen Plänen zu erzählen. Sie nahm einen tiefen Atemzug und legte ihre Hände in den Schoß, ehe sie Gabriellas Mutter ansah.
»Ich wollte dir auch etwas erzählen. Bei mir hat sich einiges, nun ja, wie soll ich sagen … verändert. In Bezug auf mein Privatleben als auch meine zukünftigen Pläne im Job.« Gabriellas Mutter hörte ihr aufmerksam zu. Sie hob kurz eine Braue, doch sie wirkte kein bisschen überrascht. Vielleicht merkte man es ihr aber auch einfach nicht an.
»Ich habe auf meiner Reise wen kennengelernt. Es ist etwas kompliziert, da wir so weit voneinander entfernt leben. Sam studiert in Dublin …« Jetzt war es raus und Mira wunderte sich, dass ihr dieser Satz gar nicht so schwergefallen war, wie sie geglaubt hatte.

»Das ist aber schön. Auch wenn die Distanz sehr groß ist, es gibt für alles eine Lösung.« Gabriellas Mutter hatte ein breites Lächeln aufgesetzt.

»Ja. Es ist noch schwer zu sagen, wie es mit uns weitergeht. Aber das Zweite ist mein beruflicher Weg. Ich möchte Schriftstellerin werden und denke schon sehr lange über ein Studium nach, um meine Fähigkeiten zu erweitern. Du weißt ja, wie gerne ich die Kids in der Schule betreue, aber es verlangt mir sehr viel ab. Ich bin immer wieder total überreizt oder erschöpft.«

Sie nickte. Gabriellas Mutter war eine der wenigen Menschen, die über ihre Diagnose Bescheid wussten.

»Das kann ich sehr gut verstehen, Mira. Die Arbeit machst du wirklich ganz toll mit Gaby. Dennoch ist es wichtig, dass es dir gut geht. Ich denke, du solltest es in Angriff nehmen. Ich meine damit deinen Wunsch, Schriftstellerin zu werden.« Sie zwinkerte ihr zu, als sie den Satz beendet hatte.

Mit einem Mal war Mira dankbar, denn sie fühlte sich ernst genommen. Es war nicht immer selbstverständlich, das wusste sie aus eigener Erfahrung.

»Was deine finanzielle Situation angeht, hätte ich auch noch einen Vorschlag. Wenn du möchtest, kannst du im Herbst einige Stunden Gabriella weiter betreuen. So lange wie du es für richtig hältst. Die Bezahlung würde ich dann mit dir einfach abklären. Wäre das eine Option für dich? Lass dir ruhig Zeit, du musst mir nicht sofort Bescheid geben«, fügte sie in sanftem Ton hinzu.

Mira nickte langsam.

»Das wäre bestimmt möglich. In der Schule habe ich noch nicht zugesagt, dass ich im Herbst weiterarbeiten werde.«

Sie spürte in dem Augenblick, wie eine Last von ihr abfiel. Dieses Gespräch hatte sie schon viel zu lange vor sich hergeschoben. Und sie hatte es gebraucht. Es war, als wäre ein Stein in ihr ins Rollen gekommen.

Zudem hatte sie jetzt viel mehr Selbstvertrauen, dieses Thema anzusprechen und weitere Schritte zu planen. Voller Vorfreude dachte sie an den heutigen Abend, wo sie Hermine in ihre Ideen einweihen wollte.

»Vielen Dank«, brachte Mira erleichtert hervor. Mehr Worte waren in diesem Moment überflüssig.

Als Mira sich wenig später an der Tür von Mama und Tochter verabschieden wollte, spürte sie ein wenig Wehmut aufkommen. Dennoch wusste sie, dass es kein Abschied war. Sie hatten vorerst vereinbart, dass Mira zeitweise Gabriella zuhause betreuen würde. Doch wie es danach weiterging, wusste Mira noch nicht. Alles hing von ihrem Plan ab. Es war ein erster Schritt in Richtung Neuanfang.

»Melde dich, ich würde mich freuen, wenn du uns wieder besuchen kommst. Du bist jederzeit willkommen.« Gabriellas Mutter hatte ihre Tochter aus dem Rollstuhl gehoben und trug sie auf der Hüfte. Mira nickte.

»Ich komme dich ganz bald wieder besuchen«, flüsterte sie Gabriella zu, die ein leises Quietschen von sich gab. Daraufhin fingen alle drei an zu lachen.

»Sie freut sich jetzt schon«, entgegnete ihre Mutter lächelnd.

Kapitel 25
Sam

Sams Smartphone vibrierte. Ihre Finger schnellten in die Tasche ihrer Regenjacke. Doch als sie auf das Display sah, seufzte sie auf und schob es sogleich wieder zurück. Etwas tropfte in ihren Nacken und sie erschrak. Zu spät bemerkte sie, dass sie bereits in den strömenden Regen geraten war.

Eben erst hatte sie den Bahnhof bei der Station Tara Street verlassen. Sie spannte ihren Schirm rasch auf und folgte einigen Passanten, die ebenfalls Richtung Innenstadt unterwegs waren. Ihre Stimmung war augenblicklich im Keller. Die Nachricht war von Liam gewesen, der ihr für ihren Probearbeitstag im Café alles Gute gewünscht hatte.

Ihre Gedanken schweiften immer wieder zu Mira. Wann würde sie sich melden? Wollte sie sich überhaupt melden? Seit Dienstag gingen ihr ständig die gleichen Fragen durch den Kopf. Und heute war Freitag und sie hatte noch immer nicht geantwortet. Sam verstand, dass Mira Zeit brauchte. Sie selbst hatte ja keine Ahnung, wie sie mit dieser Situation umgehen sollte. In ihrem Hinterkopf hatte sie sich die schlimmsten Szenarien ausgemalt. Letztens war sie mitten in der Nacht aufgewacht. Sie hatte davon geträumt, dass Mira in einem blauen Kleid vor ihr stand, und dann war sie auf einmal im Meer verschwunden. Ein merkwürdiger Traum. Sie war schweißgebadet aufgewacht und hatte danach nicht mehr einschlafen können. Ihre Sehnsucht, Mira wiederzusehen, wurde von Tag zu Tag größer.

Sam überquerte eine stark befahrene Kreuzung und ließ den Parliament Square und das vertraute Areal des Trinity Colleges hinter sich. Der Himmel war heute Grau in Grau und Sam war es nur recht. Dennoch, irgendwie musste sie diesen Arbeitstag überstehen und hoffte, dass zumindest dort alles positiv für sie laufen würde.

Sam war Liam dankbar, denn er hatte sie dazu überredet, sich in dem Café zu bewerben. Nachdem sie sich am Mittwoch seit Langem wieder mit ihm getroffen hatte, war er es gewesen, der sie angestiftet hatte, dort einmal nachzufragen.

Eigentlich hätte sie selbst auf die Idee kommen können.

Sie hatte noch dazu großes Glück gehabt. Das Team war derzeit vollständig besetzt, aber sie brauchten jemanden für zwei Tage die Woche, der zusätzlich aushalf. Für Sam wäre dies der perfekte Nebenjob zu ihrem Studium.

Nach zehn Minuten erreichte sie das Innenstadtviertel und bog in die Grafton Street ein. Vor dem kleinen, weiß gestrichenen Gebäude stoppte sie abrupt ab. Eine Art Déjà-vu hatte sie eingeholt und sie musste sich zwingen, diese Gedanken beiseitezuschieben. Eigentlich waren es ja schöne Momente gewesen. Es waren die schönsten in ihrem bisherigen Leben gewesen, als sie mit Mira durch exakt diese Tür gegangen war, vor der sie nun stand.

Kurz schüttelte sie sich und ihr fiel wieder ein, wieso sie hier war und dass sie ein Ziel vor Augen hatte. Sie blickte zu ihren schwarzen Converse, die jetzt halb durchnässt waren. Immerhin war ihre Kleidung trocken geblieben.

Sam ergriff den Türknauf. Drinnen war es wie immer gemütlich. Das warme Licht und die helle Einrichtung ließen sie den Regen und das trübe Wetter vergessen. Sam atmete tief durch. Es war, als würde man nach Hause kommen, in sein eigenes Wohnzimmer, nur eben in größerer Ausführung.

Eine junge Frau mit langen Haaren, die in hellem Rotblond erstrahlten, trat hinter der Theke hervor und winkte ihr kurz zu. Es war Allie, die Inhaberin, mit der sie vor zwei Tagen telefoniert hatte.

»Hey Sam!«, rief sie und strahlte dabei über das ganze Gesicht. Sam wurde warm ums Herz, weil sie nicht mit so einem freundlichen Empfang gerechnet hatte. Sie stülpte ihren Regenschirm in einen großen gelben Kübel, der bei der Eingangstür stand, und trat näher.

»Es freut mich sehr dich, kennenzulernen, wir haben uns ja schon am Telefon einander vorgestellt, ich bin Allie! Und außerdem kommt mir dein Gesicht sehr bekannt vor. Du bist oft hier, nicht wahr?« Sie streckte ihr die Hand hin und Sam nickte und tat es ihr gleich.

»Freut mich, ich bin Sam.« Die Nervosität von vorhin war wie weggeblasen.

»Komm, ich zeige dir, wo du deine Sachen ablegen kannst, und dann können wir starten, wenn es okay ist?«

Sam nickte und folgte ihr in einen kleinen Nebenraum. Es war eine Art Garderobe, die durch eine Tür vom Cafe getrennt war. In dem Raum befand sich zusätzlich eine separate Toilette. Es war ein wenig eng, aber vollkommen ausreichend und sauber.

»Das ist der Personalraum, du kannst gerne alles ablegen, die Tür wird mit diesem Schlüssel abgeschlossen.« Allie hielt ihr einen silbernen Schlüsselbund vor die Nase. »Der gehört vorerst dir. Wenn der Probearbeitstag vorüber ist, dann entscheide ich, ob es für uns passt. In dem Fall kannst du ihn bei dir behalten, solltest du bei uns zu arbeiten anfangen.«

»Alles klar, danke.« Sam nahm ihn entgegen und steckte ihn sogleich ein. Dann trat sie zur Garderobe und hängte dort ihre Regenjacke auf einen der Hacken. Darunter stellte sie ihren Rucksack ab und stopfte ihre Kopfhörer in das vorderste Fach.

Allie wartete geduldig, und als Sam zu ihr herüberkam hielt sie ihr die Tür auf.

»Na dann los, bist du bereit?«, fragte sie und zwinkerte ihr zu, als sie hinter die Theke traten. Sam fragte sich wie alt Allie sein mochte. Sie sah sehr jung aus, dennoch wirkte sie wie jemand, der jahrelange Erfahrung in der Gastronomie hatte. Immerhin war sie stolze Besitzerin eines eigenen Cafes. Rasch nickte Sam und warf einen Blick auf die Karte, die Allie ihr auf die Arbeitsplatte geschoben hatte.

»Also, zuerst möchte ich, dass du dir unsere Speisekarte ansiehst. Dort findest du hauptsächlich die warmen Getränke, aber auch kleine Snacks, die wir anbieten. Die Kuchen an der Theke sind beschriftet, wie du siehst. Hier kannst du nichts vertauschen«, erklärte Allie.

Sam nickte aufmerksam und las sich dann die Karte zweimal von oben bis unten durch. Es war keine Schwierigkeit, sich einen Überblick zu verschaffen.

»Alles klar, das kann ich mir merken«, wandte sie sich grinsend an Allie.

»Keine Sorge, du musst nichts auswendig lernen, es geht nur darum, dass du grob Informationen geben kannst, wenn ein Gast nachfragt.« Allie nahm ihr die Karte wieder aus der Hand und legte sie auf den Stapel zu den anderen.

»Deine Hauptaufgaben sind das Aufnehmen von Bestellungen und du unterstützt uns dabei, hinter dem Tresen alles vorzubereiten. Die Heißgetränke an der Maschine musst du nicht selbst zubereiten. Vielleicht können wir dich bei Gelegenheit einschulen, wenn notwendig. Außerdem hilfst du beim Servieren.« Allie sah sie kurz an. »Ist bisher etwas unklar? Du kannst gerne nachfragen, okay?«

»Jap. Ich habe so weit alles verstanden.«

»Super! Ach ja, die Abrechnungen werden nur von mir und dem Stammpersonal durchgeführt. Damit hast du nichts am Hut.« Sie grinste, sodass man ihre makellosen weißen Zähne erkennen konnte. Sam mochte Allie jetzt schon, sie wirkte sehr aufgeschlossen und freundlich und man spürte, dass sie ihre Arbeit wirklich liebte.

»Wie du siehst, haben wir momentan wenig Gäste. Es ist sehr abhängig von der Tageszeit, aber auch vom Wochentag. Du wirst uns hauptsächlich an den Nachmittagen unterstützen. Heute ist eine Ausnahme, sodass du dir alle Abläufe in Ruhe ansehen kannst.« Allie war hinüber zur Kaffeemaschine gegangen, während sie mit Sam gesprochen hatte. Sie kümmerte sich inzwischen um eine Bestellung, einen Macchiato, für eine ihrer Kolleginnen und positionierte diesen auf einem kleinem Tablett.

Eine Frau mit dunkelbraunen Haaren und grauen Strähnen kam zu ihnen an die Theke. Allie winkte sie kurz zu sich. »Das ist Sam. Sie hat heute ihren Probearbeitstag bei uns. Wäre es okay, wenn sie dich ein wenig beim Austragen der Bestellungen unterstützt?« Amber hatte ein rundes, etwas gerötetes Gesicht und einzelne Lachfalten zierten ihre Augenpartie.

»Hallo. Willkommen, ich bin Amber. Du kannst gleich das Tablett in die Hand nehmen, ich begleite dich zum Tisch, okay?« Sie streckte ihre Hand aus und Sam schüttelte sie kurz.

»Ich bin Sam. Freut mich.«

Sam hob das Tablett sogleich auf ihre Handfläche. Es fühlte sich nicht fremd an, denn sie hatte in ihrer Schulzeit sehr oft in einer Catering-Firma ausgeholfen, daher war diese Aufgabe kein Problem. Sie folgte Amber zu einem der hinteren Tische und servierte den Macchiato einem jungen Mann. Sie fragte höflich, ob er noch irgendeinen Wunsch hatte, und kehrte dann wieder zum Tresen zurück. Allie verschwand wieder in ihr Büro, damit sie sich um die Buchhaltung kümmern konnte, und Sam arbeitete mit Amber weiter.

Die Zeit verging sehr schnell. Sie nahm abwechselnd Bestellungen auf und trug diese mithilfe von Amber zu den Tischen. Nach einer guten Stunde konnte sie viele Dinge schon allein durchführen und war zufrieden mit sich. Ihre Kollegin stellte sich als lebensfrohe, herzliche Person heraus und scherzte mit ihr, wenn gerade nichts zu tun war.

Dann gegen Mittag schickte Allie Sam in die Pause.

»Wie geht es dir beim Arbeiten? Läuft doch echt gut, oder?« Sie waren nach hinten in den Personalraum gegangen. Sam schloss die Tür hinter sich und nickte zufrieden.

»Es macht Spaß und ich komme wirklich gut zurecht. Danke dir, dass ich diese Chance so kurzfristig bekommen habe.« Ihre schlechte Laune von heute Morgen war verschwunden und sie hatte kaum Zeit gehabt, sich Gedanken über Mira zu machen.

»Das freut mich ehrlich. Ich denke, du könntest wirklich gut in unser Team passen. Mach erst einmal Pause. Wir sehen uns später!« Allie schenkte ihr ein strahlendes Lächeln und verschwand dann wieder hinter einer schmalen dunklen Tür, auf der in silberner Schrift *Office* stand.

Sam blickte ihr kurz nach. Sie fragte sich, ob Allie ihr eben eine Art Zusage gegeben hatte. Hatte sie da eine unterschwellige Bemerkung herausgehört, einen Wunsch, dass Allie sie in ihrem Team haben wollte? Zumindest lief es sehr gut, Sam war optimistisch.

Plötzlich fiel ihr ein, dass sie Liam per Nachricht auf dem Laufenden halten wollte. Sie nahm ihr Telefon aus dem Rucksack und ging dann noch einmal nach vorne ins Café, um nach Amber Ausschau zu halten.

Die kam gerade mit einem Tablett voller Geschirr von einem der Tische zu ihr an die Theke. »Was brauchst du, Liebes? Möchtest du einen Cappuccino oder etwas anderes?«, fragte Amber und stellte ihre Ladung auf den Tresen neben den Geschirrspüler.

»Eigentlich wollt ich nicht stören, aber hättest du kurz Zeit, mir einen zu machen?« Es war ihr etwas unangenehm, ihre vielleicht zukünftige Kollegin zu fragen. Dennoch hatte sie Sam am Morgen angeboten, dass sie sich jederzeit an der Kaffeemaschine bedienen durfte.

»Natürlich. Keine Scheu, du kannst mich immer fragen, okay?« Amber schenkte ihr ein warmes Lächeln und machte sich dann geduldig an der Kaffeemaschine zu schaffen.

»Trinkst du deinen Cappuccino mit Hafermilch? Ich frage immer gleich, weißt du? Die meisten jungen Leute wollen ihn ohne Kuhmilch.« Amber kicherte und Sam fand es sehr aufmerksam von ihr, extra nachzufragen.

»Sehr gerne.« Sie grinste zu Amber hinüber, ehe ihr eine andere Frage in den Sinn kam, die sie schon vorhin beschäftigt hatte.

»Wie lange arbeitest du eigentlich schon hier?«, fragte sie, während Amber damit beschäftigt war die Milch aufzuschäumen. Der Duft von frisch gerösteten Bohnen stieg Sam in die Nase.

»Seit der Eröffnung vor neun Jahren. Damals habe ich sogar beim Aufbau der Möbel geholfen. Allie und ich kennen uns schon lange und sind auch sehr gut befreundet. Wir haben gemeinsam die schwierige Anfangsphase gemeistert.« Amber wirkte stolz und reichte ihr die große Tasse. »Lass ihn dir schmecken! Ich würde wirklich gerne noch ein bisschen quatschen, aber ich muss noch eine Bestellung aufnehmen.«

Sie schnappte sich ihren Block und ein großes Tablett und steuerte einen Tisch an.

»Danke nochmal!«, rief Sam, dann nahm sie die Tasse, die bis zum Rand mit Milchschaum gefüllt war. Als sie in den Personalraum zurückkehrte, ließ sie sich auf die Couch neben der Garderobe nieder. Sie stellte die Tasse auf den Tisch, der in Kanariengelb gestrichen war, und holte ihr Telefon hervor.

Als sie den Bildschirm entsperrte und gerade den Chat mit Liam öffnen wollte, erstarrte sie. Auf ihrem Display leuchtete eine Nachricht auf. Diesmal war sie nicht von Liam.

Sie war von Mira.

Beinahe hatte sie vergessen, Luft zu holen, ihr Herz begann wie wild zu klopfen. Ihr ganzer Körper schien in Alarmbereitschaft und mit einem Mal kam alles an Emotionen, Erwartungen und Sehnsüchten wieder an die Oberfläche.

Zögernd öffnete Sam den Chat und eine längere Nachricht erschien.

Hallo Sam.

Erst einmal tut es mir leid, dass ich mich so lange nicht gemeldet habe. Als ich nach Hamburg zurückgekehrt bin, da war es, als würde ich in eine andere Welt reisen, in die ich eigentlich nicht hineinpasse. Mittlerweile geht es mir schon besser. Ich habe ein paar Sachen klären müssen. Ich denke viel über meine Zukunft nach, weißt du? Dublin hat etwas mit mir gemacht. Du hast etwas mit mir gemacht. Du fehlst mir auch sehr und ich möchte gerne mit dir in Kontakt bleiben.

Ich weiß nicht, wo uns das Ganze hinführen wird. Ich wünschte, ich könnte es beantworten. Für dich, für mich. Für uns. Der Tag am Meer hat mir die Augen geöffnet. Nicht nur das, du hast mir gezeigt, dass man überall zuhause sein kann. Wir sind immer und überall verbunden mit unseren liebsten Menschen. Du hast mir deinen Lieblingsort gezeigt, hast mir dein Innerstes offenbart. Deine verletzliche Seite. Du machst so viel mit mir!

Ich danke dir dafür. Ich hoffe, dass es dir gut geht. Ich vermisse dich unendlich. Und ja, ich möchte sehr gerne erfahren, wie unser Gedicht weitergeht. Bis bald. Deine Mira

Mit klopfendem Herzen las Sam die Nachricht noch ein weiteres Mal. Plötzlich spürte sie einen dicken Kloß in ihrem Hals. *Mira vermisste sie sehr.* Sie war nicht sauer, es war alles okay zwischen ihnen und es klang nach der Wahrheit. Mira hatte nur Angst, genauso wie sie selbst. Angst vor dem Ungewissen. Vielleicht auch davor, dass sie sich aus den Augen verlieren würden. Dass es nie zu einer Beziehung kommen würde, weil es aus irgendeinem Grund für einen von ihnen beiden zu schmerzhaft wäre, eine Fernbeziehung zu führen. Sie spürte förmlich, wie es ihr die letzten Tage ergangen war. Die Zeilen, die sie geschrieben hatte, schilderten nur allzu deutlich, dass sie ebenfalls zu kämpfen hatte. Aber was meinte sie mit den Dingen, die sie klären musste?

»Alles okay bei dir?« Eine warme Stimme holte Sam ins Hier und Jetzt. Allie hatte den Raum leise betreten. Sie ließ augenblicklich ihr Telefon in den Schoß sinken.

»Ähm … ja. Alles gut«, gab sie zögernd als Antwort.
»Wirklich? Du siehst ein wenig blass aus.« Allie hob eine Augenbraue. Doch Sam wusste nicht recht, was sie ihr anvertrauen wollte. Schließlich war dies eine private Angelegenheit. Sie entschied sich für die halbe Wahrheit.

»Eine Freundin hat sich endlich gemeldet, ich hatte mir schon Sorgen gemacht. Ist aber alles gut«, antwortete sie mit fester Stimme. Es klang überzeugend, denn immerhin steckte ja die Wahrheit mit drin. »Ich trinke eben noch meinen Kaffee.« Sam deutete auf die Tasse vor sich.

»Alles gut, lass dir nur Zeit, du kannst um halb zwei wieder starten«, entgegnete Allie freundlich. Sie schien überzeugt von ihrer Antwort zu sein, denn sie verschwand wieder hinter der Tür, die direkt ins Cafe führte.

Sam starrte erneut auf den Bildschirm. Sie dachte an Mira. Wo sie wohl gerade war? Sie stellte sich ihr Gesicht vor, ihr Lachen, ihre blauen Augen. Sie dachte zurück an die Tage, die sie mit ihr verbracht hatte. Stellte sich jeden schönen Moment vor, wie im Zeitraffer.
Sie dachte an den ersten Kuss im Zug und an ihre warmen Umarmungen. Jetzt war das alles so weit weg und Mira schienen einige Dinge zu belasten. Und sie, sie war nicht bei ihr. Sie konnte nichts tun.

Sie nahm schließlich einen großen Schluck Kaffee, er war mittlerweile lauwarm. Dann steckte sie das Telefon in ihren Rucksack zurück und verließ den Raum. Zuerst musste sie ihren Arbeitstag beenden, danach würde sie weitersehen.

***

Um viertel nach drei verließ Sam, mit einem breiten Grinsen auf ihrem Gesicht, das Café. Der Regen hatte sich verabschiedet, auch wenn die Wolken noch immer dicht am Himmel hangen. Von ihr aus konnte ein Hagelsturm aufziehen, es war Sam komplett egal. Niemand konnte ihr ihre gute Laune jetzt wegnehmen, denn sie hatte soeben ihre Jobzusage erhalten. Beschwingt setzte sie einen Fuß vor den anderen und überlegte in ihrer Euphorie, ihr Telefon herauszuholen und Miras Nummer zu wählen. Etwas bremste sie schließlich. Sie wusste ja nicht einmal, ob Mira telefonieren wollte. Ein kurzes Ziehen in ihrer Brust machte sich bemerkbar. Zu gerne hätte sie diese tollen Neuigkeiten mit ihr geteilt. Mira fehlte ihr so sehr, dass es wehtat. Spontan griff sie nun doch zum Telefon und tippte eine Nachricht. Sie war für Liam bestimmt.

Eine Dreiviertelstunde später stand Sam vor dem Pub, das unweit des Cafés lag. Liam, der gerade auf sie zugelaufen kam, trug eine dunkelblaue Mütze und winkte ihr. Dann blieb er direkt neben ihr stehen.
»Hey! Danke für deine Spontaneität.« Sie boxte ihm kurz freundschaftlich gegen die Brust und zog ihn in eine schnelle Umarmung.
»Immer doch. Für dich jederzeit«, gab er als Antwort und konnte sich ein Lachen nicht verkneifen, als er ihren verwirrten Gesichtsausdruck bemerkte. »Was, das war ernst gemeint.« Er streckte ihr belustigt die Zunge raus und wandte sich dann in Richtung des Pubs. »Wollen wir?«

»Jawohl.« Sam ging ihm voraus und betrat einen verdunkelten Raum mit kleinen runden Holztischen und einer großen Bar. Sie nahm den meisten Platz im Raum ein. Unzählige Zapfhähne reihten sich hinter dem Tresen an der Wand aneinander. Es roch ein wenig abgestanden, war aber angenehm warm und urig. Sie kannte dieses Pub, denn früher war sie ein paarmal mit Liam und Kira hier gewesen.

Liam steuerte einen der Tische im hinteren Bereich an und sie ließen sich auf die Holzstühle sinken. Es war nicht sehr viel los, da erst später Nachmittag war. Sam bestellte sich eine Cola und Liam ein Bier. Als sie die Getränke entgegengenommen hatten, sah Liam sie erwartungsvoll an.

»Erzählst du mir jetzt endlich, wie es gelaufen ist, ich brenne auf Infos, immerhin bin ich derjenige, der dann einen Gratis-Kaffee bekommt, wenn du dort anfängst zu arbeiten.« Liam schmunzelte, während er sein Bierglas hin- und her schob.

»Mal sehen. Will ich das überhaupt?«, entgegnete sie frech und grinste.

»Nein, jetzt im Ernst, ich freue mich sehr, dass du die Stelle bekommen hast. Außerdem scheinen dort alle echt nett zu sein. Oder?« Er hatte sich aufgerichtet und blickte ihr direkt ins Gesicht.

»Ja, ich bin wirklich glücklich. Die Arbeit hat sogar ziemlich viel Spaß gemacht. Allie und Amber sind total entzückend und so nett zu mir. Man merkt, dass sie ihre Arbeit im Café lieben. Der Tag ist super verlaufen und Amber hat mir danach sofort zugesagt«, antwortete Sam beschwingt.

Sie war in diesem Moment sehr erleichtert, dass sie diese Hürde gemeistert hatte. Jetzt stand ihrem Studium eigentlich nichts mehr im Weg. Eigentlich. Wenn da nicht ihre Gefühle wären.

»Worüber zerbrichst du dir den Kopf?« Liam nahm einen Schluck von seinem Bier und sah sie eindringlich an. Das tat er immer, wenn er spürte, dass etwas nicht stimmte. Sam neigte ihren Kopf von der einen zur anderen Seite und wich seinem Blick aus.

»Sam. Komm schon. Ich weiß, das dich etwas beschäftigt. Erzähl's mir. Du kannst dich von mir aus auch umdrehen dabei.« Liam sagte es in einem sanften Ton. Bei seinem letzten Satz zuckten Sams Mundwinkel ein wenig.

Sie gab sich schließlich einen Ruck und lehnte sich nach hinten, dabei hielt sie ihr Glas Cola fest umklammert. So als ob es eine Art Stütze war für das, was jetzt vor ihr lag. Sie seufzte und blickte Liam in die Augen.

»Mira. Sie hat mir geantwortet«, entgegnete Sam leise.

»Das ist ... gut? Oder nicht?« Liam wirkte ein wenig unsicher.

»Ja, das ist es. Liam. Ich vermisse sie so sehr. Ihr geht es genauso, das hat sie mir in ihrer Nachricht geschrieben. Mira scheint es derzeit nicht sehr gut zu gehen. Sie hat von Dingen geschrieben, die sie klären muss. Ich wäre so gern für sie da. Ich weiß nicht, was ich tun soll. Was wir tun sollen. Wie es weitergeht mit uns ...« Sam seufzte und sank ein wenig in sich zusammen.

»Dann tu es doch einfach. Wer sagt, dass du nicht für sie da sein kannst?«

Sam starrte ihn an, als hätte er ihr gerade etwas furchtbar Schlimmes erzählt. »Du meinst ... Wie ... also, du meinst, ich soll zu ihr fahren?« Sie fuhr sich durch ihr kurzes Haar.

»Sam. Ihr schreibt einander Nachrichten. Es mag ja sein, dass es eine Zeit lang die Sehnsucht überbrückt, aber Gefühle kann man eben nicht so leicht über das Telefon austauschen. Vor allem nicht, wenn man sich kaum kennt. Mira lebt ihr Leben, du lebst deines. Jede von euch hat Dinge zu bewältigen, hat ein Umfeld, eine Arbeit. Was würdest du tun? Natürlich würdest du auch in ihre Lebensumstände Einblick haben wollen. Das hilft dir, sie besser kennenzulernen.«

Liam sagte es mit einer Selbstverständlichkeit, die Sam kurzzeitig aus der Bahn warf. Und doch begann etwas in ihr zu arbeiten. Sie nickte ganz langsam. Liam hatte recht. Sowas von recht.

Wenn Sam wüsste, wie sie Mira unterstützen konnte, dann hatten sie vielleicht eine Chance. Eine Chance oder ein paar Tage, um herauszufinden, ob das zwischen ihnen wirklich auf eine Beziehung hinauslaufen könnte. Was konnte dabei schon schiefgehen? Im schlimmsten Fall eben keine Beziehung. Natürlich wäre es für beide schmerzhaft, aber Mira und sie hätten endlich eine Möglichkeit, in Ruhe miteinander zu sprechen.

Sam rieb sich fest über ihre Augen, dann nahm sie einen großen Schluck ihrer kalten Cola. Sie würde es tun. Jetzt oder nie. Immerhin hatte Mira auch etwas in ihr bewegt. Sie hatte ihr zugehört, als sie über ihre Mutter gesprochen hatte. Sie war für sie da gewesen und hatte ihr klargemacht, dass Schmerz und Trauer nicht für immer bestehen würden, dass sie temporär waren. Sie wollte nichts sehnlicher, als Mira zu sehen, und sie wollte für diese Liebe kämpfen. Oder zumindest nichts unversucht lassen.

Kapitel 26
Mira

»Ich verhungere gleich!« Hermine hatte die Tür zur Küche aufgerissen, als sich Mira gerade heißes Wasser für den Tee einschenken wollte. Ihr Anblick brachte Mira ein wenig zum Schmunzeln.

»Möchtest du auch einen Tee oder soll ich gleich den Typen vom Pizzaservice kontaktieren und ihn bitten sich zu beeilen, weil es sich um einen Pizzanotfall handelt?«, entgegnete Mira amüsiert und sah Hermine mitleidig an.

»Ja. Der Pizza-Typ wäre mir ganz recht.« Hermine ließ sich auf den Küchenstuhl sinken. Mira dachte eine winzige Sekunde über ihre Worte nach und dann prusteten beide gleichzeitig los und verfielen in lautes Gelächter. Hermine fächelte sich derweil Luft zu und japste, weil sie kein Wort herausbekam.

»Nein, ich meine natürlich die Pizza, die allein macht mich schon glücklich. Da brauche ich keinen Mann zusätzlich«, sagte sie schließlich, als sich beide wieder halbwegs gefangen hatten.

»Was hast du nur mit den Männern, die tun dir doch nichts Böses?« Mira sah sie belustigt an.

Hermines Wangen hatten einen rot schimmernden Ton angenommen. Sie wirkte mit einem Mal sehr unsicher und spielte mit einer Locke in ihrem Haar, die sie immer wieder mit einem Finger eindrehte. Mira hatte sich mit ihrem Tee zu ihr gesetzt.

»Nein, alles gut. Können wir Pizza bestellen? Ich habe ehrlich einen riesigen Hunger. In der Mensa hatte ich nur einen Salat, es gab nämlich Fleisch«, konterte sie geschickt und wich Miras Blick aus. Mira nickte darauf, sie wollte ihre beste Freundin nicht bedrängen, aber sie würde trotzdem nicht lockerlassen. Etwas war heute anders an Hermine, sie wurde nicht ganz schlau aus ihrem Verhalten.

Während Hermine den Lieferservice verständigte und die Bestellung aufgab, ging Mira kurz in ihr Zimmer. Sie wollte die Zeit nutzen, um aufzuräumen. Seit ihrer Rückkehr aus Dublin hatte sie es gerade einmal geschafft, den Berg Wäsche zu waschen.

Als sie mit dem Staubsauger an ihrem Rucksack ankam und diesen daraufhin auf ihr Bett warf, purzelte auf einmal etwas kleines Graues heraus. Die Plüschrobbe blickte ihr mit ihren Kulleraugen entgegen. So als würde sie ihr sagen wollen: *Da bin ich, endlich hast du mich gefunden.*

Mira betätigte rasch den Ausschaltknopf und setzte sich auf die Bettkante. Sie hob die kleine Robbe auf und eine Mischung aus Sehnsucht und anderen undefinierbaren Gefühlen stieg in ihr hoch. Vorsichtig strich sie über den weichen Kopf. Sie dachte an Sam. Sie würde jede Millisekunde an Sam denken, wenn sie diese Robbe ansah, und es tat weh, dass sie nicht bei ihr war.

Sie konnte so nicht weitermachen, sie musste endlich eine Entscheidung treffen. In dem Moment wünschte sie sich nichts sehnlicher, als ihren Kopf in Sams Hoodie zu vergraben. So wie damals am Strand. Sie vermisste ihren Duft. Ein Hauch von Pfirsich. Das Gefühl der Geborgenheit. Wie nach einem Spaziergang im Regen, wenn man es sich drinnen gemütlich machte, eingekuschelt in eine Decke. Ein Ort, wo die Zeit stillstand, aber das Glück nicht wich. Genau so fühlte sich Sam an.

Sie drückte das Stofftier fest an sich und verharrte so für einige Augenblicke. Als sie plötzlich hinter sich Hermines Stimme vernahm, wäre ihr die Robbe beinahe aus der Hand gefallen.

»Die Pizza ist jetzt da. Ist … alles okay bei dir?« Hermine kam näher und setzte sich zu ihr auf die Bettkante.»Die ist ja süß. Von wo hast du die denn?« Hermines Gesichtszüge wurden weich.

Doch anstatt eine Antwort zu geben, kullerte eine Träne über Miras Wange. Sie schluckte heftig und versuchte die weiteren aufkommenden Tränen zu unterdrücken.

»Ist sie von Sam?« Mira nickte knapp.

»Ach Süße …« Hermine legte ihr einen Arm um die Schultern und zog sie zu sich. Mira ließ es zu, denn Hermine war so ziemlich die einzige Person, bei der diese Art von Nähe okay war.

Hermine hielt sie noch immer fest im Arm und Mira wischte sich mit dem Pulloverärmel über das Tränen verschmierte Gesicht.

»Sie fehlt mir. Ich weiß nicht, was ich tun soll. Bisher dachte ich, es würde gehen. Wir könnten einfach so weitermachen und in Kontakt bleiben. Weiß du? Aber jetzt bin ich mir nicht mehr sicher, ob ich das schaffe.«

Hermine nickte und strich ihr eine Haarsträhne aus dem Gesicht.

»Hey … wir finden eine Lösung, es gibt immer eine, das weißt du Mira. Und ich helfe dir dabei, okay?« Hermine ließ ihren Arm sinken und drehte sich so, dass sie Mira direkt ansehen konnte.

Mira seufzte laut auf und nickte langsam.

»Vielleicht sollten wir zuerst etwas essen. Immerhin bringt uns das beide kein Stück weiter, wenn du verhungerst«, sagte sie an Hermine gewandt und ihre Mundwinkel zuckten dabei.

»Das wollte ich hören.«, antwortete Hermine und ein Lächeln umspielte ihre Lippen. Sie drückte Mira noch einmal an sich. Dann hatte sie auch schon Miras Hand geschnappt und sie standen gemeinsam auf.

Die Pizza schmeckte köstlich, auch wenn Mira der Hunger vorhin vergangen war. Spätestens nach dem zweiten Bissen hatte sie sich nicht mehr zurückhalten können und verschlang das Stück gierig.

»Ich liebe Pizza mit extra viel Käse und Mais. Wenn man Pizza heiraten dürfte, ich wäre die Erste am Traualtar«, sagte Hermine grinsend und verschluckte sich fast an dem Mais, der in ihrem Mund verschwand. Mira kicherte und hielt ihr das Glas Wasser vor die Nase, doch sie lehnte ab und kaute weiter genüsslich auf der Pizza.

»Wie war das jetzt mit den Männern? Hast du da nicht wen vergessen? Was ist eigentlich mit Milo?«, versuchte Mira ihr Glück erneut. Aus den Augenwinkeln beobachtete sie, wie Hermine abrupt innehielt. Ihre Wangen färbten sich wie die Haut eines überreifen Pfirsichs.

»Was soll schon mit ihm sein?« Sie zuckte kurz mit den Achseln und nahm dann einen großen Schluck von ihrem Glas Wasser.

»Hermine … komm schon. Da ist doch was. Du kannst es mir erzählen. Oder ist etwas Schlimmes passiert?« Mira legte den Kopf schief und sah sie erwartungsvoll an. Während Hermine ihr Glas in Zeitlupe abstellte, schüttelte sie energisch den Kopf.

»Nein, also … ja.« Sie seufzte und sank dann tiefer in ihren Stuhl. Diesmal zupfte sie unruhig am Saum ihrer Weste. »Okay. Wenn du es genau wissen willst .. Milo und ich waren Kaffee trinken und dann hat er mich zum Essen eingeladen. Ich meine, nicht direkt danach … « Mira schmunzelte und klatschte dann in die Hände »Ich wusste es. Das heißt, ihr habt ein Date!«

Hermine warf ihr einen unergründlichen Blick zu.

»Schon möglich. Und was soll ich jetzt bitte schön tun?«, fragte sie mit weit aufgerissenen Augen und dann sprudelte es nur so aus ihr heraus. »Mira er ist ein guter Freund und ich weiß nicht, ob das so eine gute Idee ist, ihn zu daten. Außerdem …«

»Würdest du ihn gerne einmal küssen …?«, unterbrach Mira sie, ohne mit der Wimper zu zucken.

»Mira! Was … Darüber habe ich nicht nachgedacht. Nein, ich möchte meinen Arbeitskollegen nicht küssen!«, entgegnete Hermine ein wenig entsetzt. Dann wurde ihr Gesicht jedoch wieder puterrot.

»Also? Würdest du?«, fragte sie erneut und grinste dabei Hermine an. Diese schien jetzt ernsthaft nachzudenken.

»Vielleicht.« Sie schmunzelte ebenfalls.

»Eben. Siehst du. Ihr seid füreinander bestimmt.« Mira zeichnete theatralisch mit einer Hand etwas in die Luft. »Eure Liebe ist sozusagen in den Sternen vorgemerkt. Weißt du was ich meine? Es soll so sein!«, sagte sie verschwörerisch, griff nach Hermines Händen und kicherte dabei ein wenig. Sie drückte diese kurz und ließ sie sogleich wieder los. Hermine verdrehte die Augen, musste aber lachen.

»Okay. Du hast ja vielleicht recht. Wir verbringen gerne Zeit miteinander Und um ehrlich zu sein, denke ich auch ein kleines bisschen viel an ihn. Ich weiß nur nicht, ob daraus mehr werden könnte.« Hermine setzte eine nachdenkliche Miene auf.

»Ach komm, du kannst es nicht wissen, ehe du es nicht versuchst. Meinst du nicht auch?«, fragte Mira mit fester Stimme.
Hermine blickte einen Moment ins Leere, ehe sie entschlossen nickte.

»Weißt du was? Ich mach's. Ich date Milo.« Sie lächelte dabei erleichtert.

»Super!« Mira strahlte sie an und Hermine grinste mit leicht geröteten Wangen.

»Oh. Das hätte ich fast vergessen. Meine Chefin feiert morgen ihren Geburtstag und hat mich eingeladen. Es wird nur eine kleine Feier im Garten geben. Sie meinte, wir können gerne Freunde mitbringen. Hast du Lust, mich zu begleiten? Das wird sicher ganz lustig. Sophie hat auch einen Pool zuhause. Wir müssen ja nicht allzu lange bleiben.« Hermine sah sie erwartungsvoll an.

Mira dachte nach, eigentlich war sie selten wo eingeladen, weil sie nicht der Typ war, der sich gerne bei vielen Menschen aufhielt. Es klang jedoch nach Spaß und außerdem war sie mit Hermine dort. Das gab ihr ein bisschen Sicherheit, die ihr bei solchen Entscheidungen meist noch fehlte.

»Da wäre ich gerne dabei. Kommt denn Milo auch?« Mira grinste und hob die Augenbrauen.
»Ich denke schon.« Hermine wurde leicht rot, lächelte und boxte Mira kurz gegen den Oberarm.
»Was denn?« Mira lächelte und nahm sich dann ihr letztes Stück Pizza.

»Wie wäre es mit einem Themenwechsel? Wie war es eigentlich bei Gabriella? Magst du darüber reden?« Hermine griff ebenfalls in den Pizzakarton und Mira nickte, während sie hinunterschluckte.

»Es war sehr positiv. Gaby hat sich natürlich auch total gefreut. Ich werde sie bald wieder besuchen.«

Mira erzählte ihr vom Gespräch und ihren Plänen, die sie bis vor Kurzem noch nicht einmal Hermine erzählt hatte. Diese hörte ihr aufmerksam zu und als sie ihre Idee mit dem Studium vorbrachte nickte Hermine aufgeregt.
»Hast du dich wirklich entschieden? Das ist … großartig.« In ihrer Stimme schwang Begeisterung mit.

Mira nickte und war in diesem Moment heilfroh, dass Hermine sie unterstützen wollte.

»Hast du schon nachgesehen, welche Studienrichtung für dich in Frage kommt? Sollen wir gemeinsam nachsehen, immerhin wäre es wichtig zu wissen, wie lange die Aufnahmeverfahren gehen.«

Mira wusste, dass Hermine in ihrem Element war. Sie hatte oft alle wichtigen Informationen in kürzester Zeit beisammen, außerdem studierte sie selbst schon seit zweieinhalb Jahren in Hamburg.

»Ja, die Richtung weiß ich schon, mehr allerdings nicht.« All das lag nun schon einige Monate zurück. Damals hatte sie das erste Mal mit dem Gedanken gespielt sich für ein Studium anzumelden, hatte jedoch keine Energie dafür gehabt. In dieser Zeit war sie viel mehr mit ihren Ängsten beschäftigt gewesen. Damals. Es kam ihr wie eine Ewigkeit vor. Und jetzt. Jetzt wusste sie zumindest, in welche Richtung sie gehen wollte. Es hatte sich etwas verändert und Mira war klar, dass noch jemand anderes dazu beigetragen hatte, dass sie endlich Mut aufbrachte, ihren Weg einzuschlagen. Es war Sam. Und sie fehlte ihr.

»Mira? Alles okay, sollen wir mal auf die Homepage der Uni schauen.« Hermine hatte sich neben sie gesetzt und öffnete ihren Laptop, der nun auf ihrem Schoß lag.

»Ja. Kann losgehen.« Mira raffte sich auf und nahm einen großen Schluck Wasser, dann blickte sie auf den Bildschirm.

»Ich dachte an das Studium Deutsche Sprache und Literatur, ich glaube, dass es direkt an der Uni Hamburg stattfindet.« Mira knabberte nervös an ihrem Kapuzenband, während Hermine die Website der Uni durchkämmte. Sie wurde schnell fündig, musste allerdings feststellen, dass die Aufnahmefrist für diese Richtung bereits verstrichen war.

»So ein Mist, die Fristen gehen tatsächlich alle nur bis Mitte Juli.« Hermine kaute nachdenklich auf ihrer Unterlippe und tippte dann etwas in die Suchmaschine.

Sie sahen sich weitere Studienangebote an, diese waren jedoch keine Option, denn es waren private Einrichtungen und Mira hatte keine finanziellen Mittel dafür. Nach einer Viertelstunde sank Mira seufzend in die Kissen ihrer Couch. »Dann werde ich wohl abwarten müssen, bis das Wintersemester vorbei ist.« Sie warf Hermine einen enttäuschten Blick zu, die ihren Kopf noch immer auf den Bildschirm geheftet hatte.

»Was hältst du eigentlich von einem Auslandsstudium?« Hermine blickte auf. Dabei sah sie nicht so aus, als würde sie einen Scherz machen.

»Du meinst, ich soll wegziehen? Nur für ein Studium? Nein, ich glaube, dass wäre nichts für mich.« Mira schüttelte energisch den Kopf. Es war ihr egal, ob sie im Ausland einen früheren Studienplatz bekommen könnte. Selbst wenn es nur für eine gewisse Zeit war. Alleine in einem fremden Land, das schien ihr beinahe unmöglich. Wen sollte sie im Notfall kontaktieren, wenn es nicht klappen sollte?

»Hmm. Ich … Ich meinte ja nicht, dass du in ein fremdes Land gehen sollst. Ich dachte eher an einen Ort, der dir schon vertraut ist.« Hermine tippte mit dem Finger auf den Bildschirm. Als Mira sah, was Hermine geöffnet hatte, fühlte sie auf einmal ein merkwürdiges Kribbeln in ihrem Bauchraum.

»Was? Du meinst … Hermine, nein.« Sie starrte abwechselnd auf Hermine und den Bildschirm. Nachdem sie sich einige Momente gesammelt hatte, fuhr sie fort.

»Ich kann nicht nach Dublin gehen. Das ist verrückt. Außerdem möchte ich nicht von dir wegziehen.« Ihre Stimme hörte sich mit einem Mal leiser an und ein wenig Traurigkeit schwang darin mit.

»Du wärst ja nicht aus der Welt, Mira. Was sind zwei Flugstunden. Außerdem ist es nicht unmöglich, wieder zurückzukommen. Sieh es als Versuch.« Hermine sah sie aufmunternd an, doch ihre Stimme klang ernst und voller Überzeugung.

Mira schwieg und ließ sich in das weiche Sofakissen zurücksinken. Hermine tat es ihr gleich und drehte ihren Oberkörper zu ihr.

»Es war nur ein Vorschlag, okay? Eine Idee. Fühle dich nicht zu irgendetwas gedrängt, was du nicht möchtest.« Sie hob ihre Hand und legte sie sanft auf Miras Schulter. Mira nickte langsam und spielte mit dem Saum ihres Hoodies. Sie blickte zum Boden und sah dann Hermine in die Augen.

»Weißt du … ich mag die Stadt, Dublin ist toll und irgendwie fühle ich eine Art magische Verbindung. Das mag blöd klingen, aber die Stadt ist voller Leben und Musik.« Miras Lippen umspielte ein sanftes Lächeln. »So als wären dort tausende Geschichten, die erzählt werden wollen. Und ich, ich möchte meine eigene Geschichte erzählen.«

Mira dachte an den Straßenmusiker an dem Nachmittag, als sie Sam wieder begegnet war. Sie dachte an die kleinen gemütlichen Cafés, an die vielen Buchläden und an den Liffey. Der Fluss, der sich durch die Hauptstadt schlängelte, an dem sie im Regen gestanden und pures Glück verspürt hatte. War es möglich, dort einen Neuanfang zu wagen?

»Ich kann mich ja bewerben und dann immer noch entscheiden, ob es für mich passt«, fuhr Mira fort und seufzte dabei laut auf.

Hermine drückte ihr kurz die Schulter und ihre Lippen formten sich zu einem Lächeln.

»Dann helfe ich dir dabei.« Hermine klatschte begeistert in die Hände und tippte etwas auf der Tastatur herum.

Gemeinsam reichten sie noch an selbem Abend Miras Unterlagen ein.

Kapitel 27
Mira

Die graue Robbe blickte Mira mit ihren großen Knopfaugen vom Kissen entgegen, als sie am nächsten Morgen erwachte.

In ihrem Zimmer war es bereits hell. Wie lange hatte sie geschlafen? Sie rollte sich mühsam auf den Rücken, nachdem sie die Robbe geistesabwesend gemustert hatte. Gestern war es etwas später geworden, denn Hermine hatte mit ihr noch unbedingt einen Film sehen wollen und Mira hatte zugestimmt. Die Nacht hatte sie wieder einmal wilde Träume gehabt und sich unruhig im Bett umher gewälzt. An den Traum konnte sie sich nur schemenhaft erinnern. Sie hatte gespürt, dass sie gefallen war und nach Sam geschrien hatte, das wusste sie noch. Als die Bildfetzen in ihrem Kopf von Neuem erschienen, bekam sie eine leichte Gänsehaut auf ihren Armen. Sie rieb fest darüber, um sie loszuwerden.

Bestimmt war es bereits nach zehn und Hermine hatte schon gefrühstückt oder war unterwegs zum Bäcker. Mira richtete sich langsam auf, sodass ihre Beine jetzt vom Bett baumelten. Auf dem Nachtkästchen lag ihr Notizbuch, das sich für sie so fremd anfühlte, weil allein der Anblick, ihr einen Stich versetzte. Sie wollte es so gerne in die Hand nehmen, eine leere Seite aufschlagen und drauflos schreiben. Doch sie konnte nicht. Konnte nicht, weil es sie so sehr an Sam erinnerte und dass sie nicht bei ihr war. Vor zwei Tagen war sie noch voller Hoffnung und Zuversicht gewesen, dass der Kontakt mit ihr den Schmerz und die Sehnsucht lindern würde. Aber sie hatte sich getäuscht. Wenn sie den Tag nicht mit trüben Gedanken und Erinnerungen verbringen wollte, musste sie jetzt aufstehen und irgendwie das Beste daraus machen.

Als sie den kleinen Flur betrat, herrschte Stille in der ganzen Wohnung. Hermine hatte Komet zum Bäcker mitgenommen, schlussfolgerte Mira, machte kehrt und kramte in der Kommode nach einem frischen Handtuch.

Nach einer ausgiebigen Dusche stand Mira vor ihrem Schrankspiegel. Sie konnte sich nicht entscheiden, was sie anziehen sollte. Unschlüssig hielt sie sich ein zartes pastellgrünes Stoffkleid vor ihren Körper. Es war wunderbar angenehm zu tragen und bestand aus Musselin-Stoff. Mira zog so gut wie nie Kleider an, aber dieses Sommerkleid liebte sie so sehr. Dennoch war sie nicht in der Stimmung, es zu tragen.

Jemand klopfte leise an die Türe. Mira öffnete diese sofort und bedachte Hermine mit einem müden Lächeln. »Ja, ich bin schon wach, komm ruhig rein. Wo ist Komet?«

Ehe sie die Worte ausgesprochen hatte, hörte sie schon sein vertrautes Getrappel auf dem Pakett. Sie tätschelte seinen Kopf und widmete sich dann wieder Hermine, die ihr strahlend zwei Papiertüten vor die Nase hielt.
»Lust auf Frühstück?« Hermine hob eine Braue und Mira steckte ihre Nase in eine der Tüten.
»Wobei, du siehst ehrlich gesagt noch nicht ganz munter aus.«
Hermine legte ihren Kopf schief, doch Mira ignorierte den Kommentar. »Nimm das Kleid, das sieht so toll an dir aus.« Sie deutete mit ihrem Zeigefinger Richtung Spiegel.

»Meinst du? Ich weiß nur nicht, ob ich heute in Kleidstimmung bin.« Sie verzog ihr Gesicht und schmollte ein wenig.

»Wenn du es anhast, dann geht es dir gleich viel besser, ich weiß doch, wie wohl du dich darin fühlst. Außerdem sind heute genau die passenden Temperaturen für ein Sommerkleid. Es wird richtig warm, auch die nächsten Tage.«

Mira schlüpfte schnell in das Kleidungsstück, dann drehte sie sich ein paarmal zur Seite und blickte in ihr Spiegelbild. Ihr Gesicht wirkte ein wenig blass, aber die grüne Farbe schmeichelte ihr und brachte in Kombination mit ihren dunklen Haaren ein stimmiges Bild zum Vorschein.

Komet war gerade vor sie getreten und hatte sich auf ihre Füße niedergelassen. Mira musste schmunzeln.

»Du bist wunderschön, Komet, dein Outfit sitzt sowieso immer.«

Hermine kicherte im Hintergrund. »Na los. Ich brauche Kaffee und zwar jede Menge.« Sie hielt die Papiertüten noch einmal hoch und wandte sich zur Tür.

»Oh ja, den brauchst du, wenn du heute Milo mit nach Hause bringst.« Mira zwinkerte verschwörerisch. Sie konnte sich den Kommentar nicht verkneifen und erntete dafür von Hermine einen bösen Blick.

✳✳✳

Während des Vormittags drifteten Miras Gedanken immer wieder ab und sie dachte an ihre Bewerbung an der Uni in Dublin. Zweifel vermischten sich mit Hoffnung und Vorfreude, aber auch Ängsten. Würde sie aufgenommen werden und wenn ja, wie ging es dann weiter?

Hermine wirkte an diesem Tag noch aufgedrehter als sonst und plapperte die ganze Zeit über neue Bücher, die sie auf eine Liste gesetzt hatte und demnächst auch bestellen wollte. Sie fragte sie nach ihrer Meinung und konnte keine Sekunde still sitzen. Nachdem sie gemeinsam überlegt hatten, welches Outfit Hermine zur Geburtstagsparty ihrer Kollegin anziehen wollte, hielt es Mira kaum noch aus.

»Hör mal, du brauchst dir keine Gedanken zu machen, Milo und du werden einen tollen Nachmittag verbringen. Außerdem bist du nicht allein.«

»Ja schon, aber ... Ach ich habe auch keine Ahnung, warum ich so nervös bin. Es ist nur eine Feier und kein Date. Trotzdem haben wir kaum privat miteinander zu tun, du weißt ...«

»Und genau das soll sich nun ändern.« Mira schmunzelte.

»Immerhin wart ihr schon zusammen Kaffee trinken, das ist ein langsames Herantasten, verstehst du?«

Hermine nickte und kratzte sich dann nervös am Hinterkopf.

»Wollen wir langsam los, hast du alles?«, fragte Mira schließlich.

Hermine holte sich eine Weste aus ihrem Schrank und kam dann mit einer Geschenktüte in den Flur zurück. »Alles dabei«, stieß sie hervor, während sie sich die Weste über die Schulter hängte. Dann machte sie einen Schritt auf Mira zu, nahm ihre Hand und drückte sie kurz. »Danke, dass du mitkommst. Ich freu mich ehrlich und du weißt ja, ich mag Partys auch nicht so gerne, wenn da neue Menschen sind, die ich nicht einschätzen kann.«

Mira schloss sie kurz in ihre Arme. »Ich hab dich lieb. Und ich freue mich auch, mit dir gemeinsam dorthin zu gehen. Ich kann das sehr gut nachvollziehen. Mir geht es ja ständig so. Lass uns Spaß haben. Das kann ich nämlich auch sehr gut ohne Alkohol. Uncool, was?«

Mira zwinkerte ihr zu und Hermine schenkte ihr ein warmes Lächeln.

»Ich weiß, und wenn jemand uns dazu überreden will, werden wir strikt ablehnen, dann sind wir eben beide uncool.«

Eine halbe Stunde später erreichten sie eine modern aussehende Reihenhaussiedlung. Die Fassaden der Häuser waren in einheitlichem Hellgelb gestrichen und alle besaßen eine großzügige Terrasse, die mit Steinplatten verlegt worden war.

Hermine stieg aus dem Wagen, ging ein paar Schritte und blickte sich um. »Ich glaube, da drüben ist die Nummer vierzehn«, rief sie ihr zu, während Mira gerade ihr Auto versperrte und zu ihr kam.
Ein Windstoß spielte mit dem dünnen Stoff von Miras Kleid. Es trug sich so angenehm leicht, wie eine zweite Haut. Auch wenn der Wind ihren Körper kurzzeitig abkühlte, fing Mira im Gesicht leicht zu schwitzen an. Die Temperaturen waren mittlerweile auf 29 Grad Celsius geklettert.

Von Weitem entdeckten sie drei große, bunte Sonnenschirme und an dem Holzzaun mit den schmalen Latten hingen viele verschieden farbige Luftballons. Mira bestaunte den modernen Neubau mit dem weitläufigen Garten vor sich. Zwei Bäume, sie tippte auf Birke, weil ihr der Stamm geläufig war, waren am Rand gepflanzt worden.
Unter einem dieser Bäume stand eine junge Frau mit Brille, kurzen blonden Haaren und einem zitronengelben Kleid. Sie winkte ihnen zu. Allem Anschein nach, war das Hermines Arbeitskollegin. Mira musterte ihr freundliches, leicht rundes Gesicht und stellte fest, dass das Kleidungsstück ihren Kurven schmeichelte.

»Hallo Hermine. So schön, dass ihr kommen konntet«, rief sie.
Dann eilte sie zu ihnen, öffnete die quietschende Gartentür und streckte Mira die Hand hin.
»Ich bin Sophie, du musst Mira sein.« Mira nahm sie entgegen.

»Hallo Sophie, danke, dass du mich auch eingeladen hast.« Sophie schenkte ihr daraufhin ein breites Lächeln.

»Kommt mit, dort drüben könnt ihr eure Sachen ablegen.« Sie steuerten auf die Eingangstür zu. Hermine bugsierte ihre Geschenke auf einen kleinen Holztisch, dann legten sie ihre Jacken in der hellen modernen Garderobe ab und gesellten sich zu den anderen Gästen nach draußen.

»Wo ist Milo? Ist er schon da?«, flüsterte Mira Hermine leise zu, als sie nach draußen traten. Ein kleines Mädchen mit aschblonden Haaren in einem roten T-Shirt kam auf sie zugelaufen. Sie war höchstens vier Jahre alt. An ihren Beinen klebte jede Menge Sand und sie hielt ihnen zwei Luftballons direkt vor die Nase.

»Hier, die sind für euch«, sagte das Mädchen vergnügt.

Mira kniete sich nieder, sodass sie auf Augenhöhe mit ihr war.

»Danke schön, das ist aber lieb.«

Sie und Hermine schenkten ihr ein Lächeln und nahmen ihre Luftballons entgegen. Beinahe hätten sie angefangen zu streiten, denn sie wollten beiden einen grünen Luftballon. Doch Mira war schneller und schnappte ihn sich, woraufhin Hermine zu schmollen anfing. Das Mädchen kicherte leise im Hintergrund und beobachtete sie.

»Ach, komm schon, wir hängen beide zuhause auf, okay?«, seufzte Mira und grinste sie schief an.

»Deal«, antwortete Hermine sogleich und ein mildes Lächeln kam zum Vorschein. »Wollen wir nachsehen, wo das Buffet ist?«

Mira nickte und schloss sich ihr an, als sie eine kleine Gruppe ansteuerte. Die Gäste standen etwas abseits einer langen Tischreihe, die bunt geschmückt war. Frische Blumen waren auf dem gelben Tischläufer verteilt worden. Einige davon steckten in grünen Glasvasen. Das Essen, welches für jeden Geschmack etwas bot, war liebevoll in kleinen Schüsseln und auf Tellern drapiert worden. Hermine war in ihrem

Element und schien die anderen zu ignorieren. Sie angelte sich zwei Pizzaschnecken und legte sie auf einen kleinen Pappteller. Sogleich nahm sie einen großen Bissen. Mira schmunzelte amüsiert und wollte sich auf den Weg machen, um Getränke zu holen. »Bin gleich wieder da, okay?«

»Alles klar.« Hermine nickte und Mira verschwand zum anderen Ende des Buffets.

Als sie gerade einschenken wollte, hörte sie etwas entfernt eine Männerstimme und blickte in die Richtung, wo Hermine stand. Ein junger schlaksiger Mann stand dort gegen einen Baum gelehnt. Er hatte schwarzes Haar, das ihm seitlich ins Gesicht fiel, und eine dunkle runde Brille. Unschlüssig, ob sie diese Unterhaltung stören sollte, nippte sie an ihrem Glas Saft. Einerseits wollte sie den beiden Zeit geben, aber irgendwie sah es komisch aus, wenn sie so allein dastand. Sie beschloss also, sich vorsichtig zu nähern, und schlich sich an ihnen vorbei zu einer Gruppe von drei Frauen.

Wie immer war ihr das sehr unangenehm, denn sie hatte Schwierigkeiten, neue Menschen anzusprechen. Letztendlich gab sich Mira einen Ruck und gesellte sich zu ihnen.
Sie nahm einen großen Schluck von ihrem Glas und räusperte sich. Die anderen blickten auf und sahen erwartungsvoll zu ihr. Mira trat einen Schritt näher.

»Hallo, ich bin Mira«, gab sie etwas zu leise von sich.
Zwei der Frauen bedachten sie mit einem freundlichen Lächeln. Machten jedoch keine Anstalten, etwas zu erwidern. Plötzlich ergriff die dritte das Wort. Sie hatte hellbraunes langes Haar und freundliche Augen, die mit grünen Sprenkeln versetzt waren. Sie drehte sich zu Mira und hob ihre Hand, um ihr kurz zu winken.
»Ich bin Luna, freut mich, dich kennenzulernen.« Ihre Mundpartie zog sich leicht nach oben. Sie wirkte aufrichtig und interessiert.

»Freut mich. Da drüben steht meine beste Freundin Hermine. Sie hat mich heute zur Party mitgenommen.«

Luna warf einen Blick zu den beiden, die noch immer etwas abseits standen, ganz vertieft in ihr Gespräch.

»Ach ja, du bist Mira! Wir alle sind Kollegen von Hermine. Sie hat viel von dir erzählt und dass du schreibst.« Es hörte sich an wie eine Frage und Mira nickte daraufhin.

»Ja, ich arbeite an einem Buch. Ich möchte Schriftstellerin werden. Derzeit warte ich jedoch noch auf einen Studienplatz, um mein Wissen dahingehend zu vertiefen«, sprudelte es schließlich aus ihr heraus. Eigentlich wollte sie das mit den Bewerbungen für den Studiengang noch keinem erzählen, doch Luna war irgendwie so nett und sie fühlte sich sehr wohl.

Sie plauderten noch ein bisschen über Bücher und den Secondhandladen, in dem Luna und Hermine arbeiteten.

Milo und Hermine hatten sich inzwischen zu einem anderen Gast dazugestellt und Mira warf immer wieder Blicke in ihre Richtung. Die beiden wirkten sehr vertraut, das war ihr nicht entgangen.

Der junge Mann mit dem schwarzen Haar schien ein echter Gentleman zu sein. Im Gegensatz zu Hermine redete er jedoch wenig, stellte Mira fest. Von Zeit zu Zeit brachte er ihr ein Getränk vom Buffet und achtete darauf, dass sie nicht zu viel in der Sonne stand.

Hermine winkte zu ihr herüber und die beiden lösten sich aus der Unterhaltung und kamen zu ihr. Sie stellten sich einander vor und Milo war Mira auf Anhieb sympathisch. Sie kamen ins Gespräch über Miras Arbeit und auch Milo erzählte ihr von seinen Fotoprojekten und dem Interesse an seltenen Tierarten. Mira hörte interessiert zu, denn er klang dabei wie ein begeistertes Kind, das seine erste Forschungsreise erlebt hatte. Er sprach langsam und mit Bedacht, außerdem hatte er eine angenehme Erzählstimme. Für manche Menschen mochte sie recht leise klingen, aber für Mira war es eine Wohltat, ihr zu lauschen.

***

Etwas später an diesem Tag wurde das Geburtstagkind mit einer Torte überrascht. Ein kleines Mädchen, es war das Luftballonmädchen, brachte mithilfe eines Mannes eine Torte zu einem runden Tisch in der Mitte des Gartens. Die Kleine war allem Anschein nach die Tochter von Sophie. Das Mädchen stimmte ein Geburtstagslied an, dann wurde gratuliert, Kuchen gegessen und die Geschenke verteilt.

Als der Abend langsam hereinbrach, durchzog eine kühle Brise den gesamten Garten.

Mira hatte sich für eine Weile zurückgezogen. Sie hatte ihre Ohrstöpsel vor einiger Zeit reingemacht und saß mit Hermine in einer riesigen Hängematte. Hermine wippte mit ihren Füßen im Takt der Schaukel auf und ab, während sie den letzten Rest ihrer alkoholfreien Erdbeerbowle schlürfte.

»Wollen wir langsam aufbrechen? Irgendwie sind zweieinhalb Stunden Party selbst mir heute zu viel«, fragte Hermine. Mira sah zu ihr hoch und nickte ihr zu. Hermines Wangen waren leicht gerötet und ein paar ihrer braunen Locken fielen ihr ins Gesicht.

Gemeinsam standen sie auf, was gar nicht mal so leicht war. Mira entfuhr ein Lachen als sie Hermine aus der Hängematte ziehen musste, weil diese beim Aufstehen beinahe umgekippt wäre.

»Ich dachte, du hast da keinen Alkohol drin?« Mira grinste spöttisch und deutete auf Hermines leeres Glas.

»Ich bin eben schon alt. Kein Tropfen, du kannst es gerne überprüfen.« Hermine schmunzelte und hielt ihr das Glas an die Nase. Mira schob es weg und kicherte.

»Ich glaube dir ja.« Dann hängte sie sich bei Hermine ein und sie verabschiedeten sich von den Gastgebern.

Die Vögel in den Ästen der Birke trällerten eine leise Melodie, als sie, gefolgt von zwei Luftballons, das Gartentor hinter sich schlossen.

Kapitel 28
Sam

»Lauf und hol dir deine Prinzessin!« Liams Worte gingen im Geräusch von Wind und Regen unter. Sam schlug die Autotür hinter sich energisch zu. Sie musste tatsächlich rennen, aber nicht, weil Liam es ihr befohlen hatte, sondern aufgrund des Starkregens, der unaufhaltsam vom Himmel prasselte. Aus einer großen Pfütze, in die sie eben getreten war, spritzte das Wasser hoch, sodass ihre blauen Chucks komplett nass wurden. Ein letztes Mal drehte sie sich zu Liam um, der noch im Auto saß, und formte mit ihren Lippen ein *Danke*. Sie winkte ihm zum Abschied und betrat dann das Gebäude durch die Schiebetür. Ein warmer Windstoß kam ihr entgegen und beinahe wäre sie mit einem Mann, der eilig einen Gepäckwagen vor sich herschob, zusammengestoßen.

Sam schulterte ihren grauen Wanderrucksack und ließ ihren Blick schweifen, auf der Suche nach einer Anzeigetafel. Einige Meter entfernt entdeckte sie eine Menschentraube, die sich vor einem Bildschirm versammelt hatte. Sie schob sich zwischen den anderen Passagieren hindurch und spähte auf die Tafel. Ihre Gate stand noch nicht neben der Flugnummer. Immerhin, so hatte sie wenigstens noch Zeit für ein kleines Frühstück.

Welcher Mensch flog denn freiwillig um diese Uhrzeit, dachte sie. Sie und Liam waren bereits seit fünf Uhr morgens auf den Beinen. Dass alles an einem Sonntag. Eine verrückte Idee und doch, sie hätte alles in Kauf genommen, damit sie Mira wieder sehen konnte.

»Einmal einen großen Cappuccino und den vegetarischen Bagel bitte.« Sam wartete geduldig, bis ihr der junge Mann an der Kasse ihre Bestellung brachte. Dann ging sie in Richtung der gemütlichen Sitzecken, die zu dieser Stunde wie leer gefegt waren, und ließ sich seufzend auf einem der bequem aussehenden Polstersessel nieder.

Sie hielt sich den warmen Becher mit Kaffee an die Nase und inhalierte den Duft.

Ein Geruch, den sie am Morgen einfach nicht vermissen wollte.

Nach ein paar Bissen und einem halben Becher Cappuccino fühlte sie sich gewappnet für die nächste Etappe.

Sam unterdrückte ein Gähnen und blickte zum Nachbartisch. Dort saß ein junges Pärchen mit einem Kleinkind, auch sie wirkten müde und das Kind nickte alle zwei Minuten ein. Was würde sie jetzt dafür geben, auch in so einem Buggy zu sitzen und eine Runde zu schlafen.

Mit dem Becher in der einen Hand und dem Flugticket in der anderen erhob sie sich schließlich und schlenderte Richtung ihres Gates. Inzwischen war die Nummer auf der Anzeige im Flughafenrestaurant aufgeleuchtet. Sie hatte noch zwanzig Minuten bis zum Boarding und schickte Liam rasch eine Nachricht, mit einem Smiley und Daumen-hoch-Symbol. Als sie ein Foto von ihrem Kaffee Becher beifügte, kam prompt eine Antwort von ihm.

Den könnte ich jetzt auch vertragen ;)
Sam unterdrückte ein Kichern und tippte dann auf Antworten.

Tut mir so leid, du hast echt was gut bei mir.

Während sie auf das Boarding wartete, schlichen sich immer wieder Gedanken an Mira in ihren Kopf. Sollte sie ihr eine Nachricht schreiben, dass sie nach Hamburg unterwegs war?

Doch immer, wenn sie zu schreiben beginnen wollte, überlegte sie es sich doch anders. War es aus Angst? Aus Angst, wie Mira reagieren würde, wenn sie plötzlich vor ihrer Wohnungstür stand. Was würde sie an ihrer Stelle tun? Sie hatte keine Ahnung und doch hoffte sie insgeheim, dass diese Aktion kein Fehler war. Vielleicht hasste Mira solche Überraschungen. Vielleicht. Dafür kannte sie sie noch zu wenig.

»Alle Passagiere für den Flug 5498 von Dublin
nach Hamburg, können sich zum Boarding bereit
machen«,

sagte eine monotone Stimme über die Lautsprecher.

Als Sam sich in die Schlange einreihte, blickte sie noch einmal durch
die große Glasfront. Ein heller Schimmer durchzog den Horizont und
kündigte den Tag an. Sie verabschiedete sich leise mit den Worten
»Bis bald Dublin.«

Dann trat sie durch eine schmale Glastüre, ging den kahlen mit
grellem Licht beleuchteten Gang entlang und bestieg das Flugzeug.

Es fühlte sich irgendwie merkwürdig an, denn Sam hätte nie im Leben
damit gerechnet, so schnell wieder in ihre alte Heimat
zurückzukehren. Dennoch, für sie war es keine Rückkehr, es war nur
ein Zwischenstopp. Ein Ausflug ins Ungewisse, der sie für wenige
Tage dorthin, wo ihre Wurzeln lagen, zurückbrachte. Sam hievte ihren
schweren Rucksack in die Gepäckablage über sich, nachdem sie ein
Buch und ihre Kopfhörer aus dem Vorderfach geholt hatte.
Als das Flugzeug eine Viertelstunde später das Rollfeld verließ und
mit rasanter Geschwindigkeit abhob, blickte Sam durch ihr Fenster
Richtung Ozean. Heute war er eine endlose Fläche aus dunklem Blau.
Ganz anders als sie es von ihrem Ausflug mit Mira in Erinnerung
hatte. Der Ozean besaß so viele Farben, er war wie ein Wechselbad
aus Gefühlen und Eindrücken. Genauso launisch und veränderbar wie
wir Menschen es waren, dachte sie.

In der Hoffnung, etwas Ablenkung zu finden, fing Sam an, in ihrem
Buch zu lesen. Es war ein Werk über literarische Gattungen. Sie be-
stellte bei der Stewardess ein Glas Orangensaft und öffnete dann die
Playlist auf ihrem Smartphone. Nach zwanzig Minuten legte sie das
Buch wieder beiseite, weil ihre Konzentration ihr einen Strich durch
die Rechnung machte. Was blieb ihr anderes übrig, als abzuwarten,

denn zum Lernen hatte sie sowieso keinen Kopf. Es waren nur noch zwei Wochen bis Studienbeginn.

Liam hatte wahrscheinlich schon alle Bücher komplett gelesen, vielleicht war ja aus ihm etwas herauszubekommen, dann müsste sie nicht mehr das ganze Buch durcharbeiten.

Ein grässliches Knarzen drang plötzlich aus einem der Lautsprecher und die Stimme des Piloten verkündete, dass sie bereits mit dem Landeanflug begonnen hatten. Sam schloss für einige Sekunden die Augen und versank in der Melodie des Liedes, welches durch ihre Kopfhörer dröhnte.

Sie hatte sich zum bereits hundertsten Mal vor ihrem geistigen Auge ausgemalt, wie Mira auf ihr unerwartetes Auftauchen reagieren würde. Jetzt wurde ihr Atem zunehmend schneller, je näher sie Hamburg kamen. Durch das kleine runde Fenster erblickte sie die unzähligen Häuser. Die Stadt sah aus wie ein Miniaturmuseum, nur, dass in einem Museum keine echten grauen Wolken hingen. Sams Magen schlug fast einen Salto, als sie durch diese hindurch flogen. In der Reihe neben ihr wandte sich ein kleiner Junge gerade ängstlich an seine Mutter. Er hielt dabei seinen Stoffaffen fest umklammert. Sam schmunzelte bei dem Anblick des Stofftiers, denn sie hatte als kleines Kind selbst ein ähnliches besessen.

Das unangenehme Schaukeln nahm ein Ende und sie atmete erleichtert auf. Als sie erneut aus dem Fenster sah, konnte man bereits die riesige Landebahn erkennen, die aussah wie eine überdimensionale Autobahn. Hier in Hamburg war das Wetter nicht viel anders, der Himmel war grau in grau, doch vom Regen fehlte jede Spur. Die tonnenschwere Maschine ruckelte ein allerletztes Mal und setzte dann zu einer Vollbremsung an. Nur wenige Sekunden später waren sie sicher gelandet und das Flugzeug rollte an den zugeordneten Platz. Sam befreite sich seufzend von dem Gurt und wartete geduldig, bis die Passagiere in der vorderen Sitzreihe sich Richtung Gang geschoben hatten. Als sie zehn Minuten später in die

Ankunftshalle trat, irrte ihr Blick umher, bis sie das Exit-Schild entdeckt hatte.

Früher war sie regelmäßig in Hamburg gewesen, es war sozusagen ihr zweites Zuhause und das ihrer Großeltern. Sie kannte das öffentliche Netz der Stadt mit den wichtigsten Verbindungen.

Als Sam langsam die Treppe zur Schnellbahnlinie emporstieg, fühlte sich ihr Rucksack immer schwerer an. Lag es am Gewicht oder daran, dass sie kaum etwas gegessen hatte? Sie war sich nicht sicher, denn auch ihre Beine trugen sie heute nicht wie gewöhnlich. Ihre Schritte fühlten sich plump und schwer an. Vielleicht war es einfach ein Zeichen, eine Art Warnung, und sie versuchte, sich mit aller Kraft zu widersetzen. Sollte sie Mira wirklich besuchen?

Die Zeit in der Schnellbahn verging so zäh wie Kaugummi. Sam fühlte sich teilnahmslos und wie in Watte gepackt. Sie war so beschäftigt damit, ihre Nervosität und Anspannung unter Kontrolle zu halten, dass sie ihre Umwelt gar nicht wahrnahm. Es war wie in einem Film, der sich zwar vor ihr abspielte, sie konnte ihm aber keine Aufmerksamkeit schenken. Ein junger Mann stieg in die S-Bahn, er hatte viele Tattoos, vom Hals, über die Arme und auch auf seinen Beinen. Diese steckten in kurzen violetten Shorts. Dazu trug er ein Trägershirt in Kanariengelb und eine pinke Mütze. Sie fand seinen Stil wirklich gelungen und erfreute sich bei so vielen Farben.

Als Sam nach ihrem Smartphone in der Tasche kramte, fand sie zwei Nachrichten von Liam vor. Sie hatte glatt vergessen sich zu melden, dass sie gut gelandet war. So ein Mist. Ihre Gehirnzellen fuhren heute wirklich Achterbahn, so kannte sie sich gar nicht. Sam erhob sich von ihrem Sitzplatz, gerade als die Bahn zum Stehen kam, und bahnte sich einen Weg durch eine Gruppe Jugendlicher. Als sie wieder am Bahnsteig stand, spürte sie einen kühlen Luftzug. Erst jetzt fiel ihr auf, wie stickig es in diesem Abteil gewesen war. Sie war die Züge in Dublin gewohnt, die stets angenehm durchlüftet waren.

Den Rucksack wieder auf ihren Schultern, eilte sie über eine Rolltreppe zu einem anderen Bahnsteig. Sie war nun direkt am Hamburger Hauptbahnhof gelandet. Jetzt trennten sie nur mehr wenige Minuten von Miras Adresse, eigentlich die von ihrer Mitbewohnerin, wie Sam wusste. Die S-Bahn-Linie fünf war im Gegensatz zur vorigen Bahn fast leer. Als sie auf ihre schweißnassen Hände hinuntersah, zitterten diese ganz leicht.

Jetzt nur nicht durchdrehen, Sam. Du bist so weit gefahren, du kannst jetzt nicht so einfach kneifen. Sie nahm einige tiefe Atemzüge und wischte sich die Hände an ihrem Hoodie ab. Wenn sie jetzt jemand so sah, dachte die Person vermutlich, ihr ging es vom Kreislauf nicht gut. Was ja auch irgendwie stimmte.

Sam straffte ihre Schultern, als die Türen des Zuges sich öffneten. Dann setzte sie einen Fuß vor den anderen und fühlte sich dabei wie eine Marionette, die zum ersten Mal vorwärtsschritt. Sie machte sich über eine abgenutzte Steintreppe auf den Weg zum Ausgang. Hammerbrook. Diesen Stadtteil Hamburgs kannte sie kaum. Auch wenn er nahe dem Hamburger Hafen lag, war sie in der Zeit, als ihre Großeltern auf sie aufgepasst hatten, nie hier gewesen. Oder doch?

Als Sam nach draußen trat, brachte der wolkenbehangene Himmel ein helles Blau zum Vorschein und die Luft roch nach Erinnerungen. Wie an einem heißen Sommertag, wenn der Asphalt noch feucht war vom frischen Regen. Augenblicklich fiel ihr die Szene mit Mira im Café ein, sie liebte den Regengeruch genauso sehr wie sie selbst. Für einen Moment schien ihre Nervosität vergessen und sie schlenderte vorbei an einem modernen Bau aus Glas. Zu ihrer Linken stand eine Allee mit Bäumen, die gleichmäßig auf der Promenade gepflanzt worden waren. Auf der gleichen Seite, ein paar Meter weiter, erblickte sie einen Kanal, einer von vielen Zuflüssen der Elbe.

Das Bild brannte sich in ihren Kopf ein, sie hatte in ihrer Kindheit oft so dagestanden, als sie mit ihrer Oma bei den Landungsbrücken unterwegs gewesen war. Ihre Großmutter hatte sie immer gewarnt, dass sie noch auf dumme Ideen kommen könnte. Doch Sam liebte diesen Ausblick, früher hatte sie ganz erstaunt die großen Frachtschiffe beobachtet und sich vorgestellt, was sie wohl alles transportierten. Einmal hatte sie sogar ein Miniaturschiff zum Geburtstag geschenkt bekommen.

Mit den Händen umschloss Sam fest die kalten Streben der Absperrung, dann warf sie noch einen letzten Blick auf das trübe Wasser unter ihr, das langsam und bedächtig dahinfloss.

Als Sam ihren Weg fortsetzte, warf sie immer wieder einen Blick auf ihr Smartphone, auf dem sie Google Maps geöffnet hatte. Nur durch Zufall hatte sie die Adresse von Miras Mitbewohnerin damals entdeckt. Sie stand ganz vorne in Miras Notizbuch. Die Hausnummer Dreizehn hatte sie sich komischerweise leicht gemerkt.
Sie bog einige Male ab und stand nach ungefähr zehn Minuten in einer ruhigen Wohnstraße vor einem Neubau, dessen Fassade in einem zarten Hellgrün gestrichen war. Sie linste auf das Nummernschild über der Eingangstür und stellte fest, dass sie richtig war. Und nun? Was sollte sie sagen? War Mira überhaupt zuhause?

Sam wischte sich noch einmal ihre schweißnassen Hände an ihrer Hose ab. Dann, ganz langsam, bewegte sich ihr Zeigefinger Richtung Klingel. Sie drückte schnell auf den runden weißen Knopf und befürchtete im gleichen Moment, dass sie zu zaghaft gewesen war. Hatte man das Läuten überhaupt wahrgenommen? Sie hielt den Atem so lange an, bis auf einmal eine Stimme durch den Lautsprecher ertönte. Es war nicht Mira. Sam stieß die Luft aus und ein Husten entkam ihren Lungen.

Es war nicht Mira, sie war erleichtert. Vielleicht war es gut so, dass ihre ersten Worte an sie nicht durch die Gegensprechanlage kamen.

»Hallo. Wer ist da?«

Die Stimme ihrer Mitbewohnerin klang freundlich und dennoch verspürte sie einen ungeduldigen Unterton. Sam räusperte sich leise und sprach dann in die Gegensprechanlage hinein.

»Hallo, hier ist Sam. Ich möchte gerne zu Mira, wenn das möglich ist. Wir kennen uns aus Dublin. Kann ich … vielleicht mit ihr sprechen?«, fügte sie leise hinzu.

Eine kurze Pause entstand, ehe Sam ein Knacken aus der Gegensprechanlage hörte.

»Hallo Sam. Du kannst gerne hochkommen. Mira ist sowieso zu Hause.«

Sam öffnete den Mund, um etwas zu erwidern, bekam jedoch kein Wort heraus. Sie spürte, wie ihre gesammelte Anspannung ein wenig abfiel. Die erste Hürde war geschafft, sie war nicht weggeschickt worden, das war schon einmal ein guter Anfang.

»Vielen Dank.« Ein lautes Surren ertönte und Sam trat durch die Eingangstür in ein schmales Treppenhaus. Vorbei an Kinderwagen und Fahrrädern bahnte sie sich ihren Weg und stieg die Treppe in den dritten Stock hoch.

Kapitel 29
Mira

»Da ist jemand, der dich sprechen möchte.« Hermine war gerade in die Küche gekommen. Mira umklammerte ihre Tasse und nahm einen großen Schluck Kaffee. Sie sah Hermine erwartungsvoll an.

»Es ist Sam. Ich … habe sie reingelassen. Draußen ist es wirklich ungemütlich und ...«

Mira verschluckte sich fast an dem Inhalt.

Hermines Gesichtszüge wurden weich und dennoch wirkte sie ein wenig unsicher. Miras Herz begann plötzlich wie wild zu klopfen, als hätte sie gerade die vierte Tasse Espresso getrunken.

Ihre Hände fühlten sich mit einem Mal feucht an und ihre Kehle war trocken, obwohl sie heute schon ihr zweites Glas Wasser zu sich genommen hatte. Was zum Teufel? Sam war hier in Hamburg?

Einen kurzen Moment drängten sich die Bilder ihres Abschieds in den Kopf. Keine hatte damals gewusst, was sie der anderen sagen sollte. Nur ein paar Worte und dann Schweigen, ehe sie beide getrennte Wege gegangen waren. Mira hielt ihre Tasse noch immer fest umklammert, sie spürte Hermines Hand auf ihrem Unterarm. Sie saß jetzt neben ihr.

»Ist das okay? Ich weiß, ich hätte dich vorher fragen sollen. Es tut mir leid.«

Mira schüttelte den Kopf, ohne ein Wort zu sagen. Es war mehr zu ihr selbst als zu Hermine. Dann richtete sie sich auf. »Danke, das ist schon okay. Ich ... ich bin nur so überrascht, ich weiß nicht, was ich sagen soll.«

Mira dachte an Sams warme, liebevolle Umarmung. An ihre Küsse. Doch sie schüttelte die Gedanken prompt ab. Es waren nur Gedanken, die irgendwie überhaupt nicht zu dieser Situation passten. Sie wusste nicht was sie fühlen sollte. Wie sie reagieren sollte, wenn Sam jetzt gleich durch die Haustür hereinspazieren würde. Die Sam, die sie nur mit Dublin in Verbindung brachte. Mit einem Ort, wo sie sich noch nie zuvor glücklicher gefühlt hatte.

Es klopfte leise und sowohl Hermine als auch Mira waren sofort aufgestanden. Mira ging in den Flur, dann betätigte sie mit leicht zitternden Händen den Lichtschalter. Sie legte eine Hand auf den Türknauf. Es war ihr noch nie so schwergefallen, eine Tür zu öffnen, aber auch noch nie so wichtig gewesen wie in diesem Augenblick. Sie hielt kurz inne, als wollte sie sich wappnen. Dann ganz langsam zog sie die Tür auf, zuerst ein Stück und dann komplett.

Da stand sie. Sam. Und das Erste, was ihr auffiel, war die beige Mütze. In der einen Hand trug sie diesmal einen knallgelben Regenschirm und auf ihrem Rücken schulterte ein breiter grauer Rucksack, als hätte sie eben beschlossen, den Jakobsweg zu bestreiten. Ihre Kleidung war bis auf Hose und Schuhe trocken. Doch da war noch viel mehr. Mira fühlte etwas tief in ihrem Innersten. Ihre Blicke begegneten sich für eine winzige Sekunde und eine Welle der Geborgenheit strömte auf einmal durch ihren ganzen Körper. Sie drang bis zu ihrem Brustraum, bis zu ihrem Herzen. Sam, es war ihre Sam. Mira sah, wie ihre Mundwinkel leicht zu zucken anfingen, aber vielleicht bildete sie es sich auch nur ein. Ihre wunderschönen feinen Lippen formten ein »Hallo«, es war leise und mehr ein Hauch von einem Wort. Mira schluckte ehe sie antwortete.

»Komm doch rein.«

Es folgten einige schweigsame Minuten. Sam streifte inzwischen ihre Schuhe ab und platzierte sie vor der Haustür. Als Mira die Tür geschlossen hatte, fing ihr Blick den von Hermine auf, die in der Ecke stand. Auch Sam sah hoch zu ihr, sie richtete sich langsam auf und streckte ihr die Hand entgegen.

»Hallo, ich bin Sam. Tut mir leid, falls ich störe. Und … danke, dass du mich reingelassen hast.« Sie zögerte, als wollte sie noch etwas hinzufügen. Erst jetzt bemerkte Mira ihre Unsicherheit. Hermine ergriff schnell ihre Hand.

»Ich bin Hermine. Und du kannst gern jederzeit bei uns läuten.« Sie bedachte Sam mit einem Lächeln und half ihr, den Rucksack im Flur zu verstauen.

Mira nickte ihr dankbar zu und fühlte, wie die Anspannung von ihr abfiel. Hermine und Sam kamen rasch ins Gespräch und Mira spürte eine Welle der Freude in sich aufsteigen, weil sich die beiden auf Anhieb verstanden. Ein lautes Winseln ertönte aus dem Hintergrund und ihr fiel plötzlich ein, dass Komet noch in ihrem Schlafzimmer war. Zuvor hatte sie geistesabwesend ihre Zimmertür geschlossen. Der Arme. Sie öffnete sie rasch und eine Sekunde später kam Komet heraus gesprintet. Augenblicklich fing er an, Sams Rucksack abzuschnüffeln, gab ein kurzes lautes Bellen von sich und verschwand dann ebenfalls in der Küche. Vermutlich nahm er Sam in Augenschein. Mira schmunzelte und hoffte insgeheim, dass Sam keine Probleme mit Haustieren hatte. Als die Küchentür sich öffnete und sie erneut vor ihr stand, fing ihr Herz wieder an zu rasen. Sollte sie etwas sagen? Aber was?

Sam hielt eine Tasse in der Hand, sie nahm einen Schluck und stellte sie dann auf die Ablage im Flur. Für einen winzigen Moment verspürte Mira den Wunsch, auf sie zuzulaufen und sie stürmisch zu umarmen. Doch etwas hielt sie davon ab. Sam legte ihren Kopf schief und Mira wurde plötzlich wieder ganz warm. Auch ihr Gesicht glühte regelrecht und ihre Gedanken wanderten wieder zu ihrem ersten gemeinsamen Kuss. Langsam kam Sam auf sie zu. Den Blick prüfend auf Mira gerichtet, wagte sie sich noch ein Stück weiter nach vorne.

Hinter Sam wurde die Tür zur Küche leise geschlossen. Sam strecke ihre linke Hand nach ihr aus. Miras Atem beschleunigte sich und ihr

Mund war wieder staubtrocken. Sie ergriff ihre Hand und dann hielt sie es keine Sekunde mehr aus und zog Sam so fest an sich, als würde ihr Leben davon abhängen.

So standen sie eine Zeit lang da. Es fühlte sich an wie eine halbe Ewigkeit, als Sam ihren Griff schließlich lockerte und Mira ein Stück von sich wegschob, um ihr in die Augen sehen zu können. Ihre Augen hatten einen dunklen Karamellton angenommen und funkelten ganz zart im Licht der Lampe.

»Ich habe dich so sehr vermisst«, wisperte Sam leise und drückte ihren Kopf noch einmal sanft zu sich. Mira hatte es sich so sehr gewünscht, dass dieser Moment kommen würde. Aber dass es so schnell passieren würde, das hatte sie nicht geahnt. Sie vergrub ihr Gesicht für einen Moment in Sams Halsbeuge, spürte ihre warme und weiche Haut und lauschte ihrem schnellen Herzschlag.

»Ich dich auch, Sam.« Sie wollte ihr so viel sagen. Es gab so viele Fragen, doch die Worte mussten warten, das Gefühl war zu schön, der Moment zu kostbar. Wenn das mit ihnen keine Zukunft haben würde, dann wollte sie zumindest diesen Augenblick genießen.

Erneut ertönte ein Winseln, diesmal kam es aus der Küche und Mira konnte sich ein Grinsen nicht verkneifen. »Ich glaube, Komet möchte dich auch kennenlernen.« Im gleichen Atemzug wurde die Tür geöffnet und Komet kam schwanzwedelnd auf sie zu. Mira löste sich vorsichtig aus der Umarmung. Auch Sam drehte sich um und ging in die Knie. Woraufhin Komet eine ausgiebige Streicheleinheit bekam.

»Das ist unser Mann im Haus, sozusagen …«, entgegnete Hermine grinsend, die gerade aus der Küche herauskam. Ihr Blick blieb für einen Augenblick an Mira hängen, dann wandte sie sich wieder an Sam. »Er hat dich schon ins Herz geschlossen, wie man sieht«, fuhr sie vergnügt fort.

»Er ist total süß. Ich liebe Hunde. Als Kind hatten wir einen Schäferhund und später einen Mischling aus dem Tierheim. Er war schon etwas älter und hat dann bei meiner Mum gelebt. Leider ist er dann kurze Zeit später gestorben.« Sams Stimme wirkte diesmal gefasst, als sie über ihre Mutter erzählte.

»Das ist traurig, aber er hat es bestimmt gut gehabt bei euch.« Hermine hatte sich zu Sam gebeugt und kraulte nun ebenfalls Komets Kopf. Dieser schien es sichtlich zu genießen, dass er heute von allen Seiten die volle Aufmerksamkeit bekam.

Sie unterhielten sich noch eine Weile über Haustiere, Tierrassen und Familie, ehe Hermine einen Vorschlag machte.

»Wollen wir heute vielleicht etwas Leckeres gemeinsam Kochen? Also es ist nur ein Vorschlag, wenn ihr lieber was alleine machen wollt, ist das total okay.« Hermine sah nun verlegen von Mira zu Sam und spielte mit einer Haarsträhne.

Mira versuchte Sams Miene zu deuten, doch sie wurde nicht recht schlau aus ihrem Blick. Auch wenn sie sich mit Hermine gut verstand. War es trotzdem okay für sie?

»Ich bin sehr gerne dabei, wenn es für Mira in Ordnung geht. Ich muss nur eben nachsehen, ob das Zimmer, welches ich für die nächsten Tage gebucht habe, schon frei ist.« Sam klang, als wäre es das Normalste auf der Welt, dass sie einfach einmal zu ihr nach Hamburg gereist war.

»Super, ich würde alles einkaufen und dann können wir uns für später verabreden. Mira, was sagst du dazu?«

Miras Lippen formten sich zu einem Lächeln. »Für mich wäre das in Ordnung. Voll gerne.«

Hermine schlug eine Uhrzeit vor, und nachdem sie und Sam ihr zugestimmt hatten, verschwand sie ins Wohnzimmer.

Sam wandte sich wieder Mira zu. Sie hatte ihre Mütze abgenommen und war wieder einen Schritt näher an sie herangetreten.

»Da wären wir wieder, wir beide ...« Diesmal wirke Sams Stimme kräftiger. Ihre Lippen formten sich zu einem Lächeln, auch wenn es noch etwas scheu wirkte. So als wäre sie darauf bedacht, jede Handlung genauestens abzuwägen.

Ihre Blicken trafen sich und Mira brannte eine Frage auf der Zunge, von der sie nicht wusste, ob sie sie stellen sollte.

Würde es die Stimmung kaputt machen? Vielleicht wäre später ein besserer Zeitpunkt. Also verwarf sie den Gedanken und begann über ein anderes Thema zu sprechen.

»Magst du dir vielleicht mein Zimmer ansehen? Wir können auch solange spazieren gehen oder etwas unternehmen, ich habe heute sowieso nichts vor.«

Sam wirkte entspannter als zuvor und nickte langsam. Dann nahm Mira ihre Hand und zog sie in Richtung Zimmertür. Als sie ins Zimmer traten, ließ sie Sams Hand jedoch wieder los, um das Fenster zu öffnen. Eine kühle Brise wehte von draußen herein und erfüllte den Raum mit dem Geruch von Sommerregen.

»Wow, du hast es hier wirklich gemütlich und die gelben Vorhänge sind toll. Das Zimmer passt zu dir.« Sam war mitten im Raum stehen geblieben und sah sich um.

»Du kannst dich gern setzen.«

Sam nahm ihr Angebot an, dann rutschte sie ein Stück näher an Mira heran, die sich schon auf der Bettkante niedergelassen hatte. Sam nahm einen großen Schluck Kaffee aus ihrer Tasse.

»Danke. Also ich meine, dass ihr mich so lieb empfangen habt. Das ist wirklich schön.« Sie starrte in ihre Tasse, dann fuhr sie nach kurzem Zögern fort. »Mira ... Ich habe diese Entscheidung erst vor Kurzem getroffen. Ich hatte so große Sehnsucht nach dir. Ich wollte dich unbedingt wiedersehen, auch wenn ich nicht weiß, was das hier zu bedeuten hat. Auch wenn ich nicht weiß, wie es mit uns weitergeht ...«

Mira hing an ihren Lippen. Die Frage, die sie vorhin hatte stellen wollen, war nun überflüssig geworden und doch konnte sie die zweite Frage ebenfalls nicht beantworten. *Wie wird es weitergehen?*

»Ich bin so froh, dass du da bist. Es tut mir so leid, dass ich mich kaum gemeldet habe, aber als ich gemerkt habe, wie viel du mir bedeutest, da war der Schmerz und die Angst so groß. Als wir uns verabschieden wollten, da wusste ...«

Weiter kam Mira nicht, denn Sam hatte sich schon zu ihr gebeugt, sie zog sie in eine Umarmung. Sie gab ihr das Gefühl von Sicherheit. Etwas, das sie zuvor kaum gespürt hatte. Sam drückte ihr einen Kuss auf den Scheitel und strich zärtlich über ihren Arm.

»Ich bin bei dir und ich bleibe auch ein paar Tage hier in Hamburg.« Mira nickte, ohne ein Wort zu sagen. Sie schwiegen erneut und für einige Momente hörte man nur das Zwitschern eines Vogels aus einem der Bäume unter dem Fenster.

»Lass uns einfach die Zeit genießen und schauen, was sich entwickelt. Vielleicht ist es genau das, was wir brauchen und tun sollten.«

Mira löste sich von ihr und blickte in ihre warmen braunen Augen.

»Darf ich?« Mira hob ihre Hand und Sam nickte lächelnd.

Dann strich sie Sam eine Strähne aus dem Gesicht und fuhr mit dem Finger über ihre mit Sommersprossen übersäte Haut.

»Meinst du, dass eine Fernbeziehung theoretisch möglich ist? Ich ... habe solche Angst, Sam.«

Sam nickte ganz langsam. »Ich denke schon, dass es möglich ist. Nichts ist unmöglich.« Sam fuhr ihr ganz sanft mit dem Daumen über ihre Wangenknochen und Mira entspannte sich ein wenig.

Plötzlich brach alles aus Mira heraus und sie erzählte von ihren Albträumen und dem Augenblick, als sie die Robbe in ihrem Rucksack gefunden hatte.

Sam hielt sie fest und hörte geduldig zu. Als sich Mira wieder etwas beruhigt hatte, wurde sie von Sam hochgezogen, die jetzt vom Bett aufgestanden war.

»Ich möchte dir etwas zeigen, aber vielleicht nicht hier, sondern an einem Ort, der dir viel bedeutet. Gibt es hier einen in Hamburg?« Sam erzählte ihr von dem Gedicht, dass sie für sie hatte weiterschreiben wollen. Eigentlich hatte sie nur vorgehabt, Ideen einzubringen, doch nun war daraus ein ganzer Text entstanden.

»Wann darf ich es sehen?«, fragte Mira neugierig und all ihre Sorgen waren kurzzeitig verflogen.

»Wenn du mir *deinen* Lieblingsplatz zeigst? Gibt es einen?« Sams Lippen umspielte ein Lächeln und Wärme breitete sich in Mira aus.

Mira legte ihren Kopf schief und dachte angestrengt nach. Ein Ort war ihr sofort in den Sinn gekommen. Da war der japanische Garten, einer ihrer Lieblingsplätze, wenn sie in Ruhe schreiben wollte. Doch irgendwie fühlte sich dieser Ort nicht passend an. Ihre Gedanken schweiften an Orte, die sie als Kind zum Staunen gebracht hatten. Dann fiel es ihr schlagartig ein.

»Doch. Ich weiß es. Ich weiß, wo wir zusammen hingehen könnten. Es wird dir vielleicht auch gefallen.« Mira strahlte nun über das ganze Gesicht. Sie hatte an die Ausflüge mit ihren Eltern gedacht, als ihr bewusst geworden war, wo sie am liebsten hingehen wollte.

»Die Sternwarte!«, rief sie. »Wir könnten Sterne beobachten gehen, das heißt, wenn du überhaupt willst. Ich war schon eine halbe Ewigkeit nicht mehr dort.« Mira beobachtete Sams Gesichtszüge, die sich aufhellten.

Sie nickte daraufhin. »Dann lass uns zur Sternwarte fahren.« Sam hielt noch immer ihre Hand.

»Wie, jetzt? Wir müssen erst nachsehen, ob heute Abend eine Führung stattfindet. Früher waren die nämlich auch sonntags. Die Sternwarte, die ich kenne, liegt in Richtung der Lüneburger Heide. Mein Onkel hat dort eine Zeit lang mitgearbeitet und ein paar Kontakte. Vielleicht gibt es den Verein noch.«

»Gute Idee, dann lass uns das gleich machen.« Sam drückte ihre Hand kurz. Dann suchte Mira die Nummer heraus, was sich als gar nicht so einfach herausstellte. Sie hatte Glück, denn sie hatten tatsächlich eine Führung für die Mitglieder angesetzt.

Mira hielt das Telefon an ihr Ohr gepresst und lauschte der Person am anderen Ende der Leitung. Sie sprachen kurz miteinander. Nach ein paar Minuten legte Mira auf.

Sie grinste Sam an und reckte eine Faust in die Luft. »Wir dürfen bei der Führung heute Abend teilnehmen, obwohl wir keine Mitglieder sind, aber er hat gesagt, es ist ausnahmsweise okay. Der Mann kennt meinen Onkel ebenfalls.« Mira grinste breit. Sie war total aus dem Häuschen und zog vor lauter Euphorie Sam an sich. Gemeinsam vollführten sie eine kleine Drehung, ehe Mira beinahe aus lauter Schwung auf dem Boden landete. Sam kicherte und hielt sie am Arm fest, sie konnte sie gerade noch rechtzeitig auffangen.

»Hoppla. Pass auf!« Sie wurde von Sams kräftiger Hand wieder hochgezogen und ihre Blicke trafen sich erneut. Mira spähte für eine Sekunde auf ihre Lippen.

Sollte sie? Innerlich spürte sie ein tiefes Verlangen. Sie hatte diesen Anblick so sehr vermisst. Noch nie zuvor hatte sie sich so sehr zu jemandem hingezogen gefühlt. Ein leichtes Kribbeln begann sich in ihrer Magengrube auszubreiten. Doch dann war der intensive Moment auch schon wieder vorbei und Sam räusperte sich kurz.

Hatte sie es ebenfalls gespürt? Es musste so sein.

Sam stand lässig gegen ihre Zimmertür gelehnt und zog dann ihren Hoodie aus. In Mira wallte Hitze auf und unbewusst wanderte ihr Blick zu ihrem Bett. Was war nur los mit ihr? War ihr Verlangen so groß, weil sie sich eine Zeit lang nicht gesehen hatten?

»Und wie kommen wir eigentlich dorthin? Mit dem Auto?«, unterbrach Sam ihre Gedanken.

»Genau. Hast du eigentlich auch einen Führerschein?«, fragte Mira und ihr wurde auf einmal bewusst, wie wenig sie eigentlich voneinander wussten, wenn es um solche Dinge ging. Sam nickte.

»Und ich würde sehr gerne fahren, wenn es für dich in Ordnung ist.«

»Okay, wenn es dir nichts ausmacht, denn ich mag Auto fahren sowieso nicht und es überanstrengt mich schnell. Deshalb versuche ich längere Strecken zu vermeiden.« Sam war wieder einen Schritt auf sie zugekommen.

»Das verstehe ich gut. Dann bin ich heute dein Chauffeur.«

Sam zwinkerte und streckte dann eine Hand aus, um ihr sanft über die Wange zu streichen. Die Geste war so zärtlich und sowas von Sam. Mira konnte nicht anders und tat nun ebenfalls einen Schritt auf sie zu, sodass zwischen sie beide nur mehr ein Blatt Papier passte. Dann stellte sie sich auf die Zehenspitzen und hauchte ihr einen Kuss auf die Lippen. Sams Lippen waren weich und der süße zarte Duft von Pirsich umhüllte sie erneut. Was für ein Gefühl? Ihr Magen fühlte sich an, als würden tausende Schmetterlinge die Freiheit suchen.

Sam erwiderte ihren Kuss und zog sie fester an sich. Als Mira ihren Kopf ein wenig abwandte, musterte sie einen Augenblick ihre Sommersprossen, die aussahen wie kleine tanzende Sterne am Himmelszelt.

»Ich kann es kaum erwarten. Jetzt zeige ich dir ein bisschen was von meiner Welt, so wie du «, murmelte Mira und legte ihren Kopf auf Sams Schulter ab.

»Solange wir nicht in eine Rakete steigen müssen, um auf den Mond zu fliegen. Ich habe nämlich ein wenig Höhenangst«, gluckste Sam.

»Keine Sorge, so weit bin ich noch nicht, aber wer weiß?« Sie zwinkerte Sam zu und drückte sie noch einmal an sich, ehe sie ihr Smartphone erneut zückte.

»Hier, ich habe die Strecke in Google Maps eingegeben und für später gespeichert. Es ist gar nicht so weit, nur eine Dreiviertelstunde mit dem Auto. Dann können wir gegen halb zehn losfahren, zu der Zeit ist es auch schon etwas dunkler.« Mira hielt Sam ihr Smartphone direkt vor die Nase und diese nickte.

»Schau mal, ich glaube, es hat aufgehört zu regnen.« Sam hatte einen Blick aus dem Fenster geworfen und Mira lächelte.

»Dann zeige ich dir ein bisschen die Gegend und den Park. Hermine ist bestimmt noch beim Einkaufen. Wäre das in Ordnung?«, fragte Mira.

»Super. Dann nehmen wir Komet gleich mit, oder?« Mira nickte und öffnete dann ihren Schrank.

»Warte. Ich zieh mir noch was über.« Sie zog einen dünnen Baumwollpullover mit Sonnenblumenmuster hervor, den sie um ihre Hüfte band. Heute trug sie eine dunkelgrüne Stoffhose und ein beiges Top dazu. »Bereit?«, fragte Mira. Sam nickte und gemeinsam verließen sie den Raum.

Kapitel 30
Mira

Die Autotür neben Mira öffnete sich und Sam ließ sich auf den Fahrersitz sinken. Es war bereits später Abend und sie hatten auf dem Weg Richtung Sternwarte noch an einer Tankstelle gehalten.

Sam streckte ihre Hand aus und berührte dabei leicht den Stoff von Miras Hose. In ihrer Handfläche lagen zwei Schokoriegel.
»Hier … ich dachte, die könnten wir brauchen, die Nacht ist lang.«
Sam zwinkerte ihr zu, woraufhin Mira ihr ein Lächeln schenkte. Dann nahm sie einen in die Hand.

»Du bist genial. Auf die Idee hätte ich auch kommen können.«
»Ist mir eben eingefallen.« Sam legte ihren Riegel in das Seitenfach und startete den Motor.

Es war ein lauer Sommerabend und daher waren auch perfekte Bedingungen, um die Sterne am Nachthimmel zu beobachten. Die grellen Lichter der Stadt zogen langsam an ihnen vorbei, als sie auf die Autobahn fuhren.
Mira hielt immer wieder ihre Hand aus dem Fenster. Ein Schwall warmer Luft drang herein. Sie roch ein wenig abgestanden, vermischt mit einem Hauch Lebendigkeit und Freiheit. Sie fühlte sich zurückversetzt in die Zeit als Jugendliche, als sie mit ein paar Freunden Ausflüge in die Berge oder an einen See unternommen hatte. Es war eins der wenigen Dinge, wo sie sich komplett umbefangen fühlte. Denn im Sommer war sie die meiste Zeit an Orten in der Natur. Dort konnte sie nicht nur abschalten, sondern auch in Verbindung gehen. Manche Menschen verstanden es nicht, wenn Mira mit den Tieren und Pflanzen sprach, doch damals war es ihr egal. Ihre wenigen Freunde hatten sie dennoch geliebt und akzeptiert.

Mira starrte auf die helle Scheibe am Himmel, die ihr immer beim Einschlafen geholfen hatte, schon seit sie ein kleines Kind gewesen war. Bald würde wieder Vollmond sein.

Sie nahmen die Autobahnausfahrt und kamen nach fünfzehn Kilometern zu einer Ortstafel. Darauf stand *Welle - Landkreis Harburg*. Sam warf immer wieder einen kurzen Blick auf die Navigation. Die Dunkelheit war nun komplett hereingebrochen und man erkannte die Landschaft nur mehr schemenhaft.

Sie bogen in die Handeloher Straße, folgten der Beschreibung und erreichten nach zwei Kilometern ihr Ziel.

Sam lenkte den weißen Ford in eine schmale Wohnstraße, an dessen Ende sich eine Parkfläche befand. Vier weitere Autos standen dort in der Dunkelheit. Mira stieg aus, schaltete die Taschenlampe ihres Smartphones ein und entfernte sich vom Wagen. Sie lenkte den Lichtstrahl auf eine Wegtafel und kam wieder zum Auto gelaufen.

»Wir sind hier richtig, das ist der Planetenweg. Von hier müssen wir circa zehn Minuten zu Fuß gehen.«

Sie schnappten sich beide ihre Pullover und Sam verstaute eine Fleecedecke und die Schokoriegel in ihrem Rucksack. Mira war im letzten Moment eingefallen, dass eine Decke vielleicht ganz praktisch wäre, wenn das Stehen zu anstrengend wurde oder es doch kühler werden sollte.

Der schmale Kiesweg führte einen sanften Hügel hinauf. Ringsum erstreckte sich eine Waldfläche und Mira sog den Geruch von Holz ein, es roch süßlich und leicht nach Erde. Die Mücken tanzten im Schein der Taschenlampe. Zu Miras Bedauern hatte keine von ihnen beiden an einen Mückenspray gedacht. Es blieb nur zu hoffen, dass sie ein wenig verschont wurden, immerhin wollten sie den Abend nicht nur drinnen verbringen. Als Mira einen Blick zum Himmel warf, entdeckte sie bereits viele weiß glänzende Punkte.

»Sieh mal, dort oben ist der große Wagen und ein Stück weiter westlich das Sternbild Cassiopeia.«

Sam war zu ihr getreten und blickte in Richtung von Miras Zeigefinger.

»Ich sehe den Wagen, mehr kann ich aber nicht erkennen. Nur ein paar Punkte.« Sam lächelte und runzelte dann die Stirn.

»Ja genau, und jetzt verfolge diese Linie aus Punkten … Als Ganzes sieht es aus wie ein *W*!«, erklärte Mira euphorisch und zog Sam ein Stück zu sich, sodass sie ihrem Blick folgen konnte. Gleichzeitig wurde ihr ganz warm ums Herz, denn Sams Denker-Gesichtsausdruck war einfach zu süß.

»Da ist es, ich sehe es!« Sam jubelte.

»Sag ich doch, es sind nicht nur irgendwelche Punkte in einer Linie.« Mira löste ihre Arme wieder von Sams Taille und zwinkerte ihr zu.

Für Mira war dies pure Magie. Die Vorstellung, dass es Abermillionen Sterne gab, Lichtjahre von hier entfernt, war einfach faszinierend.

Nach kurzer Zeit kamen sie zu einem kleinen Gebäude. Es war eher ein Container, doch Mira wusste, dass sie hier genau richtig waren. Sie trat auf eine schmale graue Tür zu und im gleichen Moment, als sie sie öffnete, schritt ein kleiner, kräftig gebauter junger Mann heraus. Er begrüßte sie freundlich und sie folgten ihm durch einen winzigen Raum, eine Art Büro. Im nächsten Raum erblickte Mira bereits einige Mitglieder der Sternwarte, die sich angeregt unterhielten. In der Mitte stand ein riesiges schwarz-weißes Teleskop. Es ragte über die Decke hinaus, wo sich statt des Dachs eine quadratische Öffnung befand. Mira spürte Sams Hand und wie sie mitgezogen wurde. Sie grüßten und nickten den anderen kurz zu. Dann stellten sie sich in eine freie Ecke und lauschten dem Vortrag des Mannes, der sie eben hereingebeten hatte.

Sam strich immer wieder sanft mit dem Daumen über ihren Handrücken. Daraufhin lehnte sich Mira gegen ihre Schulter und fühlte augenblicklich wieder die angenehme Wärme, die Sam ausstrahlte. Während des Vortrags wurden viele Fragen gestellt und auch Mira war neugierig. Sie selbst hatte ein paar Bücher über Astronomie gelesen, aber brannte immer wieder darauf, Neues zu erfahren.

»Momentan befinden wir uns in einer zunehmenden Halbmondphase. Man kann davon ausgehen, dass wir auch aufgrund der Wetterbedingungen heute Nacht eine sehr gute Sternbeobachtung durchführen können. Bei Vollmond wäre es nämlich zu hell«, erklärte der junge Mann und deutete über die Köpfe hinweg auf den leuchtend hellen Fleck am Himmel.
»Ich bin echt gespannt, wie gut man durch dieses Teil die Sterne sieht, ich war noch nie zuvor in einer Sternwarte«, flüsterte ihr Sam ins Ohr und im Halbdunkel erkannte sie in ihren Augen ein Schimmern.
Mira nickte und grinste dann breit. »Es ist toll, glaub mir.«

Wie auf ein Stichwort wechselte der Mann das Thema zu den heutigen Sternbildern und Planeten, die sie beobachten wollten.

»Die Hauptsterne Wega, Deneb und Altair bilden das sogenannte Sommerdreieck, wie viele von euch wahrscheinlich wissen, es ist das beliebteste Objekt in den Sommermonaten. Und für alle Deep-Sky-Objekt-Fans ist heute der Lagunennebel sehr gut zu erkennen, weil die Sicht sehr klar ist. Hierbei handelt es sich um einen Gasnebel in 6000 Lichtjahren Entfernung. Er schimmert rötlich bis hin zu Violett«, fuhr er lächelnd fort und warf dabei einen Blick zu Mira und Sam.
»Okay. Dann mal los!«, rief er fröhlich in die Runde und hantierte an dem überdimensionalen Teleskop. Mira spähte zu den Gerätschaften und entdeckte einen geöffneten Laptop, auf dessen Bildschirm eine

Sternkarte abgebildet war, welche aktuelle Ortsdaten und Zeit beinhaltete.

»Komm schon, es geht los.« Sam stupste sie sanft mit dem Ellbogen an, ehe sie sich beide für die Beobachtung einreihten.

Zwischendurch gab es immer wieder Erklärungen zu den Sternbildern und alle Anwesenden hatten die Möglichkeit, einen Blick durch das Teleskop zu werfen. Endlich waren auch sie an der Reihe, und als Mira gerade die drei Sterne des Sommerdreiecks entdeckt hatte, tippte ihr Sam ungeduldig an die Schulter.

»Ich will auch mal«, jammerte sie und Mira musste schmunzeln. Sie trat schließlich einen Schritt zur Seite, damit Sam freie Bahn hatte.

Mira war hellauf begeistert vom Lagunennebel, sodass sie beschlossen hatte, mehr über Deep-Sky-Objekte nachzulesen. »Ist er nicht wunderschön? Diese Farben sind wie ein Kunstwerk!« Sie strahlte Sam an, woraufhin diese nickte.

»Wirklich schön, ich wusste ja nicht einmal, dass Sterne bunt sind«, antwortete Sam sichtlich beeindruckt.

»Ja nicht wahr, es hat mit ihrer Oberflächentemperatur zu tun.«

Nach einer Weile hatten sie mehrere Sternbilder beobachtet und die Veranstaltung neigte sich langsam dem Ende zu. Mira stand dicht neben Sam, die an der Tür lehnte. Es wurden noch einige Fragen beantwortet, bis sich der Raum langsam leerte und die Besucher sich verabschiedeten.

Mira drehte sich zu Sam um und strich sanft über ihren Unterarm. Diese senkte kurz den Blick, sah ihr aber dann in die Augen. Hier im Halbdunkel wirkten sie irgendwie noch schöner, ein wenig geheimnisvoll, wie Mira fand. »Danke ... dass du mitgekommen bist. Es bedeutet mir eine Menge.« Sie sprach aus, was sie ihr vorhin schon hatte sagen wollen. Sams Mundwinkel zuckten und ein vorsichtiges Lächeln kam zum Vorschein.

»Du weißt ja, du hast versprochen mir deinen Lieblingsplatz zu zeigen. Also danke dir dafür.« Sam zwinkerte ihr zu. »Wollen wir vielleicht rausgehen, ich möchte dir auch gerne etwas zeigen«, fragte Sam mit rauer Stimme, doch ihr Gesicht strahlte so viel Wärme aus.

»Okay.« Mira nickte und dann nahm Sam ihre Hand und zog sie mit sich.

Der Nachthimmel war beindruckend schön und vom Horizont bis zum Zenit voll mit leuchtenden Sternen. Die klare Luft roch ein wenig nach Moos. Mira lauschte dem Zirpen der Grillen, das zusammen mit dem klagenden Ruf einer Eule, welcher aus der Dunkelheit hallte, die einzigen Geräusche waren, die sie hier draußen vernahm. Sie gingen ein Stück weg vom Lichtkegel des Containers und folgten einem Pfad, der sie direkt auf eine angrenzende Wiese führte. Sam blieb vor ihr stehen und hielt einen Moment inne. Dann drehte sie sich um. »Was meinst du? Wir könnten uns hier auf die Wiese setzen.«

Mira nickte. »Wie wäre es dort.« Sie deutete zu einer Stelle, wo das Gras nicht allzu hoch war, dann breiteten sie die Fleecedecke darauf aus.
Mira musste ein Gähnen unterdrücken, als sie sich niederließ. Sam setzte sich dicht neben sie. Sofort kroch wieder eine angenehme Wärme durch Miras Brustraum und sie legte ihren Kopf auf Sams Schulter ab. »Als Kind dachte ich immer, die Sterne verschwinden tagsüber und man sieht sie nur in der Nacht …«, sagte Mira und reckte ihren Kopf Richtung Himmel. »Dabei sind sie immer da und das ist irgendwie schön und beruhigend zugleich.«

Sam beobachtete sie aus den Augenwinkeln. Sie wusste, dass Sam ihr zuhörte, auch wenn sie keine Antwort gab. Manchmal brauchte es eben keine Worte. Sie saßen eine Zeit lang schweigend aneinandergelehnt, als Mira sich vorsichtig zu Sam drehte.

Diesmal war sie es, die ihre Hände ergriff, Sam ließ es geschehen. Mira zog sie näher zu sich heran. »Ist das okay?«, fragte sie und Sam nickte.

Dann legte sie ihre Arme um Sams Körper, während Sam mit einer Hand über ihre Wange strich. Eine Gänsehaut bildete sich auf Miras Oberkörper und ihr Puls schnellte hoch.

Als sie nur mehr wenige Zentimeter von Sams Lippen entfernt war, hielt sie es nicht mehr aus und küsste sie mit einem Verlangen, wie sie es kaum zuvor gespürt hatte. Sam erwiderte den Kuss genauso impulsiv und Sams Zunge drückte sanft gegen ihre Lippen. Sie gewährte ihr Einlass und fuhr gleichzeitig mit den Fingern durch Sams dichtes kurzes Haar. Sams Finger wanderten daraufhin an ihrem Shirt entlang und erkundeten jede Stelle ihres Rückens.

Ihre Küsse waren sanft mit einer Spur Neugier und Leidenschaft.

Gerade als Sam mit der Hand wieder oben angelangt war, hielt sie Nahe ihres Schlüsselbeins inne.

»Ist es okay, wenn ich das tue?«, wisperte Sam leise gegen ihre Lippen, die für einen Augenblick von ihren eigenen getrennt waren.

Mira nickte, dabei fiel ihr eine Haarsträhne ins Gesicht und Sam schob sie ihr lächelnd hinters Ohr.

Es waren die ganz langsamen Bewegungen, die Mira eine Gänsehaut zauberten. Sam tastete sich vom Schlüsselbein abwärts. Dann streifte sie den Träger ihres BHs von ihren Schultern. Mira gab einen leisen Seufzer von sich. Hitze wallte durch ihren Köper. Vom Kopf über die Brust bis in ihren Schoß. Sam spielte mit ihren Brustwarzen, strich den Bauch entlang, bis ihre Hand am Hosenbund verweilte.

Mira war mit ihren Händen inzwischen unter Sams Shirt geschlüpft und schob es ihr mit einer geschickten Bewegung über den Kopf, ehe sie sich selbst von ihrem befreite. Sie hatten sich auf die Decke zurückfallen lassen und lagen dicht nebeneinander.

Über ihnen waren noch mehr Sterne am Leuchten, die sich sanft in Sams bernsteinfarbenen Augen spiegelten. Mira spürte ihren warmen Atem, als sie mit dem Kopf näher rückte und ihr erneut einen Kuss gab. Dann strich Sam mit dem Handrücken ihre Wange entlang, weiter über die Schulter, bis hinunter zum Beckenkamm.

»Mach weiter«, flüsterte Mira gegen ihre Lippen und Sam schob im gleichen Atemzug ihre Hand unter dem Hosenbund hindurch. Ihre Finger tanzten sanft an der Innenseite des Oberschenkels entlang.

Mira entfuhr ein leises Stöhnen, als sie an der empfindlichsten Stelle zwischen ihren Beinen angekommen war. Sie fühlte, wie ihr Körper sich völlig selbstständig machte, und gab sich dem Gefühl hin, die Kontrolle abzugeben. Wenige Zeit später lag Mira Arm in Arm dicht neben Sam und sie lauschten dem Rauschen des Windes, während ein Meer aus Sternen über sie wachte.

Mira hatte die Stille zwischen ihnen beiden genossen, sie hatte selten einen Menschen getroffen, bei dem Worte überflüssig waren. Doch nun drängte sich die Frage erneut in ihren Kopf.

War es möglich, mit Sam zusammen zu sein? Hatten sie eine Chance? Auf die Frage ploppte in ihr eine klare Antwort auf. Es war so klar und doch war es ihr nicht bewusst gewesen.

Die Antwort war Ja. Sie hatten eine Chance, wenn Mira den Mut auf-bringen würde, nach Dublin zu ziehen, wenn sie dort ihr Studium be-ginnen würde, dann ja. Doch Dublin war so weit entfernt von ihrem eigentlichen Zuhause und was würde aus Hermine werden?

Etwas kitzelte sie im Nacken und sie vernahm eine Bewegung in den Augenwinkeln. Sam war ein Stück näher gerückt, sie hatte sich an ihre Schulter gekuschelt und ein paar Strähnen ihres aschblonden Haars berührten ihre Haut.

Mira strich über ihren Kopf und ein Lächeln umspielte ihre Lippen. Sie dachte daran, wie es wäre, jeden Morgen diesen Haarschopf zu sehen.

»Schau mal hoch. Es ist einfach wunderschön. Wieso bin ich eigentlich noch nie auf die Idee gekommen, unter dem Sternenhimmel zu schlafen?«, murmelte Sam und drehte ihren Kopf, sodass Mira ihre Gesichtszüge erkennen konnte.

Sie wirkte so zufrieden und ihr Anblick löste in Mira eine Welle des Glücks aus, sodass sie ein Stück hinunterrutschte, um Sams Nasenspitze zu küssen. Auf Sams Lippen stahl sich ein warmes Lächeln.

»Wusstest du, dass es einen Stern gibt, der so heißt wie ich? Mira ist ein sogenannter Doppelstern, er ist circa 300 Lichtjahre von hier entfernt.« Sam schüttelte den Kopf. »Die zwei Sterne leuchten auch in unterschiedlichen Farben, der hellere, der sogenannte Rote Riese, wie der Name schon sagt, rötlich und der andere leuchtet weiß.«

»Du scheinst ja wirklich viel über Astronomie zu lesen. Auch wenn ich da nicht so mitreden kann, würde ich sehr gerne wieder einen Ausflug hierher machen«, entgegnete sie leise und strich Mira über ihren Arm, die ihren Blick von den Sternen wieder auf Sam gerichtet hatte.

»Ja, da bin ich dabei.«

Egal in welche Richtung sich ihr Leben von nun an bewegen würde, dieser Abend hatte sich in ihr Herz eingebrannt. Sie war so glücklich, dass sie beinahe vergessen hatte, wie sich Angst überhaupt anfühlte. Wenn sie bei Sam war, existierte keine Angst, sie war wie ein Anker, der alles an Ort und Stelle hielt.

Sam hob ihren Kopf und tastete mit der Hand durch das Gras, bis sie ihr Shirt gefunden hatte. Mira fröstelte ein wenig. Wie spät mochte es sein? Vielleicht nach Mitternacht?

Auch sie sammelte ihre Kleidung ein und schlüpfte dann in Shirt und Hose. »Ist dir kalt? Hier, nimm meinen Hoodie.« Sam hielt ihr den Pullover hin, ihre Stimme klang besorgt, doch Mira schüttelte den Kopf.

»Nur ein bisschen, es geht schon«, antwortete sie und schenkte ihr ein Lächeln.

Als sie Rücken an Rücken auf der Decke saßen, nahm Sam ihre Hand wieder und verschränkte ihre Finger mit Miras.

»Ich wollte dir noch etwas zeigen, du weißt ja.« Sam hielt ihr einen gefalteten Zettel hin. »Der ist für dich.«

Mira ergriff ihn langsam. »Ist es dein Gedicht? Oh Sam. Du glaubst nicht, wie oft ich dich fragen wollte …«

Sie spürte ein Kribbeln in ihrem Bauch und eine gewisse Vorfreude. Allein, dass sie daran gedacht hatte, erfüllte Mira mit Glück. Sie faltete ihn auseinander, und als Sam ihre Taschenlampe auf dem Smartphone eingeschaltet hatte, begann sie zu lesen.

Das Funkeln in dir

Alles wirkt schwer
Du erzählst mir von dir, siehst mich an,
bis auch der letzte Glanz von Schwere umhüllt wird.
Wie eine Decke aus Beton, breitet sie sich über dich.
All dein Strahlen, all deine Schönheit -
Für mich nicht mehr sichtbar.
Für dich nicht mehr spürbar.
Tage gehen vorüber und unsere Worte verstummen,
so als wäre die Zeit in Eile.
Das Schicksal klopft an der Tür. Will uns vielleicht etwas sagen.
Es bringt uns wieder zusammen, an diesem Ort.
Und dann, dann stelle ich dir eine Frage
Frage dich, ob du an Wunder glaubst.
Du hältst inne, beobachtest mich.
Ich nehme deine Hand in meine,
Ein vorsichtiges Lächeln.
Und plötzlich ziehst du mich mit dir.
Wir blicken in die schwarze Nacht.

Du zeigst nach oben zu den Sternen.
Und du erzählst mir so viel von den Farben, Formen,
den Planeten und der Welt da oben.
Du bist so wunderbar du selbst.
Merkst nicht, wie die Schwere zerbricht.
Und da sehe ich es, sehe dein Funkeln, das alles überstrahlt.
Ich erblicke es in deinen Augen
Es war immer da.
In dir drin.

Beim letzten Satz hielt Mira inne. Sie spürte ein Brennen in den Augen, alles um sie herum verschwamm und sie schluchzte leise auf. Sams Arm legte sich um ihre Schultern und sie wurde sachte in eine Umarmung gezogen.

»Danke, Sam, du bist … perfekt. Deine Worte sind perfekt.« Mira bekam kaum ein Wort heraus. Sie war sprachlos und überwältigt.

»Jetzt kannst du weitermachen, dein Buch zu Ende bringen. Mach es, okay? Und lasse dich von nichts und niemandem aufhalten.« Mira nickte und eine Träne rollte über ihre Wange, doch sie lächelte. Ja, das würde sie tun.

»Eigentlich wollte ich anfangs nur ein paar Zeilen schreiben, aber du hast mich inspiriert und es ist ein ganzes Gedicht daraus entstanden. Unser gemeinsames Gedicht. Du bedeutest mir so unglaublich viel, dass ich keine passenden Worte dafür finde. Aber dieser Text schafft es vielleicht ein Stück weit. »Ich … Möchtest du mit mir zusammen sein?« Sams Stimme zitterte ein wenig. Sie hielt Mira noch immer von hinten fest, als Mira sich langsam zu ihr drehte. Sie blickte wieder in diese wunderschönen Augen, die ihr die ganze Zeit über immer wieder Hoffnung geschenkt hatten. Sie wusste ihre Antwort, die tief aus ihrem Herzen kam. Sie wusste sie, ohne jeglichen Zweifel.

Mira hob ihre Hand und strich über Sams kühle Wange, spielte kurz mit einer ihrer Haarsträhnen, die sie dann bestimmt zur Seite schob, und senkte ihren Kopf nach vorne.

»Ja, ich möchte mit dir zusammen sein.«

Und im gleichen Atemzug küsste sie Sam, während sich ihre Lippen zu einem Lächeln formten.

Kapitel 31
Mira

Mira starrte seit zwei Minuten auf den Bildschirm ihres Smartphones. Komet hatte es sich neben ihr auf dem Fußboden des Wohnzimmers bequem gemacht. Er legte seinen schweren Kopf auf ihren Schoß, doch Mira reagierte nicht auf seinen Wunsch, gestreichelt zu werden. Es war acht Uhr morgens. Kurz vorher, als sie auf dem Weg ins Bad gewesen war, hatte sie nur einen Blick auf die Uhrzeit werfen wollen. Nun saß sie auf dem kalten Fußboden und die Nachricht von Gabys Mutter ließ ihr keine Ruhe. Die Müdigkeit breitete sich in ihrem Kopf aus wie eine immer größer werdende Wolke.

Erst gegen eins waren sie und Sam in die Wohnung zurückgekehrt. Und obwohl sie gemeinsam entschieden hatten, dass Sam bei ihr übernachten würde, waren sie sofort eingeschlafen.

»Mira?« Hermine war durch den Türspalt ins Wohnzimmer geschlüpft. Hatte sie sie geweckt?

»Du siehst aus, als hättest du einen Geist gesehen, ist … ist etwas passiert?« Sie kam zu ihr und ließ sich ebenfalls auf den Fußboden nieder. Ihr dichtes braunes Haar kräuselte sich über ihre Schultern und sie trug ein pinkes Pyjamashirt mit einem Manga-Aufdruck.

»Ich weiß es nicht.Gabriella war wieder im Krankenhaus. Ihre Mutter hat mich nur informiert«, brachte Mira in leisem Ton hervor.

»Zeig mal her.«, Hermine lehnte sich nach vorne und spähte auf den Bildschirm. »Und was bedeutet das jetzt?«, fragte sie schließlich. Mira zuckte mit den Schultern.

»Sie ist schon wieder zuhause, aber es geht ihr zunehmend schlechter, daher muss sie dauerhaft Sauerstoff bekommen und ihre Mum kann Gabriella nicht mehr in die Schule schicken. Ich denke, sie wird von nun an zuhause betreut werden.«

»Das tut mir sehr leid. Ich dachte, sie hat sich erholt, nachdem sie von der Intensivstation wieder zurück nach Hause durfte?«, Hermines mitleidvoller Blick trieb ihr erneut ein paar Tränen in die Augen. Rasch wischte sie mit ihrem Ärmel über ihr Gesicht.

»Ihr ganzer Körper wird das auf Dauer nicht mitmachen ... die Muskeln atrophieren, daher arbeiten die Lungen nicht mehr so gut ...«, sagte sie leise an Hermine gewandt. Diese rutschte nun ein Stück zu ihr, um sie in den Arm zu nehmen.

Mira wollte gerade fortfahren, als die Zimmertür aufging und Sam plötzlich in Boxershorts und einem weißen Shirt vor ihnen stand. Ihr aschblondes Haar sah verstrubbelt aus und sie kam sofort auf Mira zugeeilt, als sich ihre Blicke trafen.

»Mira, was ist passiert?«, fragte sie unsicher und Mira hätte sich am liebsten an sie gekuschelt, doch sie hatte gerade keine Kraft, vom Boden aufzustehen.

»Ist es okay, wenn ich es ihr erkläre? Möchtest du inzwischen mit Komet eine Runde an die frische Luft?« fragte Hermine vorsichtig. Mira nickte sofort und war ihr dankbar für ihre Hilfe. Es würde ihr guttun und ihr vielleicht wieder ein paar klare Gedanken verschaffen. Sams Mundwinkel zuckten leicht, als Mira aufstand und sie in eine kurze Umarmung zog.

»Bin gleich wieder da. Ich brauche das jetzt gerade, okay?« Mira hatte sich von ihr gelöst und blickte ihr direkt in die Augen. Sam nickte verständnisvoll, strich ihr sanft über beide Oberarme und trat dann zur Seite, um sie vorbeizulassen.

Der Weg durch den Park war wie eine willkommene Abwechslung für ihr Gedankenkarussell. Mira atmete die kühle Morgenluft ein und beobachtete einen Schmetterling, der von einer Blume zur nächsten flog. Wie leicht es aussah. einfach weiterzufliegen, von einer Situation in die nächste. Nur bei ihr schien es nicht zu klappen. Sie hing immer wieder in ihrem alten Leben fest. Zumindest ihre Gedanken. Sie dachte an Gabriella und den Nachmittag, als sie bei ihnen zuhause gewesen war. Plötzlich verspürte sie das Bedürfnis, sie zu sehen. Sie wollte einfach nur, dass Gabriella wusste, dass die da war. Sie wollte ihr einen Moment des Glücks schenken, indem sie anwesend war. Alles, was danach kam, konnte sie nicht beeinflussen, denn es lag nicht in ihrer Verantwortung.

Eine Viertelstunde später öffnete Mira die Wohnungstüre und vernahm Hermines fröhliches Lachen aus der Küche. Als sie ihre Schuhe abgestreift und Komet frisches Wasser bereitgestellt hatte, wurde die Küchentür geöffnet und Sam trat in den Flur.

»Wie geht es dir?« Zögernd machte Sam einen Schritt auf sie zu. »Hermine hat mir von Gabriella erzählt. Ich kann sehr gut verstehen, dass dich das aufwühlt. Du hattest sie nie erwähnt, als wir uns kennengelernt haben.« Ihre Stimme hatte einen weichen Ton angenommen. Als Mira nur zaghaft nickte, zog Sam sie in eine feste Umarmung.

»Tut mir leid. Es ist einiges passiert vor meiner Abreise nach Dublin«, entgegnete sie leise. Sam nickte und schenkte ihr ein Lächeln.
Dann spürte Mira ihre Hand auf ihrer Hüfte. Augenblicklich kamen die Bilder der vergangenen Nacht in ihr hoch und ein warmes Kribbeln breitete sich in ihrem Bauchraum aus. Am liebsten wäre sie den restlichen Tag hier stehen geblieben, umhüllt von Wärme und diesem Gefühl, das sie noch nicht beschreiben konnte. Es fühlte sich ein bisschen an wie nach Hause kommen.
»Lass und etwas frühstücken und dann möchte ich dich gerne etwas fragen«, murmelte Mira und sah dabei hoch in ihr Gesicht.

»Okay, eine gute Idee, ich habe nämlich ehrlich einen Riesenhunger«, antwortete Sam vergnügt und strich ihr eine Strähne aus dem Gesicht.

Gemeinsam deckten sie den Tisch, und während Sam die Teller verteilte, wurde sie von Hermine immer wieder mit Fragen bombardiert. Sie hatten ein gemeinsames Gesprächsthema gefunden, weil beide zufällig die gleiche Buchreihe eines Fantasyromans gelesen hatten. Zwischendurch ertappte sie Hermine dabei, wie sie verstohlen zu Mira blickte und ihr einen vielsagenden Blick zuwarf. Mira kannte Hermine zu gut und wusste, dass sie Details vom gestrigen Abend erfahren wollte.

Deshalb grinste Mira nur und nahm auffällig viele Schlucke von ihrem Kaffee. Sam schien es nicht bemerkt zu haben und holte ihr Nachschub. In dem Moment, als sie die dampfende Tasse vor ihr auf den Tisch stellte, beugte sich Mira zu ihr, um sie zu küssen.

»Ich gehe einmal davon aus, dass ihr gestern einen schönen Abend verbracht habt?«, sprudelte es aus Hermines Mund und sie zwinkerte verschwörerisch in Miras Richtung. Zu Miras Überraschung stahl sich eine leichte Röte auf Sams Wangen.

»Mira hat mir die Sternwarte gezeigt, echt toll, und sie hat mich in die spannende Welt der Astronomen entführt«, gab Sam als Antwort, und sie und Hermine tauschten Blicke. Mira lächelte, sah die beiden an und schüttelte den Kopf, ehe auch sie antwortete.

»Nein, ernsthaft, so viele Sternbilder und Nebel habe ich schon lange nicht mehr entdeckt. Es war traumhaft, denn das Wetter war perfekt und der Himmel total klar. Und um auf deine Frage zurückzukommen … Ja, es war ein toller Abend.« Bei den letzten Worten fing Miras Herz wieder an wie wild zu schlagen, während ihr Magen Loopings vollführte.

Bis wann würden diese Loopings wohl anhalten? Verliebtsein fühlte sich an wie ein Zauber, doch was würde danach kommen?

Sam warf einen liebevollen Blick in ihre Richtung und Mira erwiderte ihn.

»Und wie lange bleibst du in Hamburg?«, fragte Hermine, während Sam sich ein Brötchen aus dem Korb nahm und es begann mit Butter zu bestreichen.

»Bis Dienstag, ich fange noch diese Woche in meinem neuen Job an.« Mira blickte von ihrem Teller auf und räusperte sich, bevor sie sprach.

»Oh, ehrlich Du hast noch gar nicht davon erzählt. Wo denn?«

»In dem kleinen Cafe, in dem wir zusammen waren, weißt du noch?« Sam lächelte.

»Ja. Das klingt richtig gut … Ich meine, es war einfach total gemütlich dort. Ich freue mich sehr für dich.« Vor Miras geistiges Auge schoben sich die Bilder ihrer Reise. Der verregnete Nachmittag in der Grafton Street. Straßenmusik. Cappuccino mit Sam und der Milchschaum mit dem Jupiter obendrauf. Sam und ihr Notizbuch mit den Gedichten. Eine Welle von Sehnsucht überkam sie. Es war so, als würde sie diese Momente erneut durchleben. Sie waren so frei von allen Sorgen und Gedanken über ihre Zukunft.

Sam nickte. »Danke. Der Probearbeitstag lief wirklich großartig, es waren alle sehr nett.« Ihr Blick verweilte einige Momente auf Mira, die sich zurückgelehnt hatte und in ihre Tasse starrte.

»Alles okay bei dir?«, fragte Sam plötzlich in das Schweigen hinein. Auch Hermine hatte die Stille bemerkt. Als Mira schließlich den letzten Bissen ihres Brötchens in den Mund geschoben hatte, legte Sam vorsichtig eine Hand auf Miras Unterarm.

»Hey … Was beschäftigt dich gerade? Möchtest du etwas loswerden?«

Mira nahm einen tiefen Atemzug. Sie hatte Angst, über dieses Thema zu sprechen, doch sie wusste auch, dass es keinen Sinn hatte, ihre Sorgen hinunterzuschlucken.

»Okay. Ich möchte dich zuerst etwas fragen. Es geht um Gabriella. Genauer genommen möchte ich sie heute Nachmittag noch einmal besuchen.« Mira blickte Sam lange an. Diese nickte langsam und richtete sich auf. An der Stelle, wo ihre Hand gelegen hatte, verschwand die Wärme. »Ich wollte fragen, ob du mich eventuell begleiten möchtest? Bitte fühle dich aber nicht verpflichtet. Du kannst auch Nein sagen. Ich weiß, wie sehr sie Besuche liebt. Sie würde dich bestimmt mögen. Ihre Mum hat auch schon nach dir gefragt.«, fuhr Mira fort und augenblicklich stahl sich ein sanftes Lächeln auf Sams Lippen.

Ihre braunen Augen strahlten so viel Wärme aus. Sie konnte sich darin verlieren.

»Das mache ich sehr gerne. Wirklich. Ich möchte Gabriella kennenlernen.«

Mira spürte, wie sich der Kloß in ihrem Hals auflöste. Sie musste nicht allein gehen, auch wenn sie es getan hätte. Aber auf der anderen Seite wollte sie auch Sam an ihrer Seite haben. Sie wollte der Welt zeigen, mit wem sie zusammen war, und Sam die Chance geben, Teil ihres Lebens zu werden, ein Teil ihrer Familie. Daher gab sie ihr die Möglichkeit, sie überallhin zu begleiten.

»Ich muss dir noch etwas erzählen. Also Hermine hat mir sehr geholfen in den letzten Tagen, denn es war nicht leicht für mich eine Entscheidung zu treffen. Ich habe mich für ein Studium beworben. Nicht hier in Hamburg, die Aufnahmefrist hier in Deutschland ist schon verstrichen …« Mira sprach langsam und zögernd. Sam sah sie mit unveränderter Miene an und sie konnte nicht deuten, was in ihr vorging.

»Ich habe mich in Dublin beworben und warte noch auf eine Antwort.« Ihre Stimme war leise, kaum hörbar und doch spürte sie ein aufgeregtes Kribbeln. Was würde Sam dazu sagen?

Sams Mundwinkel zuckten. Sie beugte sich vor und stützte sich mit einer Hand an der Tischkante ab. »Das ... Und du meinst das wirklich ernst?«, fragte sie völlig perplex.

Mira nickte und schmunzelte. Ein Stein fiel ihr vom Herzen. Wovor hatte sie Angst gehabt? Sam schien sich wahrhaftig zu freuen, das hatte sie so sehr gehofft.

»Ich habe mich für den Bachelor of Fine Arts, Kreatives Schreiben beworben. Am American College in Dublin.« Mira grinste und spielte nervös mit einer Haarsträhne. Es fühlte sich total merkwürdig an, darüber zu sprechen, und doch sehr aufregend.

Vor ein paar Tagen hatte sie nicht einmal ansatzweise daran gedacht, für ein Studium ins Ausland zu gehen.

Sam schüttelte den Kopf und lächelte breit. Es war *ihr* Lächeln, dieses, in das sie sich von der ersten Sekunde an verliebt hatte.

Mira konnte nicht genug davon bekommen. Ihr Blick fiel erneut auf die unzähligen Sommersprossen und am liebsten hätte sie jede einzelne geküsst. Würde sie das tun können? Würde Dublin sie und Sam für immer zusammenbringen können?

»Ich kann das kaum glauben. Das bedeutet, wenn du aufgenommen wirst, dann brauchen wir keinen Plan für eine Fernbeziehung. Mira …« Sam streckte ihre Hand über den Tisch und Mira verschränkte ihre Hand mit ihrer.

»Ich weiß. Ja.« Sie bedachte sie mit einem langen Blick und fuhr zärtlich über Sams Daumen, dann formten sich ihre Lippen zu einem Lächeln. »Genau das wäre der Plan«, fügte sie leise hinzu.

Beinahe hatte Mira vergessen, dass Hermine auch noch im Raum war, und ließ die Hand wieder auf ihren Schoß sinken. Unsicher blickte sie in Hermines Gesicht, um herauszufinden, wie sie empfand, wenn sie vielleicht bald keine Mitbewohnerin mehr hatte. Doch ihre Gesichtszüge wirkten entspannt und zufrieden.

»Ich würde mich wirklich sehr freuen, wenn du diese Chance bekommst … wenn ihr diese Chance bekommt«, entgegnete Hermine, als hätte sie ihre Gedanken erahnt.

Mira nickte dankbar, woraufhin Hermine ihr ein ehrliches Lächeln schenkte. »Auch wenn ich weiß, dass ich dich furchtbar vermissen werde, wenn du wegziehst«, fügte sie hinzu. Mira sah sie noch immer an, sie wäre am liebsten aufgesprungen, um sie in ihre Arme zu ziehen. »Und ich dich erst. Aber es wäre ja auch nur für eine bestimmte Zeit. Es ist noch alles offen.« Der Gedanke daran tröstete sie.

»Wir bekommen das hin. Versprochen.« Hermine lächelte überzeugend.

»Ich bin gerade so erleichtert wie schon lange nicht mehr. Ich wusste nicht, wie ich mit dieser Situation umgehen sollte. Das alles, die letzte Woche ohne Sam. Die letzten Monate auf der Suche nach dem richtigen Weg ...« Mira blickte die beiden an und ihr fehlten die Worte. Einen Moment später stand Sam auf und kam langsam zu ihr herüber. Sie ging vor ihr in die Knie und schlang ihre Arme um Mira. Mira beugte sich nach vorne und zog Sam an sich, vergrub ihren Kopf in ihrem Hoodie und murmelte, »Danke, dass du hier bist.«

Sam strich behutsam über ihren Kopf. »Ich hab dich lieb«, flüsterte sie.
Nach ein paar Augenblicken löste sich Mira von ihr und richtete sich wieder auf.
»Mag noch jemand einen Kaffee?«, fragte Hermine grinsend.
»Mit dem können wir zwar nicht auf euch anstoßen, aber immerhin eine gute Alternative um diese Uhrzeit. Ich bin übrigens froh über einen Neuzuwachs wie dich, Sam.«
Sam strahlte Hermine an. »Ich nehme gerne einen. Und danke für das Kompliment, ich kann das nur zurückgeben. Ich fühle mich sehr wohl bei euch. Ich würde am liebsten selbst sofort hier einziehen.« Sie zwinkerte ihr zu.

»Du bist jederzeit willkommen, falls Mira mir doch treu bleibt.«Hermine kicherte.

Als sie das Frühstück beendet hatten, schrieb Mira schnell eine Nachricht an Gabriellas Mutter. Die Antwort kam prompt und sie freute sich sehr, auch Sam kennenzulernen.
Während Hermine sich ins Wohnzimmer zum Lesen zurückgezogen hatte, beschloss sie mit Sam und Komet noch ein wenig in den Park zu gehen. Danach wollte Mira aufräumen und mit Hermine zu Mittag essen, die danach zu ihrer Nachmittagsschicht aufbrechen musste.

***

Um Punkt halb vier lenkte Mira ihren Wagen vor die Einfahrt des Einfamilienhauses. Dieses Mal spürte sie jedoch ein unangenehmes Ziehen im Magen, weil sie nicht wusste, in welchem Zustand sie Gabriella antreffen würde.
»Ich habe Angst, dass sie mich nicht erkennt oder es mir schlichtweg zu viel wird«, gestand Mira nun mit leiser Stimme.
Mittlerweile hatte sie gelernt, über Ängste und Überforderung zu sprechen, um die Situation vorab einzuschätzen.
»Das kann ich gut verstehen, weil es für dich eine unvorhersehbare Situation ist. Hör zu, wir gehen gemeinsam hinein und du schaust, wie es dir nach einer halben Stunde geht. Wenn alles okay ist, können wir so lange bleiben, wie du möchtest, wäre das in Ordnung?«, Sam drückte ihre Hand kurz und Mira nickte dankbar.
Als sie den Motor ausgestellt hatte, legte Sam ihre Hand auf ihre Schulter und bedachte sie mit einem liebevollen Blick. Sie sah heute so verdammt gut aus mit ihrem dunkelgrünen Shirt. Ihre Lieblingsmütze hatte sie zuhause gelassen, denn die Temperaturen waren wieder angestiegen. Als Mira erneut in ihre warmen bernsteinfarbenen Augen aufsah, funkelten sie sanft und sogleich musste sie wieder an die gestrige Nacht denken. »Lass uns

reingehen«, sagte Mira bestimmt und gemeinsam steuerten sie auf das hölzerne Gartentor zu.

∗∗∗

Der Himmel war bereits stockdunkel, als Mira am späten Abend Gabriellas Rollstuhl auf die Terrasse schob. Ein leuchtend heller Vollmond hing zwischen vereinzelten Sternen. Sie lauschte dem vertrauten Zirpen der Grillen und dem Rauschen des Windes in den Bäumen. Hinter ihr tauchte Sam auf, bewaffnet mit zwei Gläsern Limonade und frischer Minze. Die Temperaturen waren trotz der späten Uhrzeit kaum gesunken. Einfach perfekt, um den Abend draußen ausklingen zu lassen.

Mira zog den zylinderförmigen Sauerstoffbehälter vom Griff des Rollis und bugsierte ihn vorsichtig daneben auf einer Bank. Gabriellas Augen wirkten müde, aber dennoch klar. Sie beobachtete jede ihrer Handlungen und gab leise glucksende Geräusche von sich.

»Soll ich dir noch was helfen?«

Mira drehte sich zu Sam um und schüttelte den Kopf. »Danke.«

Während Sam die Gläser vor ihnen auf dem Tisch abstellte, zog Mira die Bremsen des Rollstuhls fest. Sie nahmen beide auf der gemütlichen Holzbank Platz und ließen sich in die weichen Kissen zurücksinken. Mira seufzte auf und griff nach einem der Schokoladencookies, die Gabriellas Mutter erst am Nachmittag gebacken hatte.

»Mmm. Die sind total lecker. Wenn ich doch auch mal die Energie zum Backen aufbringen würde …« Mira blickte auf den Keks und schob sich den Rest in den Mund. Dann ließ sie den Kopf auf Sams Schulter sinken. Augenblicklich kitzelte sie etwas im Nacken und sie wusste, dass es ihre Haare waren. Mira kicherte, woraufhin sich

Gabriella zu ihnen drehte. Sam streckte die Hand Richtung Rollstuhl und kitzelte Gabriella am Oberarm. Diese gluckste und bekam sich kaum noch ein vor lauter Lachen. Im Laufe des Nachmittags hatten sich die beiden super verstanden.

»Sieh mal, heute sieht man diesen einen Stern etwas rötlich schimmern.« Mira deutete jetzt Richtung Himmel und Gabriella, die zwar nichts verstand, von dem was sie gesagt hatte, blickte ihrem Finger nach.

»Jeder Stern ist eben anders. Von hier unten wirkt es für viele Menschen so, als wären alle Sterne irgendwie gleich. Gleich groß, die gleiche Farbe …«, fügte Sam leise hinzu. Mira nickte glücklich und drückte kurz Gabys Hand, während Sam einen Arm um sie legte.
Sie saßen eine Weile schweigend da und nippten an ihren Limos. Mittlerweile war Gabriella eingedöst und Mira hatte sich enger an Sam gekuschelt.
Die süßliche Pfirsichnote von Sams Shampoo vernebelte ihre Sinne. Auf einmal spürte sie wieder diese starke Anziehung zu ihr.
»Am liebsten würde ich das von gestern Nacht bald wiederholen …« Mira lächelte, richtete ihren Kopf ein Stück auf, um Sams Reaktion abzuwarten, und strich ihr sanft über den Unterarm.
»Das wäre sehr schön«, raunte Sam und vergrub ihren Kopf in Miras Haar. Mira rückte noch ein Stück näher, drehte sich dann in ihre Richtung und legte ihre linke Hand an Sams Wange. Sam blickte ihr in die Augen. Diesmal waren sie nicht mehr bernsteinfarben, sie wirkten viel dunkler, wilder.
Mira beugte sich zu ihr, sie schloss ihre Augen und spürte Sams weiche Lippen auf ihren. Der Kuss löste in ihr einen Wirbelsturm aus, der sich durch ihren ganzen Körper zog.
In dem Moment wusste Mira, das sie nichts und niemand trennen konnte. Keine Entfernung dieser Welt würde das, was sie hatten, zerstören.

Und diese Nacht wollte sie Sam schenken. Sie wollte sie nur für sich haben. Nur noch einmal, bevor sie wieder einmal getrennte Wege gehen musste. Für wie lange, das wusste niemand.

Als beide wenig später beschlossen aufzubrechen, versprachen sie Gabriellas Mutter sich zu melden, wenn es Neuigkeiten gab. Gaby war zuvor noch ins Bett gebracht worden und Mira war erleichtert, dass sie den Tag überstanden hatte. Sie war derzeit vom Sauerstoff abhängig und wirkte generell angespannter und weniger gut gelaunt. Dennoch, sie hatte Mira erkannt, sie hatten zusammen gelacht und Gabriella hatte keine Schmerzen. Das war schon einmal viel wert. Mira winkte noch einmal zum Abschied und stieg dann zu Sam in den Wagen.

Als sie bei der Wohnung ankamen, zog Sam Mira die letzten Stufen hinter sich her. Sie hatte auch im Auto die ganze Zeit ihre Hand gehalten und sie keine Sekunde losgelassen. Spürte auch sie, dass ihre gemeinsame Zeit wieder einmal begrenzt war?
Im Flur war es stockdunkel, vermutlich weil Hermine schon ins Bett gegangen war. Aus dem Wohnzimmer hörte Mira ein vertrautes Winseln. Für Komet blieb kein Besucher unbemerkt. Zwei Sekunden später vernahm sie auch schon das Getrappel seiner Pfoten im Flur. Sie beugte sich zu ihm hinunter und streichelte sachte über sein glattes Fell.

Mira ließ Schuhe und Tasche im Flur stehen und öffnete leise die Tür zu ihrem Zimmer. Sam war ihr auf Zehenspitzen gefolgt und hatte sich auf die Bettkante gesetzt. Als Mira ihre Nachttischlampe einschaltete, schimmerte der Raum in orangerotem Licht.

»Ich habe vorhin eine neue Mail erhalten, sie ist vom American College in Dublin ...«, flüsterte Mira in die Stille hinein und hielt ihr Smartphone in die Luft. Sams Augen weiteten sich.

»Ehrlich? Sie haben schon zurückgeschrieben?« Auch sie wirkte mit einem Mal hellwach und in Miras Magen kribbelte es vor lauter Nervosität.

»Soll ich sie öffnen?«, fragte Mira unsicher und setzte sich dann zu ihr aufs Bett.

Sam nickte energisch. »Ich denke schon. Jetzt oder nie.« Sam nahm wieder ihre Hand und das gab ihr die Sicherheit, die sie gerade brauchte.

»Okay.« Mira tippte auf ihr Smartphone, um die Mail zu öffnen, dabei schloss sie für einen Moment ihre Augen, ehe sie den Inhalt zu lesen begann. Es dauerte eine gefühlte Ewigkeit, ehe sie ihren Mund wieder öffnen konnte. Ihr fehlten schlichtweg die Worte.

»Was steht drin? Sag schon!«, drängte Sam sie und spähte nun ebenfalls auf den Bildschirm.

»Sie laden mich zu einer Prüfung ein. Wenn ich die erfolgreich absolviere, dann bin ich aufgenommen …«, sprudelte es aus ihr heraus.

Sam stieß einen Freudenschrei aus.

»Ssscht, nicht so laut«, flüsterte Mira und kicherte. »Ich kann das nicht glauben … Sie nehmen mich«, sprach sie dann aus, was sich für sie noch immer surreal anhörte.

»Wäre eine Umarmung jetzt angebracht?«, fragte Sam und ihre Augen leuchteten im warmen Schein der Lampe. Mira nickte, sie konnte ihr Glück kaum fassen. Sam zog sie stürmisch an sich, woraufhin Mira das Gleichgewicht verlor und nach hinten kippte. Sie stieß einen Lacher aus, der eher wie ein Quietschen klang, und Sam rollte sich neben sie.

Als sich beide wieder eingekriegt hatten, legte Mira ihren Kopf vorsichtig auf Sams Oberköper ab. Sam strich ihre eine Haarsträhne aus dem leicht verschwitzen Gesicht. Sie lagen eine Weile schweigend so da, ehe Mira ihren Kopf erneut zu ihr drehte.

»Darf ich dich küssen?«, hauchte Mira und strich ihr sanft über die Schulter und den Oberarm entlang. »Schließlich muss ich mich schon einmal daran gewöhnen, wie es sich anfühlt, jeden Abend neben dir einzuschlafen«, fügte sie hinzu und grinste.

Sie sah wie sich auf Sams Oberarm eine Gänsehaut bildete. Diese beugte sich mit dem Kopf ein Stück zu ihr und versiegelte ihre Lippen mit einem leidenschaftlichen Kuss. Mira spürte tausende kleine Funken in ihrem Magen, die zu einem Feuerwerk verschmolzen. Sie war Hals über Kopf in diesen wunderbaren Menschen verliebt, aber nicht nur das. Sie war endlich angekommen. Sam war ihr Zuhause und ihr sicherster Ort. Dieses Gefühl vermischte sich nun mit einem starken Verlangen. Sie wollte jeden Zentimeter spüren, wollte nicht nur ihren Körper, sondern sie wollte Sam spüren.

Drei Monate später

Sam

Sam hatte es sich im Schneidersitz auf ihrer Couch bequem gemacht. Es war bereits später Nachmittag und die Dämmerung brach herein. Seit knapp drei Monaten studierte sie nun am Trinity College, und auch wenn das Lernpensum eine Herausforderung war, hatte sie unglaublich viel Spaß daran.

Sie nahm ihr Tablet und positionierte es vor sich auf dem Schreibtisch. Auf dem Bildschirm blickte ihr Miras Gesicht strahlend entgegen. In vier Wochen würde Sam sie endlich in die Arme schließen können. Mira wollte früher umziehen, obwohl das Studium erst im neuen Jahr anfing. Jetzt hatte sie es sich ebenfalls auf ihrem Bett in ihrem noch alten Zuhause gemütlich gemacht und hielt ein viereckiges Päckchen in die Kamera.

»Na los, mach schon auf!«, rief Sam aufgeregt und klatschte dabei in die Hände.

»Aber eigentlich ist Weihnachten erst in ein paar Wochen und mein Geschenk kommt auch erst in zwei Wochen bei dir an«, beschwerte sich Mira, und verzog ihr Gesicht zu einer Grimasse. Doch Sam gab nicht auf und bestand darauf, dass sie es gleich öffnete.

Mira seufzte laut auf und gab schließlich nach. Sie packte es vorsichtig aus und hielt eine weiße Schachtel aus Karton in der Hand. »Oh, ist das …?« Mira hatte das Gerät herausgenommen und betrachtete es voller Staunen. Sam musste schmunzeln über ihre Reaktion.

»Ein Sternenprojektor, schalte ihn mal ein.«

Es raschelte, denn Mira war gerade aufgestanden. Sie hatte das Licht im Raum ausgeschaltet, sodass Sam nur mehr eine schwarze Bildfläche vor sich hatte. Plötzlich leuchteten viele bunte Punkte auf.

»Sam, das ist … wunderschön. Ich liebe es«, antwortete Mira und ihr Kopf war wieder auf dem Bildschirm zu erkennen.

»Ich dachte, damit du dich nicht so einsam fühlst. Dass du einen Ort hast, der dich an mich erinnert, an unsere gemeinsame Zeit.«

»Oh Sam.« Miras Stimme brach.

»Vielleicht kannst du es dir ja irgendwie vorstellen, dass wir beide verbunden sind. An diesem Ort. Dort wo die bunten Sterne auf uns warten«, fuhr Sam fort und eine Welle des Glücks durchströmte sie.

»Das … das hast du wirklich schön beschrieben. Es bedeutet mir sehr viel«, entgegnete Mira und Sam spürte, dass sie selbst ein wenig mit den Tränen kämpfte.

»Zuhause ist, wo die bunten Sterne warten …«, flüsterte Mira und Sam erkannte in ihrem Gesicht den Anflug eines Lächelns.

***

Zwei Wochen später erhielt auch Sam Post. Es war das besagte Geschenk von Mira und ein Brief war beigefügt. Sam öffnete ihn und begann zu lesen.

Liebe, nein meine allerliebste Sam,

ich weiß nicht, wie ich es in Worten ausdrücken soll. Ich will dir einfach nur Danke sagen und doch eigentlich so viel mehr, aber das würde auf kein Blatt Papier dieser Welt passen.

Tut mir leid, auch wenn schreiben normalerweise meine Stärke sein sollte, Briefe schreiben gehört wohl nicht dazu ;). Aber das kann ja noch werden, immerhin sind es noch ein paar Wochen, bis ich zu dir nach Dublin komme.

Du hast mein Leben auf den Kopf gestellt und dafür liebe ich dich so sehr.

*Dein Weihnachtsgeschenk hast du vielleicht schon
geöffnet, ich hoffe, es gefällt dir. Ich kann es immer noch
nicht glauben, dass ich dieses Buch jetzt in meinen
Händen halte, das ist einfach unglaublich! Danke, dass du
mich motiviert hast, an mich geglaubt hast.*

Weißt du, was ich an dem Buch am allermeisten liebe?

Unser gemeinsames Gedicht. Es ist wunderschön.*Genau
wie du! Du hast mir die Augen geöffnet, hast mir gezeigt,
dass Wunder passieren. Ich hätte so gerne deine Reaktion
miterlebt, wäre gern dabei gewesen und hätte die Zeilen
mit dir gelesen. Ich bin verrückt nach dir und vermisse
dich. Bis bald*

Deine Mira

Sam nahm das Buch vorsichtig in ihre Hände. Auf der Vorderseite war eine Abbildung eines anatomischen Herzens zu sehen, es war sehr exakt gezeichnet. Das Herz wurde von Blumenranken umschlossen, es waren Malvenblüten, wie sie wusste.

Sie schlug eine Seite auf und las den Text, der da stand. Sie konnte sich vage an ihn erinnern. Mira hatte ihn an dem Abend, als sie bei Gabriella gewesen waren in ihr Notizbuch geschrieben.

Die bunten Sterne

*Das kleine Mädchen stand mit zerzaustem Haar am
Fenster
Es blickte in den Himmel
Ein Leuchten war in seinen Augen zu sehen*

*Noch nie hatte es so bunte Sterne gesehen
Wie kleine Leuchtkäfer erstrahlten sie nun in allen Farben*

Jeder Stern war anders – jeder hatte seine eigene Farbe
Jeder strahlte auf seine Weise
Auch ich, dachte es.

Sam hielt noch immer die Seite, die sie gerade eben gelesen hatte, aufgeschlagen. Ihre Augen hatten sich mit Tränen gefüllt, doch sie lächelte. Diese Zeilen waren wie ein kostbarer Schatz, eine Erinnerung, eine für die Ewigkeit.

Bilder mischten sich in ihre Gedanken. Sie ahnte, dass Mira diese Zeilen für Gabriella geschrieben hatte. Sie wollten sie beide in diesem Jahr erneut besuchen. Sam ließ den Tränen freien Lauf, während sie sanft über das Blatt Papier strich. Dann stellte sie es weit vorne in ihr Bücherregal, so hatte sie es immer im Blick.

Danksagung

Zuallererst möchte ich dir Danke sagen, dass du dieses Buch gekauft hast und mich somit unterstützt. Dies ist mein erster Roman und behandelt Themen, die mir sehr am Herzen liegen. Unter anderem mentale Gesundheit, Autismus und Queerness. Gerade am Anfang ist es nicht immer einfach, alle Themen in eine Geschichte zu packen. Es braucht Geduld, viel Zeit und Fingerspitzengefühl. Dennoch bin ich stolz auf mein Werk und freue mich umso mehr, wenn ich meine Leser:innen inspirieren kann.

Ein großes Dankeschön geht an meine Lektorin Daniela Siemen. Sie ist mit mir diesen Weg bis zur Entstehung des Buches gegangen. Danke für die Zusammenarbeit und deine hilfreiche Unterstützung.

Danke auch an Eva Schlosser, die großartige Arbeit bei der Erstellung meines Buchcovers geleistet hat und meine Ideen wundervoll umgesetzt hat.

Möchtest du mehr zu meinen Büchern erfahren? Mein nächster Roman wird unter anderem auch das Thema Naturschutz/Wale behandeln. Hast du Fragen oder Anregungen? Besuche mich gerne online: doro_celestine_autorin 📷
Hier geht es zu meinem Newsletter mit tollen Aktionen:

https://www.dorocelestine.at

Triggerwarnung

Liebe Leser:innen,

in dieser Geschichte werden schwierige Themen behandelt. Für manche Menschen, denen es gerade emotional nicht so gut geht, können die einen oder anderen Themen triggernd sein. Wenn euch beim Lesen gewisse Themen aufwühlen, dann bitte ich euch, dieses Buch für einen Moment zur Seite zu legen. Gesundheit geht immer vor.

Bitte entscheidet selbst, ob ihr die folgenden Themen umgehen möchtet:

Trauer, Verlust, Tod eines geliebten Menschen (keine szenische Darstellung)

Trauma, Ängste

Krankheit

Bitte passt beim Lesen gut auf euch auf.

Eure

Doro